1

Es war ein schöner, warmer Montagmorgen – zu warm für den Spätherbst –, und Charlotte Beck würde gleich die einzige wirklich dramatische Erfahrung ihres Lebens machen. Bereit war sie dafür nicht. Im Grunde fühlte sie sich für gar nichts bereit.

Sie lotste gerade eine chaotische kleine Gruppe die Heath Street entlang, wie sie es jeden Wochentag tat. Während sie den Kinderwagen mit der zehn Monate alten Lulu lenkte, schob sich zu ihrer Linken der zweieinhalbjährige Oscar auf einem kleinen Roller voran. Um Charlottes rechtes Handgelenk war eine Hundeleine geschlungen, und am anderen Ende der Leine hing ein schwarzer Labradorwelpe namens Suki. Alles erschien Charlotte wie in Dunst gehüllt, doch es war kein wirklicher Dunst, sondern der bleierne Nebel der Erschöpfung, der seit einem halben Jahr beharrlich über ihrer Welt hing. Lulu schlief nachts nicht, sondern schrie und kreischte. Egal, was Charlotte ausprobierte, egal, welche Expertenratschläge sie befolgte, nichts half.

Stattdessen schlief Lulu tagsüber. Auch jetzt schlummerte sie zufrieden in ihrem Kinderwagen, warm verpackt unter einer Decke, einen Schnuller im Mund. Hin und wieder beugte Charlotte sich mit prüfendem Blick über sie. Lulu wirkte friedlich wie ein Engel. Es war kaum zu glauben, dass dieses glatte kleine Gesicht mit den langen Wimpern und rosigen Wangen einer erwachsenen Frau derartig zusetzen konnte. Charlotte fühlte sich so müde, dass es wehtat. Ihre Augen brannten, ihre Haut spannte, ihre Gelenke schmerzten. Sie war doch erst einunddreißig. Das konnte noch keine Arthritis sein, oder? Machte Schlafmangel die Knochen kaputt? Es fühlte sich danach an.

Während ihre kleine Chaoskarawane sich langsam den Hügel hinaufbewegte, war Charlotte bewusst, dass so vieles schiefgehen konnte. Suki war noch nicht richtig erzogen. Charlotte hatte eigentlich vorgehabt, ihr frühzeitig beizubringen, nicht zu betteln, sich bei »Platz« zu setzen und überhaupt alles zu tun, was man ihr sagte, doch dafür hatte die Zeit nicht gereicht. Es war so viel anderes zu bewältigen gewesen. Deswegen bestand nun die Gefahr, dass Suki voller Begeisterung auf einen Artgenossen zustürmte oder aus Angst vor einem bedrohlich wirkenden Exemplar die Flucht ergriff und dabei die ganze Gruppe auf die Straße riss, hinein in den Verkehr. Zwar war sie nur ein Welpe, ihrer Besitzerin aber mehr als gewachsen. Auch Oscar auf seinem Roller stellte eine ständige Gefahr für sich und andere dar. Wohl zum hundertsten Mal sagte sich Charlotte, dass sie ihm nun wirklich einen Helm kaufen musste. Was, wenn er von seinem Gefährt fiel und mit dem Kopf aufschlug? Welche Sorte Mutter war sie eigentlich? Benommen stellte sie sich die potenziellen Schlagzeilen vor: »Familie von Hund unter Auto gerissen«, »Kleinkind stirbt bei Rollercrash. Mutter verhaftet.«

An diesem Morgen erschien ihr die Geschäftsstraße wie eine Aneinanderreihung von Vorwürfen. Sie kam an mehreren Cafés vorbei, wo junge Mütter paarweise oder in Grüppchen saßen und sich unterhielten, als wäre die Mutterschaft eine einfache und erfreuliche Lebensstilvariante. Die Vorstellung, auch nur den Versuch zu unternehmen, sich mit Oscar, Lulu und Suki in einem Café niederzulassen, bescherte Charlotte schon eine ansatzweise Migräne. Mittlerweile befanden sie sich auf Höhe eines Kinderbekleidungsgeschäfts namens Mamma Mia. Oscar brachte seinen Roller zum Stehen, indem er das Schaufenster rammte.

»Ist das da ein Roboter?«, fragte er, den Blick gebannt auf die silbrig glänzende Schaufensterpuppe in Kindergröße gerichtet, die eine Jacke zum Preis von 87,50 Pfund trug.

»Nein«, antwortete Charlotte. »Das ist eine …« Sie zögerte. Wie sollte sie es ihm erklären? »Eine Art Puppe für Anziehsachen.« Hinter den Schaufensterpuppen sah Charlotte eine Frau in einer rosaroten Jacke, die ebenfalls zwei Kinder bei sich hatte, einen Jungen in Oscars Alter und ein blondes Mädchen, das ein paar Jahre älter war und das Haar zu einem Pferdeschwanz gebunden trug. Charlotte kam es vor, als liefe in dem Laden eine Bühnenvorstellung ab, dargeboten von Menschen, die wussten, wie man eine Familie bildete, und auch genug Geld besaßen, um alles richtig hinzukriegen.

Sie setzten ihren Weg die Straße entlang fort. Ihr Ziel war die Kuppe des Hügels, der Whitestone Pond in Hampstead Heath. Dort hatte Charlotte jedes Mal das Gefühl, ins Licht zu entkommen, raus aus der darunterliegenden Düsternis, dem Verkehr und den Abgasen der Allradfahrer, die ihre Kinder in eine von den Dutzenden kleiner, über ganz Hampstead verteilter Privatschulen brachten. Vor einer Zahnarztpraxis legte sie eine Verschnaufpause ein. Wann mussten Kinder eigentlich erstmals zum Zahnarzt? Sie betrachtete das gläserne Schild mit den angebotenen Serviceleistungen. »Lächeln wie ein Promi!« Das klang nach etwas, das sie unbedingt brauchte. »Zähne wie mit zwanzig!« Noch besser. Sie dachte an ihr Leben vor zehn Jahren – war das wirklich schon so lange her? – als Studentin an der Uni. An die Freitag- und Samstagabende, die verschlafenen Vormittage. Niemand musste gefüttert werden, um niemanden brauchte sie sich Gedanken zu machen, außer um sich selbst und gelegentlich eine Mitbewohnerin, die den letzten Rest Milch verbrauchte. Sie erhaschte einen Blick auf ihr Spiegelbild. Was wohl die einundzwanzigjährige Charlotte Beck von der einunddreißigjährigen hielte, die von Schlafmangel gezeichnet war und mit ungewaschenem Haar herumlief und – wie sie gerade erst bemerkte – mit einem Fleck auf der Vorderseite ihres Shirts? Rasch zog sie den Reißverschluss ihrer Jacke hoch, damit man ihn nicht mehr sah.

Sie setzten ihren Weg den Hügel hinauf fort.

»Wohin gehen wir?«, fragte Oscar.

»Wohin wir immer gehen. Zum Teich. Vielleicht legen wir uns ja eines Tages ein Boot zu.«

»Was für ein Boot?«

»Ein kleines Segelboot.« Kaum waren die Worte draußen, wurde ihr klar, dass das wohl keine gute Idee gewesen war.

In dem Moment passierte es.

Wie ein silbriger Blitz schoss der Wagen an ihr vorbei, den Hügel hinunter.

Zu schnell, dachte sie und wandte sich instinktiv Oscar, dem Kinderwagen und Suki zu. Sie blickte also nicht in die entsprechende Richtung, als sie hinter sich plötzlich Schreie hörte, dann ein schabendes Geräusch, gefolgt von einem Knall, metallischem Knirschen und dem Bersten von Glas. Erschrocken fuhr sie herum und starrte den Hügel hinunter. Im ersten Moment hatte sie Schwierigkeiten zu begreifen, was sie da sah, denn auf einmal war alles ganz anders. Niemand bewegte sich, und die Welt war verstummt, abgesehen von irgendeiner Sirene – einer Alarmanlage oder einem Feueralarm. Unfassbarerweise, wie in einem Albtraum, klemmte das silberfarbene Auto, das eben an ihr vorbeigerast war, nun in einem Schaufenster, und zwar fast ganz drin. Ein weißer Lieferwagen, der im Begriff gewesen war, den Hügel hinaufzufahren, hatte mitten auf der Straße angehalten. Der Fahrer war ausgestiegen, unternahm jedoch nichts, sondern stand einfach nur da und starrte.

Charlotte kam es vor, als hätte das normale Leben einen Sprung bekommen und sie einen Schritt durch diesen Sprung getan, sodass nun alles anders war und nichts mehr einen Sinn ergab. Langsam setzte sie sich in Bewegung, auf die Verwüstung zu, blieb jedoch gleich wieder stehen. Sie hatte Suki bei sich, die Leine war ja um ihr Handgelenk geschlungen, ihre Kinder aber hatte sie vergessen. Sie machte kehrt und griff nach dem Kinderwagen. Lulu schlief immer noch tief und fest. Oscar starrte mit offenem Mund auf den Unfall, wie die Karikatur eines überraschten kleinen Jungen in einem Kinderbuch.

»Komm«, sagte Charlotte zu ihm, während sie steif seine rechte Hand in ihre linke nahm und mit der anderen, an der auch Sukis Leine hing, den Kinderwagen schob. Als sie näher kam, sah sie, dass ein paar Leute einfach nur dastanden und die Augen aufrissen. Zwei Frauen waren aus dem Café getreten. Ein Postbote stand auch dabei. Nein. Charlotte korrigierte sich im Geiste. Es handelte sich um eine Postbot*in*: Sie hatte ihren lustigen roten Anhänger im Schlepptau und hielt ein Päckchen in der Hand. Als Nächstes registrierte Charlotte die am Boden liegenden Gestalten. Warum half ihnen denn niemand? Wer kümmerte sich um alles? Sie blickte sich um. Was sie sich wünschte, war, dass Leute in Uniform auftauchten, die Regie übernahmen, Absperrband spannten und allen Anwesenden befahlen, auf der anderen Seite zu bleiben. Aber da waren keine Rettungskräfte, sondern nur normale Leute, die nicht wussten, was sie tun sollten.

Nicht weit von ihr entfernt standen zwei junge Frauen. Eine von beiden hatte eine Ledertasche umhängen.

»Haben Sie ein Telefon?«

Da die Frauen sie nur verwirrt anstarrten, wiederholte Charlotte ihre Frage, woraufhin eine der beiden den Arm hob und ihr das Telefon zeigte, das sie in der Hand hielt.

»Krankenwagen«, sagte Charlotte. »Neun, neun, neun. Rufen Sie an. Jetzt.«

Sie wandte sich an die andere Frau und deutete auf ihre

Kinder. »Kümmern Sie sich um die zwei«, befahl sie. »Nur eine Minute. Ich bin gleich wieder da.«

Charlotte streifte Sukis Leine vom Handgelenk und übergab sie Oscar, dem immer noch der Mund offen stand. »Pass einen Moment auf Suki auf. Schaffst du das?«

Er nickte feierlich. Charlotte wandte sich um und steuerte auf den Wagen zu. Eine Frau lag halb auf dem Gehsteig, halb auf der Straße, ein Bein seltsam verrenkt. Charlotte kniete sich neben sie und sah ihr in die Augen. Krampfhaft versuchte sie, sich zu erinnern, was in einer solchen Situation zu tun war. Sollte man die verletzte Person bewegen oder nicht? Ihr Gehirn fühlte sich an wie leer gefegt.

»Wie geht es Ihnen?«, fragte sie.

»Mein Bein!«, stöhnte die Frau. Wenigstens konnte sie sprechen.

»Tut Ihnen sonst noch was weh?«

»Mein Mann, wo ist mein Mann?«

»Der Krankenwagen ist schon unterwegs«, antwortete Charlotte in der Hoffnung, dass es stimmte. Sie stand auf und ging zur anderen Seite des Fahrzeugs. Dort lag ein älterer Mann auf dem Rücken. Blicklos starrte er in den Himmel hinauf. Er war der erste Tote, den Charlotte in ihrem Leben sah.

Sie trat neben den Wagen. In seinem Inneren entdeckte sie eine zusammengesunkene Gestalt, konnte jedoch nicht erkennen, ob es sich um einen Mann oder eine Frau handelte. Als sie gerade die Wagentür öffnen wollte, hörte sie ein Schluchzen und wandte den Kopf: Es kam aus dem Laden. Sie stieg durch die Überreste dessen, was einmal das Schaufenster gewesen war. Glas knirschte unter ihren Füßen. Sie blickte nach unten und begriff plötzlich, dass es sich um das Mamma Mia handelte, das Kinderbekleidungsgeschäft.

Sie ging weiter hinein. Vor ihr auf dem Boden lag jemand,

halb unter den Vorderreifen des Wagens eingeklemmt. Als Charlotte sich hinunterbeugte, bewegte sich die Gestalt stöhnend. In dem Moment spürte Charlotte einen warmen Schwall gegen ihren Körper klatschen und stellte fest, dass es sich um eine Frau handelte, aus deren Schulter – oder Schulterbereich – Blut quoll. Es kam in Fontänen, als würde es jemand herausblasen, dann einen Moment einatmen und erneut Blut ausstoßen. Die Frau sah zu ihr auf, blickte ihr direkt in die Augen. Charlottes erster Impuls war davonzulaufen und es jemand anderem zu überlassen, sich um die Schwerverletzte zu kümmern.

Immerhin konnte sie sich dunkel daran erinnern, was man in einem solchen Fall tun sollte. Etwas draufdrücken. Das war's. Aber wo? Sie legte die Finger über die Wunde, doch das Blut quoll zwischen ihnen hindurch. Es funktionierte nicht. Daraufhin schob sie die Hand tiefer, ein kleines Stück weg von der Wunde, und drückte erneut, diesmal richtig fest. Der Blutstrom versiegte, als wäre sie auf einen Gartenschlauch getreten. Sie drückte noch fester, woraufhin die Frau ein Keuchen ausstieß.

»Werde ich sterben?«, fragte sie mit flackerndem Blick.

»Ein Krankenwagen ist schon unterwegs«, antwortete Charlotte.

»Joey«, sagte die Frau. »Und Cass.«

Schlagartig begriff Charlotte, dass es die Frau war, die sie vorhin durchs Fenster beobachtet hatte, und der Tote draußen vielleicht ihr Ehemann. Sie fragte sich, wo wohl die Kinder steckten.

»Bestimmt sind sie in Sicherheit«, erklärte sie.

Suchend blickte sie sich um. Dabei hatte sie fast Angst vor dem, was sie womöglich sehen würde. Doch ein paar Meter seitlich von ihnen entdeckte sie die Kinder, auf den Boden gekauert, die Augen glasig vor Schock. Charlotte hatte das

Gefühl, dass sie den beiden irgendwie beistehen sollte, wagte aber nicht, die Hand von der Wunde zu nehmen. Plötzlich wimmelte es um sie herum von Uniformen, jungen Männern und Frauen, deren Gesichter sie nur verschwommen wahrnahm. Jemand bombardierte sie mit Fragen, doch sie konnte keinen klaren Gedanken fassen. Man zog sie weg von der Frau, die unter einer Schar von Rettungssanitätern verschwand. Charlotte wich zurück. Wieder hörte sie das Glas unter ihren Füßen knirschen. Sie starrte die beiden Kinder an, die immer noch auf dem Boden kauerten, und breitete hilflos die Arme aus.

In dem Moment fielen ihr ihre eigenen Kinder wieder ein. Benommen bahnte sie sich einen Weg durch den verwüsteten Laden. Überall sah sie uniformierte Rettungskräfte. Einige von ihnen musterten sie eindringlich. Sie trat nach draußen, spürte die Sonne auf der Haut und hörte die Leute rundherum keuchen. Verwirrt fragte sie sich nach dem Grund. Als sie daraufhin den Blick an sich hinabgleiten ließ, über ihre blutgetränkte Kleidung, begriff sie, dass sie selbst der Grund für das Keuchen war.

2

Constable Darren Symons hatte seinen Posten erst gut zwei Monate inne. Das am schlimmsten betroffene Unfallopfer, mit dem er bisher zu tun gehabt hatte, war ein junger Mann gewesen, den ein Betonmischer von seinem Motorrad herunterbefördert hatte. Allerdings war der Mann dabei nicht gestorben, sondern hatte sich nur ein Bein gebrochen. Das hier war etwas ganz anderes. Fast ehrfürchtig ließ Symons den Blick über das Blutbad schweifen. Es kam ihm vor wie ein Fiebertraum: das blitzende Blaulicht, der in den Laden gerammte silberfarbene Wagen, die funkelnden Glasscherben auf dem Gehsteig, die leblose Person, die noch in dem eingedrückten Fahrzeug gefangen war. Das alles erschien ihm nicht real, jedenfalls nicht realer als die Schaufensterpuppe in Kindergröße, die unerschütterlich inmitten des verwüsteten Ladens stand. Er sah, wie eines der Opfer auf eine Trage gehoben wurde. Eine Beamtin führte zwei kleine Kinder zu einem wartenden Fahrzeug. Sein Blick blieb an dem Blut auf dem Gehsteig hängen. Er hörte jemanden weinen, schrill und laut.

»Constable Symons. Darren!« Blinzelnd wandte er sich seiner Vorgesetzten zu, die eine ausladende Handbewegung machte. »Die Zeugen. Nehmen Sie ihre Namen auf, bevor sie alle verschwinden.«

Symons nickte und zog sein Notizbuch heraus. Sein Stift zuckte unsicher über das Papier, als er das Datum schrieb: 3. Oktober 2016. Nach einem Blick auf seine Armbanduhr fügte er die Uhrzeit hinzu: 9.11 Uhr. Hinter den Absperrungen standen die Leute bereits dicht gedrängt, und weitere strömten den Hügel herauf, als wären sie auf dem Weg zu einem Konzert. Wie erfuhren sie nur so schnell davon? Er blickte hoch und sah an den Fenstern der Häuser überall Gesichter.

Eine Frau saß blutüberströmt auf dem Gehsteig. Sie hielt eine Leine, an deren anderem Ende ein kleiner Hund hing. Jedes Mal, wenn das Tier zu zerren begann, riss es ihren Oberkörper in die entsprechende Richtung. Warum kümmerte sich niemand um sie? Vorsichtig trat Symons näher, als könnte sie wie eine Bombe explodieren. Die Frau hob den Kopf. Ihr Gesicht war vor Schock kalkweiß, aber äußere Verletzungen schien sie auf den ersten Blick keine zu haben. In dem Kinderwagen neben ihr lag ein Baby, das unglaublicherweise inmitten des ganzen Durcheinanders friedlich schlief. In seinem Mund steckte ein Schnuller, und seine Augen zuckten, als träumte es. Am Randstein sprang ein kleiner Junge auf und ab. Er trug eine gestreifte Hose und hatte vor Aufregung rot gefleckte Wangen.

»Sind Sie verletzt?«, fragte Constable Symons.

Hinter sich hörte er eine Motorsäge aufheulen. Offenbar schnitten sie jetzt die leblose Person aus dem Wagen.

»Ich? Nein. Ich bin nur …« Sie legte eine Pause ein. »Mir ist ein bisschen schlecht.«

»Das ist Blut!«, stieß der Junge keuchend hervor. »Echtes Blut!« Noch immer sprang er hektisch den Randstein auf und ab, das Gesicht vor Anstrengung verzogen, aber mit leuchtenden Augen.

»Darf ich Ihnen ein paar Fragen stellen?«, wandte Constable Symons sich wieder an die Frau. »Zu dem, was Sie gesehen haben?«

»Ich habe nichts gesehen.«

»Sie sind voller Blut.«

Benommen blickte sie an sich hinunter. »Es ist von der Frau. Muss sie sterben? Wo sind ihre Kinder?«

»Wen meinen Sie?«

»Die Frau in dem Geschäft. Ich habe versucht …«

»Darüber weiß ich nichts«, unterbrach er sie. »Wenn Sie mir bitte erzählen würden, was Sie gesehen haben.«

»Es ging zack-peng!«, rief der Junge. »Wir wollten zum Teich. Bald kaufen wir uns ein Segelboot.«

»Fangen wir doch mit Ihrem Namen an.«

»Ich heiße Charlotte Beck«, erklärte die Frau. Dann begann sie plötzlich zu weinen. Ihr magerer Körper zuckte, und die Tränen strömten ihr über die Wangen.

Er setzte sich neben sie auf den Gehsteig und legte ihr die Hand auf die Schulter. Der kleine Junge unterbrach sein Gehopse und kauerte sich ebenfalls neben sie.

»Das wäscht sich doch wieder ab«, versuchte er sie zu beruhigen. »Nicht weinen, Mummy.«

»Ich war hinten im Lager«, flüsterte die Inhaberin des Mamma Mia. Die Stimme versagte ihr einen Moment den Dienst. Ständig strich sie sich mit den Händen über Gesicht und Körper, als müsste sie sich immer wieder davon überzeugen, dass ihr nichts fehlte. »Ich habe nach etwas gesucht, nach …« Sie brach erneut ab. »Ich schätze, es spielt keine Rolle, wonach ich gesucht habe.«

»Sie haben also nichts gesehen?«, fragte Constable Symons.

»Ich dachte, es ist ein Erdbeben. Oder eine Bombe. Ich dachte, ich muss sterben.« Sie starrte ihn an. »Ich bin unter den Tisch gekrochen«, fuhr sie fort. »Statt zu helfen, habe ich mich einfach nur versteckt.«

»Das ist ganz normal«, entgegnete er.

»Da saß noch jemand mit dem Mann im Wagen.«

»Tatsächlich?«

»Ein zweiter Mann. Mit einem Hut, wenn ich mich nicht irre. Es ging alles so schnell, aber ich bin wirklich davon überzeugt, dass da noch ein Mann war. Ist er nicht mehr da? Merkwürdig.«

»Da war irgendetwas merkwürdig.«

Symons musterte den Mann. Er war kräftig gebaut, hatte kurz geschnittenes Haar und trug über seiner Jeans eine dicke grüne Jacke. »Natürlich, da war alles merkwürdig«, antwortete der Beamte. »Ein Wagen, der in einen Laden rast. Merkwürdiger geht's nicht.«

»Das meine ich nicht. Der Wagen hat nicht so ausgesehen, als würde ihn jemand fahren. Es war eher, als käme er einfach den Hügel heruntergerollt, außer Kontrolle.«

»Gerollt? Wie meinen Sie das?«

»Ich sage nur, was ich gesehen habe.«

»Kann ich Ihren Namen und Ihre Nummer haben?«

»McGill«, antwortete der Mann, »Dave McGill.« Er fügte eine Telefonnummer hinzu.

Symons versuchte, sich zu konzentrieren. Die Sonne brannte so heiß, und die vielen lauten Geräusche gingen ihm auf die Nerven. Irgendwo schrillte immer noch dieser Alarm, verstärkt durch das Brüllen der Motorsäge, das Gehupe der weiter unten wartenden Wagen und die Sirenen in der Ferne. Er beäugte die Frau ihm gegenüber, die Sally Krauss hieß und sichtlich zitterte, während sie sich ihre glänzende braune Tasche wie einen Schutzschild an die Brust presste.

»Er hatte eine Glatze«, sagte sie, »und er hing nach vorne. Wahrscheinlich hatte er einen Herzinfarkt. Meinem Onkel ist das auch passiert. Er ist schnurstracks in einen Baum geknallt. Wegen eines plötzlichen Herzanfalls. Angeblich hat er das Ganze gar nicht mehr mitbekommen.«

Symons blickte auf seine Notizen hinunter. Jeder hatte etwas anderes gesehen. Er seufzte frustriert.

»Ich heiße Adrian Greville und habe alles gesehen«, verkündete der Mann, dessen Schnurrbart sich wie eine dünne Schnur über seine Oberlippe zog. »Er kam direkt auf mich zugeschossen und hat mich nur so knapp verfehlt.« Er hielt Daumen und Zeigefinger hoch, um zu zeigen, wie knapp er mit dem Leben davongekommen war. »Dann ist er in dieses ältere Paar gerast. Ich habe den Mann durch die Luft fliegen sehen. Sein Gesicht. Ich könnte schwören, dass er mich dabei direkt angeschaut hat. Der arme Kerl!«

»Haben Sie den Fahrer auch gesehen?«

»Ja, und zwar ganz genau. Er hielt das Lenkrad mit beiden Händen umklammert und lächelte. Das war kein Unfall, sondern Absicht.«

Ein paar von den Zeugen wollten gar nicht mehr gehen. Sie standen in Grüppchen beisammen und tauschten ihre Erfahrungen aus. Einer von ihnen – der Mann mit der grünen Jacke, dem zufolge der Unfall irgendwie merkwürdig gewesen war, weil der Wagen angeblich wie von selbst den Hügel heruntergerollt war – ließ sich neben der blutüberströmten Charlotte Beck auf dem Gehsteig nieder. Ihr kleiner Sohn saß mittlerweile neben ihr und saugte an dem Lutscher, den ein Polizeibeamter ihm geschenkt hatte. Das Baby schlief in seinem Kinderwagen. Charlotte Beck musterte den Mann benommen. »Ich sollte nach Hause gehen«, erklärte sie.

»Ich habe gesehen, was Sie getan haben.«

»Ich habe nur gemacht, was jeder andere auch gemacht hätte.«

»Bloß dass es außer Ihnen niemand getan hat. Wahrscheinlich kriegen Sie jetzt eine Medaille.«

Er stand auf und streckte ihr die Hand hin, um ihr vom Gehsteig aufzuhelfen. »Kommen Sie«, sagte er. »Ich bin Dave. Ich begleite Sie nach Hause. Lassen Sie mich den Kinderwagen schieben.«

In den Trümmern dessen, was einmal das Mamma Mia gewesen war, hievten mehrere weiß gekleidete Spurensicherungsexperten die Leiche eines Mannes mittleren Alters aus dem Fahrzeug. Er hatte kurz geschorenes Haar und ein Muttermal auf der rechten Wange. Bekleidet war er mit einer grauen Hose, einem grau-weiß karierten Hemd und Sportschuhen. Am Handgelenk trug er eine Uhr mit einem Metallband. Seine Haut war kalkweiß, das Gesicht mit weit aufgerissenen Augen zu einem Ausdruck der Überraschung erstarrt.

Sie legten ihn auf die Bahre. Der linke Arm hing schlaff herunter. Eine Beamtin platzierte ihn auf der Brust des Mannes.

»Viel Blut ist da nicht«, stellte sie fest.

Während sie den Leichnam abtransportierten, beugte sich ein anderer Beamter hinunter, um etwas aufzuheben, wobei er darauf achtete, sich nicht an einer Glasscherbe oder einem scharfkantigen Stück Metall zu schneiden.

»Hab ich dich!« Er reckte eine Brieftasche hoch.

Sergeant June McFarlane inspizierte den Inhalt der Brieftasche. Das Bargeld und die Kreditkarten interessierten sie nicht. Stattdessen fischte sie einen Führerschein heraus. Das unscharfe, pixelige Foto zeigte eindeutig den Mann aus dem Wagen.

»Geoffrey Udo Kernan«, las sie laut vor. »Motherwell Road 10, RM10 9BB.« Sie wandte sich nach Symons um. »Sagt Ihnen das was? Ist das außerhalb von London?«

»Kommt darauf an, was Sie unter ›außerhalb‹ verstehen. Ich tippe auf Romford. Soll ich jemanden hinschicken?«

McFarlane schüttelte den Kopf. »Wir fahren selbst. Jetzt gleich.«

Symons wirkte skeptisch. »Das ist ganz schön weit.«

»Egal. Wir haben es hier mit Toten und Schwerverletzten zu tun. Da müssen wir das schon selber machen.«

Es war halb drei Uhr nachmittags, die Sonne stand bereits tief am Himmel. Die Straße war noch abgesperrt. Etliche Streifenwagen und größere Einsatzfahrzeuge blockierten die Fahrbahn. Die Menge der Schaulustigen aber hatte sich inzwischen zerstreut, den Unfallwagen hatte man abgeschleppt, das Glas entfernt. Die Leute von der Spurensicherung machten fleißig Aufnahmen, maßen Schleuderspuren und sammelten Metallfetzen ein. Dabei befolgten sie streng die Vorschriften, damit alles seine Ordnung und seinen Sinn hatte. Das Mamma Mia war nur noch ein klaffendes Loch.

Währenddessen steckten McFarlane und Symons auf der North Circular im Stau. Die beiden hatten inzwischen das Navi zurate gezogen und festgestellt, dass Symons nicht ganz richtig gelegen hatte. Kernans Wohnort gehörte eher zu Barking als zu Romford, aber das machte die Strecke auch nicht kürzer.

»Es ist die falsche Tageszeit für eine solche Fahrt«, bemerkte Symons.

»Fragt sich nur, wann dann die richtige Zeit ist«, meinte McFarlane. »Vielleicht um drei Uhr morgens.«

Mittlerweile hatten sie Gelegenheit gehabt, Kernans Namen durch den Polizeicomputer laufen zu lassen. Nichts. Symons begann über den Unfallort zu sprechen, über den möglichen Hergang zu spekulieren, doch McFarlane unterbrach ihn.

»Warten wir erst mal ab«, meinte sie. Den Rest der Fahrt unterhielten sie sich über andere Themen. Sie brauchten über eine Stunde, ehe sie von der North Circular auf die Barking-Umgehung abbiegen konnten und von dort in die Motherwell Road, eine Wohnstraße mit den typischen zweistöckigen Kieselrauputz-Reihenhäusern aus der Nachkriegszeit, mit jeweils zwei Räumen pro Stockwerk. An ihrem Ziel angekommen, blieben sie noch einen Moment im Wagen sitzen.

»Das ist jedes Mal wieder ein seltsamer Moment«, erklärte McFarlane, »wenn man im Begriff steht, an der Tür zu klingeln und ein Leben zu ruinieren.«

»Vielleicht hat er ja alleine gelebt«, gab Symons zu bedenken, »oder es ist niemand zu Hause.«

»Wenn wir unseren Hintern nicht hier rausbewegen, werden wir es nie erfahren«, entgegnete McFarlane, woraufhin beide ausstiegen und den kleinen Pfad zum Haus hinaufgingen. Neben einem grauen Peugeot Kombi, der in der Einfahrt parkte, blieben sie stehen.

»Sieht aus, als wäre doch jemand zu Hause«, stellte McFarlane fest. Sie drückte auf den Klingelknopf. Irgendwo im Haus ertönte ein gedämpftes Läuten. Drinnen rührte sich etwas. Schritte waren zu hören, dann schwang die Tür auf. Die Frau trug eine locker sitzende Jeans, eine weiße Bluse und eine türkisgrüne Strickjacke, bei der June McFarlane an einem Ärmel kleine Löcher registrierte. Motten. Hauptsächlich aber registrierte sie das angsterfüllte Gesicht, dessen Blässe das dunkle Haar der Frau fast schwarz wirken ließ.

»Kennen Sie Geoffrey Kernan?«, fragte McFarlane. Symons spürte, wie sein Magen vor Anspannung krampfte.

»Das ist mein Mann«, sagte sie.

»Dürfen wir reinkommen?«

Eine Weile saßen sie verlegen im Wohnzimmer und sahen Mrs. Kernan beim Weinen zu. McFarlane beugte sich ein wenig vor und reichte ihr die Papiertaschentücher, die sie für solche Fälle immer griffbereit hatte. Symons ging hinüber in die kleine Küche, wo er ein Glas mit löslichem Kaffee fand und davon drei Tassen aufbrühte. Für Mrs. Kernan fügte er mehrere Löffel Zucker hinzu. McFarlane setzte sich neben sie und flößte ihr das heiße Getränk ein.

»Ich kann es noch gar nicht fassen«, stieß Mrs. Kernan hervor. »Ich kann es einfach nicht glauben. Die ganze Zeit hoffe ich, dass ich aus diesem Albtraum erwache.«

»Es tut mir so leid«, sagte McFarlane.

»Ich habe schon befürchtet, dass ihm etwas passiert ist, aber doch nicht das!«

»Was wollen Sie damit sagen? Warum haben Sie befürchtet, ihm könnte etwas passiert sein?«

»Ich habe ihn vermisst gemeldet.«

McFarlane warf Symons einen fragenden Blick zu. »Hatten Sie nicht gesagt …?«, begann sie.

»Ich habe es überprüft«, antwortete er. »Da war nichts.«

McFarlane wandte sich wieder an Mrs. Kernan. »Wann genau haben Sie ihn als vermisst gemeldet?«

»Vor drei Tagen. Ich bin aufs Polizeirevier gegangen und habe gemeldet, dass er nicht nach Hause gekommen ist.«

»Haben die Kollegen Ihre Aussage aufgenommen?«

»Nein, die waren nicht interessiert. Sie meinten, wahrscheinlich habe er bloß ganz kurzfristig weg müssen. So was komme öfter vor.«

»Demnach wurde keine Aussage aufgenommen?«

»Man hat mich einfach wieder weggeschickt. Die hatten kein Interesse. Die haben gesagt: ›Wenn er in ein paar Tagen nicht zurück ist, dann melden Sie sich noch mal.‹ Und jetzt … jetzt …« Wieder brach sie in Tränen aus.

»Misses Kernan, haben Sie …«

»Ich war mir ganz sicher, dass er so etwas nie tun würde.«

»Wie meinen Sie das?«

»Ich habe meine Schwester besucht, und als ich zurückkam, war er nicht mehr da. Ich dachte, er wäre spazieren oder irgendwo mit einem Freund auf ein Bier. Aber dann wurde es immer später, und er ging nicht ans Telefon. Er kam nicht nach Hause. Ich habe noch den ganzen nächsten Tag gewartet, aber als dann jemand aus seiner Firma anrief und wissen wollte, warum er nichts von sich hören lasse, bin ich zur Polizei gegangen.«

»Haben Sie Kinder?«

Die Frau schlang die Arme um ihren Körper, als versuchte sie, sich selbst zu trösten. »Ned. Er studiert. Ich muss ihn anrufen und es ihm sagen. Er ist im ersten Semester, hat also gerade erst angefangen mit dem Studium. Ich habe ihm nichts von Geoffs Verschwinden erzählt. Ich wollte ihn nicht beunruhigen. Und jetzt …« Sie tupfte sich mit dem Papiertaschentuch das Gesicht ab. Ihre Augen sahen entzündet aus.

»Stand er seinem Vater nahe?«

»Die beiden haben viel gestritten. Das liegt aber nur daran, dass sie sich so ähnlich sind.«

»Was hat Ihr Mann beruflich gemacht?«

»Als Vertreter gearbeitet.«

»Wofür?«

»Sanitärbedarf. Für Firmen. Er ist viel mit dem Auto unterwegs.« Sie blinzelte. »War. Das ist jetzt das erste Mal, dass ich in der Vergangenheit von ihm spreche.«

»Ja«, sagte McFarlane, »das ist schwer.« Sie zögerte einen Moment, ehe sie fortfuhr. »Ist das da draußen Ihr Wagen?«

»Seiner. Besser gesagt, sein Firmenwagen.«

»Hat er noch einen anderen? Einen silbergrauen Nissan mit Metalliclackierung?«

»Nein, wir haben nur den einen.«

»Der Unfall ist in der Heath Street passiert. Hatte Ihr Mann da einen Geschäftstermin oder vielleicht einen privaten Grund, dort zu sein?«

»Er war beruflich ständig unterwegs, im ganzen Land. Über Hampstead ist mir nichts Besonderes bekannt.«

»Vielleicht hatte er ja wirklich geschäftlich dort zu tun. Oder privat.«

»Privat? Wie meinen Sie das?«

»Vielleicht war er mit jemandem verabredet.«

»Nicht dass ich wüsste. Was genau ist denn überhaupt passiert?«

McFarlane berichtete von dem Unfall.

»Ist jemand gestorben? Ich meine, abgesehen von Geoff.« Sie holte tief Luft und schluckte, als sie seinen Namen aussprach.

»Eine weitere Person ist bei dem Unfall ums Leben gekommen. Etliche andere Leute wurden verletzt, einige davon schwer.«

Mrs. Kernan zog ein frisches Taschentuch heraus und schnäuzte sich.

»Misses Kernan, mir ist klar, dass das gerade ganz schrecklich für Sie ist. Aber ich muss Ihnen trotzdem ein paar Fragen stellen.«

»Was für Fragen?«

»Gab es zwischen Ihnen und Ihrem Mann Probleme?«

»Wie meinen Sie das?«

»Eheprobleme.«

»Nein. Nichts dergleichen.«

»Ihr Mann war viel unterwegs. Brachte das Schwierigkeiten mit sich?«

»Früher schon, hin und wieder. Inzwischen nicht mehr.«

»Wie lief es mit seiner Arbeit?«

»Gut. Wie üblich. Zu viele Stunden für zu wenig Geld.«

»Gab es in letzter Zeit irgendwelche besonderen Vorfälle?«

Mrs. Kernan schüttelte den Kopf. Bisher hatte sie vor Kummer wie betäubt gewirkt, doch plötzlich wurde ihr Gesichtsausdruck misstrauisch. »Worauf wollen Sie hinaus?«

»Ich will auf gar nichts hinaus.«

»Sie meinen, er hat sich das selbst angetan?«

Das Telefon klingelte. Während Mrs. Kernan aufstand, um ranzugehen, trug McFarlane die Tassen zurück in die Küche und spülte sie ab. Durchs Fenster sah sie ein Rotkehlchen auf einem Spaten sitzen, der halb in die Erde gerammt war. Der ganze Garten wirkte wie eine Miniaturbaustelle. Am hinteren Ende waren große Pflastersteine gestapelt.

»Das war Geoffs Idee«, hörte sie Mrs. Kernan hinter sich sagen. »Er meinte, eine Terrasse wäre nett für Grillabende.«

»Haben Sie jemanden, der herkommen und Ihnen beistehen kann?«

»Ich könnte meine Schwester bitten.«

»Gut.«

Danach saßen sie eine Weile schweigend im Wagen.

»Ich glaube, sie hat uns etwas verschwiegen«, sagte Symons schließlich. »Wenn Sie mich fragen, hatten die beiden Probleme.«

»Jeder hat Probleme«, antwortete McFarlane.

»Aber in diesem Fall liegt es doch auf der Hand, oder?«

»Tatsächlich? Gut, dann erklären Sie es mir.«

»Geoffrey Kernan ist beruflich stark unter Druck und unglücklich in seiner Ehe. Irgendwann wird es ihm einfach zu viel. Er flüchtet aus seinem Leben, läuft ein paar Tage durch die Gegend, überlegt hin und her, wie er mit alledem klarkommen soll. Dann steigt er in einen Wagen und macht Schluss. Ganz einfach.«

»In *einen* Wagen. Nicht seinen eigenen.«

»Es gibt kein Gesetz, das besagt, dass man dafür seinen eigenen Wagen benutzen muss.«

»Und dann auch noch in Hampstead, wohin er anderthalb Stunden zu fahren hatte.«

»Er brauchte einen Hügel.«

»Wozu braucht er einen Hügel? Er sitzt in einem Auto, nicht in einem Einkaufswagen.« Die beiden Ermittler sahen sich an. »Na ja, wie auch immer«, fuhr McFarlane fort, »morgen wissen wir mehr. Überprüfen Sie in der Zwischenzeit doch mal den Wagen, den er gefahren hat.«

Gerichtsmedizinerin Dr. Jane Franklin richtete den Blick auf die Leiche von Geoffrey Kernan und dann auf eine Gruppe von Studenten, die ihr – alle mit Mundschutz und grünem Kittel – gegenüberstanden.

»Haben Sie sich die Unterlagen angesehen?«

Es folgte vages Gemurmel.

»Also?«

»Autounfall.«

»Und?«

»Möglicherweise Herzinfarkt.«

»Sonst noch was?«

»Oder Schlaganfall. Oder Selbstmord.«

»Bei Polizeiberichten muss man aufpassen«, erklärte Dr. Franklin, »dass sie einem nicht den Blick versperren. Vergessen Sie mal, was Sie gelesen haben. Was sehen Sie hier?« Sie deutete mit einem Skalpell auf das zerstörte Gesicht und anschließend auf einen der bleichgesichtigen Studenten.

»Ähm ... Fraktur des ...«

»Halt«, unterbrach ihn Dr. Franklin in scharfem Ton. »Lassen Sie mich die Frage umformulieren. Was sehen Sie *nicht*?«

Erneut hörte man Gemurmel, aber keine konkreten Aussagen.

»Hat sich einer von Ihnen schon mal am Kopf verletzt? Sich die Nase aufgeschlagen? Was beschert einem das?«

»Blut?«, mutmaßte ein Student zögernd.

»Genau. Blut, und zwar eine ganze Menge davon. In diesen Wunden hier findet sich überhaupt kein Blut. Und das bedeutet?«

»Dass das Herz nicht schlug.«

»In anderen Worten?«

»Er war schon tot.«

»Genau.«

»Aber wie kann ein Toter Auto fahren?«

»Wir sind Pathologen«, entgegnete Dr. Franklin. »Wir interessieren uns nicht für die Polizeiberichte. Wir interessieren uns für die Leiche.«

»Ich habe eine Halterabfrage gemacht«, verkündete Symons. »Der Wagen gehört einem Mister Alexander Christos aus Didcot.«

»Ist er ein Freund von Kernan?«

»Es war ein bisschen kompliziert. Ich habe mit den Kollegen vor Ort gesprochen, und die haben sich mit Christos in Verbindung gesetzt.«

»Lassen Sie mich die unkomplizierte Version hören.«

»Der Wagen muss gestohlen worden sein.«

»Gestohlen?«

»Christos macht gerade Urlaub auf den Kanaren. Soweit er weiß, steht sein Auto vor seinem Haus.«

McFarlane runzelte irritiert die Stirn. »Was läuft denn hier ab? Dieser Toilettenvertreter fährt die ganze Strecke nach Didcot, stiehlt einen Wagen und fährt ihn dann nach Hampstead, um sich umzubringen?«

Es klopfte. Ein junger Beamter streckte den Kopf herein. »Ein Anruf für Sie. Frau Doktor Franklin. Sie möchte mit Ihnen sprechen.«

Dr. Franklin empfing McFarlane an der Tür des Untersuchungsraums. »Sind Sie bereit für den Anblick der Leiche?«

»Ich habe sie doch schon am Tatort gesehen.«

»Trotzdem. Manchen bereitet es Probleme, wenn die Toten erst mal aufgeschnitten sind. Ich möchte Ihnen etwas zeigen.« Sie führte McFarlane zu einem der Obduktionstische und zog das Tuch zurück. »Werfen Sie mal einen Blick hierhin.« Sie deutete mit der Spitze ihres Skalpells auf den mittig platzierten Einschnitt am Hals des Toten. »Sehen Sie das?«

»Das Zungenbein«, fügte ihr Assistent hinzu und betrachtete seinerseits den zarten, wie ein Hufeisen geformten Knochen. »Es ist gebrochen.«

»Und?«, entgegnete McFarlane. »Der Mann hatte einen Verkehrsunfall. Da ist bestimmt vieles gebrochen. Ich weiß über diesen Knochen Bescheid. Er ist ein Indikator für Strangulation, bricht dabei aber nicht mit hundertprozentiger Sicherheit.«

»Stimmt, aber in diesem Fall besitzt er die Beweiskraft, die wir brauchen«, erklärte Dr. Franklin.

»Was bedeutet das?«

»Durch eine Strangulation bricht das Zungenbein in etwa einem Drittel der Fälle. Ist er jedoch gebrochen, dann heißt das immer Strangulation.«

»Aber der Mann hatte einen Verkehrsunfall. Kann man sich dabei strangulieren?«

»Damit wären wir bei dem anderen Punkt. Zum Zeitpunkt des Unfalls war er bereits tot.«

»Das haben Sie ja gerade schon angedeutet«, wandte McFarlane ein. »Weil er sich vorher stranguliert hat.«

»Nein, ich wollte damit sagen, dass er schon länger tot war. Weshalb die schweren Gesichtsverletzungen, hier und hier« – sie deutete auf den zerschmetterten Schädel, den eingedrückten Wangenknochen –, »nicht geblutet haben.«

»Dann ist Kernan also nicht im Verlauf des Unfalls gestorben?«

»Nein.«

»Haben Sie einen Todeszeitpunkt?«

»Wissen Sie, was ich hasse?«

»Vieles, schätze ich.«

»Ja. Aber besonders hasse ich es, wenn die Leute im Fernsehen ständig Krimis sehen und dann von mir hören wollen, dass das Opfer in der Nacht davor um Punkt zwei Uhr zweiunddreißig gestorben ist.«

»Ich komme nicht viel zum Fernsehen. Außerdem weiß ich als Polizeibeamtin, dass so was reine Fiktion ist.«

»Gut. Ich nehme mal an, Sie können mir nicht sagen, wo Kernan gestorben ist.«

»Noch nicht.«

»Und Sie wissen auch nicht, wo sich seine Leiche in der Zwischenzeit befand?«

»Nein.«

»Haben Sie Informationen bezüglich der Umgebungstemperatur? Der Luftfeuchtigkeit?«

»Nein. Mir ist klar, worauf Sie hinauswollen. Aber könnte es vor zwei oder drei Tagen passiert sein?«

Dr. Franklin runzelte die Stirn. »Ja«, antwortete sie schließlich, »es könnte vor zwei oder drei Tagen passiert sein. Unter Umständen ist es auch länger her. Viel länger. Oder nicht so lang. Mindestens jedoch mehrere Stunden vor dem Unfall.«

»Verstehe«, sagte McFarlane, obwohl sie eigentlich gerade gar nichts verstand.

»Wenn wir im Fernsehen wären«, fuhr Dr. Franklin fort,

»würde die Gerichtsmedizinerin jetzt losziehen, ein paar Zeugen befragen und den Fall selbst lösen.«

»Ich wünschte, Sie täten es.«

Darren Symons putzte sich die Nase, rieb sich die Augen und schob sich dann ein Halsbonbon in den Mund. Der Tag zog sich schon zu lange hin. Die ganze Aufregung, die dieser schreckliche Unfall mit sich gebracht hatte, legte sich allmählich, und Symons wollte nur noch nach Hause, irgendetwas zum Essen bestellen, ein bisschen fernsehen und dann ins Bett.

»Eine Frage hätte ich noch«, sagte er.

»Bloß eine?«, entgegnete McFarlane.

»Allerdings eine ziemlich lange: Wie konnte ein Vertreter aus Barking für mehrere Tage verschwinden, einem Mord zum Opfer fallen und am Ende in einem herrenlosen Wagen die Heath Street hinunterrasen? Oder vielleicht meine ich eher, warum?«

»Die gute Nachricht ist, dass wir das nicht herausfinden müssen. Inzwischen hat sich das Ganze ja als Mordfall entpuppt, sodass sich die weiteren Ermittlungen wohl über unserer Gehaltsklasse abspielen werden. Jemand anderer muss sich jetzt mit Geoffrey Kernan herumschlagen.«

3

Simon Tearle, Gastdozent im Fach Kriminologie am Guildhall College der Universität von London, schenkte aus seiner Kaffeekanne zwei Tassen voll. In eine gab er einen Teelöffel Honig, in die andere einen Schuss halbfette Milch, ehe er beide zu seinem Schreibtisch trug. Wenn er zu seinen Studenten sagte, seine Tür stehe ihnen immer offen, tat er das in der Hoffnung, dass sie ihn nicht beim Wort nahmen. Lola Hayes jedoch hatte ihn beim Wort genommen. Er reichte ihr den Kaffee mit Milch. Es war der Tag, an dem er normalerweise ein paar Minuten für sich allein hatte und in dieser Zeit tun konnte, was er wollte: im Internet surfen, ein Kreuzworträtsel lösen oder einfach nur am Fenster stehen und auf den Russell Square hinausstarren. Nun erschien es ihm fast wie Hohn, dass er über Lolas Schulter hinweg einen kurzen Blick hinaus auf besagten Platz erhaschte, von wo ihm das Laub der Platanen goldgelb entgegenleuchtete.

Frustriert nahm er einen Schluck Kaffee und richtete seine Aufmerksamkeit dann auf seine Studentin. Lola Hayes hatte ein rundes Gesicht, blasse, sommersprossige Haut und große graugrüne Augen. Ihr braunes Haar wirkte weich. Sie schien überhaupt keine harten Kanten zu haben. Voller Interesse blickte sie sich in seinem Büro um, als faszinierten sie die Bilder, die er für die Wände ausgewählt hatte, die Gegenstände auf seinem Schreibtisch.

»Also?«, fragte er.

»Wie bitte?«

»Der Grund für Ihren Besuch. Gibt es ein Problem?«

»Mein Kopf fühlt sich völlig leer an.«

»Inwiefern? Weswegen sind Sie hier?«

»Wegen der Seminararbeit. Ich habe keinen blassen Schimmer, worüber ich schreiben soll.«

Seminararbeit. Allein schon das Wort ließ Tearle erschaudern. Am Ende des ersten Semesters des zweiten Jahres musste jeder Student eine rund zehntausend Wörter umfassende Arbeit zu einem Thema aus dem Bereich Kriminologie fertiggestellt haben. Zehntausend Wörter. Tearle betreute fünfzehn Studenten. Fünfzehn mal zehntausend ergab hundertfünfzigtausend Wörter. Tearle musste jedes einzelne dieser Wörter lesen und anschließend Kommentare schreiben und Noten vergeben.

»Was machen denn die anderen aus Ihrer Clique?«

Lola zog vor Konzentration die Nase kraus. »Ich glaube, Ellie schreibt einen historischen Abriss über sexuellen Missbrauch.«

»Ein interessantes Thema.«

»Ja, aber auch ein sehr umfangreiches. Außerdem macht das ja schon Ellie. Und Rob schreibt etwas über DNA.«

»Was ebenfalls interessant ist. Und wichtig.«

»Ich bin in den wissenschaftlichen Fächern eine Katastrophe. Deswegen habe ich mich ja für Kriminologie entschieden.«

»Genau genommen betrachten wir die Kriminologie auch als Wissenschaft. Nicht umsonst endet der Begriff auf ›ologie‹.«

»Es ist nur so, dass ich den chemischen Teil einfach nicht verstehe.«

Tearle schwieg einen Moment. »Sagen Sie mal, Lola, meinen Sie schon, dass Kriminologie das Richtige für Sie ist?«

Sie riss entsetzt die Augen auf. »Absolut!«, antwortete sie. »Ich finde das Fach echt toll.«

Tearle hatte auf »inspirierend« oder »stimulierend« gehofft, weniger auf »echt toll«. Nachdem er an seinem Computer ihren Namen eingegeben hatte, um die Noten des letzten Jahres abzurufen, ob er überrascht die Augenbrauen. »Sie haben bisher ja gut abgeschnitten. Sehr gut sogar.« Lola lief knallrot an. »Also, Lola, hätten Sie Interesse an etwas Historischem?«

»Ich würde lieber ein aktuelles Thema bearbeiten.«

»Vielleicht unter philosophischen Gesichtspunkten?«

»Eher nicht.«

»Wie wäre es mit einer Person?«

Lolas Miene hellte sich schlagartig auf. Endlich wirkte sie aufmerksam und engagiert. »Genau mein Ding. Ich würde viel lieber über Menschen schreiben als über Ideen oder Wissenschaft.«

Tearle schlug eine Reihe von Namen vor: einen Staatsanwalt, der eine öffentliche Untersuchung geleitet hatte, einen Innenminister, einen Polizeipräsidenten, einen Wahlkampfexperten. Keine dieser Personen schien bei Lola auf großes Interesse zu stoßen. Warum machte er das überhaupt? Die jungen Leute sollten doch eigentlich schon erwachsen sein. Konnte sich diese Lola nicht selbst ein Thema suchen? Aber er musste ihr irgendetwas vorschlagen, und sei es nur, um sie wieder aus seinem Büro zu bekommen. Plötzlich fiel ihm etwas ein. Er ging zu seinem Aktenschrank und zog eine Schublade heraus. Ungeduldig überflog er die verschiedenen Kategorien, bis er auf eine Mappe mit willkürlich zusammengewürfelten Zeitungsausschnitten stieß. Er kippte die Ausschnitte auf seinen Schreibtisch und begann sie durchzublättern: Prozessberichte, Interviews mit Verbrechensopfern, Statistiken über die Häufigkeit von Verbrechen. Nichts davon erschien ihm passend, bis er schließlich an einer Nachricht hängen blieb.

»Sie wollen eine Person?«, fragte er. »Bitte schön, hier ist eine. Haben Sie schon mal von Frieda Klein gehört?«

»Nein.«

Tearle holte tief Luft. Wieder einmal fragte er sich, ob seine Studenten eigentlich irgendetwas mitbekamen – abgesehen von dem, was er ihnen mühsam mit dem Löffel einflößte. »Frieda Klein ist Psychotherapeutin. Vor etwa zehn Jahren hatte sie den Verdacht, dass einer ihrer Patienten in die Entführung von Matthew Faraday verwickelt war. Erinnern Sie sich?«

»Damals war ich noch ein Kind.«

»Jedenfalls wurde sie dadurch irgendwie zu einer Art informellen, inoffiziellen Beraterin der Polizei. Sie war an den Ermittlungen im Mordfall Robert Poole beteiligt, und auch im Fall Lawrence Dawes. Irgendwann wurde es dann ein bisschen kompliziert. Vielleicht haben Sie in der Zeitung gelesen, dass sie verhaftet wurde. Mehr als einmal, glaube ich.«

»Nein, davon weiß ich nichts.«

»Lola, Sie studieren Kriminologie. Da sollten Sie solche Sachen eigentlich wissen.«

»In meinen Seminaren wurde das Thema nie angesprochen.«

»An den Ermittlungen im Fall Hannah Docherty war sie ebenfalls beteiligt. Darüber haben Sie bestimmt etwas gelesen.«

»Der Name kommt mir bekannt vor«, antwortete Lola, klang aber nicht sehr überzeugend.

»Oder, noch aktueller, in den Nachahmungstäterfällen unten in Silvertown.«

»A-ah ja.«

»Jetzt haben Sie die Chance, alles über Frieda Klein in Erfahrung zu bringen. Analysieren Sie die Frau. Nehmen Sie sie auseinander. Dekonstruieren Sie sie.«

»Wie soll ich da vorgehen?«

»Das bleibt Ihnen überlassen. Stellen Sie einfach Fragen. Warum braucht die Polizei die Hilfe einer Psychotherapeutin? Sind polizeiliche Ermittlungen eigentlich eine Form von Therapie? Impliziert das ein Scheitern der herkömmlichen Polizeiarbeit?«

»Wie fange ich an?«

»Indem Sie einfach anfangen!«, antwortete Tearle schärfer als beabsichtigt. Er riss sich am Riemen. »Gehen Sie in die Bibliothek, informieren Sie sich über sie. Lesen Sie ihre wissenschaftlichen Arbeiten oder diejenigen, die andere über sie geschrieben haben. Sehen Sie die Zeitungsberichte durch. Die Frau hat im Lauf der Jahre eine ziemliche Spur hinterlassen.«

»Super«, sagte Lola. »Kann ich diesen Ausschnitt hier behalten?«

»Klar.« Lola stand auf und wandte sich bereits zum Gehen, als Tearle noch etwas einfiel. »Es gibt hier an der Uni jemanden, der sie kennt oder zumindest über sie Bescheid weiß. Professor Hal Bradshaw unten in der Psychologie.«

»Den kenne ich«, verkündete Lola. »Ich habe ihn im Fernsehen gesehen.«

»Die Welt der Psychologie ist recht klein. Ich glaube, die beiden sind sich ein paarmal über den Weg gelaufen.«

Fünf Minuten später klopfte Lola drei Stockwerke tiefer an eine Tür, auf der Hal Bradshaws Name stand.

»Herein«, sagte eine Stimme.

Sie öffnete die Tür und trat ein. Nachdem sie gerade aus Simon Tearles Büro kam, hatte sie jetzt das Gefühl, in eine ganz andere Welt geraten zu sein. Tearles Zimmer war voller Bücherregale gewesen und jede Ablagefläche mit Zeitungen und Fachzeitschriften bedeckt. Verglichen damit, sah dieser Raum so gut wie leer aus. Die kahlen Wände waren in einem weißlichen Blauton gestrichen, der fast schon grau wirkte. Es fanden sich dort weder Bilder noch Bücher und, abgesehen von einem Schreibtisch und zwei Stühlen, auch keine Möbel.

Auf dem Schreibtisch thronte ein großer Laptop-Computer, flankiert von einem Block und einem Stift. Der Mann hinter dem Schreibtisch blickte zu Lola hoch. Sie war ihrerseits derart fasziniert von seiner Brille – deren Fassung eher unterhalb als oberhalb der Gläser angebracht war – und von seiner in Gelbtönen, Orangerot und Blau gesprenkelten Krawatte, dass sie die Person dahinter kaum wahrnahm.

»Ja?«, fragte er.

Da sprudelte Lola los: »Es ist überhaupt nicht in Ordnung, dass ich hier völlig unangemeldet hereinplatze, aber Simon Tearle ist mein Dozent, und ich habe gerade mit ihm gesprochen. Ich glaube, ich werde meine Seminararbeit über diese Frau schreiben, diese Frieda Klein. Er hat gesagt, Sie kennen sie, und deswegen dachte ich mir, ich könnte vielleicht kurz mit Ihnen reden.«

Bradshaw runzelte die Stirn, forderte Lola dann aber mit einer Handbewegung auf, ihm gegenüber Platz zu nehmen. Mittlerweile war Lola in der Lage, ihn genauer zu betrachten. Er wirkte sehr gepflegt, sein Gesicht glatt, das kurze Haar tadellos. Bei der Arbeit hier in seinem Büro machte er exakt den gleichen Eindruck wie im Fernsehen.

»Frieda Klein«, wiederholte er langsam, als würde er sich den Klang der Worte auf der Zunge zergehen lassen.

»Kennen Sie sie persönlich?«, fragte Lola.

»Ja.«

Es folgte eine Pause.

»Ich hatte gehofft, Sie könnten mir etwas über sie erzählen. Mich in die richtige Richtung lenken.«

»Sie studieren Kriminologie, oder?«

»Ja.«

»Dann haben Sie ja wahrscheinlich schon gelesen, dass polizeiliche Ermittlungen oft Spinner, Scharlatane und geistig Gestörte anziehen?«

»Meinen Sie damit Frieda Klein?«

»Ich meine nur, dass Sie an das Phänomen, dass eine Amateurin sich in polizeiliche Ermittlungen hineinmogelt, mit einer gewissen Objektivität herangehen sollten.«

»Ich dachte, sie hätte zur Aufklärung mehrerer Fälle beigetragen.«

Bradshaw reagierte mit einem traurigen Lächeln. »Ich würde Ihnen dringend raten, Frieda Kleins Selbsteinschätzung nicht zu übernehmen. Wenn Sie richtig recherchieren, werden Sie womöglich feststellen, dass Klein eine Spur der Verwüstung hinter sich herzieht.«

»Das klingt, als würden Sie sie ganz und gar nicht mögen.«

Bradshaw schüttelte den Kopf. »Ich bin Wissenschaftler. Als solcher analysiere ich lediglich die Fakten. Wenn manche Leute sie als Betrügerin, Wichtigtuerin oder sogar als Bedrohung sehen, dann ist das deren Sache. Oder Ihre.«

4

Wo ist der her? Los, raten Sie!«

Dan Quarry griff nach dem frisch eingeschenkten Glas Whisky, roch daran und nahm dann einen Schluck. Eigentlich trank er schon seit Monaten keinen Alkohol mehr. Er hatte es seiner Frau versprochen. Aber nun gab es diesen besonderen Anlass, außerdem gehörte ein Kneipenbesuch mit seinem neuen Chef zum Job, also zum Pflichtprogramm. Erneut schnupperte und kostete er. Das war bereits der vierte – oder gar schon der fünfte? Mittlerweile schienen sie alle gleich zu schmecken.

»Schottland?«, mutmaßte er.

Detective Inspector Bill Dugdale wirkte enttäuscht. »Schottland? Wenn er aus Schottland wäre, hätte ich Sie gar nicht erst gefragt. Nein, der kommt aus Japan. Feines Zeug. Mild. Hat durchaus Klasse.«

»Ich wusste gar nicht, dass die in Japan Whisky machen.«

»Sie müssen noch eine Menge lernen, sowohl über Polizeiarbeit als auch über Whisky.« Dugdale hob sein Glas. »Auf alle Schuldsprüche!«

Quarry trank aus. Kurz nach drei Uhr nachmittags waren sie über das Urteil informiert worden und schnurstracks ins Pub gegangen, die Detectives und auch die uniformierten Kollegen. Nach ein paar Stunden, geprägt von Lachen, Schulterklopfen und spöttischen Scherzen über die missglückte Strategie der Verteidigung, hatte Dugdale seinem neuen Kollegen zugenickt, und sie waren in eine Seitenstraße der Tottenham Court Road gegangen, in eine Kneipe, wo nur Mitglieder

Zutritt hatten. Dugdale hatte von einer Whiskyprobe gesprochen, als handelte es sich dabei um ein wissenschaftliches Experiment.

»Jedes Mal, wenn wir zu einem guten Abschluss kommen«, hatte Dugdale erklärt, »dann probiere ich ein halbes Dutzend Whiskys, die ich noch nicht kenne.«

Ein halbes Dutzend, wiederholte Quarry in Gedanken. Das hieß, dass noch einer ausstand. Womöglich blühten ihm sogar noch zwei. Verstohlen musterte er seinen neuen Chef. Dugdale hatte einen großen Kopf, kurz geschorenes Haar und ein rundes, meist gerötetes Gesicht mit weichen Konturen und leicht schwammiger Haut. Der warme Grauton seiner Augen verlieh ihm einen sanften Blick, aber Quarrys früherer Chef unten in Camberwell hatte gemeint, er solle sich in Acht nehmen. Dugdales vorheriger Assistent war ganz plötzlich von der Bildfläche verschwunden. Niemand wollte Quarry den genauen Grund nennen, doch gerade das machte ihn nervös. Ansatzweise hatte er selbst bereits mitbekommen, was passierte, wenn sein Chef nicht zufrieden war.

»Also, welcher ist Ihr bisheriger Favorit?«, wollte Dugdale jetzt wissen.

Quarry versuchte sich zu erinnern. Einer hatte unangenehm karamellig geschmeckt, ein anderer gerochen wie das Zeug, das man auf Schnitt- oder Schürfwunden tupfte. Dann war da noch der gewesen, der laut Dugdale Fassstärke hatte: »Zu dem werden Sie einen Schuss Wasser brauchen, mein Junge.«

Quarrys ehrliche Antwort wäre gewesen: keiner. Er mochte keinen Whisky. Diesen Teil seines Jobs mochte er überhaupt nicht besonders – das Trinken, die derben Scherze, das kameradschaftliche Getue, als wäre alles bestens, auch wenn das gar nicht stimmte. Nachdenklich ließ er den Blick durch den kleinen, im oberen Stockwerk gelegenen Raum schweifen, in dem sie sich gerade befanden. Es herrschte eine Atmosphäre wie in einem Freimaurerklub. Grüppchen von Männern in Anzügen tranken und redeten miteinander, um Geschäfte zu machen, Kontakte zu knüpfen, Netzwerke aufzubauen. Wie sie ihn wohl einschätzten? Er warf einen Blick in den Spiegel hinter der Theke und sah darin ein Gesicht, das er kaum als das seine erkannte: bleich, unrasiert, leicht verspannt. Am liebsten hätte er jetzt einen Moment seine Ruhe gehabt, um draußen vor der Tür eine zu rauchen und seine Gedanken zu ordnen. Aber er musste eine Wahl treffen.

Der Japaner schmeckte am wenigsten wie Whisky, was fast so gut war, wie gar keinen Whisky zu trinken.

»Dieser hier«, sagte er. »Der ist so…« – er suchte nach einem passenden Wort – »… unaufdringlich.«

»Unaufdringlich«, wiederholte Dugdale und lachte schallend. »Das gefällt mir! Unaufdringlich. Übrigens eine gute Wahl. Ich schätze, dann werden Sie den nächsten auch mögen.«

Doch bevor er bestellen konnte, klingelte sein Telefon. Im ersten Moment wirkte Dugdale gereizt, doch innerhalb weniger Sekunden schien sich sein ganzes Gesicht zu verändern, zu verhärten. Er stellte ein paar knappe Fragen, aber hauptsächlich hörte er zu. Als er das Telefon schließlich wieder einsteckte, wirkte er gedankenverloren, als hätte er vollkommen vergessen, dass Quarry auch noch da war. Dann blickte er sich um.

»Wir werden den Bourbon aufs nächste Mal verschieben müssen«, erklärte er.

»Wie schade.«

Dugdale musterte ihn aus zusammengekniffenen Augen. Mit einem Anflug von Nervosität fragte sich Quarry, ob er gerade sarkastisch geklungen hatte.

»In Hampstead ist doch dieser Wagen völlig außer Kontrolle die Heath Street hinuntergeschossen und hat einen Mann totgefahren«, erklärte Dugdale. »Im Wageninneren wurde eine weitere Leiche gefunden. Haben Sie das gelesen?«

»Nein«, antwortete Quarry.

Aus Dugdales Miene sprach Missbilligung, als fände er, dass es zu Quarrys Job gehörte, so etwas zu wissen. »Der Fall ist jetzt unser Problem.«

Am nächsten Morgen um zehn saß Quarry seinem Chef an dessen Schreibtisch gegenüber. Auf den Knien balancierte er eine Akte und ein Notizbuch, beides in gefährlicher Schieflage. Dugdale nahm einen Karton Milch von dem Tablett auf seinem Tisch und gab einen Schuss in seinen Kaffee.

»Trinken Sie keinen, Dan?«, fragte er.

Quarry schüttelte den Kopf. »Ich hatte schon zu viele.« Er war bereits vor sieben ins Büro gekommen, um das Material zu dem Fall zu sichten.

Dugdale lachte in sich hinein. »Sie sehen aus, als hätten Sie gestern Abend auch ein paar zu viel erwischt.«

Quarry gingen mehrere Antworten durch den Kopf, die er ihm darauf hätte geben können, doch er behielt sie lieber für sich.

»Ich stelle gerade ein Team zusammen«, fuhr Dugdale fort. »Aber bevor wir die erste Besprechung einberufen, sollten wir erst mal klären, wo wir stehen.«

»Deswegen habe ich heute schon so früh angefangen.«

»Also, wo stehen wir?«

»Ich bin die Befragungen der Augenzeugen durchgegangen«, begann Quarry.

»Zeitverschwendung«, meinte Dugdale. »Die haben alle was anderes gesehen. Einer hat behauptet, in dem Wagen wären zwei Personen gewesen. Ein anderer will gesehen haben, dass der Fahrer mit beiden Händen das Steuerrad umklammerte und dabei grinste.« Er nahm einen Schluck Kaffee. »Manchmal frage ich mich, warum wir uns überhaupt die Mühe machen, mit Augenzeugen zu sprechen.«

»Der Wagen wurde in Didcot gestohlen«, informierte ihn Quarry. »Der Besitzer ist in Urlaub. Deswegen wurde der Diebstahl nicht gemeldet.«

Dugdale runzelte die Stirn. »Sind Sie sicher, dass der Besitzer in Urlaub ist? Hat das jemand überprüft?«

Quarry warf einen Blick in seine Unterlagen. »Ja, die Kollegen haben das überprüft. Er ist auf den Kanaren.«

»So ein Glückspilz«, meinte Dugdale.

»So ein Glückspilz nun auch wieder nicht«, entgegnete Quarry. »Immerhin wurde ihm das Auto gestohlen.«

»Vergessen Sie diesen ganzen Mist«, meinte Dugdale. »Fangen wir mit den wichtigen Punkten an. Ein Wagen rast außer Kontrolle eine Londoner Straße hinunter. Die einzige Person im Wagen ist bereits tot. Ermordet. Saß der Mann eigentlich auf dem Fahrersitz?«

Es folgte eine Pause.

»Ich überprüfe das«, sagte Quarry.

»Die Zeugen, die gesehen haben, wie der Wagen in das Schaufenster krachte, spielen im Moment keine Rolle. Entscheidend ist erst einmal, was oben auf dem Hügel passiert ist. Dafür brauchen wir Zeugen.«

»Soweit ich das bisher beurteilen kann, hat die Polizei nur die Leute am eigentlichen Unfallort befragt.«

»Wir sind die Polizei. Wir können weitere Zeugen finden. Wer auch immer für die Sache verantwortlich ist, hat das Auto von einem uns unbekannten Ort zur Heath Street gefahren, ist oben an der Kuppe ausgestiegen und hat dann irgendwie dafür gesorgt, dass der Wagen den Hügel hinunterraste. So etwas muss doch jemandem aufgefallen sein.«

»Falls dem so war, wissen wir nichts darüber.«

»Also ist es nun an uns, die betreffenden Leute in die Finger zu kriegen. Vielleicht gibt es ja Aufzeichnungen von Überwachungskameras.«

»Wir wissen nicht genau, wo das Ganze stattgefunden hat.«

»Dann ziehen Sie los und finden Sie es heraus!« Dugdale rieb sich das Gesicht. »Jemand tötet einen Mann, setzt ihn in einen Wagen und lässt ihn einen Hügel hinuntersausen, mitten hinein in eine Gruppe unschuldiger Leute. Was hat das für einen Sinn?«

Es folgte eine lange Pause.

»Wollen Sie da jetzt eine Antwort hören?«, fragte Quarry.

»Ich will Kameraaufzeichnungen«, entgegnete Dugdale, »oder einen Zeugen. Aber darum können Sie sich später kümmern. Als Erstes müssen wir zu der Witwe. Ihr sagen, dass ihr Mann ermordet wurde.«

5

Eine gute Stunde später standen die beiden Detectives in Barking vor Sarah Kernans Tür. Dugdale drückte auf die Klingel und trat dann wieder einen Schritt zurück. Als schließlich die Tür aufschwang, starrte ihnen das unrasierte Gesicht eines jungen Mannes entgegen. Er war im Schlafanzug, und das Haar stand ihm strubbelig vom Kopf ab. Überrascht starrte Dugdale ihn an.

»Sie sind bestimmt Ned Kernan«, sagte Quarry. »Der Sohn, nicht wahr?«

»Und wer sind Sie?«

Dugdale hielt ihm seinen Ausweis hin. »Wir müssen mit Ihnen und Ihrer Mutter reden.«

In der Küche fanden sie Sarah Kernan am Tisch vor, ebenfalls noch in ihrem Schlafgewand, einem blauen Baumwollnachthemd, über dem sie einen gestreiften Bademantel trug. Ihre Füße steckten in fröhlich gemusterten Hausschuhen. Eine zweite Frau stand an der Spüle, mit dem Rücken zu ihnen.

»Mum, da ist noch mal die Polizei.«

Sie hob die Hand an den Ausschnitt ihres Bademantels. »Damit habe ich nicht gerechnet. Ich bin noch nicht angezogen.«

»Das ist schon in Ordnung«, entgegnete Dugdale. »Wir müssen Ihnen etwas sagen.« Er nickte zu Ned hinüber. »Vielleicht setzen Sie sich besser.«

»Mein Mann ist tot«, sagte Sarah Kernan mit schriller, zittriger Stimme. »Was gibt es denn da noch zu sagen?«

»Soll ich gehen?«, meldete sich die andere Frau zu Wort.

»Nein, bleib da.« Sarah Kernan griff nach ihrem Arm. »Das ist meine Schwester Peggy.«

»Ja, die Familienähnlichkeit ist nicht zu übersehen«, meinte Dugdale.

»Sie sind aber nicht dieselben Polizisten wie beim letzten Mal.«

»Wir haben den Fall übernommen. Also, ich muss Ihnen Folgendes mitteilen: Ihr Mann wurde ermordet.«

Aufmerksam ließ er den Blick zwischen ihr und dem Sohn hin und her wandern, um bei beiden die erste Reaktion mitzubekommen. Ihm war klar, dass Quarry, der hinter ihm neben der Tür stand, das Gleiche tat. Auf der Herfahrt hatte er betont, wie wichtig es sei, Angehörige nicht aus den Augen zu lassen, wenn sie die Neuigkeit erfuhren. So unvorbereitet erwischte man sie nie wieder. In diesem Fall aber bekam er nur Bestürzung zu sehen. Sarah Kernan stieß einen kleinen Schrei aus. Sie klang dabei wie ein gequältes Tier. Ihr Sohn wirkte einfach nur sprachlos. Die Schwester schlug eine Hand vor den Mund und riss die Augen auf.

»Wie kann das sein?«, fragte Sarah Kernan schließlich.

»Wer hat das getan?«, warf Ned Kernan in rauem Ton ein. Dugdale sah, dass er sich bemühte, wie ein Mann zu reagieren, obwohl seine Augen noch die eines Kindes waren und voller Angst.

»Wir beginnen gerade erst mit den Ermittlungen«, erklärte Dugdale. Er wünschte, er könnte etwas Positiveres sagen, ein Versprechen abgeben.

»Dann hat er mich also nicht alleingelassen. Ich wusste doch, er würde mich nicht alleinlassen.«

»Bis jetzt wissen wir nur«, antwortete Dugdale an Mrs. Kernan gewandt, »dass Sie ihn drei Tage bevor seine Leiche in Hampstead in einem Auto gefunden wurde, vermisst gemeldet haben.«

Sie nickte.

»Am dreizehnten September«, warf Quarry ein.

»Ja, ich glaube, es war der Dreizehnte«, antwortete Sarah Kernan. »Oder, Peggy?«

Peggy nickte. »Ja, das müsste stimmen. Möchten Sie Tee?«, fügte sie hinzu.

»Nein danke«, lehnte Dugdale ab.

»Einen Schuss Milch, keinen Zucker«, sagte Quarry, während er sich einen Stuhl heranzog und neben Ned niederließ. »Das Ganze ist natürlich für alle ein Schock.«

»Sie haben ihn vermisst gemeldet«, fuhr Dugdale fort, »bekamen aber die Auskunft, es handle sich aller Wahrscheinlichkeit nach nicht um einen Fall für die Polizei. Sehe ich das richtig?«

»Ich hätte mich nicht abwimmeln lassen sollen. Ich war mir sicher, dass die nicht recht hatten.«

»So dürfen Sie nicht denken«, entgegnete Dugdale, »schließlich konnten Sie es doch nicht wissen.«

»Wir hatten uns ein bisschen gezankt«, gestand Sarah Kernan. »Es war so schwer, nur noch zu zweit zu sein, nachdem Ned nicht mehr hier lebte.«

»Mum«, sagte der Junge, der vor Kummer das Gesicht verzog. »Nicht!«

»Jetzt ist es zu spät, um es wieder gutzumachen.« Sie schlug die Hände vors Gesicht.

»Wir müssen herausfinden, was mit Ihrem Mann passiert ist, und damit uns das gelingt, müssen wir Ihnen ein paar Fragen stellen«, erklärte er sanft. »Fühlen Sie sich dem gewachsen?«

Sie ließ die Hände sinken und nickte.

Quarry sah zu, wie Dugdale ihr langsam und geduldig eine Information nach der anderen entlockte. Wie sie bereits wussten, hatte ihr Mann als Vertreter Sanitärbedarf verkauft – Toilettenpapier, Seife, Papiertücher – und viel Zeit in seinem Auto verbracht. Sie selbst arbeitete in einem Gartencenter, obwohl sie nicht viel über Pflanzen wusste. Davor hatte sie eine Stelle als Chefsekretärin in einem Architekturbüro gehabt, aber die Firma war vor ein paar Jahren pleitegegangen. Verheiratet waren sie seit siebenundzwanzig Jahren, und Geoffrey Kernans Mutter lebte noch. Er hatte einen älteren Bruder, dem er nicht nahestand. Sarah Kernan berichtete, er habe in letzter Zeit um seine Arbeit gebangt und deswegen härter geschuftet als je zuvor.

»Alle haben im Moment Probleme«, erklärte sie. »Ich war selber auch schon arbeitslos.«

Ihr zufolge hatte er keine Feinde (wobei das alle sagten, ging Dan Quarry durch den Kopf, während sein Blick von ihrem bestürzten Gesicht zum fleckigen ihres Sohnes wanderte), und ihr fiel kein einziger Grund ein, warum ihn jemand hätte umbringen sollen.

»Er ist einfach nur Geoffrey«, fügte sie hinzu. »Oder Udo.« Sie stieß ein schniefendes Lachen aus.

»Udo?«

»Sein zweiter Vorname. Er hat immer gesagt, es gebe einen Teil von ihm, einen geheimen Teil, der kein langweiliger englischer Geoffrey sei, sondern ein mysteriöserer germanischer Udo. Das war so eine Art Familienwitz bei uns.«

»Verstehe. Aber weder für den einen noch für den anderen fällt Ihnen ein Grund ein, warum ihn jemand hätte umbringen sollen?«

»Nein. Er war zwar manchmal jähzornig und gereizt, aber das ist doch bei jedem so.«

Dugdale fragte sie nach den letzten zwei Wochen: wen ihr Mann da getroffen, was er gemacht habe, ob ihr irgendetwas besonders aufgefallen sei.

Sie runzelte die Stirn und starrte dann auf ihren abkühlenden Tee hinunter. »Wir haben uns mit Peggy getroffen«, sagte sie, »und letzten Samstag war er im Pub, aber nicht lang. Ansonsten hielt er sich kaum zu Hause auf, weil er ja gearbeitet hat.«

»Wo war er denn beruflich unterwegs?«

»Genau weiß ich das nicht, aber irgendwo hier in der Gegend – Essex und London, meine ich. Manchmal fuhr er bis nach Derby oder Sheffield, und vor ein paar Wochen musste er sogar mal nach Cardiff. Aber nicht letzte Woche. Und in seiner Freizeit war er meistens im Garten, Pflanzen ausgraben, solche Sachen. Wir bekommen gerade eine neue Terrasse, sodass alles umgepflanzt werden muss.«

Sie blickten in den Garten hinaus, der aussah wie eine Kraterlandschaft.

»Der Mann, den wir damit beauftragt haben, kommt nur, wenn ihm danach zumute ist. Deswegen ging das Ganze ziemlich langsam voran. Das hat Geoff in den Wahnsinn getrieben.«

»Was hat ihn denn noch so in den Wahnsinn getrieben?«

»Ich manchmal«, warf Ned ein. Er versuchte zu lachen, aber da ihm dabei die Stimme versagte, kam nur ein abgewürgtes Schnauben heraus. »Er fand, dass ich zu viel trinke und nicht hart genug arbeite. Er konnte auch nicht nachvollziehen, warum ich unbedingt studieren und Schulden anhäufen musste. Mein Vater war der Meinung, ich sollte etwas Richtiges lernen, eine Lehre machen.«

Dan Quarry klopfte ihm auf die Schulter. »Väter und Söhne«, sagte er in freundschaftlichem Ton. »Machen Sie sich deswegen keine Vorwürfe.«

Dugdale stand auf. In Anbetracht seiner wuchtigen Statur bewegte er sich überraschend geschmeidig. »Also, Misses Kernan«, wandte er sich wieder an sie, »ich werde einiges von Ihnen brauchen. Eine Art Zeitplan der vergangenen Wochen.

Wenn Sie nicht sowieso schon alles in einem Kalender stehen haben, könnten Sie mir dann vielleicht seine Termine aufschreiben, so gut Sie sich daran erinnern? Alles, was Ihnen einfällt. Die Namen sämtlicher Leute, mit denen er verabredet war, alle seine Aktivitäten, alle Orte, an denen er sich aufgehalten hat.«

Sie nickte.

»Außerdem brauche ich seine ganze Korrespondenz, seine Kontoauszüge, Rechnungen und so weiter.«

»Warum?«, wollte Ned wissen.

»Reine Routine«, antwortete Dugdale. »Ich nehme mal an, er hat einen Computer.«

»Einen Laptop.«

»Den brauche ich auch.«

Sarah Kernan starrte ihn bekümmert an. Er registrierte, dass ihr Bademantel ein paar Flecken aufwies.

»Der Wagen draußen, ist das der, mit dem er normalerweise fuhr?«

»Ja. Wir haben nur den einen.«

»Dann werde ich mir den ansehen müssen. Dazu bräuchte ich von Ihnen einen Autoschlüssel.«

Wortlos erhob sie sich, trat neben die Terrassentür und nahm einen Schlüsselbund von einem dort angebrachten Haken.

»Wir werden uns nach Kräften bemühen, Sie möglichst wenig zu stören«, erklärte er, »aber es handelt sich nun mal um einen Mordfall.«

Er nickte zu Quarry hinüber.

Eine Stunde später trugen Dugdale und Quarry schachtelweise Briefe, Quittungen, Rechnungen und Kontoauszüge zum Wagen. Kernans Computer hatten sie bereits eingeladen, zusammen mit dem kleinen Notizbuch, worin er seiner Frau zufolge seine verschiedenen Passwörter notiert hatte. Dasselbe galt für sein Navi und das Fahrtenbuch, in dem er alle seine beruflichen Strecken aufgelistet hatte, versehen mit der jeweiligen Kilometerzahl.

Als sie schließlich einstiegen, warf Quarry einen Blick auf sein Handy. Sechs verpasste Anrufe, alle von seiner Frau – die bald seine Exfrau sein würde. Er beschloss, sie später zurückzurufen, wenn er allein war, und schaltete das Telefon aus.

»Alles in Ordnung?«, fragte Dugdale.

»Ja.« Quarry ließ den Wagen an.

Ein paar Minuten herrschte Schweigen. Beide Männer dachten angestrengt nach, wenn auch über unterschiedliche Themen.

»Sie können sein ganzes Zeug durchsehen«, sagte Dugdale schließlich.

»Was?« Quarry war in Gedanken noch bei dem bevorstehenden Telefonat mit seiner Frau.

»Das Zeug in den Schachteln. Ich möchte, dass Sie es durchsehen.«

»Soll ich nach etwas Bestimmtem Ausschau halten?«

»Ein normaler Mann verschwindet nicht einfach ohne Grund. Also suchen Sie nach etwas, das den üblichen Rahmen sprengt.«

»Die beiden haben sich gestritten«, bemerkte Quarry.

»Das ist doch normal«, gab Dugdale zurück. »Sogar bei Ehepaaren. Vielleicht sogar besonders bei Ehepaaren.«

Quarry gab ihm darauf keine Antwort.

»Irgendwelche anderen Ideen?«, hakte Dugdale nach. »Was wissen wir sonst noch?«

»Nichts.«

»Tatsächlich?« Dugdale zog die Brauen hoch.

»Der Mörder wollte Aufmerksamkeit erregen«, mutmaßte Quarry zögernd.

»Möglich.« Dugdale nickte ihm zu. »Die meisten Mörder versuchen, die Leichen zu verstecken. Zum Beispiel, indem sie sie vergraben.«

»Vielleicht fange ich am besten mit seinen Kontoauszügen an.«

»Noch was.« Dugdale hielt das Navi hoch. »Überprüfen Sie die neueren Ziele. Finden Sie heraus, wo Geoffrey Kernan in den Tagen vor seinem Tod war.«

»Laut seiner Frau ist er ganz schön herumgekommen.« Quarry lachte. »Womöglich lande ich in Schottland.«

»In der letzten Woche hat er sich ihr zufolge aber im Großraum London aufgehalten.«

»Stimmt. Wie weit soll ich zurückgehen?«

»Schauen wir einfach mal, was sich ergibt.«

»Und Sie, was haben Sie vor?«, fragte Quarry.

»Als Allererstes sehe ich mir seinen Computer an.«

Sobald sie im Präsidium eingetroffen waren, entschuldigte sich Quarry und ging wieder hinaus auf den Parkplatz. Er brauchte eine Zigarette. Nach ein paar Zügen holte er sein Handy heraus und schaltete es an. Mittlerweile waren mehrere Textnachrichten eingegangen, außerdem weitere verpasste Anrufe. Er wollte das Telefon gerade wieder ausschalten, als es zu klingeln begann. Auf dem Display leuchtete Maggies Name auf, als wüsste sie, dass er erreichbar war.

»Mist«, stöhnte er, ging aber trotzdem ran. »Ich bin mitten in einem Fall.«

»Es dauert nicht lang.« Sie klang kurz angebunden. Einen Moment musste er daran denken, wie anders sie früher geklungen hatte, wenn sie mit ihm sprach. Als würde sie im nächsten Moment über einen Scherz lachen, den nur sie beide verstanden. Damals hatte sie ihn auch noch Danny genannt, als Einzige außer seiner Mutter.

»Dann schieß los.«

»Du weißt, warum ich anrufe.«

»Ich lasse es dir so schnell wie möglich zukommen.«

»Das reicht mir nicht. Ich brauche es jetzt. Das ist Teil unserer Abmachung.«

»Ich habe doch gesagt, dass ich es dir zukommen lasse.«

»Ich kann mir nicht ständig etwas von meinem Vater leihen.«

»Maggie, ich habe dir doch erklärt …«

»Es geht hier um deine Tochter. Ganz egal, was du sonst getan hast – was du mir angetan hast –, jetzt sprechen wir über Lucy.«

»Das ist mir schon klar.« Er hätte sie am liebsten angeschrien, zwang sich aber, ruhig zu bleiben. »Ende der Woche hast du es. Versprochen.«

»Sonst rufe ich meinen Anwalt an. Das mache ich ungern, aber ich werde es tun. Und noch was, Dan.«

»Was?«

»Auch das widerstrebt mir, schließlich bist du ihr Vater, aber ich werde notfalls dafür sorgen, dass du sie nicht mehr sehen darfst. Wenn du es nicht einmal schaffst, das bisschen Geld für ihren Unterhalt zu zahlen, dann verdienst du es nicht, sie zu sehen.«

Nachdem sie das Gespräch beendet hatten, fühlte er sich völlig am Ende. Seine Beine zitterten. Benommen lehnte er sich an die Tür eines Streifenwagens. Er verspürte den plötzlichen Drang, die Faust gegen die Scheibe zu knallen, um herauszufinden, ob er es schaffte, das Fenster einzuschlagen. Der Schmerz und das Blut würden alles andere ertränken. Stattdessen aber schüttelte er eine weitere Zigarette aus der Schachtel, zündete sie an und saugte den Rauch tief in seine Lungen.

Dugdale streifte sich Handschuhe über und schaltete den Computer an. Der Bildschirm leuchtete auf, die Symbole wurden hochgeladen. Dugdale tippte das Passwort ein, das Sarah Kernan ihm gegeben hatte, und öffnete dann die E-Mails. Geoffrey Kernan hatte keine große Korrespondenz gepflegt. In seinem Posteingang fanden sich ein paar Bestätigungen von Onlinebestellungen, die aber nichts Interessantes betrafen: Beleuchtungskörper, Wandfarbe, Druckerpatronen. Außerdem hatte ihm sein Sohn ein paar Nachrichten geschrieben, in denen es durchweg um Alltägliches, Pragmatisches zu gehen schien. Der Postausgang wirkte, zumindest auf den ersten Blick, ebenso wenig ergiebig.

Dugdale klickte auf den Browser und öffnete die Liste mit den zuletzt besuchten Seiten. Stirnrunzelnd klickte er noch einmal. Dann ließ er sich zurücksinken und kratzte sich am Kopf. Da war nichts: Der Verlauf war gelöscht. Nachdem er noch eine Weile auf den Computer gestarrt hatte, als könnte der ihm eine Antwort liefern, klappte er ihn wieder zu, erhob sich und nahm das Gerät vorsichtig zwischen seine immer noch behandschuhten Hände. Was hatte Geoffrey Kernan zu verbergen gehabt?

6

Lola saß in der Bibliothek. Nach fast drei Stunden wurden ihr langsam die Augenlider schwer. Anfangs hatte sie es interessant gefunden, weil sie einfach nur die Zeitungsartikel über Frieda Klein durchgegangen war. Viele davon hatte eine Reporterin namens Liz Barron verfasst, offenbar eine Expertin in Sachen Frieda Klein. Barron bezeichnete Klein als »eine Frau, die von Gewalt, Dunkelheit und Tod angezogen wird«. Nachdem sich Lola all die Fotos von Frieda Klein angesehen hatte, die im Lauf der Jahre gedruckt worden waren, kam sie zu dem Ergebnis, dass Liz Barron vielleicht nicht ganz falsch lag. Klein lächelte nie. Mit ihrem dunklen Haar und den dunklen Augen starrte sie einem aus den Zeitungen entgegen, als wollte sie einen herausfordern.

Lola hatte sämtliche Fälle, mit denen Frieda Klein zu tun gehabt hatte, in chronologischer Reihenfolge aufgelistet. Das Ganze begann im Jahr 2010 und dauerte bis in die Gegenwart an. Irgendwann war es ein bisschen kompliziert geworden, sodass Lola in ihre Auflistung eine Menge Pfeile und Kreise einfügen musste. Zum einen war da der Fall, den Professor Tearle erwähnt hatte, die Entführung des kleinen Jungen durch Dean Reeve. Natürlich hatte Lola von Reeve gehört, wer hatte das nicht, aber an die Einzelheiten konnte sie sich nur vage erinnern. Er kam ihr fast vor wie eine Gestalt aus einer Gruselgeschichte, ein Name, der einem Angst machte. Dann gab es da einen Mann, dessen nackte Leiche man auf der Couch einer gewissen Michelle Doyce gefunden hatte. Die Frau war offensichtlich wahnsinnig gewesen, denn sie hatte wohl mehrfach versucht, ihm Nahrung einzuflößen, während er langsam vor sich hin verweste. Eine andere Frau war tot in ihrer Wohnung aufgefunden worden. Besonders beängstigend und traurig fand Lola einen Fall, bei dem es um vermisste Mädchen ging. Im Jahr darauf war ein weiteres Mädchen vergewaltigt und getötet worden. Dann folgte die Sache mit Hannah Docherty, die man in eine Klinik für geistesgestörte Verbrecher gesperrt hatte, und schließlich Daniel Blackstock und der ganze Medienrummel, als schließlich bekannt wurde, dass stimmte, was Frieda Klein immer so hartnäckig behauptet hatte, und Dean Reeve tatsächlich noch am Leben war. Lola beugte sich noch tiefer über die Texte und kaute dabei nachdenklich auf ihrem Stift herum. Reeve hatte damals seinen Zwillingsbruder getötet und war dann von der Bildfläche verschwunden, hatte aber Frieda Klein all die Jahre verfolgt, sie gestalkt wie ein besessener Feind oder gruseliger Verehrer. Allein der Gedanke verursachte Lola ein flaues Gefühl.

Sie versuchte, das Ganze durch Verwendung verschiedener Farben zu vereinfachen. Todesfälle markierte sie mit Orange, Verhaftungen mit Blau, und alles, was mit Reeve zu tun hatte, mit Grün. Heraus kam ein hoffnungsloses Durcheinander, ein Geschmier aus Farben, sich überschneidenden Linien, durchsetzt mit Unmengen von Ausrufe- und Fragezeichen. Aber das war nicht das, was Professor Tearle im Sinn gehabt hatte. Dekonstruieren Sie die Frau, hatte er gesagt. Nehmen Sie sie auseinander. Irgendwie war ihr im Gedächtnis haften geblieben, dass er gefragt hatte, ob polizeiliche Ermittlungen eigentlich eine Form von Therapie seien. Wie hatte er das gemeint?

Ab diesem Punkt wurde es schwierig. Lola begriff nicht, warum die Leute ihre Texte immer so formulieren mussten, als wollten sie die Dinge in Stacheldraht verschnüren. Sie hatte versucht, einen Aufsatz zu lesen, den Frieda Klein über das Konzept der Persönlichkeit verfasst hatte, war aber schon auf der ersten Seite mit ihren Diskussionen über Pronomen hoffnungslos stecken geblieben, auch wenn ihr das Zitat von George Eliot gefiel: »Es ist nie zu spät, die Person zu werden, die man hätte sein können.« Sie notierte sich den Satz und umringelte ihn ein paarmal. Wie sich herausstellte, hatte Hal Bradshaw mehrfach über Frieda Klein geschrieben. Wenn Liz Barron die Chronistin ihres öffentlichen Lebens war, hatte Professor Bradshaw sich zum Experten für ihr Innenleben erklärt. Lola notierte sich ein paar seiner Ausdrücke: Narzissmus, Selbstinszenierung, Größenwahn. Bradshaw argumentierte, sie lechze nach Berühmtheit, sei jedoch in ihrem inneren Kern völlig hohl. Lola fischte einen Schokoriegel aus ihrer Tasche. Während sie langsam darauf herumkaute, starrte sie auf einen weiteren Text hinunter, geschrieben von einem Doktoranden über das Thema »Dr. Frieda Klein und die zerschmetterte Autonomie«. Sie biss ein Stück von ihrem Riegel ab und brachte dabei irgendwie Schokolade auf das Papier. Zerschmetterte Autonomie. Das klang nicht gut. Missmutig blickte sie sich nach den anderen um, die in der Bibliothek vor sich hin arbeiteten, über ihre Tablets oder Notebooks gebeugt. Es war hier viel zu heiß. Sie streifte die Sportschuhe von den Füßen und wackelte mit den Zehen. Außerdem gestattete sie sich, einen Moment die Augen zu schließen. Vor ihrem geistigen Auge tauchte das Gesicht von Professor Bradshaw auf, mit seinen von unten gehaltenen Brillengläsern. Ihr Kopf sank nach vorne.

»Lola!« Ein lautes Flüstern. Sie schreckte hoch. Ihr Freund Denzil grinste sie an.

»Ich habe gerade über etwas nachgedacht.«

»Du hast geschnarcht.«

»Laut?«

»Komm, lass uns was trinken gehen.«

Bereitwillig sprang Lola auf, schlüpfte in ihre Schuhe und griff nach ihrer Jacke. »Super Idee!«

»Das ist doch alles Blödsinn«, sagte sie über ihrem zweiten Glas Wein. »Die Frau hat so viel Schlimmes erlebt. Sie wurde vergewaltigt. Ihr Ex wurde ermordet. Seit Jahren wird sie von einem Irren gestalkt. Kannst du dir das vorstellen? Und diesen ganzen akademischen Autoren fällt nichts Besseres ein, als über irgendwelchen psychopathologischen Schwachsinn zu schwafeln, wie zum Beispiel … was weiß denn ich … *Konfabulation*. Mich würde interessieren, wie es sich anfühlt, in ihrer Haut zu stecken – verstrickt in diese ganze Gewalt.«

»Wie machst du dann jetzt weiter?«

»Ich werde mir halt was zusammenschustern müssen. Zehntausend Wörter sind ja gar nicht so viel.« Sie zog die Nase kraus. »Keiner von den Artikeln, die ich gelesen habe, bringt mich irgendwie weiter.«

»Lebt die Frau noch?«

»Ja.«

»In London?«

»Ich glaube schon.«

»Na dann.«

»Wie meinst du das?«

»Triff dich mit ihr.«

»Ist das denn erlaubt?«

»Warum nicht? Du kannst sie deine Arbeit machen lassen.«

Lola überlegte einen Moment. Ein Treffen mit Frieda Klein. Ein Gespräch mit ihr. Plötzlich erschien ihr das einfacher, als Artikel über sie zu lesen.

Liebe Frieda Klein, bitte entschuldigen Sie, dass ich mich einfach so aus heiterem Himmel bei Ihnen melde. Mein Name ist Lola Hayes und ich studiere Kriminologie …

Doch die E-Mail, die Lola an die Adresse schickte, die sie im Verzeichnis britischer Psychotherapeuten gefunden hatte, kam umgehend zurück: »Ihre Nachricht kann an den folgenden Empfänger nicht gesendet werden.« Eine Telefonnummer war nicht angegeben, und im Telefonbuch stand sie natürlich auch nicht.

Lola betrachtete die Fotos von Frieda Klein, auf denen diese niemals lächelte, aber stets einen klaren Blick hatte. Dann starrte sie erneut auf ihren Notizblock mit den kaum zu entziffernden Kritzeleien hinunter. Aus den Zeitungsausschnitten wusste sie, dass Klein ein Haus in der Saffron Mews besaß, einer kleinen Seitengasse nahe der Tottenham Court Road. Laut Google brauchte sie von dem Platz, an dem sie gerade saß, zu Fuß ungefähr acht Minuten dorthin.

Lola knöpfte ihre Jacke zu. Ihre Mutter sagte immer, man solle das Eisen schmieden, solange es heiß sei.

Lola fand, dass das kleine Haus in der Saffron Mews nett aussah. Es war schmal, eingeklemmt zwischen Garagen zu seiner Linken und einem Block mit Sozialwohnungen zur Rechten, und hatte eine blaue Tür. Lola war auf dem Kopfsteinpflaster der kleinen Gasse stehen geblieben, und als sie nun den Kopf in den Nacken legte, konnte sie ein Dachfenster sehen. Ein gemütliches Häuschen, dachte sie, und empfand dabei einen Anflug von Heimweh. Sie selbst war als Einzelkind in Herefordshire aufgewachsen. Ihre Eltern waren beide schon über vierzig gewesen, als sie auf die Welt kam, und sobald Lola zum Studieren aufgebrochen war, hatten sie ihr Haus verkauft und waren nach Spanien gezogen, in die Nähe von Málaga. Bei ihrem letzten Besuch dort hatte sie sich einen so schlimmen Sonnenbrand zugezogen, dass sogar ihre Kniekehlen Blasen schlugen. Nach allem, was diesen Sommer im Zusammenhang mit dem Referendum passiert war, würden ihre

Eltern vielleicht zurückkehren, aber im Moment kam es Lola so vor, als hätte sie kein richtiges Zuhause mehr.

Es brannte kein Licht, und die Fensterläden im Erdgeschoss waren geschlossen. Das konnte bedeuten, dass jemand da war – oder dass keiner da war. Sie trat vor die Tür und klopfte kräftig, wartete eine Weile und klopfte dann erneut. Nachdem klar war, dass ihr niemand aufmachen würde, beugte sie sich zum Briefschlitz hinunter und versuchte, in den Eingangsbereich zu spähen. Sie sah Holzdielen, einen Sims mit ordentlich gestapelten Briefen, einen Mantel an einem Wandhaken und – direkt gegenüber dem Türschlitz – die steile Treppe in den ersten Stock.

Als Nächstes warf Lola einen Blick in Frieda Kleins Wohnzimmer, indem sie das Gesicht an den schmalen Glasstreifen zwischen den Fensterläden presste. Der Raum war nicht allzu groß und von Bücherregalen gesäumt. Unterhalb des Fensters befand sich ein Schachtisch mit unregelmäßig angeordneten Figuren. Lola konnte nicht Schach spielen, erkannte aber immerhin, dass da jemand mitten in einem Spiel steckte. Am anderen Ende des Raums standen zwei Sessel vor einem kleinen Kamin. Das Holz für das nächste Feuer war bereits aufgeschichtet und wartete nur noch auf ein Zündholz. Auf einem kleinen Tisch thronte eine Topfpflanze mit orangeroten Blüten, und neben dem Blumentopf lag ein Buch mit einem schlichten grünen Umschlag. Das ganze Zimmer wirkte makellos sauber und ordentlich.

Lola wandte sich zum Gehen. Es war niemand zu Hause. Sie würde Frieda Klein anderweitig aufspüren müssen.

Dan Quarry machte Überstunden. Langsam kämpfte er sich durch die Unterlagen. Einerseits hasste er diesen Teil der Polizeiarbeit, andererseits bot er ihm im Moment eine willkommene Zuflucht. Wäre er jetzt nicht damit beschäftigt, säße er mit einer Tiefkühlmahlzeit und ein paar Dosen Bier zu Hause vor dem Fernseher. Als Erstes hatte er sich – im Gegensatz zu Geoffrey Kernan – die Mühe gemacht, die Kontoauszüge chronologisch zu sortieren, sodass er sie nun einen nach dem anderen durchgehen konnte. Bisher war er auf nichts Ungewöhnliches gestoßen. Nach einem Blick auf die Wanduhr verordnete er sich noch eine Stunde. Dann würde er sich ein Sandwich aus der Kantine holen, bevor er weitermachte. Es würde bestimmt eine Weile dauern, bis er hier fertig war.

Bill Dugdale griff nach dem kostenlosen Exemplar einer Londoner Zeitung, das ihm jemand hinhielt, und schlug es auf, sobald er im Zug saß. Auf dem Titelblatt prangte, hauptsächlich in Form von Fotos, das Chaos in Hampstead. Der Bericht über den Mord an Geoffrey Kernan folgte auf Seite drei, neben einem Foto von Kernan, das schon ein paar Jahre alt sein musste. Von Dugdale selbst war auch ein Foto abgedruckt. Es stammte von der Pressekonferenz, die erst vor wenigen Stunden stattgefunden hatte. Er wirkte darauf massig und ungepflegt. Das Hemd hing ihm halb aus der Hose.

Rasch drehte er die Zeitung um, sodass er nur noch die Sportschlagzeilen auf der Rückseite sehen konnte. Zwei Tage waren bereits vergangen, und er hatte noch fast nichts.

7

Mit der U-Bahn nach Swiss Cottage zu gelangen war nicht ganz einfach. Nachdem Lola den Bahnhof verlassen hatte, musste sie immer wieder ihr Handy zurate ziehen. Trotzdem war es besser, als in einer Bibliothek zu sitzen. Schließlich stand sie vor einem industriell aussehenden Gebäude, das in dieser noblen Wohngegend etwas fehl am Platz wirkte. Sie warf einen Blick auf das Messingschild neben der Tür: *Warehouse*. Sie betrachtete die Fassade. Ja, der Bau sah tatsächlich aus wie ein altes Lagerhaus, allerdings ein künstlerisch aufgepepptes, mit farbigen Einfassungen um die Fenster und einem ebenfalls sehr farbenfrohen abstrakten Fries aus Fliesen, der sich knapp unterhalb des Dachs die ganze Front entlangzog. Lola schob die Glastür auf und trat in ein kleines, komplett holzvertäfeltes Foyer, wo eine gemütliche Sitzgruppe und bunte Kissen für eine freundliche Atmosphäre sorgten. Am Empfang saß eine Frau, etwa in Lolas Alter. Fragend blickte sie von ihrem Telefon auf.

»Ich möchte zu Frieda Klein«, erklärte Lola.

»Haben Sie einen Termin?«

»Nicht direkt«, antwortete sie. »Ich meine, nein.«

»Bitte setzen Sie sich.«

Während Lola sich auf das weiche, cremeweiße Sofa sinken ließ, wurde ihr klar, dass sie sich gar nicht überlegt hatte, was sie zu Frieda Klein sagen wollte. Vielleicht konnte sie einfach ein bisschen mit ihr plaudern und sich nebenbei ein paar Tipps für ihre Seminararbeit geben lassen. Eine Frau kam mit klackenden Absätzen die Treppe herunter. Nachdem sie kurz mit der Empfangsdame gesprochen hatte, wandte sie sich Lola zu. Sie hatte dunkles Haar und dunkle Augen. An ihren Fingern funkelten mehrere Ringe. Sie trug eine weiße Bluse und einen ziemlich auffallenden langen Rock mit einem Streifenmuster in Bernsteingelb, Blau und Rot. Sie steuerte auf Lola zu und ließ sich neben ihr nieder.

»Sie sehen anders aus als auf den Fotos«, stellte Lola fest.

»Welchen Fotos?«

»In den Zeitungsberichten. Aber es ist nett von Ihnen, dass Sie mich empfangen.«

Die Frau runzelte einen Moment irritiert die Stirn, doch dann breitete sich ein Lächeln auf ihrem Gesicht aus. »Sie halten mich für Frieda Klein?«

Sie sprach mit einem ausländischen Akzent. Spanisch? War Frieda Klein Spanierin? Davon hatte in keiner der Zeitungen etwas gestanden.

»Sind Sie es denn nicht?«, fragte Lola skeptisch.

»Ich bin eine Kollegin von ihr.« Sie hielt einen Moment inne, weil sie offenbar mit einer Reaktion von Lola rechnete, doch nachdem dieser beim besten Willen nichts einfiel, fuhr sie in ruhigem Ton fort: »Wer einen Termin bei Frau Doktor Klein möchte, besorgt sich normalerweise erst einmal eine ärztliche Überweisung.«

Wieder wartete sie einen Moment.

»Ich bin nicht direkt eine Patientin«, erklärte Lola.

»Sondern?«

»Studentin.«

»Wenn Sie hier ein Praktikum machen möchten, stellen Sie bitte einen schriftlichen Antrag. Da können Sie nicht einfach so hereinschneien.«

»Diese Sorte Studentin bin ich nicht. Ich möchte nur kurz mit Frieda Klein sprechen.«

»Viele Leute wollen mit Doktor Klein sprechen.«

»Ich schreibe eine Seminararbeit. Dazu würde ich ihr gerne ein paar Fragen stellen.«

»Worum geht es in der Arbeit?«

»Um Frieda Klein.«

»Welches Fach studieren Sie?« Plötzlich klang die Frau nicht mehr freundlich.

»Ich bin Kriminologin. Man hat mir gesagt, sie sei ein lohnendes Thema.«

»Nein.«

»Nein?«

»Frau Doktor Klein ist nicht da.«

»Wissen Sie, wann sie zurückkommt?«

»Sie ist weggefahren.«

»In Urlaub?«

»Das geht Sie nichts an.«

»Haben Sie eine Nummer von ihr? Eine E-Mail-Adresse?«

»Sie legt großen Wert auf ihre Privatsphäre.«

»Hören Sie, ich habe in den Zeitungen eine Menge über sie gelesen. Wenn sie eines nicht hat, dann ist es viel Privatsphäre.«

»Sie sollten jetzt gehen«, sagte die Frau in zornigem Ton.

Ein junger Mann gesellte sich zu ihnen. Er war groß und schlaksig und trug zu einer lässigen, seidig schimmernden Hose eine Strickjacke, die Lola selber gern gehabt hätte, und klobige Stiefel. Sein hellbraunes Haar war zu einem Pferdeschwanz zurückgebunden. Lola sah, dass er mehrere Piercings hatte.

»Kann ich helfen?«

»Nein. Die junge Dame ist schon am Aufbrechen.« Sie bedachte Lola mit einem finsteren Blick, ehe sie sich selbst zum Gehen wandte.

»Keine sehr freundliche Person«, bemerkte Lola.

»Sie betrachtet es als ihre Aufgabe, alle hier zu beschützen.«

»Sind Sie ein Patient?«, erkundigte sich Lola.

»Nein, ich arbeite hier.«

»Also Psychoanalytiker? Sie sehen gar nicht so aus.«

»Wie sehen Psychoanalytiker denn aus?«

»Ähm, ich weiß nicht. Älter als Sie, und strenger. Ich stelle mir da jemanden mit Bart und Brille vor, und …«, sie betrachtete ihn skeptisch, »… nicht so gekleidet wie Sie.«

Er lachte. »Sie meinen, wir sollten alle aussehen wie Freud?«

»Wie heißen Sie?«

»Jonah Martin. Und Sie?«

»Lola Hayes. Kennen Sie Frieda Klein?«

»Ich fürchte, nein. Ich habe erst letzte Woche hier angefangen. Natürlich weiß ich über sie Bescheid. Sie gehört hier irgendwie zum Inventar.«

»Wissen Sie auch, wie ich sie finden kann?«

Er schüttelte den Kopf. »Nein. Und wenn ich es wüsste, würde ich es Ihnen wahrscheinlich nicht sagen.«

Eine Minute später stand Lola wieder draußen auf dem Gehsteig. Allem Anschein nach gab es für sie keine Möglichkeit, an Frieda Klein heranzukommen. Weitere zehn Minuten später, auf dem Rückweg zur U-Bahn-Station, klingelte ihr Telefon. Es war Hal Bradshaw.

»Oje!«, stieß sie erschrocken hervor. »Habe ich etwas falsch gemacht?«

»Nein, ganz und gar nicht.« Sein Lachen klang lässig und routiniert. »Ich wollte mich nach unserem Gespräch über Frieda Klein nur noch einmal melden.«

»Wirklich? Das ist aber nett von Ihnen.«

»Wie kommen Sie denn voran?«

»Nicht gut. Ich war gerade in ihrer Klinik in Swiss Cottage. Anscheinend ist sie weggefahren und nicht erreichbar.«

»Tatsächlich? Interessant. In diesem Fall habe ich einen

anderen Vorschlag. Frieda Klein wurde von Doktor Reuben McGill ausgebildet. Er war eine Weile recht berühmt, besser gesagt berühmt-berüchtigt. Wie auch immer, jedenfalls gehört er zu ihrem Freundeskreis und lebt in Primrose Hill. Da können Sie gleich zu Fuß hingehen.«

»Was? Jetzt?«

»Ja, jetzt, wenn Sie wollen. Er kennt ihre Geheimnisse. Wenn nicht er, wer dann? Gehen Sie hin und reden Sie mit ihm. Danach rufen Sie mich an und erzählen mir, wie es Ihnen ergangen ist.«

Er nannte ihr die Adresse. Lola hatte dabei ein ungutes Gefühl, und als sie zwanzig Minuten später an Reuben McGills Tür klopfte, fühlte sie sich noch immer nicht besser. Drinnen hörte sie jemanden heranschlurfen. Dann schwang die Tür auf, und vor ihr stand eine zerknautscht wirkende Gestalt um die sechzig. Der Mann hatte struppige graue Locken, Tränensäcke unter den Augen und unrasierte Wangen. Er trug ein kariertes Hemd und war barfuß. Lola erklärte, sie wolle zu Reuben McGill.

»Der bin ich.«

Während Lola ihm den Grund ihres Besuchs nannte, wurde sein Gesichtsausdruck immer misstrauischer. Als sie fertig war, stieß er ein unwilliges Schnauben aus. »Wie sind Sie überhaupt an diese Adresse gekommen?«, wollte er wissen.

Aus irgendeinem Grund, den sie selbst nicht ganz verstand, war Lola plötzlich versucht, etwas zu erfinden. Aber da ihr auf die Schnelle nichts einfiel, blieb sie dann doch bei der Wahrheit. »Professor Hal Bradshaw hat sie mir gegeben.«

Sie rechnete mit einer verblüfften oder verärgerten Reaktion. Womit sie nicht gerechnet hätte, war sein keuchendes Lachen.

»Hal Bradshaw«, wiederholte er, als wäre der Name an sich schon lustig. Dann schlug das Lachen in Husten um. Er winkte sie herein. Zögernd folgte sie ihm in sein Wohnzimmer, wo ein ziemliches Chaos aus Büchern, Flaschen und Klamotten herrschte. Auf einem Sessel lag eine schlafende Schildpattkatze.

»Josef!«, rief Reuben, ohne den Blick von Lola abzuwenden. »Du musst unbedingt runterkommen und dir das ansehen!«

Sie hörte schwere Schritte auf der Treppe. Der Mann, der wenige Augenblicke später den Raum betrat, hatte dunkles Haar und braune, ausdrucksstarke Augen. Zu einem schlichten T-Shirt und einer mit Farbspritzern übersäten Jeans trug er schwere Schnürstiefel, die im Haus irgendwie unpassend wirkten.

»Sie ist Studentin«, erklärte McGill. »Sie möchte über Frieda schreiben.«

»Na so was«, antwortete Josef.

»Und sie ist von Hal Bradshaw zu uns geschickt worden.«

Jetzt lächelte auch Josef. Lola fragte sich verwirrt, was wohl an Bradshaw so lustig war.

»Dürfen wir Ihnen etwas zu trinken anbieten?«, fragte McGill.

»Sie meinen Tee?«

»Eigentlich dachte ich an etwas Stärkeres.«

»Dafür ist es noch ein bisschen früh.«

»Ich war der Meinung, ihr Studenten macht das so.«

»Nicht die ganze Zeit.«

»Dann sind Sie also eine Freundin von Hal Bradshaw.«

»Nein, keine Freundin. Ich bin ihm erst ein einziges Mal begegnet. Mein Betreuer hat mir gesagt, dass Professor Bradshaw Frieda Klein kennt. Deswegen habe ich ihn aufgesucht und wurde von ihm an Sie verwiesen.«

McGill lächelte schon wieder.

»Ist das irgendwie lustig?«, fragte Lola.

»Haben Sie *Road Runner* gesehen?«, entgegnete McGill.

»Ich glaube nicht«, antwortete Lola.

McGill sah zu Josef hinüber. »Du?«

»*Road Runner*?«, wiederholte Josef nachdenklich. »Ist das ein Auto?«

»Ihr seid zwei hoffnungslose Fälle«, meinte McGill. »Es ist ein Zeichentrickfilm. Ihr solltet ihn euch ansehen, alle beide.« Er zog ein Gesicht, als wäre er immer noch fassungslos. »Also, der Road Runner ist eine Art Straußenvogel. In dem Zeichentrickfilm versucht ein Kojote namens Wile E. Coyote mit immer raffinierteren Methoden, den Road Runner zu fangen, scheitert aber jedes Mal.« An Lola gewandt fügte er hinzu: »Wahrscheinlich sagt Ihnen das jetzt nicht viel, aber wenn Sie die Serie gesehen hätten und Bradshaw so gut kennen würden wie wir, dann wüssten Sie, dass Bradshaw so ist wie Wile E. Coyote. Und Frieda ist wie der Road Runner.« Er schwieg einen Moment. »Sie sollten sich das wirklich ansehen. Es ist lustig. Schätzungsweise finden Sie es auf YouTube.«

Wieder folgte ein Moment des Schweigens.

»Ich will Doktor Klein nichts Böses«, erklärte Lola. »Ich möchte nur über sie schreiben. Über das, was sie alles geleistet hat.«

McGill und Josef wechselten einen Blick.

»Das Ganze erübrigt sich sowieso«, sagte McGill. »Sie ist nämlich nicht da.«

»Ich weiß«, antwortete Lola. »Ich wollte sie zu Hause aufsuchen. Jetzt komme ich gerade vom Warehouse, wo mich eine Frau wie eine Kriminelle behandelt hat.«

»Tja«, meinte McGill grinsend, »Paz ist ein Drachen.«

»Wo liegt das große Problem? Warum kann ich sie nicht einfach anrufen? Wenn sie weggefahren ist, kann ich ihr eine E-Mail schreiben, oder was auch immer sie benutzt. Ich möchte ihr lediglich ein paar Fragen stellen.«

»So einfach ist das nicht«, widersprach Josef kopfschüttelnd.

»Können Sie mir wenigstens verraten, warum Sie mir nichts verraten wollen?«

»Damit würden wir Ihnen schon etwas verraten«, entgegnete McGill. »Hören Sie, Layla …«

»Lola.«

»Wir waren so freundlich, mit Ihnen zu sprechen. Ich glaube, es wäre besser, wenn Sie sich für Ihre Seminararbeit ein anderes Thema suchen würden.«

»Aber jetzt haben Sie mich erst so richtig neugierig gemacht«, gab Lola zurück.

Beim Verlassen des Hauses traf sie auf eine junge Frau mit stacheligem schwarzem Haar. Ihre Augen waren mit schwarzem Kajal umrandet, und sie trug klobige Stiefel und eine schwarze Lederjacke. Lola fand, dass sie ziemlich beängstigend aussah, doch die junge Frau lächelte sie an, wodurch ihr Gesicht hinter der Schminke auf einmal verletzlich und lieb wirkte.

»Hallo«, sagte sie.

»Hallo, Chloë!«, rief Josef aus dem Haus.

Das war also Frieda Kleins Nichte. Lola hatte in den Zeitungsausschnitten von ihr gelesen. Vermutlich wäre es eine gute Idee, mit ihr zu sprechen, ging ihr durch den Kopf. Sie wandte sich um, doch genau in dem Moment fiel die Haustür ins Schloss.

Lola traf sich in der Zeitungsredaktion in Canary Wharf mit Liz Barron. Ihr Büro lag im achtzehnten Stock. Von ihrem Schreibtisch aus sah man über die Themse auf den Millennium Dome. In der hellen Nachmittagssonne wirkte das Gebäude wie eine weiße, stachelige Schildkröte. Lola musste sich zwingen, den Blick abzuwenden und sich auf die leuchtende, lächelnde Gestalt vor ihr zu konzentrieren. Die Frau hatte glänzendes Haar, schimmernde Lippen und eine Aura unerschütterlicher Freundlichkeit, die Lola beunruhigend fand.

»Ich habe mir die Zeitungsartikel über Frieda Klein angesehen«, erklärte Lola. »Dabei hatte ich den Eindruck, dass Sie mehr über sie geschrieben haben als alle anderen.«

»Ja, wahrscheinlich als Strafe für meine Sünden«, antwortete Barron. »Die meisten Ärzte lieben ja öffentliche Aufmerksamkeit. Man kann sie gar nicht aus dem Fernsehen oder den Zeitungen heraushalten. Bei Frieda war das anders, irgendwie rätselhaft. Ich habe sie mehrfach interviewt, mich bemüht, sie aus der Reserve zu locken, aber sie schien sich im Rampenlicht nie richtig wohlzufühlen.«

»Warum hat sie sich dem dann überhaupt ausgesetzt?«

Barron schüttelte den Kopf, sodass ihr Haar hin und her schwang. »Vielleicht bräuchte man einen Psychologen, um diese Frage zu beantworten, aber ich habe es nach bestem Wissen versucht. Ich fand immer, dass sie etwas Düsteres ausstrahlte, etwas, das sie zu dem hinzog, was sie am meisten fürchtete. Ich habe darüber geschrieben – einen langen Artikel über Frauen, die sich von Dunkelheit und Gewalt angezogen fühlen.«

»Ja, den habe ich gelesen.«

»Die Reaktionen darauf waren unglaublich.«

Lola nickte unverbindlich. Sie selbst fühlte sich nicht von Dunkelheit und Gewalt angezogen.

»Ich frage mich, wie es mit ihr weitergehen wird«, fuhr Liz Barron fort.

»Inwiefern?«, fragte Lola.

»Sie hat sich in die Ermittlungen zu den Hannah-Docherty-Morden eingemischt. Das ist schlecht ausgegangen. Dann war da noch der Fall Daniel Blackstock. Ich habe den Mann persönlich gekannt, die Geschichte hat sich direkt vor meiner Nase abgespielt. Ich will damit nur sagen, dass es Frieda meiner Meinung nach nicht gut geht.« Sie musterte Lola nachdenklich. »Und Sie wollen Ihre Seminararbeit über sie schreiben. Interessant. Was für einen Eindruck hatten Sie von ihr?«

»Es ist mir noch nicht gelungen, sie aufzuspüren.«

»Wie meinen Sie das? Haben Sie ihre Adresse nicht?«

»In ihrem Haus ist sie nicht. Da stapelt sich die Post. In der Klinik, in der sie arbeitet, war ich auch. Dort hat man mir gesagt, sie sei nicht da, nicht erreichbar, und sie wüssten auch nicht, wann sie zurückkomme.«

»Tatsächlich?« Liz Barrons Augen funkelten. Sie griff nach einem Stift und schrieb etwas auf den vor ihr liegenden Block. Dann richtete sie den Blick wieder auf Lola. »Also, was wollen Sie sonst noch wissen?«

Als sie ihr Gespräch beendet hatten, begleitete Liz Barron Lola zum Aufzug. Sie drückte auf den Knopf. Da sich nichts tat, versuchte sie es gleich noch einmal. Dann wandte sie sich mit einem gewinnenden Lächeln an Lola.

»Wenn Sie etwas Interessantes herausfinden, müssen Sie es mich wissen lassen.«

»Ich glaube nicht, dass das passieren wird«, entgegnete Lola.

Der Aufzug kam noch immer nicht. Barron drückte den Knopf ein weiteres Mal. »Ich bilde mir immer ein, dass man den Lift vielleicht ein bisschen beschleunigen kann, wenn man immer wieder den Knopf drückt.«

Endlich kam er. Lola trat hinein. Die Tür war schon fast zu, als Barron plötzlich den Arm ausstreckte und sie blockierte.

»Was ist?«, fragte Lola.

»Ich musste nur gerade daran denken, dass Leute, die mit Frieda Klein zu tun haben …«

»Ja?«

»Ich weiß nicht. Seien Sie einfach vorsichtig. Und melden Sie sich.«

Mit diesen Worten zog sie die Hand zurück, und die Tür schloss sich.

8

Larry Phelps war etwa eins fünfundneunzig groß und spindeldürr. Er erinnerte Dugdale an einen Baum, der sich zu schnell zum Licht gestreckt hatte. Sogar im Sitzen war er groß, eine Bohnenstange mit schmalen Handgelenken, spitzen Knochen und hoher Stirn. Er rückte die Brille auf seiner knochigen Nase zurecht und beugte sich vor.

»Wir haben ein Problem«, erklärte Dugdale. Er deutete auf den Laptop auf seinem Schreibtisch. »Dieser Computer hat einem Mordopfer gehört. Wir interessieren uns für die Internetaktivitäten des Mannes, aber wie es aussieht, hat er den gesamten Browserverlauf gelöscht. Gibt es eine Möglichkeit, den wiederherzustellen?«

Wortlos klappte Phelps den Laptop auf.

»Kriegen Sie das hin?«, fuhr Dugdale fort. »Sie können das Ding auch mitnehmen, wenn Sie wollen. Mir ist klar, dass es eine Weile dauern kann, aber je eher wir an die Informationen herankommen, desto besser. Falls es überhaupt machbar ist.«

Phelps blickte vom Computer hoch. »Würden Sie mir einen Kaffee organisieren?«, fragte er. »Mit Milch und reichlich Zucker.«

»Klar.«

»Ich meine, jetzt gleich.«

Dugdale schob den Unterkiefer vor. Gleichzeitig stieg ihm ein Hauch von Röte ins Gesicht. Jeder seiner Untergebenen hätte beides sofort als Alarmzeichen gedeutet, doch Phelps fuhr ungerührt fort, auf der Tastatur herumzutippen, ohne den Blick vom Bildschirm abzuwenden. Bei der Polizei gab es Leute, die nach Kaffee verlangten, und Leute, die Kaffee holten. Dugdale gehörte zur ersten Kategorie. Trotzdem schluckte er jetzt hinunter, was ihm auf der Zunge lag. Er verließ den Raum, ging zum Kaffeeautomaten und drückte die Knöpfe für einen Milchkaffee und einen schwarzen Kaffee für sich selbst. Nachdem er sich auch noch zwei Tütchen Zucker geschnappt hatte, kehrte er in sein Büro zurück, wo Phelps mit verschränkten Armen dasaß und zur Decke emporstarrte.

»Wird es schwierig?«, fragte Dugdale.

»Ich habe hier seinen kompletten Suchverlauf.«

Dugdale sah ihn überrascht an. »Ich dachte, er hätte ihn gelöscht.«

Phelps griff nach dem Kaffee und rollte mit seinem Stuhl ein Stück vom Schreibtisch weg. »Wenn jemand seinen Suchverlauf löscht, dann ist das wie …« Er nahm einen Schluck Kaffee. »Es ist, als ob ich mit meiner dreijährigen Tochter Verstecken spiele und sie die Hände vors Gesicht klappt, weil sie glaubt, ich könnte sie dann nicht finden. Hier auf dem Bildschirm haben Sie die entsprechende Liste.«

Dugdale trat vor.

»Hey, passen Sie auf!«

»Was ist denn?«, fragte Dugdale verblüfft.

»Wenn Sie wissen wollen, wie man die Informationen auf diesem Computer unwiederbringlich löscht, dann schütten Sie einfach Ihren Kaffee drüber.«

»Schon gut, schon gut«, meinte Dugdale beschwichtigend. Behutsam stellte er den Becher auf der anderen Schreibtischseite ab. »Haben Sie etwas Interessantes gefunden?«

»Ich schätze mal, Sie sprechen von Pornos. Kinderpornografie, Tierpornografie, was auch immer.«

»Nichts dergleichen?«

Phelps zuckte mit den Achseln. »Ein paar schräge Sachen sind schon dabei. Nichts wirklich Außergewöhnliches. Aber sehen Sie sich seine letzten paar Recherchen an.« Larry Phelps erhob sich. »Ich verschwinde, damit Sie gleich loslegen können.«

Sobald Phelps weg war, setzte Dugdale sich vor den Bildschirm. Ein Fenster mit einer Liste von Webadressen war geöffnet. Wetter, Sport, diverse Onlineanbieter. Aber Phelps hatte von Recherchen gesprochen. Was hatte er damit gemeint? Als Dugdale daraufhin die neuesten Informationen anklickte, wusste er es. Er sprach den Namen laut aus: »Detective Inspector Malcolm Karlsson.«

Eine Weile saß er reglos da. Worum ging es hier? Warum war dieser Handelsvertreter auf der Suche nach Informationen über einen Beamten der Kriminalpolizei?

Dugdale kannte Karlsson ein wenig. Sie waren sich von Zeit zu Zeit bei offiziellen Anlässen über den Weg gelaufen und auch mal zusammen auf einem Lehrgang gewesen. Der Mann fiel irgendwie ein bisschen aus dem Rahmen. Er war kein Mannschaftsspieler, kein Schulterklopfer, keiner von den Jungs, aber durchaus ein kluger Kopf. Im Lauf der Jahre hatte er mit etlichen spektakulären Fällen zu tun gehabt, beispielsweise seinerzeit mit der Entführung des kleinen Jungen durch Dean Reeve oder mit der seltsamen Geschichte, als damals die verwesende Leiche eines Mannes auf dem Sofa einer Wahnsinnigen gefunden worden war. Außerdem war da natürlich noch seine Verbindung mit Frieda Klein. Manche munkelten, er sei in sie verknallt, auch wenn es nie jemand gewagt hätte, ihm das ins Gesicht zu sagen. Dugdale fuhr mit einem Finger an der Innenseite seines Hemdkragens entlang. Warum interessierte sich Kernan für Karlsson? Mit nachdenklich gerunzelter Stirn blieb er noch einen Moment sitzen, dann ging er zur Tür. Quarry murmelte gerade leise in sein Telefon. Eindeutig ein privates Gespräch. Dugdale blieb stehen, bis Quarry ihn bemerkte und verlegen das Gespräch beendete.

»Alles in Ordnung, Dan?«

»Ja«, erwiderte Quarry knapp.

Dugdale erklärte ihm die Sache mit dem Suchverlauf.

»Setzen Sie sich mit Karlsson in Verbindung. Bringen Sie in Erfahrung, ob er in der Vergangenheit irgendwie mit Kernan zu tun hatte. Ich rufe in der Zwischenzeit Misses Kernan an und frage sie nach Karlsson. Wissen Sie noch ihren Vornamen?«

»Sarah«, antwortete Quarry.

»Gut«, sagte Dugdale. »Ich habe nämlich ein furchtbar schlechtes Namensgedächtnis.«

Als Sarah Kernan sich meldete, erkundigte Dugdale sich erst einmal höflich nach ihrem Befinden: ob sie schlafen könne und ob sie professionelle Hilfe in Anspruch nehme. Dann aber kam er auf sein eigentliches Anliegen zu sprechen.

»Wir haben uns den Computer Ihres Mannes angesehen und dabei festgestellt, dass eine seiner letzten Recherchen einen hochrangigen Kriminalbeamten namens Malcolm Karlsson betraf. Deswegen wollten wir Sie fragen, ob Sie dafür vielleicht eine Erklärung haben.«

»Der Name sagt mir gar nichts.«

»Hatte Ihr Mann in letzter Zeit irgendwie mit der Polizei zu tun?«

»Nicht dass ich wüsste. Meinen Sie, er steckte in Schwierigkeiten?«

»Wir haben nichts gefunden, was darauf hindeuten würde. Könnte es sein, dass er Zeuge irgendeines Vorfalls war?«

»Keine Ahnung. Er hat mir nicht immer alles erzählt.«

»Aber um so eine Onlinesuche durchzuführen, muss Ihr Mann Karlssons Namen gekannt haben. Und dafür hat es sicher einen Grund gegeben.«

»Dazu kann ich nur sagen, dass ich den Namen noch nie gehört habe. Vielleicht war er ein Kunde.«

Dugdale konnte sich nicht vorstellen, dass ein hochrangiger Kriminalbeamter etwas mit dem Einkauf von Toilettenartikeln zu tun hatte. »Halten Sie es für denkbar, dass er etwas wusste, das er Karlsson mitteilen wollte?«

»Ich habe wirklich keine Ahnung. Hätte er in so einem Fall nicht einfach das nächste Polizeirevier angerufen oder die Notrufnummer?«

Dugdale fiel noch etwas ein. »Hatte Ihr Mann den Laptop dabei, wenn er geschäftlich unterwegs war?«

»Es tut mir leid, ich weiß nicht viel darüber, was mein Mann… mein verstorbener Mann…« Sie stieß ein ersticktes Schluchzen aus.

»Sie müssen entschuldigen. Das ist bestimmt sehr schwer für Sie. Wenn es Ihnen lieber ist, dann sprechen wir ein anderes Mal…«

Sie reagierte mit einem Husten, gefolgt von einem Schniefen. Dugdale wünschte plötzlich, er hätte irgendeine Kollegin gebeten, dieses Telefonat zu führen. Frauen waren bei so etwas einfach besser. Mitfühlend. Tolerant. Geduldig.

»Nein, ich möchte helfen.«

»Hat noch jemand seinen Computer benutzt?«

»Ich habe meinen eigenen. Und Ned war ja an der Uni, beim Studieren, bis das Ganze passiert ist.«

Dugdale hörte ein Schnäuzgeräusch. »Aber der Computer stand einfach so herum, es hätte ihn also jeder benutzen können«, fuhr er fort.

»Er ließ ihn immer oben in seinem Arbeitszimmer. Da kommt niemand hin.«

»War die Tür abgesperrt?«

»Nein. Aber es kommt nie jemand ins Haus. Höchstens mal eine Freundin von mir zum Tee. Und natürlich meine Schwester.«

Dugdale wusste, wann der Punkt erreicht war, an dem es

nicht mehr weiterging. Er bat sie, ihn anzurufen, falls ihr noch etwas einfallen sollte, rechnete aber nicht damit, dass dies geschehen würde. Nachdem er das Gespräch beendet hatte, runzelte er nachdenklich die Stirn und trommelte mit den Fingern auf der Tischplatte herum. Er spürte, dass da irgendetwas war, das er jedoch nicht zu fassen bekam.

Während Dugdale über das Gespräch mit Sarah Kernan nachdachte, marschierte Quarry die Lincoln's Inn Fields entlang. Ihm war gesagt worden, Karlsson habe gerade einen Termin in einem Pub namens Admiral Hood. Wie er nun feststellte, herrschte in der Kneipe Hochbetrieb. Es war früher Abend, und viele Berufstätige gönnten sich dort ein Feierabendbier, nachdem sie ihren Büros entkommen waren. Quarrys Blick blieb an einem Tisch hängen, an dem ein beleibter kahlköpfiger Mann in einem grauen Anzug allein vor seinem Bier saß und die Abendzeitung las.

»Sind Sie Malcolm Karlsson?«, fragte Quarry.

Der Mann blickte irritiert auf.

»Hier drüben«, sagte eine Stimme von hinten.

Quarry drehte sich um. Ein Mann winkte ihm zu. Er hatte kurzes dunkles Haar und einen wachsamen, leicht ironischen Blick. Obwohl er Anzug und Krawatte trug, sah er nicht ganz so aus wie ein Kriminalbeamter – eher vielleicht wie ein Lehrer. Er saß mit zwei Frauen am Tisch. Die Jüngere von beiden hatte ihr dunkles Haar streng zurückgebunden und strahlte einen verbissenen Ernst aus. Quarry empfand ihren Blick als misstrauisch, fast schon feindselig. Sie trug eine dunkle, locker sitzende Hose und einen braunen Pulli. Die andere war teurer gekleidet und mit Schmuck behangen, funkelnden Ohrringen und Armreifen. Das Haar fiel ihr weich ins Gesicht, und ihre Lippen glänzten. Selbst von dort, wo Quarry stand, konnte er ihr Parfüm riechen. Die kleine Gruppe machte auf ihn einen verlegenen Eindruck. Allem Anschein nach waren die drei keine Freunde, aber nach etwas Geschäftlichem sah es auch nicht aus. Schon nach wenigen Sekunden spürte er zwischen ihnen eine Spannung.

»Das ist meine Kollegin Yvette Long«, erklärte Karlsson, »und das hier ist Liz Barron, eine Journalistin. Handelt es sich um etwas Berufliches?«

»Ja.«

Karlssons Blick wanderte zu Liz Barron. »Wären Sie so nett, uns einen Moment allein zu lassen?«

Barron zog ein Gesicht, fast schon eine Schnute, ehe sie sich erhob und quer durch den Raum auf den Ausgang zusteuerte.

»Heutzutage gibt es nicht mehr viele Reporter, die ausschließlich über das Thema Kriminalität berichten«, meinte Karlsson, »aber Liz Barron ist definitiv so ein seltenes Exemplar. Sie hat die richtige Schnüffelnase für den Job. Und dank dieser Nase«, fügte er hinzu, »schafft sie es wohl auch immer, uns aufzuspüren.«

»Das klingt ein bisschen genervt.«

»Na ja, wie heißt es so schön? Nachrichten sind das, was manche Leute auf keinen Fall gedruckt sehen möchten. Aber jetzt zu Ihnen. Weswegen wollen Sie mich sprechen?«

»Haben Sie von der Sache mit dem Wagen in Hampstead gehört?«

Karlsson sah ihn fragend an, doch als Quarry ihm den Fall daraufhin etwas detaillierter beschrieb, nickte er. »Ja, davon habe ich gelesen.«

»Mittlerweile wissen wir, dass es sich dabei um einen Mordfall handelt.«

»Und?«

»Ist es in Ordnung, wenn ich mir schnell etwas zu trinken hole?«, fragte Quarry.

»Das übernehme ich«, meldete Long sich knapp zu Wort.

Von Quarry instruiert, verschwand sie in Richtung Theke, um einen Gin Tonic und eine Tüte Chips für ihn zu holen. Als sie zurückkam, trank er den halben Gin in einem Schluck aus.

»Das Opfer war ein Vertreter namens Geoffrey Kernan«, erklärte er dann. »Kannten Sie ihn?«

Sowohl Karlsson als auch Long starrten ihn überrascht an.

»Wie kommen Sie darauf?«

»An dem Fall ist einiges sehr merkwürdig. Der Mann saß allein im Wagen, als der in ein Geschäft raste und dabei ein paar Leute über den Haufen fuhr. Zu dem Zeitpunkt war Kernan aber schon tot. Das Fahrzeug war gestohlen. Und noch etwas ist seltsam: Ein paar Tage vorher hatte er mit seinem Computer nach Informationen über Sie gesucht.«

»Vielleicht gibt es noch einen zweiten Malcolm Karlsson.«

Quarry holte einen Zettel aus der Tasche, faltete ihn auseinander und legte ihn auf den Tisch. Karlsson setzte seine Lesebrille auf.

»Das ist eine Liste seiner Suchergebnisse«, erläuterte Quarry. »Da steht mehr oder weniger alles, was Sie die letzten ein, zwei Jahre so gemacht haben.«

»Wie hieß der Mann noch mal?«, fragte Karlsson.

»Kernan. Geoffrey Kernan.«

Karlsson sah Yvette Long an. »Sagt dir das was?«

Sie schüttelte den Kopf. »Ich überprüfe es«, antwortete sie, »und höre mich auch bei den Kollegen um. Aber ich selbst kann mich an den Namen nicht erinnern.«

Quarry zog nun ein Foto aus der Tasche und reichte es Karlsson. Er und Long sahen es sich genau an.

»Ich weiß nicht, was ich dazu sagen soll«, meinte Karlsson schließlich. »Ich würde Ihnen gerne helfen, aber mir fällt nichts ein.«

Quarry reichte Karlsson seine Karte. »Falls doch«, sagte er, bereits im Aufstehen begriffen.

»Wenn Sie draußen Liz Barron sehen«, meinte Karlsson, »dann schicken Sie sie bitte wieder rein, damit wir ihr höflich sagen können, dass wir ihr nichts zu sagen haben.«

Quarry steuerte auf den Ausgang zu. Draußen auf dem Gehsteig stand Liz Barron und rauchte eine Zigarette. Er nickte ihr zu. »Drinnen ist man wieder für Sie bereit«, erklärte er.

Sie schien es nicht eilig zu haben. »Was haben die beiden über mich gesagt?«, fragte sie. »Nichts Gutes, schätze ich.«

»Wir hatten andere Dinge zu besprechen.«

»Etwas Interessantes?«

»Es ging nur um laufende Ermittlungen.«

»Sein Fall oder Ihrer?«

Quarry runzelte die Stirn. »Sie können sich gerne an unsere Pressestelle wenden, wenn Sie wollen.«

Als Barron daraufhin eine Visitenkarte aus ihrer Handtasche fischte, konnte Quarry sich ein Lächeln nicht verkneifen.

»Was ist daran so lustig?«, fragte sie.

»Wir tauschen alle unsere Karten aus«, antwortete Quarry. »Gerade eben habe ich Karlsson die meine gegeben.«

»Auf diese Weise lernen wir uns alle kennen.«

Er blickte auf die Karte hinunter. »Warum geben Sie mir die?«

»Ich interessiere mich immer für …«, sie hielt einen Moment inne, »… nun ja, für interessante Dinge. Ich bin sehr diskret – und geschäftlich korrekt.«

»Geschäftlich korrekt?«

»Ich bin stets bereit, die Leute für ihre Zeit zu bezahlen.« Wieder legte sie eine Pause ein, doch Quarry reagierte nicht. »Für Unkosten.«

»Ich dachte mir schon, dass Sie so was in der Art gemeint haben.«

»Wir sollten uns mal auf einen Drink treffen. Wahrscheinlich können wir uns gegenseitig helfen.«

Ehe er antworten konnte, hatte sie ihre Zigarette auf den Gehsteig geworfen und war bereits auf dem Weg nach drinnen. In dem Moment hörte er sein Handy piepen. Bestimmt wieder eine Nachricht von Maggie, dachte er.

9

Quarry setzte sich in seinen Wagen und stöpselte Geoffrey Kernans Navi ein. Es dauerte eine Weile, bis das Gerät hochfuhr und eine energische weibliche Stimme befahl: »Sobald wie möglich wenden!« Er lächelte grimmig. Schon wieder eine vorwurfsvoll klingende Frau, die ihm sagte, was er zu tun hatte. Ihre Anweisungen lotsten ihn in Richtung Norden, hinaus aus London, zu einem großen Bädergeschäft am Rand von Maldon, einer Grundschule in Ingatestone, einem Motel in der Nähe des Flughafens Stansted. Dann folgten zwei Pubs, das Gartencenter, in dem Kernans Frau arbeitete, eine noch im Bau befindliche neue Wohnanlage, ein Möbelgeschäft und ein Optiker. Fast alle Leute, mit denen Quarry sprach, kannten Geoffrey Kernan persönlich und wussten bereits von seiner Ermordung. Sie bestätigten, dass er in der Woche vor seinem Verschwinden bei ihnen gewesen sei. Manchmal musste Quarry an etliche Türen klopfen, ehe er richtig war: bei einer Frau, die sich gerade ein neues Bad einbauen ließ oder einem Paar, das auf eBay ein fast neues Mikrowellengerät an Kernan verkauft hatte.

Einige Adressen lagen wesentlich weiter entfernt, oben bei Coventry, Bristol oder Norwich. Kernan hatte viele Kilometer zurückgelegt. Quarry machte sich eine Notiz. Er wollte sich diese Ziele erst einmal von Kernans Arbeitgeber bestätigen lassen. Als Nächstes steuerte er eine Adresse in West Ham an, ein Haus in der Nähe des Fußballplatzes, wo ihm aber niemand aufmachte. Er notierte sich, dass er später noch einmal hinfahren musste. Es folgte der Park drüben in Beckton. Vermutlich war Kernan dort spazieren gegangen. Hatte die

Familie einen Hund? Nein, da war Quarry ziemlich sicher. Das zuletzt eingegebene Ziel lag am wenigsten weit vom Haus der Kernans entfernt. Quarry fuhr ein Stück auf der Umgehung und bog dann in eine Straße ab, die in ein Industriegebiet führte. Das Navi-Display zeigte an, dass er sich in Flussnähe befand. Von selbst wäre er darauf nie gekommen, denn er fuhr gerade an Bauhöfen vorbei, einem Busdepot, einem Holzlager und einem Verwertungszentrum, wo sich Berge von Autos türmten, die längst nicht mehr verwertbar waren. Als Nächstes folgte eine Art großer Wohnwagen, aus dem Kaffee verkauft wurde, dann ein Depot für Schwermaschinen, schließlich eine riesige Müllverwertungsanlage. Die Stimme verkündete, dass das Ziel erreicht sei. Quarry hielt am unbefestigten Straßenrand. Überraschenderweise standen dort drei aneinandergebaute Häuser. Bei einem waren die Türen und Fenster mit Brettern vernagelt. Das Ganze sah aus wie der Rest einer alten Häuserreihe – vielleicht ein vergessenes Überbleibsel aus dem Luftkrieg, der damals die ganze Gegend in Brand gesteckt hatte.

Als Quarry ausstieg, hörte er den Lärm von Lastwagen und Baggern. Außerdem schlug ihm ein Geruch entgegen, so intensiv, dass man ihn fast greifen konnte: der saure Gestank von Abfall. Quarry kam es vor, als nähme er nicht nur einen einzelnen üblen Geruch wahr, sondern etliche Schichten, industriell und organisch, sauer und süß, bitter und ätzend.

Er steuerte auf dieses seltsame Fragment einer Häuserreihe zu. Das erste Haus stand offensichtlich leer. Als er daraufhin die Stufen zum mittleren hinaufging, stellte er fest, dass es dort weder eine Klingel noch einen Türklopfer gab, sodass er am Ende mit der Faust klopfen musste. Der Mann, der ihm öffnete, sah alles andere als wach aus. Er trug eine fleckige Jeans und ein schmuddeliges T-Shirt. Abgesehen von seinem Gesicht war alles, was an Haut zu sehen war, mit Tätowierungen bedeckt. Außerdem hatte der Mann etliche Piercings an den Ohren, der Nase und den Lippen. Quarry hielt seinen Ausweis hoch. »Kennen Sie einen Mann namens Geoffrey Kernan?«

»Nein.«

»Das haben Sie aber sehr schnell gesagt. Überlegen Sie noch mal. Geoffrey Kernan. Oder vielleicht Geoff.«

»Nie gehört.«

Quarry zog ein Foto aus der Tasche und zeigte es dem Mann. »Das ist Kernan.«

Der Mann schüttelte den Kopf.

»Wohnen hier noch andere Leute?«

»Ein paar. Arbeiter von den Baustellen.«

»Kann ich mit denen reden?«

»Sie sind jetzt nicht da.«

»Wissen Sie, wann sie nach Hause kommen?«

»Keine Ahnung. Vielleicht in einer Stunde oder so.«

Quarry steuerte auf das kleine Wohnwagencafé zu und bestellte sich eine Tasse Tee. Die Frau hinter dem Tresen war dunkelhaarig und blass. Ihr Akzent klang osteuropäisch, wahrscheinlich tschechisch, vermutete Quarry. Er plauderte ein bisschen mit ihr, aber als er sie dann nach den Bewohnern des Hauses schräg gegenüber fragte – wer sie seien und was sie arbeiteten –, verstummte seine Gesprächspartnerin. Daran war er schon gewöhnt. Mittlerweile hatten die Leute immer gleich die Befürchtung, man könnte von der Stadt, der Einwanderungsbehörde oder der Polizei sein. Er spielte kurz mit dem Gedanken, der Frau zu sagen, dass es ihn nicht interessiere, ob diese Leute eine Aufenthaltsgenehmigung hätten oder nicht, sparte sich dann aber die Mühe. Sie würde ihm sowieso nicht glauben.

Nachdem er seinen Tee ausgetrunken hatte, wanderte er ziellos umher. Er fand einen Pfad, der zum Fluss führte, und spähte hinüber in Richtung Thamesmead und zu der riesigen Flutbarriere jenseits des Flussarms zu seiner Rechten. Obwohl er schon sein Leben lang in London wohnte, war der Anblick neu für ihn. Schließlich kehrte er zu dem Haus zurück, wo er zwei Männer antraf, die inzwischen von der Arbeit heimgekommen waren. Sie trugen noch ihre gelben Sicherheitswesten und wirkten verschwitzt. Nachdem sie sich widerstrebend Kernans Foto angesehen hatten, erklärten beide, den Mann nicht zu kennen. Quarry war nicht klar, ob sie ihn tatsächlich nicht zu Gesicht bekommen hatten oder ob sie ihm sehr wohl begegnet waren, aber vor lauter Misstrauen logen – oder einfach aus Prinzip Unwissenheit vortäuschten, um sich aus allen Schwierigkeiten herauszuhalten.

Als er schließlich wieder im Wagen saß, ging er frustriert seine Notizen durch, unzufrieden mit dem ganzen Tag. Nichts zu finden war manchmal auch schon ein aussagekräftiges Ergebnis, doch in diesem Fall traf das nicht zu.

10

Zwölf Jahre zuvor war Neil Morrell noch Anwalt gewesen, in einer kleinen Kanzlei, mit Aussicht auf eine gute Rente. Außerdem hatte er eine Verlobte gehabt, die in der City arbeitete, ein Haus in Camden und ein Drogenproblem. Inzwischen war er kein Anwalt mehr. Er hatte keine Aussicht auf eine hohe Rente, keine Verlobte, kein Haus – aber auch kein Drogenproblem mehr. Er nahm nicht mal mehr Koffein zu sich. Stattdessen arbeitete er vier Tage die Woche als Parkwächter in Hampstead Heath. Die restlichen drei Tage verbrachte er als Yogalehrer. Sein langes silbergraues Haar trug er zu einem Pferdeschwanz gebunden. Er hatte sich einen dichten Bart wachsen lassen, und an seinem linken Oberarm prangte die Tätowierung eines Baums. Ihm zufolge hatten ihm Bäume das Leben gerettet. Manchmal sprach er mit ihnen, blieb bei der alten Eiche stehen, die viele Jahre zuvor von einem Blitz gespalten worden war, aber dennoch überlebt hatte, oder machte kurz halt bei den Weiden unten am Teich, um ihre Stämme zu tätscheln, während er in die Kronen hinaufspähte, um sich zu vergewissern, dass keine Äste abgestorben waren und das Laub keine Anzeichen von Krankheiten aufwies.

Er kannte die Heide wie seine Westentasche. Wenn diese schrecklichen Maschinen sie umgruben, um der Überflutung Einhalt zu gebieten, tat ihm das fast körperlich weh. Er liebte die Landschaft zu jeder Jahreszeit, aber am liebsten war ihm der Herbst: die weichen, satten Farben, der Geruch der Fäulnis, das Rascheln des Herbstlaubs am Boden, wenn er langsam hindurchmarschierte.

An diesem speziellen Morgen hing ein leichtes Nieseln wie Dunst über der Landschaft. Es waren nicht viele Leute unterwegs, nur ein paar Jogger und der eine oder andere Spaziergänger mit Hund. Neil Morrell drehte eine seiner Runden, dieses Mal hinauf zum Whitestone Pond, wo er schon mehrere Tage nicht mehr gewesen war. Kurz bevor er die Kuppe erreichte, blieb er stehen und schnüffelte. Es roch nach Rauch, wahrscheinlich aus irgendeinem Garten, wo jemand ein Feuer entzündet hatte, dachte er. Tatsächlich sah er, als er schließlich zwischen den Bäumen hervortrat, eine dicke Rauchwolke aufsteigen. Während er weiter den Hang hinaufstieg, kam allmählich die Senke in Sicht, wo sich früher ein Teich befand und der Boden selbst im trockensten Sommer feucht blieb. Dieses Jahr hatte der Stadtrat diese Senke als Schauplatz des großen Feuers am fünften November ausgewählt, auch wenn Neil es dämlich fand, an einem solchen Ort ein öffentliches Spektakel zu veranstalten: Die Leute würden alles zu einem matschigen Sumpf zertrampeln, und es würde Monate dauern, bis der Boden sich davon erholte. Schon seit Wochen sammelten sie Holz und bauten an einem Wigwam aus Ästen, der bereits eine beachtliche Größe aufwies. Nun aber hatte ihn offensichtlich jemand angezündet, einen Monat vor dem festgesetzten Termin.

»Schwachköpfe«, schimpfte Neil, die Stirn in missbilligende Falten gelegt. Vermutlich handelte es sich um einen Streich von ein paar Teenagern, die damit allen anderen den Spaß verdarben.

Auf einer Seite leckten Flammen hoch und begannen sich auszubreiten. Das Holz fing trotz des Nieselregens Feuer, Neil hörte es knacken und knistern. Seufzend zückte er sein Handy, um das Büro zu verständigen. Dann setzte er sich wieder in Bewegung, hinunter in die Senke, um herauszufinden, ob er etwas tun konnte.

Als er näher kam, stellte er fest, dass sie sogar eine Guy-Fawkes-Figur aufgerichtet hatten. Dick verpackt in eine Art blassblaue Uniform, lehnte sie an dem Haufen aus Ästen. Obwohl sie noch nicht richtig brannte, wurde sie bereits von Flammen umzüngelt, sodass ihre Konturen verschwammen. Ein zischendes Geräusch ließ Neil erschrocken innehalten, als plötzlich eine Rakete aus dem Feuer emporschoss und zu leuchtenden Funken zerstob. Eine zweite folgte. Neil setzte seinen Weg fort, sank mit jedem Schritt tiefer in den weichen Boden ein. Die Guy-Figur rutschte ein Stück zur Seite, weil ein Ast, an dem sie lehnte, Feuer fing und sich in Flammen und Asche auflöste.

Neil ging noch näher heran. Dann begann er plötzlich zu rennen und rang vor Schock nach Luft, während er über das feuchte Gras schlitterte. Die Gestalt hatte ein Gesicht, das in der Hitze zu schmelzen schien – ein Gesicht, das ihm mit weit aufgerissenen Augen entgegenstarrte.

Zehn Minuten später wimmelte es in der Senke von Polizisten und Rettungskräften. Das Feuer war gelöscht, die Leiche aus dem Brandbereich gezogen. Constable Darren Symons war auch wieder vor Ort, immer noch erkältet und zusätzlich mit einem scheußlichen, tief aus der Brust kommenden Husten geschlagen. Mit tränenden Augen blickte er sich um, betrachtete zunächst den noch qualmenden Holzhaufen und dann die im Gras liegende Leiche mit den gefesselten Gliedmaßen. Der Parkwächter hatte sie aus den Flammen gezerrt. Constable Symons registrierte einen bleichen Schädel, an dem noch ein paar versengte Haarsträhnen klebten. Bekleidet war die Leiche mit einer Art festem Leinenstoff, der zwar rußgeschwärzt aussah, aber nicht richtig Feuer gefangen hatte. Symons konnte nicht sagen, ob es sich um einen Mann oder eine Frau handelte. Er musste an die Geschichtsstunden in der

Schule denken, als sie etwas über die Menschen gelernt hatten, die als Ketzer verbrannt worden waren: Für ihn war das immer die Todesart gewesen, die er sich am allerschlimmsten vorstellte, noch schlimmer als Ertrinken.

Von der weiter oben gelegenen Straße, hinter einer Reihe von Kollegen, die dorthin abkommandiert waren, spähten mehrere Gestalten in die Senke hinunter. Er selbst sollte schleunigst Absperrband anbringen, während sich das leichte Nieseln zu einem richtigen Regen auswuchs und den Boden in matschigen Schlamm verwandelte. Symons sah zu dem Mann hinüber, der die Leiche gefunden hatte und jetzt nur ein paar Schritte von ihm entfernt stand. Er sprach gerade mit einer Kollegin von Symons, sah sie dabei aber nicht an, sondern hielt den Blick auf den bewaldeten Horizont gerichtet. Von Zeit zu Zeit blinzelte er mehrmals schnell hintereinander. Seine Augen hatten eine eigenartige Farbe, ein gesprenkeltes Grau. Bei der Bergung der Leiche aus dem Feuer hatte er sich beide Hände verbrannt, weshalb diese nun in Verbänden steckten, sodass er aussah wie ein alter Boxer.

»Kripo im Anmarsch«, hörte Symons jemanden hinter sich sagen.

Als er sich daraufhin umdrehte, sah er DCI Dugdale und DC Quarry den Hang herunterkommen. Dugdale hatte es allem Anschein nach nicht eilig, wandte jedoch den Kopf hierhin und dorthin, um so viel wie möglich zu registrieren. Genau in dem Moment, als er Symons erreichte, explodierte eine letzte Rakete, die noch in der Glut des Feuers vor sich hin gekokelt haben musste, zu einem funkelnden Farbenregen.

Dugdale blickte sich um. »Diese Idioten sind auf meinem ganzen Tatort herumgetrampelt.«

»Die dachten doch, dass es sich nur um einen Brand handelt, Sir.«

»Was die dachten, ist mir egal. Mich interessiert viel mehr, was *Sie* tun. Besorgen Sie sich endlich eine Rolle Band und sperren Sie den gesamten Bereich ab.«

Mit diesen Worten steuerte er auf die Leiche zu und beugte sich mit undurchdringlicher Miene über sie. Ihre Augen standen noch immer offen und schienen in die Ferne zu starren.

»Irgendeine Chance, dass es sich um einen Unfall handeln könnte?«, meldete sich Quarry zu Wort. Obwohl Dugdale ihm einen scharfen Blick zuwarf, fuhr er fort: »Ein mit Drogen vollgepumpter Junkie macht ein Feuer, fällt hinein und stirbt. Ich habe schon von solchen Fällen gelesen.«

»Das Opfer ist an den Armen und Beinen gefesselt. Außerdem befinden wir uns nur fünf Gehminuten vom Kernan-Tatort enfernt. Aber wenn Sie unbedingt beweisen wollen, dass wir es mit einem Unfall zu tun haben, dann nur zu. Mir ist alles recht, wodurch wir das Ganze vom Tisch bekommen.«

Simon Tearle lauschte gerade über Kopfhörer einer Kantate von Bach, als seine Tür aufging und jemand hereinlugte.

»Ja?«, fragte er.

»Ich habe angeklopft«, antwortete die junge Frau. »Sie haben mich wahrscheinlich nicht gehört.«

Er nahm den Kopfhörer ab.

»Polly, nicht wahr?«

»Lola«, stellte sie richtig, »Lola Hayes. Ich war vor ein paar Tagen schon mal da.« Sie wartete einen Moment, in der Hoffnung, dass er sich erinnerte, ehe sie hinzufügte: »Wegen meiner Seminararbeit. Sie haben Frieda Klein als Thema vorgeschlagen.«

»Ach ja, stimmt.«

»Das Problem ist, dass es nicht sehr gut läuft.«

Er seufzte. »Kommen Sie rein. Erzählen Sie mir von Ihrem Problem.«

Während sie Platz nahm, betrachtete er sie, ihren dotterblumengelben Rock, den roten Dufflecoat und die großen vertrauensvoll dreinblickenden Augen. Dabei ging ihm durch den Kopf, wie jung sie für ihr Alter noch aussah.

»Sie haben gesagt, ich soll sie dekonstruieren«, erklärte Lola, »sie auseinandernehmen.«

»Ja?«

»Deswegen wollte ich mich mit ihr treffen, und auch mit ein paar von den Leuten, die sie gut kennen.«

»Das ist wahrscheinlich nicht nötig, Sie studieren ja nicht Journalismus.«

»Letztendlich konnte mir niemand etwas über die Frau sagen. Deswegen bin ich jetzt hier.«

»Ihre Seminararbeit ist in zwei Wochen fällig.«

»Ich weiß. Was soll ich tun?«

»Machen Sie sich einen Plan.«

»Das ist ja alles schön und gut, aber …« Sie verstummte.

Aus dem Kopfhörer, der auf dem Schreibtisch lag, drangen immer noch die Klänge der Kantate. Er versuchte, sich seine Ungeduld nicht anmerken zu lassen. »Was haben Sie denn bisher herausgefunden?«

»Dass sie mit vielen beängstigenden Dingen zu tun hatte, dass ihr Ex ermordet wurde und sie selbst verletzt, dass sie gerne wandert … Offenbar hat sie eine Vorliebe dafür, verborgenen Flüssen zu folgen. Außerdem …«

»Halt!«, brachte Simon Tearle sie zum Schweigen und hob gleichzeitig die Hand. »Psychogeografie.«

»Was?«

»Der Einfluss der Umgebung auf die Emotionen und das Verhalten von Individuen. Betrachten Sie Frieda Kleins Erfahrungen in ein oder zwei von den wichtigsten Fällen, mit denen sie zu tun hatte, durch die Linse ihres städtischen Umfelds.«

»Meinen Sie wirklich?« Lola rümpfte skeptisch die Nase.

»Ziehen Sie los und forschen Sie. Folgen Sie Friedas Spuren. Radikales Wandern!«

Er setzte seinen Kopfhörer wieder auf, ließ sich zurücksinken und schloss die Augen. Leise hörte er die Tür ins Schloss fallen.

Dugdale studierte die vorläufigen Autopsieergebnisse, die vor ihm auf dem Schreibtisch lagen. Er hatte sehr wenig geschlafen, aber soeben geduscht und ein frisches Hemd angezogen. Das half immer ein wenig. Er blickte zu Quarry, der ebenfalls müde aussah, nein, schlimmer als nur müde. An diesem Morgen hatten mehrere Zeitungen unheilvolle Geschichten über »Die Hampstead-Morde« gebracht.

»Ist es derselbe Täter?«, fragte Quarry.

Dugdale starrte auf sein Frühstück hinunter, ein Schinken-Tomaten-Sandwich, aus dem schlaffe Salatfetzen hingen. »Wir sollten zumindest darüber nachdenken«, meinte er schließlich.

Quarry sah ihn nur ratlos an.

»Inwiefern sich die Fälle ähneln?«, fuhr Dugdale fort.

»Fragen Sie das sich selbst oder mich?«

»Ich frage Sie.«

»Hinsichtlich der Örtlichkeit.« Quarry spürte, dass das Handy in seiner Tasche schon wieder vibrierte: Maggie, dachte er. Trotzdem versuchte er sich zu konzentrieren.

»So weit waren wir schon«, entgegnete Dugdale. »Sonst noch was?«

Es dauerte einen Moment, bis Quarry zögernd antwortete: »Beide Fälle sind außergewöhnlich.«

»Das stimmt. Es bringt uns nicht viel weiter, aber es stimmt.«

»Beide Taten waren geplant.«

Dugdale nickte ohne große Begeisterung.

»Aber davon mal abgesehen sind die Fälle grundverschieden. Sie liegen zeitlich eine Woche auseinander. Geoffrey

Kernan lebte in Barking, Lee Samuels in Royal Oak. Kernan war siebenundvierzig, Samuels zweiunddreißig. Kernan verkaufte Sanitärbedarf, Samuels war Ingenieur, wenn auch gerade ohne Arbeit. Soweit wir es bisher beurteilen können, gab es zwischen den beiden keinerlei Verbindung – keine gemeinsamen Interessen, keine Überschneidungen im Freundeskreis.«

»Sie übersehen etwas.« Dugdale reichte Quarry ein Blatt Papier. »Schauen Sie sich die Stellen an, die ich farbig markiert habe.«

»Modacrylfasern«, las Quarry vor. »Ich habe keine Ahnung, was das ist.«

»Es wurde an Samuels Haut gefunden, und zwar rund um die Beine, am Torso und sogar im Gesicht. Ich habe mit der Forensik telefoniert. Es handelt sich um eine Faser, die für Arbeitsbekleidung verwendet wird, für das Innenfutter von Jacken und Mänteln, für Teppiche.«

»Ich stehe noch immer auf dem Schlauch.«

»Schauen Sie sich die andere markierte Stelle an.«

»Feuerbeständig.«

»Ja. Er war in feuerbeständiges Material gehüllt.«

»Damit er nicht verbrannte?«

»Genau. Aber warum?« Er wartete ein paar Sekunden, bis er fortfuhr: »Warum zündet man eine Leiche an? Um sie loszuwerden, oder? Um Beweise zu vernichten.«

Quarry nickte.

»Samuels aber wurde vorher in Schutzkleidung gesteckt, was ja bedeutete, dass er nicht so schnell verbrennen würde. Warum?«

»Jemand wollte, dass er gefunden wird?«, mutmaßte Quarry.

Dugdale schlug gereizt auf die Schreibtischplatte. »Wir wissen inzwischen, dass seine Ermordung schon mindestens eine Woche zurückliegt. Uns ist außerdem bekannt, dass seine Freundin ihn am neunundzwanzigsten September vermisst gemeldet hat, dabei aber nicht allzu ernst genommen wurde. Also?« Er sah Quarry mit hochgezogenen Brauen an.

»Also hat sein Mörder, wer auch immer es war, erst eine Weile gewartet, bevor er uns die Leiche präsentierte«, antwortete Quarry.

»Richtig.«

Es folgte eine lange Pause.

»Darf ich mal eine Theorie entwickeln? Wahrscheinlich ist es Unsinn.«

»Sie dürfen hier alles sagen.«

Quarry zögerte. Er war sich nicht sicher, ob sein Chef es wirklich so meinte. »Wenn jemand eine Leiche anzündet, dann geschieht das normalerweise, um die besagte Leiche verschwinden zu lassen. Wir aber gehen inzwischen davon aus, dass es unserem Täter eher um eine Art Zurschaustellung ging.« Da Dugdale nicht reagierte, fuhr Quarry fort: »Aber wenn sich jemand zusätzlich noch die Mühe macht, die Leiche vor dem Feuer zu schützen, dann handelt es sich nicht um eine bloße Zurschaustellung. Ohne die Schutzkleidung wäre es unter Umständen schwierig gewesen, das Opfer zu identifizieren. Vielleicht war es dem Täter ja wichtig, dass wir den Mann identifizieren. Vielleicht gehört das zu seinem Plan.«

Dugdale runzelte die Stirn, während er gleichzeitig mit seinem Stift herumspielte.

»Genau wie bei Kernan«, fügte Quarry hinzu.

»Genau wie bei Kernan«, bestätigte Dugdale mit einem zustimmenden Nicken.

»Demnach ist es *tatsächlich* derselbe Täter.« Quarry spürte, wie vor Aufregung ein Adrenalinstoß durch seinen Körper schoss. Das konnte eine große Sache werden, die Basis einer erfolgreichen Berufslaufbahn.

»Schon möglich«, sagte Dugdale schließlich. »Möglich ist es auf jeden Fall.«

»Das wird eine große Sache, oder?«, fragte Quarry. Ihm war noch etwas anderes eingefallen – etwas, das er tun sollte. Doch diesen Einfall teilte er nicht mit seinem Chef.

»Sie bekommen von mir nur Informationen, die auch von anderen Beamten stammen könnten.«

»Natürlich.« Liz Barron bedachte Dan Quarry mit ihrem gewinnendsten Lächeln.

»Ich werde nichts tun, das sich irgendwie negativ auf einen Fall auswirkt.«

»Das erwarte ich auch nicht. Soweit es mich betrifft, greifen wir beide uns beruflich einfach ein wenig unter die Arme. Jeder gewinnt und keiner verliert. Einverstanden?«

»Einverstanden.«

»Sie können mir kleine Tipps geben, mich in die richtige Richtung lenken und auf diese Weise dafür sorgen, dass ich der Konkurrenz immer einen Schritt voraus bin.« Sie tätschelte Quarrys Schulter. »Schauen Sie nicht so ängstlich …«

»Wenn je herauskommt …«

»Das ist mein Job. Es kommt nicht heraus.« Sie ließ sich zurücksinken. »Und selbstverständlich komme ich im Gegenzug für Ihre Unkosten auf.«

Quarry verzog das Gesicht. Genau deswegen machte er es, deswegen *musste* er es machen, aber das laut ausgesprochen zu hören, gefiel ihm gar nicht.

Mit einem zufriedenen Nicken, das ihr glänzendes Haar zum Schwingen brachte, zog sie ein Notizbuch aus der Tasche. »Ich glaube, wir verstehen uns, Dan. Also, es gibt da eine Sache, der ich gerne nachgehen würde. Vielleicht können Sie mir dabei helfen.«

11

Lola verschlief. Trotzdem musste sie unbedingt noch frühstücken, bevor sie aufbrach, denn das Frühstück war ihr die liebste Mahlzeit des Tages. Sie hängte einen Teebeutel in eine Tasse, goss kochendes Wasser darüber und spülte rasch einen schmutzigen Topf vom Vorabend, um sich darin ein pochiertes Ei zu machen, das sie anschließend auf einen getoasteten, dick gebutterten Muffin gab.

Hinterher stöberte sie auf dem Boden ihres Kleiderschranks herum und stieß auf das alte Paar Wanderschuhe, das früher ihrer Mitbewohnerin Jess gehört hatte, bevor deren Füße noch einen Wachstumsschub taten. Lola wusste gar nicht mehr, ob sie sie je selbst getragen hatte, fand aber, dass sie sich für die vor ihr liegende Aufgabe richtig kleiden sollte. Sie sah, dass der Himmel bewölkt war. Womöglich würde es später regnen.

Sie hatte sich zumindest ansatzweise vorbereitet, indem sie den Begriff Psychogeografie googelte, um sicherzustellen, dass sie da nichts falsch verstand. Wie sie feststellte, ging es dabei um ein spielerisches Umherstreifen in städtischer Umgebung, ein Abweichen von den gewohnten Strecken mit dem Ziel, sich zu öffnen für Zufall und Beliebigkeit. Für Lola klang das perfekt, so ganz und gar nicht nach Arbeit. Sie überlegte sogar, ob sie ein paar Freunde dazu einladen sollte. Sie könnten sich einen schönen Tag machen, sich irgendwo einen Kaffee und ein Sandwich gönnen und das Ganze abends mit einem Drink in einem Pub abrunden. Doch dann las sie einen Artikel, in dem es hieß, um dieses neue Bewusstsein zu erreichen, müsse man es alleine machen. Das erschien ihr plausibel. Lola vermutete, dass sie mit Freunden wie Ben oder Ellie bloß den ganzen Tag quatschen und gar nichts von ihrer Umgebung mitbekommen würde. Die Frage war, wohin sie eigentlich gehen sollte. Bei der Durchsicht ihrer Notizen zu Frieda hatte Lola festgestellt, dass der Fluss Lea und der Regent's Canal im Londoner Osten mehrfach vorkamen. Sie griff nach ihrem Handy, um einen Blick auf den Stadtplan zu werfen. Ja, das schien ein guter Ausgangspunkt zu sein. Sie fand einen Stift und ein Notizbuch, das klein genug war, um in ihre Jackentasche zu passen. Mehr brauchte sie nicht. Sie fuhr mit dem Bus nach Clapton Pond und marschierte von dort durch den Park, bis plötzlich – wie durch ein Wunder – ein Fluss vor ihr auftauchte. Sie hatte ihn nie zuvor gesehen, ja nicht einmal davon gehört.

Alles, was Lola zu sehen bekam, war für sie neu und überraschend. Von rechts steuerte ein Boot mit – sie zählte – acht Ruderern und einem Steuermann auf sie zu, genau wie bei einem richtigen Bootsrennen. Ein Ruf ließ sie den Kopf wenden und zur Seite treten. Ein Mann radelte auf Höhe des Boots den Treidelpfad entlang und schrie Anweisungen. Am Westufer des Flusses schimmerten neue Wohnblöcke, auf der anderen Seite erstreckten sich Baumreihen und struppiges Gras so weit das Auge reichte. Nur ein paar Meter von ihr entfernt angelten zwei weiße Schwäne und vier zerzauste kleine graue nach irgendetwas im Wasser. Wie nannte man eigentlich die Jungen? Schwänlein? Erneut studierte Lola den Stadtplan auf ihrem Handy. Wenn sie nach links ging, würde der Fluss sie durch Tottenham und Enfield führen, vorbei an Wasserspeichern und Seen, und dann auf allerlei Umwegen langsam hinaus aus London. Aber sie musste nach rechts, zurück in Richtung Stadtmitte. Sie marschierte an einer Reihe von Hausbooten vorbei. Auf einem von ihnen richtete eine

Frau mit langen, hennarot gefärbten Locken gerade Brennholz auf. Lola und sie kamen ins Gespräch. Lola fragte, wie sie das Boot warmhalte und dort wasche und koche und ob das Boot lecke.

Über den Großteil ihrer Fragen musste die Frau lachen. »Man gewöhnt sich einen neuen Rhythmus an«, erklärte sie. »Das geht schon.« Sie sprach davon, wie schön es sei, an Sommerabenden ein paar Stühle hinaus auf den Weg zu stellen und mit Freunden bis zum Einbruch der Nacht zu grillen und zu trinken. Lola erzählte ihrerseits, dass sie auf den Spuren einer Psychotherapeutin wandle, die Verbrechen aufkläre, von denen eines ganz in der Nähe passiert sei.

Die Frau runzelte die Stirn. »Ich glaube, daran erinnere ich mich«, sagte sie. »Es ging dabei um einen Typen und eine junge Frau, die hier irgendwo auf einem der Boote lebten. Die Einzelheiten habe ich vergessen, aber damals war die Geschichte in aller Munde.«

Lola fotografierte die Frau vor dem Hintergrund einer Mauer am jenseitigen Ufer, auf der ein riesiges Graffiti prangte, eine Art Teufel mit weit aufgerissenem Maul und furchterregenden Zähnen.

Während sie weiter den Fluss entlangwanderte, nickte sie etlichen Joggern, Radfahrern und Spaziergängern mit Hunden zu. Einmal blieb sie stehen und sprach mit einem Mann in einer gelben, reflektierenden Jacke, der einen Karren schob und Müll aufsammelte. Eine ganze Weile – auf einer Strecke von etwa anderthalb Kilometern – kam sie sich fast vor wie auf dem Land. Dann ging es unter einer größeren Straße durch, vermutlich einer Fernstraße, auf der man die Lastwagen dahindonnern spürte, und als Lola drüben wieder auftauchte, sah sie die ersten Ausläufer des Olympiaparks vor sich. Sie bog vom Fluss Lea ab und wanderte einen Kanal entlang, der sie an den Rand des Victoria Park führte. Auf der anderen Seite säumten Reihenhäuser mit Gärten das Ufer. Lola empfand beinahe einen Anflug von Neid. Bestimmt hatte man dort fast das Gefühl, auf einem Hausboot auf dem Kanal zu leben, konnte aber abends den Luxus eines richtigen Betts und einer Badewanne genießen.

Am Ende des Victoria Park mündete der kleine Kanal in den Regent's Canal. Dort bog Lola nach rechts ab und marschierte weiter am Rand des Parks entlang. Sie sah eine junge Frau mit fünf Hunden unterschiedlicher Rasse kämpfen, deren Leinen sich alle ineinander verheddert hatten. Lola nahm ihr eine Leine nach der anderen ab, bis die Frau schließlich aus dem Wirrwarr befreit war. Wie sich herausstellte, gehörten ihr die Hunde gar nicht. Sie verdiente ihr Geld damit, tagtäglich mit etlichen Hunden spazieren zu gehen.

»Ist das denn ein richtiger Beruf?«, erkundigte sich Lola.

Die Frau wirkte einen Moment leicht beleidigt, dann zerrten die Hunde sie weiter, hinein in den Park. Der Treidelpfad war größtenteils von Hausbooten gesäumt, doch dann kam Lola an eine freie Stelle, an der drei Männer den Platz zum Angeln nutzten, jeweils nur ein paar Schritte voneinander entfernt. Lola bezog zwischen den ersten beiden Stellung. Links von ihr saß ein alter Mann mit einem weißen Haarschopf, einer Wollmütze und einer dicken Jacke. Er war derart fett, dass Lola sich nicht vorstellen konnte, wie sein kleiner Campingstuhl das Gewicht aushielt. Rechts von ihr befand sich ein Mann, der wie das genaue Gegenteil des fetten Alten wirkte, und zwar in jeder Hinsicht. Bekleidet war er mit schwarzen Arbeitsstiefeln, einer schwarzen Jeans und einem karierten, bis zu den Ellbogen hochgekrempelten Hemd. Er hatte eine schlanke Figur, gebräunte Haut und sehr kurz geschnittenes Haar. Während sein fetter Nachbar dauernd vor sich hin murmelte oder vielleicht auch ins Wasser hinein, blickte der Schlanke nur starr geradeaus, voll konzentriert.

»Was für Fische fangen Sie denn?«, wollte Lola wissen.

Der fette Mann schnaubte.

»Meistens Schleien«, sagte er, »oder Brassen. Einmal habe ich sogar einen zehn Pfund schweren Karpfen erwischt.«

»Essen Sie die dann alle?«

»Essen?« Der Mann stieß ein Lachen aus, das aus den Tiefen seines Bauchs zu kommen schien. »Was sagst du dazu, Kumpel?« Er blickte zu seinem Gefährten hinüber, der mit den Achseln zuckte. »Ich habe gehört, unten in Bermondsey gibt es einen Koreaner, der alles kocht, was man ihm bringt.«

Lola wusste nicht recht, was sie darauf erwidern sollte. War das ein rassistischer Kommentar oder nicht? Sie reagierte, wie sie es immer tat, wenn sie verwirrt war: indem sie ziemlich unkontrolliert über sich selbst sprach und den Männern erzählte – genau wie vorhin der Frau auf dem Boot –, dass sie auf den Spuren einer Psychotherapeutin wandle, die Verbrechen aufkläre. Beide Angler sahen sie neugierig an.

»Wie heißt die denn?«, fragte der Schlanke.

»Der Name sagt Ihnen wahrscheinlich nichts.«

»Was für Verbrechen?«, wollte der fette Alte wissen. »Morde?«

»Auch Morde, ja«, antwortete Lola.

»Ich hatte schon hin und wieder einen seltsamen Fang am Haken«, erklärte der fette Mann. »Manchmal sind es Aale. Das hat mir immer gefallen. Aber einmal war es ein Stück Holz mit Nägeln am Ende, und mit Stacheldraht.«

»Ein Zaunpfosten?«

»Nein, das Ding war bestimmt dafür gedacht, jemanden damit zu schlagen.« Der Mann verfiel wieder in sein tiefes, kehliges Lachen.

»Was machen Sie denn beruflich?«, fragte Lola. »Sodass Sie Zeit haben, am helllichten Tag hier zu angeln?«

»Wir kommen her, um genau solchen Fragen zu entgehen«, mischte der schlanke Mann sich ein.

»Entschuldigung«, sagte Lola. »Darf ich ein Foto von Ihnen machen?« Sie schwenkte ihr Handy.

»Ich fühle mich geschmeichelt, meine Liebe«, antwortete der fette Mann. »Passen Sie auf, dass Sie meine Schokoladenseite erwischen.«

»Wollen Sie auch drauf?«, fragte der Schlanke.

Lola reichte ihm das Handy, ging neben dem fetten Mann in die Knie und legte ihre Hand auf seine breite Schulter.

»Wollen Sie das Wasser oder den Weg als Hintergrund haben?«

»Das dürfen Sie entscheiden.«

Der schlanke Mann inspizierte Lolas Telefon.

»Soll ich Ihnen zeigen, wie es funktioniert?«, fragte sie.

»Das schaffe ich schon.«

Er machte das Foto und sicherheitshalber noch ein zweites, ehe er Lola das Handy zurückgab. Dann fotografierte sie ihrerseits die beiden Männer.

»Stehlen Sie ja nicht unsere Seelen«, meinte der Schlanke.

»Ich werde mir Mühe geben.«

Ein Stück weiter den Kanal hinunter sprach Lola mit einer Gruppe von Leuten, die auf einem Hausboot eine spontane Musiksession veranstalteten, und dann mit einer Gruppe kleiner Kinder, die alle Luftballons hielten und als unterschiedliche Tiere geschminkt waren. Lolas nächster Gesprächspartner war ein Mann, der auf einer Art riesigem Surfbrett den Kanal hinunterpaddelte. Er erzählte ihr, er sei unterwegs nach Limehouse. Bei einem Café mit Tischen auf dem Treidelpfad legte sie eine Pause ein, trank einen Cappuccino und verspeiste ein Stück Karottenkuchen. Der Kellner war aus Peru, die Frau hinter der Theke aus Schweden. Lola hätte die beiden gerne gefragt, ob sie befürchteten, bald aus dem Land geworfen zu werden, vermutete aber, es könnte sich um ein heikles Thema handeln. Ihr ging durch den Kopf, dass sie wohl keine gute Reporterin abgäbe. Es fiel ihr zu schwer, mit Fremden zu sprechen.

Nun war es nicht mehr weit bis Islington. Die Häuser wurden merklich schicker, die Büroblöcke eleganter, die Leute auf dem Treidelpfad immer mehr. Als sie schließlich das Ende des Weges erreichte, blieb sie einen Moment stehen und warf einen Blick auf ihr Handy. Sie hatte über achtzig Fotos gemacht. Vielleicht konnte sie ihre Seminararbeit einfach als Fotoausstellung präsentieren. Während sie sich vom Kanal abwandte und den steilen Hang hinaufstieg, dachte sie nach. Hatte ihr dieser Fußmarsch Frieda Klein nähergebracht, und sei es nur auf irgendeine spirituelle Weise? Sie bezweifelte es. Im Grunde hatte sie dabei kaum einen Gedanken an die Frau verschwendet.

Als sie zu Hause eintraf, saß ihre Mitbewohnerin Jess gerade mit einem Handtuch um den Kopf am Küchentisch. Ihr Gesicht wirkte vom Baden ganz rosig und glatt. Sie wollte zu einer Party in Mile End.

»Nächstes Jahr sollten wir uns eine Wohnung im Osten der Stadt suchen«, meinte sie, während sie Lola eine Tasse Tee einschenkte. »Wir verbringen die Hälfte unserer Zeit damit, dass wir dahin fahren, und die andere Hälfte mit der Rückfahrt.«

»Ich komme gerade von dort«, erklärte Lola.

»Wie ist es gelaufen?«

Lola holte ihr Handy heraus, zeigte ihr die Fotos, die sie gemacht hatte, und erzählte von ihren Gesprächen.

»Da am Kanal laufen ja ein paar echt gruselige Leute rum«, stellte Jess fest.

»Die waren nicht gruselig«, entgegnete Lola, »sondern

recht nett. Wenn man mit den Leuten redet, sind im Grunde alle gleich.«

»Na, das stimmt aber nicht«, widersprach Jess. »Wie auch immer, du wolltest es ja gruselig. Geht es in deiner Seminararbeit nicht um Mord und Entführung?«

»Ich weiß selbst noch nicht so genau, worum es in meiner Seminararbeit geht. Ich habe nur versucht, mich in Frieda Klein hineinzuversetzen – auf ihren Spuren zu wandeln und die Leute zu treffen, die sie getroffen hat, um dadurch vielleicht nachvollziehen zu können, was sie dabei empfunden hat.«

»Und, ist es dir gelungen?«

»Ich weiß es nicht. Ich habe nicht genug Informationen über sie. Vielleicht muss ich es ein bisschen konkreter angehen. Ich sollte mir die Orte ansehen, die ihr am wichtigsten sind.«

»Warst du schon bei ihr zu Hause?«

»Ja, ich habe zumindest durchs Fenster gespäht.«

»Hat dir das was gebracht?«

»Sie wohnt in einer kleinen Seitengasse, nur einen Katzensprung von der Tottenham Court Road und der Euston Road entfernt. Dort fühlt man sich wie auf einer kleinen ruhigen Insel mitten in der Stadt.«

»Was ist mit ihrem Arbeitsplatz?«

»Da bin ich nicht weit gekommen. Sie haben mich nicht mal am Empfang vorbeigelassen.«

»Weißt du, wo sie geboren wurde?«

»Irgendwo außerhalb von London. Das spare ich mir lieber.«

Sie nahmen beide einen Schluck von ihrem Tee.

»Gräber«, sagte Jess.

»Was?«

»Das ist so ziemlich das einzig Emotionale, was ich mit meiner Familie mache. Wir besuchen das Grab meiner Großmutter oben in Loughborough. Mein Onkel ist auch dort begraben. Er ist bei einem Autounfall ums Leben gekommen. Einmal im Jahr fahren wir da hin, am Geburtstag meiner Oma. Na ja, fast jedes Jahr. Dieses Jahr konnte ich nicht, weil es während des Semesters war.«

»Frieda Kleins Grab kann ich nicht aufsuchen, sie lebt ja noch, zumindest gehe ich davon aus. Niemand weiß, wo sie sich im Moment aufhält. Oder wenn doch, sagen die Leute es mir nicht.«

»Ich meine natürlich nicht ihr eigenes Grab. Aber jeder hat doch schon jemanden verloren. Ist aus Frieda Kleins Umfeld noch niemand gestorben?«

»Soll das ein Witz sein?«, antwortete Lola. »Du solltest mal lesen, was ich alles gelesen habe. Da geht es zu wie in einem Kriegsgebiet.«

»Also muss es jemanden geben«, meinte Jess. »Jemand Besonderen.«

Lola überlegte einen Moment. »Ja, vielleicht.«

In Olivia Kleins Haus in Islington ging gerade eine Geburtstagsfeier zu Ende. Die meisten Gäste waren bereits aufgebrochen. Überall standen leere Gläser und Flaschen. Olivia griff nach einer, schüttelte sie, um zu sehen, ob noch etwas drin war, und kippte dann den letzten Rest Sekt in ihr Glas. Sie trug ein rotes Kleid und hohe schwarze Schuhe, die sie an den Zehen inzwischen fürchterlich drückten.

»Fünfzig«, sagte sie in bitterem Ton. »Ich bin *fünfzig*!«

»Wie fühlt sich das an?«, fragte der junge Mann mit dem gelbbraunen Haar und dem Blumenhemd, der neben ihr stand.

»Ich sage dir, wie sich das anfühlt, Jack. Wie ein Skandal. Wie ein schlechter Witz, ein übler Streich, den mir jemand spielt.«

Er betrachtete sie. Olivia kam ihm immer irgendwie aufgelöst vor: Haarsträhnen entwischten aus ihren Spangen, ihre Kleidung wirkte oft willkürlich zusammengewürfelt, ihre Schminke verschmiert, und ihre Stimmung schwankte zwischen Euphorie und Verzweiflung. Während er sich noch das Gehirn nach einer tröstlichen Antwort zermarterte, steuerte Chloë auf sie zu.

»Ich habe uns Nudeln gekocht«, verkündete sie. »Und Josef hat eine scharfe Soße gemacht. Ihr solltet was essen.«

»Ein Skandal«, wiederholte Olivia. »Eine Unverschämtheit.« Ihr zorniger Blick wanderte von ihrer Tochter zu Jack und wieder zurück. »Es kommt mir vor, als hätte ich gestern noch euer Alter gehabt und das ganze Leben noch vor mir.« Beunruhigt stellte Jack fest, dass in ihren Augen Tränen glitzerten. »Warum habt ihr zwei euch eigentlich getrennt?«, fragte sie mit zittriger Stimme.

»Nicht, Mum. Komm und iss was.«

»Ihr wart so süß zusammen.« Olivia schniefte. »Auch wenn es Frieda nicht gefiel, dass der Student, den sie betreute, mit ihrer geliebten Nichte ging. Das ist auch so eine Sache.«

»Was?«

»Ich dachte, sie würde kommen.«

»Frieda?«

»Warum ist sie nicht da?«

»Das weißt du doch.«

»Ich dachte, sie würde eine Ausnahme machen. Ich bin *fünfzig*.«

»Nudeln«, meinte Chloë in aufmunterndem Ton. Sie nahm Olivia das Glas aus der Hand, stellte es auf dem Kaminsims ab und zog ihre Mutter in Richtung Küche.

»Wo ist sie?«

»Keine Ahnung. Das weiß keiner.«

»Ich wette, Josef schon.«

»Nein, ich weiß es auch nicht«, meldete sich Josef vom Herd zu Wort, wo er gerade eine feurig riechende Tomatensoße umrührte.

»Ich wünschte, sie wäre hier. Ohne sie ist es nicht dasselbe.«

12

Lola war sehr überrascht, als die Frau in der kleinen Hütte am Eingang zu ihr sagte, es koste vier Pfund Eintritt. »Ich habe noch nie etwas bezahlt, um auf einen Friedhof zu gehen«, erklärte sie. »Was, wenn ich zum Grab eines Angehörigen wollte?«

»Wollen Sie das denn?«

»Nein. Aber nur mal angenommen.«

»Dann bräuchten Sie nichts zu bezahlen.«

Die Frau war ziemlich alt. Sie hatte schöne blaue Augen in einem Gesicht voller Falten, umrahmt von silberweißem Haar. Lola nahm an, dass ein von ihr geliebter Mensch auf dem Friedhof begraben lag und sie deswegen dort arbeitete. Am liebsten hätte sie die alte Dame danach gefragt, aber da hinter ihr bereits andere Leute warteten, zahlte sie rasch die vier Pfund, nahm einen Faltplan entgegen und ging hinein.

Sie war froh, dass sie sich vorher die Website des Highgate Cemetery angesehen hatte, weil sie sonst keine Ahnung gehabt hätte, wo sie anfangen sollte. Am Beginn des Hauptweges blieb sie stehen und ließ den Blick über die Gräber schweifen, die sich in alle Richtungen erstreckten: die Wiesenhänge hinauf, unter den Bäumen und eingebettet in dichtes Gestrüpp. Wie eine Stadt, dachte sie mit einem leichten Schaudern. Sie wusste, dass Alexander Holland, der Ex von Frieda Klein, den seine Freunde Sandy genannt hatten, in der Osthälfte des Friedhofs begraben lag, nicht weit von einem Zaun entfernt. Sie warf einen Blick auf die Karte, um sich zu orientieren.

Es war ein feuchter Tag. Nebel dämpfte das Licht, und sie spürte feuchtes Laub unter ihren Füßen. Es waren wenig Leute zu sehen, auch wenn ganz in ihrer Nähe ein Mann liebevoll einen Grabplatz pflegte, indem er Unkraut aus der Erde zupfte. Lola brauchte eine Weile, bis sie Sandys Grab fand, weil sie immer wieder abgelenkt wurde, mal von einem zerbrochenen Engel, mal von einer Inschrift. Manche der Grabsteine waren neu, andere fast ganz unter Efeu verschwunden oder so verwittert, dass man die Inschrift nicht mehr lesen konnte. Die Natur übernahm wieder die Herrschaft. Von den Tausenden Menschen, die hier begraben lagen, war ein Teil in hohem Alter gestorben, während andere fast noch Babys gewesen waren. Lola fragte sich, warum sie nicht schon viel früher mal einen Ausflug hierher gemacht hatte. Man könnte ganze Tage damit zubringen, dachte sie, einfach nur zwischen den Steinen und Ranken umherzuwandern und die zerfallenden Statuen zu bewundern, die sich einem aus dem Dickicht entgegenneigten. Sie kam an einem Paar vorbei, das Hand in Hand ging, und fragte sich, ob die beiden wohl Touristen waren oder womöglich ein Kind hier liegen hatten. Sie nickte ihnen zu und sagte Guten Morgen, weil sie hoffte, die zwei würden stehen bleiben und mit ihr reden, doch sie liefen weiter, ohne ihre Schritte zu verlangsamen.

Schließlich fand sie Sandys Grab, einen einfachen, niedrigen Grabstein zwischen zwei höheren. Die Inschrift bestand lediglich aus seinem Namen und dem Datum seiner Geburt und seines Todes. Bepflanzt war das Grab mit zwei Miniaturalpenveilchen, zwischen die jemand einen schönen runden Stein gelegt hatte. Lola machte mehrere Fotos, zum Teil in hockender Position, um gute Nahaufnahmen zu bekommen.

Danach blieb sie noch ein paar Minuten am Grab stehen. Sie fragte sich, wie sie weiter vorgehen wollte. Wie konnte sie all das in eine Seminararbeit verwandeln? Ratlos blickte sie sich um. Auf einer Bank ganz in der Nähe saß eine Frau. Sie hatte kurzes silbergraues Haar und war in ein Buch vertieft. Mit ihrer Hornbrille wirkte sie fast schon furchteinflößend intellektuell. Trotzdem gab Lola sich einen Ruck und steuerte auf sie zu.

»Hallo«, sagte sie schüchtern.

Die Frau schaute von ihrem Buch auf. »Ja?«

»Können Sie mir sagen, wo Karl Marx begraben ist? Ich kann nicht gehen, ohne das Grab gesehen zu haben.«

Die Frau deutete den Hügel hinauf.

»Ich bin zum ersten Mal hier«, fuhr Lola fort. »Ich weiß gar nicht, warum ich das nicht schon viel früher gemacht habe. Es ist unglaublich – irgendwie gruselig, aber auf eine gute Art. Finden Sie nicht auch? Kommen Sie oft her?«

»Nein.« Die Frau klappte das Buch zu, ließ es in ihre Tasche gleiten und erhob sich.

»Ich bin auch nur hier, weil mein Seminarbetreuer es vorgeschlagen hat. Ach, schauen Sie mal, da im Gebüsch ist ein Zaunkönig! Ich liebe Zaunkönige! Und Amseln. Wobei ich immer das Gefühl habe, dass bei denen das Weibchen mit dem braunen Federkleid definitiv den Kürzeren gezogen hat. Diese Richtung, sagen Sie?«

Sie stieg den Hügel hinauf, auf den die Frau gedeutet hatte. Tatsächlich starrte dort die Büste von Karl Marx auf sie herab, riesig und ernst. Lola fand den Anblick überraschend lustig. Sie machte mit ihrem Handy ein Foto und dann gleich noch eines von dem Ausblick über die Gräber im Dämmerlicht. Während sie ihr Telefon wieder einsteckte, runzelte sie plötzlich die Stirn, weil sich ein Gedanke wie eine kalte Messerklinge in ihren Kopf bohrte. Sie sprintete los, zurück in Richtung Eingang. Auf dem Hauptweg war niemand zu sehen. Sie stürmte zum Tor hinaus und ließ den Blick den Hügel hinauf- und hinunterschweifen. In der Ferne sah sie eine Gestalt in schnellem Tempo davoneilen. Sie lief ihr hinterher.

»Entschuldigen Sie!«, stieß sie keuchend hervor.

Die Frau mit dem silbergrauen Haar, die vorhin auf der Bank gesessen hatte, drehte sich um. »Kann ich Ihnen helfen?«

»Ähm, ja. Ja, das können Sie.«

Die Frau wartete.

»Sie sind Frieda Klein.« Ihre anfängliche Überzeugtheit kam ins Wanken. »Oder nicht?«

»Nein.« Die Frau verzog keine Miene.

»Sind Sie sicher?«

»Ziemlich sicher«, meinte die Frau trocken. »Mein Name ist Ursula Edmunds.«

»Ich suche nach einer Frau namens Frieda Klein, und es hätte mir sehr geholfen, wenn Sie es gewesen wären. Ich schreibe eine Seminararbeit über sie, müssen Sie wissen, und das läuft gar nicht gut.«

»Na dann viel Glück«, entgegnete die Frau und setzte sich wieder in Bewegung.

Lola zögerte einen Moment verwirrt, dann folgte sie ihr.

»Sie sind es«, sagte sie. »Da bin ich mir jetzt ganz sicher.«

Als die Frau sich erneut zu ihr umdrehte, funkelten die Augen hinter den Brillengläsern noch strenger als zuvor. »In welche Richtung gehen Sie?«

»Hier lang«, antwortete Lola eifrig.

»Gut. Dann biege ich hier ab.«

»Ich komme mit. Eigentlich muss ich nirgendwohin.«

»So wollte ich das aber nicht haben.«

»Jetzt weiß ich endgültig, dass Sie Frieda Klein sind. Professor Bradshaw hat mir gesagt, dass Sie schwierig sind.«

»Wie heißen Sie?«

»Lola Hayes.«

»Hören Sie mir gut zu, Lola.«

Lola nickte mehrmals.

»Verschwinden Sie, und zwar schnell.«

»Oh.«

»Auf der Stelle. Haben Sie mich verstanden?«

»Natürlich habe ich Sie verstanden. Sie drücken sich ja recht klar aus. Warum haben Sie sich die Haare gefärbt?«

»Es fällt Ihnen offenbar schwer, auf das zu hören, was man Ihnen sagt.«

»Das behauptet mein Vater auch immer. Fehlt er Ihnen sehr?«

»Wie bitte?«

»Fehlt Ihnen Sandy? Sitzen Sie deswegen neben seinem Grab? Was ihm passiert ist, finde ich so schrecklich. Wahrscheinlich fällt es mir dadurch so schwer, meine Seminararbeit zu schreiben. Mein Dozent meint, ich sollte Sie dekonstruieren, was auch immer das heißen mag, aber stattdessen male ich mir die ganze Zeit aus, wie die letzten Jahre für Sie gewesen sein müssen. Was für eine beängstigende Vorstellung, dass Dean Reeve immer noch frei herumläuft!«

»Hören Sie damit auf, und zwar sofort!« Sie starrte Lola an. Ihr Gesicht wirkte kreidebleich, doch ihre Augen glühten.

»Sie sind Frieda, nicht wahr?«

»Warum tun Sie das?«

»Wusste ich es doch!«, rief Lola und nahm die Frau, die vor ihr auf dem Gehsteig stand, spontan in den Arm. »Sie Ärmste! Was Sie alles durchgemacht haben! Sie müssen sich so traurig und allein fühlen.«

Doch Frieda Klein schob Lola von sich weg und musterte sie eindringlich. Lola hatte das seltsame Gefühl, nicht nur begutachtet, sondern wie von Röntgenaugen bis in ihr geheimstes Innerstes durchleuchtet zu werden.

»Ist Ihnen eigentlich klar, was Sie da tun?«, fragte Frieda

schließlich leise. »Sich in mein Leben einzumischen ist gefährlich.«

»Ich mache das doch nur für meine Seminararbeit.«

»Bestimmt haben Sie auf der Suche nach mir mit Leuten gesprochen, die ich kenne.«

»Und jetzt habe ich Sie gefunden.«

»Sie werden mich nicht noch einmal finden. Und Sie dürfen keinem Menschen verraten, dass es Ihnen einmal gelungen ist.«

»Das verstehe ich jetzt nicht.«

»Das brauchen Sie auch nicht zu verstehen. Lassen Sie mich in Ruhe. Vergessen Sie mich. Hören Sie auf, über mich zu recherchieren.«

»Sollen wir vorher noch einen Kaffee zusammen trinken?«

Zum ersten Mal verlor Friedas Gesicht seinen strengen Ausdruck. Lola kam es vor, als versuchte sie sich ein Lächeln zu verbeißen.

»Sie sind wirklich hartnäckig. Also gut, kommen Sie.«

»Sie haben mit Hal Bradshaw gesprochen«, stellte Frieda fest, als sie schließlich vor ihrem Kaffee saßen. Ihr ging durch den Kopf, wie jung Lola mit ihrem weichen, runden Gesicht und den Sommersprossen auf der Nase wirkte.

»Ja.« Lola sah sie unsicher an. »Ich glaube nicht, dass er Sie besonders mag.«

»Da könnten Sie recht haben.«

»Mit der Journalistin, dieser Liz Barron, habe ich auch gesprochen.«

»Da waren Sie ja richtig fleißig.«

»Und mit Ihren Freunden, Reuben und Josef.«

Frieda zuckte leicht zusammen. »Sie waren bei ihnen?«

»Ja. In Reubens Haus. Sie haben mir aber nichts verraten.«

»Verstehe.«

»Ihre Nichte war auch da.«

Frieda wandte den Blick von Lola ab und schaute stattdessen aus dem Fenster. »Geht es ihr gut?«

»Soweit ich das beurteilen konnte, ja. Sie haben sie wohl in letzter Zeit nicht gesehen? Warum denn das?« Sie beugte sich vor und fragte in einem lauten Flüsterton: »Verstecken Sie sich?«

Frieda lehnte sich stirnrunzelnd zurück. »Weshalb waren Sie auf dem Friedhof?«

Lola erzählte ihr von Simon Tearle. »Ich wandle auf Ihren Spuren.«

»Das dürfen Sie nicht.«

»Es macht aber Spaß.«

»Ich meine das ernst. Sie müssen damit aufhören.«

»Durch Sie habe ich Ecken von London kennengelernt, von denen ich vorher nicht mal wusste, dass es sie gibt. Das gilt zum Beispiel für den Friedhof. Und den Fluss Lea bin ich auch entlanggewandert. Da ist mir der Gedanke gekommen, dass ich gerne mal auf einem Hausboot leben würde – wenn auch vielleicht nicht im Winter. Eines von den Booten hatte einen richtigen Garten auf dem Dach. Schauen Sie mal.«

Sie zückte ihr Handy und begann die Fotos durchzugehen. »Hier«, sagte sie. »Ist das nicht großartig?«

Frieda starrte auf das Telefon. Ein paar Sekunden saß sie völlig reglos da. »Geben Sie mal her.« Sie griff nach dem Handy.

Und dann sah sie ihn.

Er blickte sie an, dünner, als sie ihn in Erinnerung hatte, mit sehr kurz geschorenem Haar, aber demselben Lächeln. Ein Mann, der am Flussufer beim Angeln saß, nur wenige Meter von der Stelle entfernt, wo er seinen Zwillingsbruder umgebracht hatte. Ein Mann wie ein Schatten, ein Mann wie ein Geist.

»Was haben Sie getan?«, wandte sie sich an Lola.

»Ich?«

»Ja, Sie.«

»Ich weiß nicht, was Sie meinen, ich habe doch nur …«

»Das ist Dean Reeve.«

Lola brachte kein Wort heraus, riss nur Mund und Augen weit auf.

»Sie machen Witze«, keuchte sie schließlich.

»Sie sind in Gefahr.«

Lola stieß ein nervöses kleines Lachen aus. »Aber Sie sind doch diejenige, hinter der er her ist.« Sie sah Frieda in die Augen. »Außerdem weiß er nicht, wer ich bin. Ist er es wirklich? Sind Sie sicher?«

»Ja.«

Ungläubig schlug Lola eine Hand vor den Mund. »Ich habe mit ihm gesprochen. Mir wird schwindlig. Ich stehe unter Schock.«

»Was haben Sie zu ihm gesagt?«

Lola machte eine hilflose Geste. »Das kann ich nicht beantworten, weil es nicht wichtig war. Er hat bei mir keinen Eindruck hinterlassen. Ich habe bloß im Vorbeigehen ein bisschen mit den Leuten geplaudert. Man nennt es Psychogeografie. Das bedeutet …«

»Ich weiß, was das bedeutet«, fiel ihr Frieda so scharf ins Wort, dass Lola überrascht verstummte. Frieda griff nach einem Päckchen Zucker und ließ es zwischen den Fingern kreisen. »Vielleicht ist es ja noch mal gut gegangen«, murmelte sie, als spräche sie mit sich selbst. Dann hob sie wieder den Blick und schaute Lola direkt in die Augen. »Sie haben also mit den Leuten geplaudert, die Ihnen über den Weg gelaufen sind.«

»Ein bisschen.«

»Haben Sie meinen Namen erwähnt?«

»Nein. Ich glaube nicht, dass die damit was hätten anfangen können.«

»Was haben Sie denen über sich selbst erzählt?«

»Nicht viel. Da bin ich ziemlich vage geblieben.«

»Lola«, sagte Frieda in sanfterem Ton, »es geht mir nicht darum, Ihnen irgendein Fehlverhalten nachzuweisen. Aber das Ganze ist ernst. Wir müssen wissen, wo wir stehen – vor allem, wo *Sie* stehen. Sie müssen mir einfach nur erzählen, was passiert ist.«

»Schon gut«, antwortete Lola. »Zu ein paar von ihnen – nicht zu allen – habe ich gesagt, dass ich den Spuren einer Frau folge. Einer Psychologin oder Psychotherapeutin, habe ich noch hinzugefügt, glaube ich. Ja, genau. Einer, die Verbrechen aufklärt und gern allein durch London wandert. Sonst nichts.«

Frieda griff nach Lolas Telefon und sah die Fotos durch. Plötzlich hielt sie inne. »Das hier.« Sie gab Lola das Handy zurück. Lola warf einen Blick darauf. Es handelte sich um die Aufnahme von ihr und dem fetten Angler.

»Was ist damit?«

»Sie sind mit auf dem Bild. Wer hat fotografiert?«

»Er.«

»Dean Reeve.«

»Ja, Dean Reeve hat das Foto gemacht.«

»Wie lange hatte er das Telefon in der Hand?«

»Keine Ahnung. Er hat einfach nur das Foto gemacht. Ach nein, am Anfang hatte er Probleme mit der Bedienung. Das geht einem ja immer so, wenn man es mit einem fremden Telefon zu tun hat.«

»Was könnte er durch Ihr Handy über Sie in Erfahrung gebracht haben?«

»Nicht viel.«

»Ihre Nummer? Vielleicht sogar Ihren Namen?«

Lola kaute nachdenklich auf einer Haarsträhne herum. »Ja, vielleicht«, räumte sie ein. »Beides ist zu sehen, wenn man die Liste meiner Kontakte öffnet. Aber viel Zeit hatte er dafür nicht. Hören Sie, es tut mir leid, wenn ich irgendwie Mist gebaut habe. Falls Sie glauben, dass es ein Problem ist, lasse ich diese dämliche Seminararbeit einfach sausen und bitte meinen Dozent um ein neues Thema. Dann können wir so tun, als wäre das alles nie passiert.«

Frieda schüttelte den Kopf. »Sind Sie wirklich so schwer von Begriff?«, fragte sie. »Haben Sie die Berichte über mich nicht gelesen? Alle Leute, die Dean Reeve in die Quere kommen, werden umgebracht. Ein Teil von mir würde jetzt am liebsten aufstehen und gehen – und es Ihnen selbst überlassen, die Suppe auszulöffeln, die Sie sich eingebrockt haben.«

»Nur zu«, sagte Lola. »Warum machen Sie es nicht? Es tut mir leid, dass ich mich in Ihr Leben eingemischt habe. Ich suche mir einfach ein anderes Thema für meine Arbeit.«

»Ein anderes Thema für Ihre Arbeit? Solche Dinge spielen jetzt keine Rolle mehr. Das ist alles vorbei. Ist Ihnen denn nicht klar, dass Sie Ihr altes Leben hinter sich gelassen haben?«

»Was?«

»Das müssen Sie akzeptieren.«

»Ich habe keine Ahnung, was das heißen soll.«

»Es soll heißen, dass Sie nicht mehr nach Hause können. Sie können nirgendwo mehr hin, wo Sie sich sonst normalerweise aufhalten.«

Lola war sehr blass geworden und atmete keuchend. »Das ist doch albern!«

Frieda legte eine Hand auf die von Lola. »Es ist wichtig, dass Sie ruhig bleiben. Aber Sie müssen mir zuhören.«

Lola griff nach dem Telefon und starrte auf das Foto von Dean Reeve. Frieda sah, dass sie sich fragte, ob das alles tatsächlich stimmen konnte und dieser Frau Doktor Klein zu trauen war? Sie wartete auf Lolas Antwort.

»Ich kann nicht einfach mein Leben hinter mir lassen«, erwiderte diese schließlich. »Meine Leute werden mich vermissen. Sie werden die Polizei verständigen.«

»Es wird nicht lange dauern«, erklärte Frieda. »Für ihn geht es dem Ende zu. So oder so.«

»Dem Ende zu?«, wiederholte Lola verblüfft. »Welchem Ende?«

»Dem Ende seiner Reise.«

»Und was soll ich in der Zwischenzeit machen? Durch die Straßen von London wandern, bis ihn jemand schnappt?«

»Irgendwo unterkriechen und dort bleiben. An einem Ort, wo Sie nie zuvor waren.«

»Wo denn? Und womit? Ich habe gerade mal an die dreißig Pfund auf der Bank. Kann ich nicht einfach zur Polizei gehen? Ich zeige denen dieses Foto von Dean Reeve und sage ihnen, dass Sie glauben, dass ich in Gefahr bin, und dann …« Lola wusste offenbar nicht, wie sie den Satz zu Ende bringen sollte.

»Ja«, sagte Frieda. »Und dann?«

»Die sind die Polizei«, entgegnete Lola. »Sie werden mich unter Schutz stellen und ihn dann aufspüren und einsperren.«

»Die Polizei sucht ihn schon seit Jahren vergeblich«, gab Frieda zurück. »Und wenn er jemanden umbringen will, dann tut er es.«

»Kann ich bei *Ihnen* bleiben?«, fragte Lola.

»Bei mir?«

»Ja.« Lolas Miene hellte sich auf.

»Ganz bestimmt nicht.«

»Warum nicht?«

»Zum einen geht es bei der ganzen Sache um mich. Ich wünschte, dem wäre nicht so, aber so ist es nun mal. Je weiter Sie von mir weg sind, desto besser.«

»Wo kann man sich besser verstecken als bei jemandem, der schon Erfahrung im Verstecken hat? Ich wüsste gar nicht, wie ich das anstellen sollte. Sie kennen sich damit aus. Allein würde ich bestimmt bloß irgendeine Dummheit begehen. Das ist bei mir immer so. Und es wäre ja nur für ein paar Tage. Das haben Sie jedenfalls behauptet. Bei Ihnen bin ich sicher.«

Frieda trommelte mit den Fingern auf der Tischplatte herum.

»Was?«, fragte Lola. »Sagen Sie etwas.«

»Ich weiß nicht.«

»Wir hätten bestimmt Spaß«, meinte Lola.

»Spaß.«

»Aus Ihrem Mund klingt das wie ein schmutziges Wort.«

Frieda lächelte leicht. »Sie haben keine Ahnung, worauf Sie sich da einlassen«, erklärte sie.

»Aber Sie beschützen mich?«

Frieda schaute Lola direkt an. Schon wieder diese Augen. »Sie tun, was ich Ihnen sage.«

»Ja!«

»Sie lügen mich nicht an.«

»Natürlich nicht.«

»Es gibt verschiedene Arten zu lügen. Es wird nicht so geschehen, wie Sie sich das vorstellen. Sie werden das Gefühl haben, das Richtige zu tun, auch wenn dem gar nicht so ist.«

»Das verstehe ich jetzt nicht.«

»Sie müssen es nicht verstehen«, erwiderte Frieda. »Deswegen haben wir Regeln. Deswegen geben wir uns Versprechen.«

»Also gut, ich verspreche es. Aber dann beschützen Sie mich. Zumindest eine Weile.«

»Wir können es ja mal versuchen.«

13

Gemeinsam verließen sie nach einer Weile das Café. Frieda bat Lola, draußen zu warten, während sie einen Zeitungsladen betrat. Als sie wieder herauskam, reichte sie Lola eine Oyster Card.

»Tun Sie nichts, das sich nachverfolgen lässt«, sagte sie.

»Geht das nicht zu weit?«

»Genau das versuchen wir jetzt mal: zu weit zu gehen«, antwortete Frieda.

»Soll ich das wirklich durchziehen?«

»Keine Ahnung. Das müssen Sie selbst wissen.«

»Ich habe nichts bei mir. Mein Pass, mein Laptop, meine Klamotten, alles ist noch in meiner Wohnung.«

Frieda nickte. »Na gut«, sagte sie dann, »wir machen einen kurzen Abstecher zu Ihnen. Fünf Minuten. Nehmen Sie mit, was Sie in einer Umhängetasche tragen können. Wo wohnen Sie?«

»Ich teile mir mit einer Freundin eine Wohnung, nur einen Katzensprung von der Holloway Road entfernt.«

»Gut. Da können wir zu Fuß hingehen.«

»Sollen wir nicht lieber ein Taxi nehmen?« Lola registrierte Friedas missbilligenden Gesichtsausdruck. »Ach ja, ich vergaß: Sie sind ja fürs Wandern.«

Während sie die Junction Road überquerten und durch den Tufnell Park gingen, sagte Frieda kein Wort. Sie schlug ein so flottes Tempo an, dass Lola fast rennen musste, um Schritt halten zu können.

»Das Lustige ist«, brach Lola schließlich das Schweigen,

»dass ich wahrscheinlich nie wissen werde, ob es die richtige Entscheidung war.«

»Ich schätze, Sie werden es wissen«, widersprach Frieda.

Nach einem zwanzigminütigen Fußmarsch standen sie vor einem großen Reihenhaus aus dunklen Ziegeln, das fast im Schatten der Gefängnismauern von Holloway Prison lag. Frieda blickte sich um, konnte aber niemanden entdecken. Was nichts zu bedeuten hatte.

»Wir wohnen im zweiten Stock«, verkündete Lola.

»Wir?«

»Ich und meine Mitbewohnerin Jess, die zugleich auch meine beste Freundin ist.«

»Erfinden Sie einen Vorwand, warum Sie weg müssen.«

»Möchten Sie mit hochkommen und Jess kennenlernen?«

»Nein, ganz bestimmt nicht.«

»Sie würde Ihnen gefallen.«

»Ich bleibe hier«, entgegnete Frieda. »Denken Sie daran. Fünf Minuten.«

Es dauerte eher zehn Minuten, bis Lola wieder auftauchte, eine ausgebeulte Leinentasche über der Schulter. Frieda wandte sich sofort in Richtung Holloway Road.

»Ich habe mit Jess gesprochen«, berichtete Lola, »ihr gesagt, dass ich weg muss, um für meine Seminararbeit zu recherchieren, und nicht genau weiß, wann ich zurückkomme, aber dass es bestimmt ein paar Tage dauern wird, wenn nicht sogar länger.«

»War es für sie in Ordnung?«

»Für Jess ist alles in Ordnung.«

In der Holloway Road nahmen sie einen Bus, mit dem sie bis Camden Town fuhren, wo sie in einen anderen umstiegen. Zunächst waren Lola die Viertel vertraut, durch die sie kamen,

Chalk Farm, Swiss Cottage, doch nachdem sie erneut den Bus gewechselt hatten, zogen draußen ruhige Wohnstraßen, stark befahrene Hauptverkehrsstraßen und Lagerhallen vorbei wie in jeder beliebigen Großstadt. Lola kam es vor, als wäre sie in eine andere Welt eingetaucht, ein anderes Leben. Sie wollte ihr altes Leben zurück. Offenbar sah man ihr das an, denn Frieda musterte sie besorgt und schenkte ihr dann das erste Lächeln, das Lola bewusst bei ihr wahrnahm. Gleichzeitig legte sie Lola eine Hand auf den Arm. »Sie müssen mir einfach vertrauen«, sagte sie. »Und da wir nun viel Zeit miteinander verbringen werden, würde ich vorschlagen, wir sagen du.«

Einen kurzen Moment empfand Lola ein starkes Gefühl von Erleichterung, doch das ließ schnell wieder nach. Sie empfand es richtig körperlich. *Vertrauen.* Das sagte sich so leicht. Aber woher wusste man, wem man vertrauen konnte? Sie wünschte, sie hätte die Unterlagen und Zeitungsberichte über Frieda aufmerksamer gelesen. Trotzdem erinnerte sie sich an genug, um zu wissen, dass Leute aus Frieda Kleins Umfeld ermordet worden waren – Leute, die mit ihr zu tun gehabt oder einfach nur ihren Weg gekreuzt hatten. Aber waren die Ermordeten die gewesen, die ihr vertraut hatten, oder diejenigen, denen es an Vertrauen mangelte?

Friedas Stimme riss sie aus diesen wirren Gedanken. »Hier steigen wir aus.«

Sie gingen durch mehrere Wohnstraßen, bis sie eine Lagerhalle erreichten, die in einen Apartmentblock umgewandelt worden war. Vor einer blauen Haustür machte Frieda halt, holte ihren Schlüssel heraus, sperrte auf und betrat mit Lola eine Wohnung, die alles andere als heimelig wirkte. Es roch nach frischer Farbe. Der Boden bestand aus kahlen Holzdielen, die Wände waren weiß gestrichen und ebenfalls völlig kahl. Im Wohnzimmer, das zugleich als Küche fungierte, standen ein Holztisch, ein Stuhl, ein Sofa und sonst nichts.

Die einzige Lichtquelle war das große Fenster auf der anderen Seite des Raums. Lola durchquerte das Zimmer, um einen Blick nach draußen zu werfen.

»Aber hallo!«, staunte sie.

Draußen strömte das schmutziggraue Wasser eines Kanals dahin. Am anderen Ufer schob eine Frau einen Kinderwagen, und ein alter Mann war mit einem Hund unterwegs: normales Leben, das Lola nun durch eine Glasscheibe sah.

»Du magst Kanäle«, stellte sie fest, »genau wie Dean.«

Frieda führte Lola durch die spartanisch eingerichtete Wohnung. Es gab nur ein Schlafzimmer, aber das Sofa im Hauptraum ließ sich zu einem Bett umwandeln, und zusätzliche Bettwäsche war vorhanden. Frieda trat an ihren Computer. Lola registrierte, wie sich ihre Gesichtszüge verspannten, während sie den Bildschirm betrachtete. Dann füllte Frieda einen Kessel mit Wasser und forderte Lola auf, sich zu setzen.

»Grundregeln«, begann sie. »Nummer eins: mit niemandem kommunizieren.«

»Wie bitte? Was ist mit Facebook?«

»Nein. Später solltest du in ein Internetcafé gehen und posten, dass du für eine Weile vom Radar verschwindest, weil du an deiner Seminararbeit sitzt. Auf diese Weise wird sich niemand Sorgen um dich machen oder gar nach dir suchen. Und das war's dann mit der Kommunikation.«

»Allen Ernstes?«

»Du benutzt deine Bankkarte nicht. E-Mails verschickst du auch keine mehr. Du kannst online gehen und etwas lesen oder für deine Seminararbeit recherchieren, wenn du magst, oder dir Filme ansehen. Nur jede Form von Output ist tabu. Gib mir bitte dein Handy.«

»Warum?«, fragte Lola, reichte es ihr aber folgsam.

Frieda öffnete das Fenster, und bevor Lola begriff, was passierte, landete das Gerät im Kanal.

»Mein Telefon!«, japste Lola. »Das habe ich doch gerade erst bekommen! Was fällt dir überhaupt ein?«

»Ich kaufe dir morgen ein Prepaidhandy. Wenn das alles vorbei ist, bekommst du von mir ein neues Telefon.«

»Jetzt weiß ich nicht mal, wie spät es ist. Ich habe keine Armbanduhr. Besser gesagt, ich habe schon eine, sogar eine sehr schöne, die mir meine Oma zum achtzehnten Geburtstag geschenkt hat, aber die habe ich in der Wohnung gelassen.«

»Die Uhrzeit kannst du von mir erfahren.«

»Darum geht es doch gar nicht. Mir kommt das bloß alles so extrem vor. Glaubst du wirklich, dass das nötig ist?«

»Ich wünschte, dem wäre nicht so. Aber du hast schon ziemlich viel Staub aufgewirbelt.«

»Was soll das heißen?«

»Wenn man mit einer Person wie Liz Barron spricht, was glaubst du, tut die dann?«

»Die Journalistin?«

Frieda zog ihren Laptop zu sich heran und las vom Bildschirm laut vor: »›Es wächst die Sorge um die Sicherheit der krisengebeutelten Therapeutin Frieda Klein. Seit ihrer umstrittenen Rolle im Mordfall Daniel Blackstock wurde die Vierzigjährige nicht mehr gesehen. Selbst enge Freunde äußern Bedenken …‹ Und so weiter, und so fort. Barron hat das Gleiche getan wie du, nämlich meine Freunde und Kollegen belästigt, aber wohl mehr aus ihnen herausbekommen als du. Oder einfach das meiste erfunden. Ich kann mir nicht vorstellen, dass Paz gegenüber Liz Barron Bedenken äußert.« Frieda ging den Artikel weiter durch. »Du wirst ebenfalls erwähnt, wenn auch nicht namentlich. ›Doktor Kleins Verschwinden kam ans Licht, als eine Studentin, die sich wissenschaftlich mit Klein und dem Fall Dean Reeve beschäftigte, keine Spur von ihr finden konnte, weder bei ihr zu Hause noch an ihrem Arbeitsplatz.‹«

»Das stimmt doch gar nicht«, entrüstete sich Lola.

»Egal. Entscheidend ist nur, dass Dean Reeve es lesen wird. Er mag es nicht, wenn andere glauben, klüger zu sein als er.«

Lola starrte sie mit den angstvollen Augen eines Kindes an.

»Ich habe gesehen, was er mit ihnen macht«, sagte Frieda, während sie zum Wasserkessel hinüberging.

»Sag das nicht!«

»Warum nicht?«, gab Frieda zurück. »Was willst du von mir hören? Dass es mir leidtut und dass ich dir keine Angst machen wollte? Das wäre gelogen, denn ich will dir definitiv Angst machen.«

»Schon gut, schon gut, ich habe ja Angst. Ich habe Angst und Hunger.«

»Was den Hunger betrifft, kann ich dir helfen. Und die Angst hältst du mal schön fest.«

Nach dem Essen setzte Frieda sich an ihren Computer. Lola schlüpfte in ihren Flanellpyjama und ließ sich auf der Schlafcouch nieder. Es war sehr ruhig im Raum. Lola betrachtete Frieda, die ihren Blick wohl spürte und den Kopf wandte. Einen Moment starrten sie einander wortlos an.

»Darf ich dich etwas fragen?«, brach Frieda schließlich das Schweigen.

Lola zuckte nur mit den Achseln.

»Es ist schwer, aus seinem Leben auszusteigen. Ich weiß das, weil ich es selbst schon gemacht habe, und zwar mehr als einmal. Man tut sich damit selber weh, und anderen Menschen auch. Du hast das einfach so durchgezogen.«

»Worauf willst du hinaus?«

Frieda musterte sie mit dem Anflug eines Lächelns. »Du scheinst mir eigentlich nicht der Typ zu sein, der sich so leicht aus allem löst. Was ist mit deiner Familie? Was werden deine Leute dazu sagen?«

»Es gibt nur meine Eltern. Sie sind nach Spanien gezogen, nach Málaga. Da haben sie ein Haus. Wir hören wenig voneinander. Besser gesagt, ich höre wenig von ihnen. Gelegentlich rufe ich sie an, aber ob es nun einen Tag oder eine Woche her ist, seit wir das letzte Mal miteinander telefoniert haben, scheinen sie gar nicht zu registrieren. Ich glaube kaum, dass ich ihnen fehle. Manchmal denke ich …« Sie brach ab, senkte den Blick und blinzelte ein paarmal rasch hintereinander.

Frieda musterte sie nachdenklich. »Was ist mit deinen Freunden?«, fragte sie. »Die könnten unruhig werden. Womöglich geben sie sogar eine Vermisstenanzeige auf.«

Lola spürte ihr Herz plötzlich heftig schlagen. Sie setzte zu einer Antwort an, fand es jedoch schwierig, ihr Gefühl in Worte zu fassen. »Ich weiß nicht«, begann sie schließlich. »Letztes Jahr hatte ich eine ziemlich intensive Phase, vielleicht zu intensiv. Ich würde schon sagen, dass ich so was wie einen Freundeskreis besitze. Freunde hatte ich eigentlich immer, irgendwie sogar recht viele, aber von denen habe ich mich in letzter Zeit ein bisschen zurückgezogen. Ich meine, ich gehe immer noch aus und habe Spaß, trinke zu viel, kichere und tanze, das volle Programm. Lola, die Partymaus. Aber in den letzten paar Monaten war das alles ein bisschen aufgesetzt. Ich rede nicht mehr so mit meinen Leuten wie früher. Du weißt schon, über Dinge, die wirklich wichtig sind. Es ist alles nur …« – sie machte eine wegwerfende Handbewegung – »… Geschwafel. Bla, bla, bla. Mein Vater sagte immer, ich kann reden wie ein Buch. Wahrscheinlich sind die meisten Leute sogar gern mit mir zusammen, aber wenn ich nicht da wäre, würde es ihnen vielleicht gar nicht auffallen.«

»Du willst damit sagen, dass sich weder deine Eltern noch deine Freunde richtig für dich interessieren?« Friedas Stimme klang jetzt sehr sanft.

Lola lief rot an. »Sie täten es wahrscheinlich schon, wenn ich sie darum bitten würde – zumindest meine Freunde täten es. Aber ich brauchte … ich brauchte ein bisschen Freiraum, Zeit für mich. Ich glaube, wenn ich alle wissen lasse, dass ich in Klausur bin, um meine Seminararbeit zu schreiben, wird niemand versuchen, mich aufzustöbern. Denen ist ja allen bekannt, dass ich da gerade ein bisschen in der Klemme stecke und unter Zeitdruck stehe. Ein, zwei Wochen dürften also kein Problem sein.« Sie verstummte. Auch Frieda schwieg eine Weile. Ihre dunklen Augen blieben dabei die ganze Zeit auf Lola gerichtet. Diese zwang sich zu einem kleinen Lachen. »Wahrscheinlich denkst du gerade, dass ich eigentlich als Patientin zu dir kommen sollte und nicht als …, na ja, was auch immer das hier jetzt ist.«

»Das Ganze wird vorübergehen«, entgegnete Frieda. »Es ist ernst, sehr ernst, aber irgendwann wird es vorbei sein. Dann kannst du dein Leben wieder aufnehmen und dich mit all dem auseinandersetzen. Vielleicht könnte ich dir dabei sogar helfen.«

»Ja, schon möglich.« Mit diesen Worten stand Lola auf und begann in der Tasche herumzuwühlen, die sie von zu Hause mitgebracht hatte. Sie musste erst die Kleidung und die Toilettenartikel herausnehmen, ehe sie fand, was sie suchte.

Entschlossen setzte sie die Mundharmonika an die Lippen und blies kräftig hinein. Der laute Missklang, der dabei herauskam, erfüllte seinen Zweck: Frieda blickte erschrocken hoch.

»Was machst du denn da?«

»Ich spiele Mundharmonika«, erklärte Lola fröhlich. »Besser gesagt, ich erzeuge einen Ton damit. Wie man darauf spielt, weiß ich nicht. *Noch* nicht.«

»Mundharmonika.«

»Jemand hat sie mir zum Geburtstag geschenkt, aber ich

bin bisher noch nicht zum Spielen gekommen. Ich dachte mir, jetzt wäre eine gute Gelegenheit, es zu lernen.«

»Dachtest du, ja?«

»So schwer kann das doch nicht sein.« Zweifelnd betrachtete Lola das kleine silberne Instrument. »Anleitung habe ich keine, aber bestimmt finde ich was auf YouTube.«

Sie blies erneut hinein. Dieses Mal war das Ergebnis ein schrilles, blechernes Kreischen. Frieda verzog das Gesicht.

14

Liz Barron saß in der Bar und schlürfte ihren Gin Tonic, den dritten an diesem Abend. Oder war es schon der vierte? Nach dem ersten hatte sie sich klar und fit gefühlt und ausgesprochen wach. Seit ihrem Gespräch mit dieser Studentin genoss sie das erregende Gefühl, einer Geschichte auf der Spur zu sein, von der niemand außer ihr auch nur den Hauch einer Ahnung hatte. Dann aber hatte sie den zweiten, dritten und vielleicht auch vierten Drink, falls es denn einen gab, dazu benutzt, ihre Nerven zu beruhigen und sich zu entspannen. In letzter Zeit machte sie das immer öfter. Selbstmedikation.

Sie fischte die Zitronenscheibe aus dem Glas und schob sie sich in den Mund. Frieda Klein war nun schon seit Jahren ihr Thema. Sie hatte sie interviewt, an der Haustür belästigt, über ihr Leben recherchiert, mit ihren Freunden und Feinden gesprochen. Nun war Frieda Klein verschwunden, und niemand wollte ihr sagen, warum. Malcolm Karlsson war ihr überhaupt keine Hilfe gewesen, und seine säuerlich dreinblickende Handlangerin noch viel weniger.

Hinzu kam, dass sie versucht hatte, noch einmal mit Lola Hayes in Kontakt zu treten, von deren Freunden und Tutor aber die Auskunft gekommen war, sie sei vor Kurzem weggefahren, um ihre Seminararbeit zu schreiben. Offenbar wusste niemand genau, wo sie sich aufhielt. Aber vielleicht konnte Quarry ihr da weiterhelfen. Mit einem kleinen Lächeln hob sie ein weiteres Mal ihr Glas, nur um festzustellen, dass es leer war.

»Möchten Sie noch so einen?«

Sie wandte den Kopf und versuchte dabei, ihre verschwommene Sicht wieder scharf zu stellen. Ein Mann, dessen Gesicht von Wind und Wetter gegerbt wirkte, lächelte sie an. Sie musterte ihn aus zusammengekniffenen Augen.

»Warum nicht?«, antwortete sie schließlich.

Während er an die Theke trat, um die Bestellung aufzugeben, betrachtete sie ihn von hinten. Er war schlank und machte, obwohl nicht groß, einen kräftigen Eindruck. Zumindest hatte er muskulöse Arme.

»Hier, bitte schön.« Er stellte ihr Getränk auf den Tisch, zusammen mit einem Bier für sich selbst.

»Danke. Ich bin Liz.«

»Graham«, antwortete er. »Ich hatte fast ein bisschen Angst, Sie anzusprechen.«

»Angst?« Sie stieß ein kehliges Lachen aus. »Ich glaube nicht, dass ich so beängstigend wirke.«

»Sie haben ausgesehen, als wären sie tief in Gedanken versunken.«

»Das war ich tatsächlich.«

Sie nahm einen großen Schluck von ihrem Drink und genoss es zu spüren, wie er ihr die Kehle hinunterrann, stark und ölig. Ihre Knie fühlten sich wackelig an, ihre Gedanken begannen zu verschwimmen.

»Verraten Sie mir, warum?«

»Ich weiß nicht.« Während sie einen weiteren Schluck nahm, musterte sie ihn abschätzend. »Das kommt ganz darauf an.«

»Worauf kommt es an, Liz?«

»Wie schnell ich das Zeug hier trinke.«

Sie mussten beide lachen. Er hob sein Bierglas, trank aber nicht.

»Ich möchte nicht neugierig erscheinen«, fuhr er fort, »denn vielleicht handelt es sich ja um etwas Privates. Womöglich haben Sie gerade an einen Mann gedacht.«

»Falsch!« Sie beugte sich vor. »Definitiv nicht an einen

Mann. Ich habe an eine *Frau* gedacht.« Sie trank erneut von ihrem Gin. Viel schien davon nicht mehr übrig zu sein. »Wenn auch nicht auf eine private Weise.«

»Wie denn dann?«, fragte der Mann. Seine Stimme klang weich, fast zärtlich. »Verraten Sie es mir.«

»Da gibt es eigentlich nichts zu verraten. Noch nicht. Ich bin Journalistin und habe das Gefühl, einer Geschichte auf der Spur zu sein. Besser gesagt, einer Person.«

»Dieser Frau.«

»Ja. Kennen Sie das Gefühl, wenn etwas, das Sie unbedingt wollen, nur ein Stück außer Sicht- und Reichweite ist, sodass durchaus die Chance besteht, es zu fassen zu bekommen, wenn Sie ganz behutsam und clever vorgehen?«

Der Mann nickte. »Ja, das kenne ich. Vom Angeln. Da sitze ich am Wasser und warte. Ich kann den ganzen Tag warten. Bis am Ende die Leine zuckt. Ich spüre selbst den kleinsten Zug. Ich bin ein geduldiger Mann, Liz.«

Ihr Handy, das mit dem Display nach unten auf dem Tisch lag, begann zu vibrieren. Sie drehte es um. Es handelte sich um eine Nachricht von Dan Quarry, die ihr ein kleines befriedigtes Lächeln aufs Gesicht zauberte.

»Gute Nachrichten?«, fragte der Mann.

»Ich habe ebenfalls gefischt«, erklärte sie. »Und jetzt hat gerade die Leine gezuckt.«

Er lachte leise in sich hinein, ohne sie aus den Augen zu lassen.

»Ich sollte aufbrechen«, verkündete sie mit einem Blick auf ihre Armbanduhr. »Dann kann ich den letzten Zug noch schaffen.«

Sie erhob sich, überraschend sicher auf den Beinen. Er stand ebenfalls auf.

»Ich begleite Sie zum Bahnhof«, sagte er. »Draußen ist es dunkel. Dunkel und kalt.«

15

Zu Beginn der Besprechung warf Dugdale einen Blick in die Runde. »Machen wir mal eine Bestandsaufnahme, beginnend mit dem Fall Lee Samuels.« Er wandte sich dem jungen Detective zu, der neu ins Team aufgenommen worden war. »Malik. Was haben Sie?«

Der Beamte warf einen Blick in seine Unterlagen und hüstelte. »Laut seiner Freundin war er arbeitslos und in letzter Zeit ziemlich depressiv. Sie meinte, er habe auch ein bisschen zu viel getrunken. Ihr gegenüber konnte er wohl recht ausrasten.«

Dugdale empfand einen Anflug von Interesse. »Schlimm?«

Malik schüttelte den Kopf. »Sie meinen, schlimm genug, um ihn zu töten, nach Hampstead zu verfrachten und dort anzuzünden? So kam sie mir nicht vor. Zum einen ist sie schon mal zu klein.«

»Man kann nie wissen. Aber fahren Sie fort.«

»Seine Eltern wohnen beide in Derby. Über das Leben, das er seit seinem Umzug nach London geführt hat, wissen sie nicht viel. Zuletzt gesehen wurde er am sechsundzwanzigsten September, als er sich mit Freunden in einem Pub in Royal Oak auf ein Bier traf. Am neunundzwanzigsten September wurde er dann als vermisst gemeldet, also muss er zwischen diesen beiden Daten getötet worden sein – oder zumindest gekidnappt.«

»Sonst noch was?«

»Die Autopsie hat ergeben, dass er erdrosselt wurde«, fuhr der junge Beamte fort. »Wie Kernan. Wahrscheinlich jedoch mit dünnem Draht. Es gab keine Hinweise darauf, dass bereits ein nennenswerter Verwesungsprozess eingesetzt hatte, bevor die Leiche in Brand gesteckt wurde. Allerdings war der Fundort sehr matschig, und bis die Spurensicherung eintraf …«

»Ich weiß, ich weiß«, fiel ihm Dugdale ins Wort, »ein totales Desaster. Wurden trotzdem irgendwelche Spuren gefunden?«

Der Detective warf erneut einen Blick in seine Unterlagen. »Ganz in der Nähe gab es Rillen von Reifen, aber der Mann, der das Feuerholz aufgerichtet hat, bestätigt, dass er einen Großteil davon mit dem Schubkarren transportierte, also stammen die Spuren vermutlich daher.«

»Irgendwelche Videoaufzeichnungen, Kevin?«, wandte sich Dugdale an einen aschblonden Detective zu seiner Linken.

»Wir haben uns sämtliche Bänder der Überwachungskameras aus der Gegend angesehen, konnten aber nichts Bemerkenswertes entdecken – wobei natürlich nicht so ganz klar ist, wonach wir eigentlich suchen. Es wurden Hunderte von Autos aufgezeichnet, aber da wissen wir gar nicht, wo wir anfangen sollen.«

»Was noch?« Niemand reagierte. Dugdale kratzte sich seufzend die Wange, ehe er fortfuhr: »Na schön. Gehen wir mal von der Arbeitshypothese aus, dass Kernan und Samuels von derselben Person getötet wurden, und wenden wir uns Kernan zu. Dan, was haben Sie herausgefunden?«

»Ich habe das ganze Zeug durchgesehen, das wir mitgenommen haben, bin aber auf nichts Besonderes gestoßen. Er hatte keine Geldprobleme und allem Anschein nach auch keine Geheimnisse.«

»Sie haben also nichts gefunden.«

»Nichts wirklich Auffälliges.«

»Bleiben nur seine Recherchen zu Karlsson«, entgegnete Dugdale. »Das ist die einzige seltsame Sache, auf die wir bisher gestoßen sind.«

»Ja. Karlsson kann sich darauf auch keinen Reim machen«, erklärte Quarry. »Soweit er sich erinnert, hatte er nie mit Kernan zu tun. Er und sein Team wollen da aber nachforschen, ob es tatsächlich keine Verbindung gibt.« Er musste an die Art denken, wie Yvette Long ihn gemustert hatte, irgendwie verdrossen und missbilligend. Der Gedanke an seinen Deal mit Liz Barron trieb ihm die Schamesröte ins Gesicht. Er versuchte sich damit zu beruhigen, dass es ja nur vorübergehend war. Eine schlechte Phase.

»Informieren Sie mich, sobald Sie eine Rückmeldung von ihm haben. Außerdem will ich Sie schon die ganze Zeit wegen Kernans Navi fragen, aber ich schätze mal, wenn es da etwas gäbe, hätten Sie mich nicht im Ungewissen gelassen.«

Quarry schüttelte bedauernd den Kopf. »Ich bin alle Ziele abgefahren, die er in der Woche vor seinem Tod angesteuert hat«, erklärte er. »Besser gesagt, alle Ziele, die in seinem Navi aufgelistet waren. Das ist ja nicht notwendigerweise identisch.«

»Haben Sie wirklich jedes einzelne Ziel abgehakt?«, fragte Dugdale in scharfem Ton.

Quarry lief rot an. Er hatte das Gefühl, dass Dugdale mit ihm barscher umging als mit den anderen. »Ich habe getan, was ich konnte. Ein paar Leute waren nicht zu Hause. Manchmal ist es außerdem schwierig, die genaue Adresse zu identifizieren.«

»Schwierig?«, wiederholte Dugdale. »Wenn die betreffenden Ziele nichts mit unseren Ermittlungen zu tun haben, müssen Sie mir das schon belegen.«

»Ja, Sir«, antwortete Quarry leise.

Dugdale warf einen düsteren Blick in die Runde. »Also, was haben wir? Einen Mann, der erdrosselt und anschließend in einen Wagen gesetzt und einen Hügel hinuntergejagt wurde. Einen weiteren Mann, der ebenfalls erdrosselt und dann in

Brand gesteckt wurde. Allerdings war er mit einem feuerfesten Material bekleidet, sodass seine Leiche nicht wirklich verbrannte. Beide wurden an öffentlichen Orten zur Schau gestellt. Vermutlich wurden die Leichen vorher irgendwo aufbewahrt. Es gibt keine brauchbaren Zeugen, kein Blut, keine Fingerabdrücke und auch sonst keine Spuren, mit denen man arbeiten könnte. Unser einziges konkretes Ergebnis ist die Tatsache, dass Kernan im Internet mehrfach nach Informationen über DCI Karlsson gesucht hat. Das muss doch etwas zu bedeuten haben.«

Er stand auf und schlüpfte in eine abgetragen wirkende Jacke. »Ich muss los, zur Pressekonferenz«, erklärte er mit einem genervten Blick auf seine eingerissene Jackentasche.

»Ich nehme da immer viel mehr Butter«, verkündete Lola.

Frieda ignorierte sie. Sie schlug drei Eier in die Pfanne und rührte dann mit einem Holzlöffel darin herum.

»Rühreier sollten weich und buttrig sein«, fuhr Lola fort. »Außerdem gehört ganz viel schwarzer Pfeffer drüber. Man kann nie genug schwarzen Pfeffer haben, findest du nicht auch? Manchmal pfeffere ich sogar Erdbeeren. Das schmeckt erstaunlich gut. Pur können Erdbeeren ein bisschen langweilig sein. Soll ich den Toast buttern?«

Sie zog die Kühlschranktür auf und streckte den Kopf hinein, kam aber gleich darauf mit einem fast aufgebrauchten Päckchen Butter und enttäuschter Miene wieder zum Vorschein. »Hier ist aber nicht viel drin. Meine Freundin Jess sagt immer, dass ein voller Kühlschrank glücklich macht. Dich offensichtlich nicht.« Sie kratzte den letzten Rest Butter auf zwei Scheiben Toast. »Wenn ich zur Psychotherapie ginge, würde ich bloß plappern, um die Stille zu füllen. Geht das anderen auch so?«

»Manchmal können die Leute nicht aufhören zu reden, und

manchmal können sie nicht anfangen. Ich hatte schon Sitzungen, in denen überhaupt nichts gesagt wurde.«

Lola verzog das Gesicht. »Das könnte ich nicht ertragen. Und zwar nicht nur in einer Therapiestunde… Ich sage grundsätzlich, was mir gerade durch den Kopf geht, egal, wer zuhört. Meine Mutter behauptet immer, dass ich meine Gedanken zeitgleich denke und ausspreche, ohne jede Verzögerung. Mein Dad formuliert es noch brutaler.« Sie stieß ein fröhliches Lachen aus.

»Wahrscheinlich gibt es auch bei dir Dinge, über die du nicht sprechen kannst.«

»Das glaube ich nicht. Ich würde mich auf deine Couch legen – hast du überhaupt eine Couch? – und sofort losplappern.«

»Nein, ich habe keine Couch. Du würdest auf einem Stuhl sitzen, und wahrscheinlich würden wir uns Gedanken darüber machen, was sich hinter dem Geplapper verbirgt.«

»Was, wenn da nichts ist?«

»Mir fällt beispielsweise auf«, entgegnete Frieda, »dass du, wenn du von deinen Eltern redest, immer Punkte ansprichst, die sie an dir kritisieren.«

Lola rümpfte die Nase. »Sie finden mich ein bisschen wirr. Konfus.«

»Und? Bist du das?«

»Es ist einfach meine Art.«

»Genau. Und diese ›Art‹ steht einem im Weg, wenn es um Selbsterkenntnis geht. Denk daran, wie du mir erklärt hast, warum deine Freunde dich nicht vermissen würden.«

»Da habe ich wahrscheinlich übertrieben«, entgegnete Lola mit einem verlegenen Lachen. »Ich hatte einen seltsamen Tag hinter mir.«

»Für mich klang es nicht so, als würdest du übertreiben. Eher, als wärst du verletzt.«

»Ach, keine Ahnung. Du solltest in mein Geschwafel nicht so viel hineininterpretieren.«

»Das ist mein Beruf.«

Nachdem Frieda das Rührei auf die beiden Toastscheiben verteilt hatte, ließen sie sich an dem kleinen Tisch nieder.

»Du hast keinen schwarzen Pfeffer draufgetan. Warum nennst du dich eigentlich Ursula Edmunds?«, fragte Lola.

»Damit ich mich nicht Frieda Klein nennen muss.«

»Ja, klar. Das leuchtet mir ein. Deswegen hast du dir auch die Haare abgeschnitten und silbergrau gefärbt. Und dir eine Brille aufgesetzt. Das sieht gar nicht mal schlecht aus.«

»Danke«, antwortete Frieda trocken.

»Obwohl du als du selbst wahrscheinlich noch besser aussiehst. Wobei ich dein früheres Aussehen ja nur von Fotos kenne. Fühlst du dich als Ursula anders? Innerlich, meine ich. So wie ich in Italien, wenn ich beim Reden stärker gestikuliere und mich überhaupt mehr wie die Einheimischen benehme. Da kommt dann die Italienerin in mir zum Vorschein.«

»Also gut«, sagte Frieda, »ich erzähle dir, was du wissen musst.«

Lola lehnte sich erwartungsvoll vor.

»Ich musste nicht deswegen verschwinden, weil Dean Reeve für mich eine Gefahr darstellte, sondern weil alle, denen ich nahestand, in Gefahr gerieten. Es war, als läge ein Fluch auf mir, als hätte ich mich mit einer Seuche infiziert, und deswegen musste ich mich selbst aus dem Weg schaffen.«

»Aber wie? Das ist wirklich schwierig, oder nicht? Wie lebt man ohne Bankkarte und solche Sachen?«

»Ich besitze eine Bankkarte – oder zumindest besitzt Ursula Edmunds eine. Sie verfügt auch über eine Geburtsurkunde, einen Pass, eine Krankenversicherungskarte, eine Sozialversicherungsnummer, ein Konto, ein Telefon. Und einen Schlüssel zu dieser Wohnung.«

»Wie hast du das hinbekommen?«

»Gar nicht. Jemand anderer hat es für mich gemacht.« Frieda runzelte die Stirn. Sie musste an Walter Levin denken, mit seinem Nadelstreifenanzug, seiner ausgefransten Krawatte und seinem liebenswürdigen Lächeln, bei dem jedoch die Augen stets kalt und wachsam blieben. »Ich habe mit ihm zusammengearbeitet. Er versteht sich auf solche Sachen.«

»Klingt nach einem Spion.«

»Ja, stimmt.«

»Warum ausgerechnet Ursula Edmunds?«

»Es ist ein Name wie jeder andere auch.«

»Ich würde ihn mir nicht aussuchen. Mir wäre mehr nach etwas Dramatischem zumute. Scarlett Savonarola.«

»Ich wollte keine Aufmerksamkeit erregen«, erklärte Frieda.

»Dann bist du also so eine Art Geist.«

»Interessant, dass du das sagst. Mir ist Dean Reeve immer wie ein Geist vorgekommen.«

»Demnach seid ihr beide als Geister unterwegs – aber wozu?«

»Um den anderen zu suchen.«

»Wie suchst du nach ihm?«

»Vielleicht ist ›suchen‹ das falsche Wort. Ich warte auf ein Zeichen.«

»Was für ein Zeichen?«

»Ich sage es dir, wenn ich es sehe.«

»Kann ich dir helfen?«

»Hauptsache, du stehst mir nicht im Weg.«

16

Am nächsten Abend joggte ein Mann mittleren Alters, der ein leuchtend gelbes Oberteil und Kopfhörer trug, in der Abenddämmerung auf dem Treidelpfad entlang des Kanals durch den Regen. Dabei musste er erst ein paar Radfahrern ausweichen, die ihm mit gesenktem Kopf entgegenkamen, bekleidet mit wasserdichten Jacken, an denen der Regen hinablief, und dann einer Schar von Kanadagänsen. Als der Weg vor ihm schließlich frei war, lief er weiter, bremste jedoch gleich wieder ab. Etwas hatte seine Aufmerksamkeit erregt. Er blieb stehen und wandte sich um.

Da trieb tatsächlich etwas im Wasser. Vielleicht ein Holzscheit, doch danach sah es eigentlich nicht aus. Oder eine große Plastiktüte, aber wie eine Tüte schaute es auch nicht aus. Als er dann feststellte, dass das Ding allem Anschein nach Arme hatte, die schlaff zu beiden Seiten dahintrieben, geriet seine Welt aus dem Gleichgewicht. Er blickte sich panisch nach jemandem um, der die Situation in die Hand nehmen konnte, rief mit schwacher Stimme um Hilfe, doch da war niemand außer ihm und dem Ding im Wasser und dem gleichmäßig fallenden Regen.

Er holte ein paarmal tief Luft, weil er selbst nicht ganz fassen konnte, was er gleich tun würde, und stieg dann hinunter ins Wasser, das kalt war und trüb und wahrscheinlich voller Ratten und Krankheiten. Benommen watete er auf das Ding zu. Als er näher kam, sah er Haarsträhnen an der Wasseroberfläche, weiße Beine und ein gelbes Kleid, bei dem die Knöpfe noch ordentlich geschlossen waren. Die ganze Zeit über lief die Musik in seinen Ohren weiter. Mit einem Anflug von Entsetzen streckte er die Hand aus, griff nach der Schulter und begann zu ziehen, wobei sich der Körper drehte, sodass der Mann trotz seiner halb geschlossenen Augen ein Gesicht erkannte. Er begann erneut um Hilfe zu rufen, während er die leblose Frau in Richtung Ufer zog. Dort angekommen, ließ er sie los. Es hatte keine Eile.

Frieda lag auf ihrem Bett, noch voll bekleidet und mit offenen Augen. Ihr schwirrte der Kopf. Da sie wusste, dass sie in dieser Nacht keinen Schlaf finden würde, stand sie auf, trat ans Fenster und lehnte die Stirn an die kühle Scheibe. Im schwachen Licht vor dem Morgengrauen sah sie unter sich den Kanal dahinströmen und ließ sich in sein sanft fließendes Grau hineinziehen. Es war windstill und ruhig, als würde draußen alles den Atem anhalten.

Dann durchschnitt ein Schrei die Stille. Sie wirbelte herum und stürmte ins Wohnzimmer. Lola saß mit hängenden Schultern und geschocktem Gesichtsausdruck auf der Schlafcouch. Sie trug ihren gestreiften Pyjama und hatte das Haar zu Zöpfen geflochten, sodass sie wie eine Zehnjährige wirkte. Rasch durchquerte Frieda den Raum und legte ihr eine Hand auf die Schulter.

»Sag mir ganz schnell, was los ist.«

Lola starrte sie aus weit aufgerissenen Augen an. »Du hattest recht«, flüsterte sie heiser.

»Wovon sprichst du?«

»Ich bin aufgewacht und wusste erst nicht, wo ich mich befinde. Ich habe mich so komisch gefühlt, ganz rastlos und voller Angst.«

»Du hast geschrien, weil du Angst hattest?«

»Nein. Ich habe mir die Nachrichten angesehen …« Lola brach ab und deutete schluchzend auf ihren Computer. Frieda ging vor dem Gerät in die Hocke. Sie brauchte bloß die Schlagzeile auf dem Bildschirm zu lesen. »Journalistin tot in Kanal gefunden.«

»Liz Barron.« Das war keine Frage.

»Ich bin schuld, oder?«

»Nein.«

»Wenn ich nicht angefangen hätte herumzuschnüffeln, wäre es nicht passiert.«

Frieda setzte sich neben Lola. »Hör zu. Das warst nicht du. Es war Dean Reeve. Du bist bloß in seine Geschichte gestolpert. Das tut mir sehr leid für dich. Ich werde dafür sorgen, dass dir nichts passiert. Es ist wichtig, dass du immer aufmerksam und wachsam bleibst. Verstehst du?«

Lola nickte. Ihre Augen schimmerten feucht, aber sie biss sich auf die Unterlippe und versuchte die Tränen zurückzuhalten.

»Gut.« Frieda nickte ebenfalls. Trotz ihres Entsetzens empfand Lola einen Anflug von Freude.

»Jetzt mache ich uns Tee, und dann brechen wir auf«, fuhr Frieda fort.

»Wohin denn?«

»Zum Fundort der Leiche.« Ihr Gesicht war Lola zugewandt, doch ihr Blick schien nach innen gerichtet. »Dort fängt es an.«

Als sie die Wohnung verließen und ihren Marsch entlang des Kanals antraten, wurde es bereits hell, auch wenn der Himmel bewölkt war und es weiterhin leicht nieselte.

»Gehst du immer so schnell?«, fragte Lola, die Mühe hatte, Schritt zu halten.

Frieda reagierte nicht. Ihre Miene wirkte streng und angespannt.

»Was hoffst du dort zu finden?« Lola wartete ein paar

Sekunden, dann wiederholte sie die Frage, weil sie dachte, Frieda hätte sie nicht gehört.

»Ich weiß es nicht.«

Ein Mann im Anzug radelte an ihnen vorbei, gefolgt von einer jungen Joggerin. Auf einigen der Hausboote brannte inzwischen Licht. Unter einer Brücke lag ein Mann in einem Schlafsack. Nur sein Haar lugte hervor.

An einer Biegung des Kanals stießen sie auf das Absperrband der Polizei.

»Hier hat man sie also gefunden«, bemerkte Frieda, während sie über das Band stieg.

»Bekommen wir denn da keine Schwierigkeiten?«, fragte Lola, folgte jedoch Friedas Beispiel und blieb erst stehen, als diese innehielt, um auf die sich kräuselnde Wasseroberfläche des Kanals zu starren, wo allerlei Abfall und ein einsames Moorhuhn trieben.

»Was siehst du?«, fragte Lola. »Denn ich sehe nur den Kanal.«

»Schau genauer hin.«

»Was?«

»Sag mir, was du siehst.«

»Den Kanal, den Treidelpfad. Ach ja!« Lola nickte jetzt hektisch. »Ich bin Dean am Kanal begegnet, du wohnst am Kanal, und Liz Barrons Leiche wurde im Kanal gefunden!« Sie packte Frieda am Arm. »Heißt das, er weiß, wo du wohnst? Wo *wir* wohnen?«

»Du musst genauer hinsehen«, sagte Frieda. »Was ist da vor dir?«

»Der Kanal«, wiederholte Lola. »Wasser, Regen. Auf der anderen Seite Häuser.«

»Weiter.«

Lola verdrehte die Augen. »Eine Ente. Mehrere Enten.«

»Ja.«

»Plastikflaschen. Seetang. Ein Rohr.«

»Genau.« Friedas Stimme klang scharf.

»Was?«

»Das Rohr, was ist das?«

Lola starrte auf das dicke Metallrohr, das wie eine Brücke quer über den Kanal verlief. »Abwasser?«, mutmaßte sie. »Oder Trinkwasser?«

»Nicht nur Wasser, sondern ein Fluss.«

»Das verstehe ich jetzt nicht.«

»Da drin«, erklärte Frieda, während sie auf das Rohr deutete, »fließt der Fluss Westbourne.«

»Oh.« Lola blinzelte einen Moment und riss dann die Augen weit auf. »Na so was! Einer von deinen geheimen Flüssen, an denen du immer entlangmarschierst.«

»Ja.«

»Und du glaubst, Dean Reeve hat die Leiche deswegen hier ins Wasser geworfen?«

»Ja, das glaube ich.«

»Mein Gott, das ist ja schrecklich! Absolut grauenhaft! Du willst damit sagen, er hat die arme Liz Barron nur umgebracht, um hier mit ihrer Leiche ein Zeichen zu setzen? Als wäre sie nur ein Gegenstand, ein Ding, das seinem Zweck dient?«

»Genau das will ich damit sagen«, antwortete Frieda leise. »Denn Dean Reeve weiß natürlich, dass Liz Barron im Lauf der Jahre ein eher feindseliges Interesse an mir entwickelt hat. Du kennst ja ihre Artikel.« Lola nickte. »Und nun war sie im Begriff, wieder loszulegen«, fuhr Frieda fort. »Also entfernt er sie und platziert ihre Leiche an einem Ort, der für mich eine besondere Bedeutung hat.«

»Das klingt wirklich gruselig.«

»Dieser Mann ist sehr gefährlich, Lola. Das darfst du nie vergessen, nicht mal eine Minute lang.«

»Auf jeden Fall musst du die Polizei informieren.«

»Das werde ich. Auch wenn es vermutlich nicht viel bringen wird.«

»Was passiert als Nächstes?«

»Das ist nicht die Frage. Ich glaube, wir müssen herausfinden, ob *vorher* schon etwas passiert ist.«

17

Es hat wahrscheinlich nichts zu bedeuten«, sagte Karlsson zögernd. »Aber vielleicht ja doch.«

Dugdale nickte. Karlsson trug einen Anzug, dessen Farbton irgendwo zwischen Grau und Moosgrün lag, und obwohl er auf eine Krawatte verzichtet hatte und an seinen Wangen Bartstoppeln schimmerten, fühlte Dugdale sich neben ihm ein wenig schäbig.

»Lassen Sie hören.«

»Ich habe schon mit Matt Selby darüber gesprochen. Er leitet die Ermittlungen im Fall Liz Barron, zumindest vorerst.«

»Vorerst? Das klingt für mich gar nicht gut.«

»Ich wollte umgehend auch mit Ihnen sprechen. Vor ein paar Tagen hat Liz Barron mich aufgesucht.«

»Warum?«

»Das ist kompliziert. Im Lauf der Jahre habe ich sie ein bisschen kennengelernt, hauptsächlich wegen ihres hartnäckigen Interesses – um es mal freundlich auszudrücken – an Frieda Klein.« Dugdale nickte. Jeder wusste von der Verbindung zwischen Karlsson und Frieda Klein. »Sie hat vergeblich versucht, Frieda aufzuspüren, und dachte, ich könnte ihr da weiterhelfen.«

»Ach, tatsächlich?«

»Ja. Das war an dem Tag, als Sie mir Ihren Beamten vorbeigeschickt haben.«

»Dan Quarry?«

»Genau.«

»Ich verstehe nicht, inwiefern es da einen Zusammenhang mit den vorherigen Morden geben soll.«

»Wahrscheinlich gibt es den auch gar nicht. Aber aufgrund der Tatsache, dass mein Name auf Geoffrey Kernans Computer aufgetaucht war, dachte ich, Sie sollten darüber Bescheid wissen.«

»Sie meinen«, sagte Dugdale, »dass es eine Verbindung gibt zwischen Ihnen und den beiden Opfern – sowohl Kernan als auch Barron?«

»Es handelt sich um eine sehr lockere Verbindung. Aber Sie könnten es wohl so nennen.«

»Danke, dass Sie mich informiert haben.«

»Wie gesagt, wahrscheinlich hat es gar nichts zu bedeuten.«

»Ja, wahrscheinlich.«

18

Nachdem Frieda für sich und Lola Tee gemacht hatte, war sie mit ihrer Tasse ans Fenster getreten. Obwohl sie längst ausgetrunken hatte, starrte sie immer noch gedankenverloren nach draußen. Schließlich gab sie sich einen Ruck, schenkte die Tasse wieder voll, ließ sich am Tisch nieder und klappte ihren Laptop auf.

»Kann ich helfen?«, fragte Lola.

»Musst du nicht deine Seminararbeit weiterschreiben?«

»Du meinst, meine Arbeit über dich? Ich glaube, das überlege ich mir lieber noch mal. Aber du suchst doch nach etwas. Kann ich dir nicht dabei helfen?«

Frieda überlegte einen Moment und nickte dann. »Meinetwegen. Ich denke schon die ganze Zeit über Folgendes nach: Wäre Liz Barrons Leiche in ihrem Haus oder irgendwo auf der Straße gefunden worden, dann hätte Dean Reeve einfach getan, was er üblicherweise tut, nämlich eine Person bestraft, die ihm in die Quere gekommen ist. Indem er ihre Leiche jedoch an jener besonderen Stelle platzierte, wählte er einen anderen Weg. Er wollte dadurch mir persönlich eine Nachricht zukommen lassen. Eine Nachricht, die nur ich verstehen konnte.«

»Darf ich dazu etwas sagen?«, fragte Lola. »Das soll keine Kritik sein, ich möchte es nur zur Diskussion stellen.«

»Dann lass hören.«

»Na ja, manche Leute würden vielleicht sagen … also nicht notwendigerweise ich, aber ich könnte mir eben vorstellen, dass manche Leute sagen würden, dass du einen tragischen Fall so interpretierst, als ginge es dabei nur um dich.«

»Du meinst, dass ich ihn *fälschlicherweise* so interpretiere?«

»Zumindest könnten manche Leute das so sehen.«

»Sprich weiter.«

»Und es könnten auch welche argumentieren, dass Liz Barrons Tod womöglich gar nichts mit Dean Reeve zu tun hat. Vielleicht war es ein Raubüberfall, der aus dem Ruder gelaufen ist. Oder vielleicht ein eifersüchtiger Freund.« Lola warf einen nervösen Blick zu Frieda hinüber, um zu sehen, ob sie wütend war, doch Frieda wirkte nur nachdenklich.

»Möglich«, meinte sie. »Nehmen wir das Ganze doch mal genauer unter die Lupe. Lass uns recherchieren.«

»Was suchen wir?«

»Morde. In London.«

»Was?« Lola schnappte nach Luft. »Alle? Das müssen ja Tausende sein!«

»Es sind etwa hundert im Jahr. Manchmal ein paar weniger, manchmal ein paar mehr, und etwa ein Viertel wird von Freunden oder Familienangehörigen begangen.«

»Das ist ein bisschen deprimierend.«

»Aber nicht überraschend. Sie sind die Menschen, die uns am meisten lieben und am meisten hassen. Außerdem suchen wir nur nach Leichen, die in letzter Zeit aufgefunden wurden, höchstens vor einem Monat oder so.«

»Dann lege ich mal los«, meinte Lola. Kurz darauf war bereits das klickende Geräusch ihrer Tastatur zu hören. »Da habe ich schon einen«, verkündete sie. »Ein Teenager wurde vor einem Klub in Streatham erstochen. Der Junge ist auf der Straße verblutet. Er …«

»Nein«, fiel Frieda ihr ins Wort.

»Entschuldige.« Das Klicken setzte wieder ein. Lola murmelte beim Lesen leise vor sich hin. »Vor ein paar Wochen gab es in Tottenham eine Schießerei«, meldete sie sich zu Wort. »In einer Kebab-Bude.«

»Nein.«

Erneutes Geklicke.

»Lieber Himmel!«, stöhnte Lola. »Ein Mann mittleren Alters ist in der U-Bahn erstochen worden. Eine Gruppe Jugendlicher hatte einen alten Herrn auf dem Kieker. Als der Mann einschritt, zog einer der Jugendlichen ein Messer und stach zu.«

»Das ist sehr traurig. Aber es handelt sich nicht um das, wonach wir suchen.«

Lola sprach weiter, während sie von Seite zu Seite klickte. »Ich frage mich immer, ob ich mich einmischen würde. Wenn es gut geht, ist man ein Held, aber wenn man an den Falschen gerät und der ein Messer zieht, um einem damit Angst einzujagen, und dann erwischt er eine Arterie und …«

»Still!«, mahnte Frieda.

»Entschuldige. Ich weiß, ich rede zu viel, aber …«

»Ich bin auf etwas gestoßen. Die Morde in Hampstead.«

»Davon habe ich gelesen. Na ja, das ließ sich ja kaum vermeiden. Die Zeitungen waren voll davon. Inwiefern sind denn deine Morde besser als meine Morde?«

Frieda überflog den Artikel. »Ein Wagen ist in einen Laden im Hampstead gerast. Der Mann im Auto war bereits tot.«

»Ich weiß. Schrecklich.«

»Eine Woche später wurde dann knapp einen Kilometer davon entfernt bei einem Brand eine Leiche entdeckt. In Hampstead Heath.«

»Tut mir leid«, meinte Lola, »aber vielleicht bin ich gerade schwer von Begriff. Eine Leiche wird im Kanal gefunden, eine andere in einem Auto, eine dritte bei einem Brand. Zwei Fundorte liegen nah beieinander, der dritte aber nicht. Die Fälle scheinen mir nicht viel gemeinsam zu haben.«

»Ein Stichwort hast du schon genannt«, widersprach Frieda. »Leiche.«

»Na ja, du suchst schließlich nach Morden. Da ist es nicht gerade überraschend, dass es jeweils eine Leiche gibt.«

»Ich wollte darauf hinaus, dass in allen drei Fällen eine Leiche auf eine bestimmte Art zur Schau gestellt wurde.«

»Ist es wirklich eine Zurschaustellung, wenn man eine Leiche in einen Kanal wirft? Gehört das nicht einfach zu den Dingen, die Menschen mit Leichen anstellen? Begraben, verbrennen oder ins Wasser werfen? Du musst entschuldigen, wenn ich gerade ein bisschen negativ klinge. Das war eigentlich nicht meine Absicht.«

»Nein, ist schon in Ordnung. Es ist gut, Fragen zu stellen.« Frieda erhob sich. »Ich muss da hin«, erklärte sie. »Kommst du mit?«

Eine Stunde später verließen sie die U-Bahn-Station Hampstead und bogen nach rechts in die Heath Street ein. Rasch erreichten sie die mit Brettern vernagelte Ladenfront des Mamma Mia. Dort blieben sie stehen.

»Das muss ein gewaltiger Knall gewesen sein«, mutmaßte Lola.

Frieda blickte den Hügel hinauf. »Der Wagen ist von dort oben heruntergerast.«

»Wie gesagt«, meinte Lola. »Ein gewaltiger Knall.«

»Macht Ihnen das Spaß?«, meldete sich eine weibliche Stimme von hinten zu Wort. Als Frieda und Lola sich daraufhin umwandten, sahen sie sich mit einer Frau konfrontiert, die einen Kinderwagen schob, flankiert von einem Labradorwelpen und einem noch recht kleinen Jungen. »Ist das jetzt neuerdings eine Touristenattraktion? Soll ich Sie beide vor dem Unfallort fotografieren?«

Als die Frau Friedas Gesichtsausdruck bemerkte, wurde ihr Blick ein wenig milder.

»Ganz so ist es nicht«, erklärte Frieda. »Ich kenne jemanden, der damit zu tun hatte.« Sie schwieg einen Moment, ehe sie fortfuhr: »Waren Sie hier, als es passiert ist?«

»Ja, das war ich«, antwortete die Frau kurz angebunden.

Friedas Blick wanderte zu den beiden Kindern und dem Hund. »Ich habe von Ihnen gelesen«, sagte sie zögernd. »In den Zeitungsberichten. Charlotte Beck. Sie waren vor Ort. Sie haben der Frau das Leben gerettet.«

Charlotte Beck schüttelte den Kopf. »Ich kann mich eigentlich gar nicht daran erinnern. Ich weiß nur noch, dass ich voller Blut war, als ich aus dem Laden trat, und dass ich mich beim Anblick des Mannes fragte, warum sie ihn nicht zugedeckt hatten.«

»Wieso sind Sie jetzt hier?«, wollte Frieda wissen.

»Seit es passiert ist, komme ich jeden Tag her. Manchmal sogar zweimal am Tag. Oscar macht es nichts aus.« An den Jungen gewandt, fügte sie hinzu: »Du hast es auch gesehen, nicht wahr, mein Schatz?«

Frieda betrachtete den kleinen Jungen, der ihren Blick erwiderte.

»Sie können sich nicht vorstellen, wie das ist«, fuhr Charlotte fort, »wenn einen jemand so vollblutet und man versucht, die Blutung zu stillen. Ich sehe es vor mir, sobald ich die Augen schließe. Ich rieche es sogar.«

Frieda konnte sich sehr wohl vorstellen, wie das war, gab aber keine Antwort. Stattdessen zog sie ein kleines Notizbuch aus der Tasche, schrieb etwas auf, riss das Blatt heraus und reichte es Charlotte. »Ich habe beruflich jahrelang mit Menschen über solche Erlebnisse gesprochen«, erklärte sie. »Dieser Mann ist ein Freund von mir und könnte Ihnen vielleicht helfen. Außerdem sollten Sie versuchen, nicht mehr herzukommen. Sie halten es vielleicht für hilfreich, aber wahrscheinlich ist es das nicht.«

Charlotte warf einen Blick auf den Zettel und sah dann

wieder Frieda an. »Was machen *Sie* eigentlich hier?«, fragte sie.

»Das ist kompliziert. Wenn Sie das Gefühl haben, Hilfe zu brauchen, dann rufen Sie Reuben McGill unter dieser Nummer an.«

Während Frieda sich mit Lola wieder in Bewegung setzte, den Hügel hinauf, starrte Charlotte noch immer auf das Blatt Papier.

»Wohin gehen wir?«, fragte Lola. »Hast du das, weswegen du hergekommen bist, nicht schon gesehen?«

»Das war nicht der wichtige Teil.«

»Zwei Menschen sind gestorben. Das erscheint mir ziemlich wichtig.«

Frieda sagte nichts, bis sie die Kuppe des Hügels erreicht hatten und der Whitestone Pond vor ihnen lag. Wenn man nach rechts sah, hatte man einen weiten Blick über London.

»Schönes Fleckchen«, bemerkte Lola.

Frieda drehte sich um und ließ den Blick den Hügel hinunterwandern. »Hier schaltest du auf Leerlauf, lässt den Wagen anrollen und steigst dann aus.«

»Es hätte jeden treffen können«, bemerkte Lola. »Unschuldige Kinder.«

Frieda wandte sich nach links und überquerte eilig die Straße. Lola hetzte hinterher. Sie gingen um den Teich herum und überquerten erneut die Straße, bis sie den kleinen Randstreifen Heide erreichten, von wo das Gelände zur anderen Seite abfiel.

»Da«, sagte Frieda.

Ein Teil der Senke war immer noch abgesperrt. An einer Stelle war das Absperrband gerissen und flatterte im Wind. Frieda steuerte schnellen Schrittes darauf zu. Man sah die schwarzen Überreste des Feuers auf dem Boden.

»Hier sieht es aus wie am Tag nach dem Guy-Fawkes-

Abend«, meinte Lola. Sie musterte Frieda. »Wenn man ein Feuer als eine Art Zeichen entzünden möchte, würde man das dann nicht oben auf dem Hügel machen, wo alle es sehen könnten, statt es hier unten zu verstecken?«

»Leg die Hand aufs Gras«, erwiderte Frieda.

»Wie meinst du das?«

»Mach es einfach.«

Lola ging in die Knie und berührte das Gras. »Es ist feucht.«

»Gehen wir zurück Richtung Straße«, sagte Frieda.

Als sie den Teich erreichten, blieb Frieda stehen und ließ erneut den Blick schweifen.

»Verrätst du es mir jetzt?«

»Was?«

»Na ja, zum Beispiel, warum ich den Boden berühren musste. Was sollte das?«

»Denk an die Flüsse«, antwortete Frieda. »Hier oben, wo er den Wagen hat losrollen lassen, entspringt der Fluss Fleet. Er verläuft durch die Heide und dann unterirdisch durch London, bis er bei Blackfriars in die Themse mündet.«

»Du meinst Fleet wie in Fleet Street?«

Frieda lächelte. »Ja. Er verläuft entlang der Fleet Street. Und was die Feuchtigkeit vorhin am Boden betrifft … Da entspringt der Fluss Westbourne, irgendwo dort unten in dieser feuchten Senke. Er fließt durch Kilburn, den Hyde Park und Chelsea, bis er schließlich ebenfalls in die Themse mündet, und zwar an der Chelsea Bridge.«

»Du glaubst, er hat die Leichen deswegen so platziert?«

»Ja.«

»Um deine Aufmerksamkeit zu erregen?«

»Es ist zumindest eine Möglichkeit.«

Frieda wandte sich ab und überquerte die Straße. Sie gingen die Heath Street zurück, hinunter zur U-Bahn-Station.

»Darf ich dir eine Frage stellen, Frieda?«

»Nur zu.«

»Warum hat er die betreffenden Leute ausgesucht? Ich meine nicht Liz Barron, sondern die anderen beiden.«

»Das weiß ich nicht.«

»Aber du vermutest, dass er sie aus einem bestimmten Grund ausgewählt hat?«

»Vielleicht.«

»Eins noch. Du glaubst, dieser Dean Reeve hat eine Leiche an der Quelle des Flusses Fleet platziert und eine andere an der Quelle des Flusses Westbourne, richtig?«

»Ja.«

»Warum hat er dann am Westbourne noch eine zweite Leiche platziert? Warum an dem einen Fluss nur eine und am anderen zwei – den Mann im Feuer und Liz Barron?«

Frieda blieb abrupt stehen und starrte Lola verblüfft an.

»Das ist eine wirklich gute Frage«, sagte sie schließlich, »und ich habe keine Ahnung, wie die Antwort lautet. Aber es stellt sich eine weitere große Frage.«

»Nämlich?«

Doch Frieda eilte bereits davon, sodass Lola sich beeilen musste, ihr zu folgen. Sie hatte schon Seitenstechen, und ihre Stiefel drückten sie. Für heute hatte sie genug vom Wandern, genug von Rohren, Kanälen und vernagelten Geschäften. Außerdem knurrte ihr der Magen, und sie fühlte sich durchgefroren und verloren. Sie hatte die Nase voll von der ganzen Psychogeografie.

»Können wir nicht irgendwo einen Kaffee trinken?«, fragte sie. »Uns aufwärmen. Außerdem habe ich Hunger. Ich bin schon im Unterzucker.«

»Es ist nicht mehr weit.«

»Ich habe Blasen an den Füßen. Kannst du nicht ein bisschen langsamer gehen?«

19

DCI Selby, der die Ermittlungen im Mordfall Liz Barron leitete, starrte verblüfft auf den Brief, der an diesem Tag auf dem Polizeirevier abgegeben worden war. Er trug keine Marke und war handgeschrieben, doch seine Botschaft war eindeutig.

Seufzend griff er nach dem Telefon. Nachdem man ihn zu Bill Dugdale durchgestellt hatte, kam er gleich zur Sache. »Hier ist Matt Selby. Ich habe ein anonymes Schreiben vorliegen. Demnach handelt es sich bei Liz Barrons Mörder um Dean Reeve.«

»Was, zum Teufel …?«

»Das war auch meine erste Reaktion.«

»Aber warum wenden Sie sich damit an mich?«

»Das ist der springende Punkt.« Selbys Ton klang fast entschuldigend. »In dem Schreiben heißt es außerdem, Dean Reeve stecke auch hinter euren Hampstead-Morden.«

Es herrschte einen Moment Schweigen. Dann hörte Selby am anderen Ende der Leitung ein Schnauben.

»Das ist doch Blödsinn, oder?«, meldete Dugdale sich wieder zu Wort.

»Ja, wahrscheinlich.«

Erneut schwiegen beide Männer ein paar Sekunden, dann sagte Dugdale: »Solche schwachsinnigen Schreiben bekommen wir doch ständig.«

»Trotzdem dachte ich, es könnte Sie interessieren.«

»Ich sollte wohl besser mal einen Blick darauf werfen.« Dugdale klang müde und niedergeschlagen.

»Jemand scannt es gerade ein.«

Dugdale beendete das Gespräch und lehnte sich zurück. Er brauchte einen Kaffee. Etwas zu essen. Eine Dusche. Einen Spaziergang auf dem Land. Alles, bloß das nicht. Er musste an etwas denken, das Karlsson zu ihm gesagt hatte, und griff wieder zum Telefon.

»Dan? Sie haben mit Liz Barron gesprochen.«

»Wie bitte? Wie kommen Sie darauf?«

Quarry sagte das sehr laut und stieß dann ein paarmal hintereinander ein Hüsteln aus, das für Dugdale abgehackt und künstlich klang. »Sie war bei Ihrem Treffen mit Karlsson dabei«, rief er Quarry in Erinnerung.

»Ach ja, mit Karlsson. *Gesprochen* ist ein bisschen übertrieben.«

»Ich hätte gedacht, wenn eine bekannte Journalistin, die Sie erst kürzlich getroffen haben, ermordet aufgefunden wird, würden Sie sich ein bisschen klarer an die Begegnung mit ihr erinnern.«

»Ich erinnere mich durchaus«, entgegnete Quarry. Wieder stieß er sein Hüsteln aus. »Mir war nur …« Er verstummte.

»Sie hätten es erwähnen sollen.«

»Ich hielt es nicht für relevant.«

»Sie hätten es erwähnen sollen«, wiederholte Dugdale. »Sie haben nicht zu entscheiden, was relevant ist.«

»Tut mir leid.«

Dugdale schloss einen Moment die Augen, während er gleichzeitig Daumen und Zeigefinger gegen seinen Nasenrücken presste. »Eins noch.«

»Ja?«

»Wahrscheinlich hat es gar nichts zu bedeuten.«

»Hm.«

»Jedenfalls hat mich gerade Matt Selby angerufen, der im Mordfall Liz Barron ermittelt. Er hat ein Schreiben bekommen – vermutlich von einem Irren –, dem zufolge sie von Dean Reeve ermordet wurde.«

»Scheiße.«

»Genau. In dem Brief heißt es außerdem, unsere beiden Morde gingen ebenfalls auf das Konto von Reeve.« Er hörte Quarry aufgeregt nach Luft schnappen und runzelte die Stirn. »Wie gesagt, wahrscheinlich ist da überhaupt nichts dran.«

Eine halbe Stunde später klopfte es an Dugdales Tür, und Phelps streckte den Kopf herein.

»Was gibt's?«

»Etwas, das Sie interessieren könnte.« Obwohl sein Ton beiläufig klang, machte Phelps einen aufgeregten Eindruck. An seinen bleichen, hageren Wangen leuchteten kleine rote Flecke.

»Setzen Sie sich. Worum geht es?«

»Euer Mann war doch ab dem dreißigsten September vermisst.«

»Da wurde er vermisst gemeldet. Zuletzt gesehen wurde er am neunundzwanzigsten September.«

»Wie auch immer, ich habe seinen Computer durchforstet.«

»Ja.«

»Die letzten Recherchen stammen vom ersten und zweiten Oktober.«

»Wie bitte?«

»Ich habe gesagt …«

»Ich weiß, was Sie gesagt haben.« Dugdale erhob sich. Schlagartig fühlte er sich überhaupt nicht mehr müde. »Lassen Sie Quarry kommen. Und einen Wagen.«

»Ich verstehe nicht«, sagte Sarah Kernan. Zu einer grauen Hose trug sie einen viel zu großen Pullover. Dugdale vermutete, dass er von ihrem Mann war: Im Lauf der Jahre hatte er sich daran gewöhnt, Hinterbliebene in den Sachen ihrer Liebsten zu sehen.

»Tja«, antwortete er, »ich auch nicht. Wer kannte seine Passwörter?«

»Im Grunde jeder, der in sein Arbeitszimmer ging«, erklärte sie. »Er ließ das Notizbuch, in dem die Passwörter standen, immer auf seinem Schreibtisch liegen. Ich habe ihm oft gesagt, wie dumm das war, aber bei solchen Sachen hatte er einen richtigen Sturkopf.«

»Der erste und zweite Oktober fielen auf einen Samstag und Sonntag. Waren Sie da denn nicht zu Hause?«

»Ich arbeite in einem Gartencenter«, entgegnete Sarah Kernen. »Das sind unsere Hauptgeschäftstage. Ich arbeite jeweils von acht bis sechs.«

»Haben Sie hier im Haus Sicherheitsschlösser?«

»Ich sperre die Tür zweimal ab, falls Sie das meinen.« Sie starrte ihn an. Ihre Augen wirkten vor Angst ganz dunkel. »Sowohl vorne als auch hinten. Und die Fenster schließe ich auch alle. Vor zehn Jahren wurde bei uns mal eingebrochen, seitdem bin ich besonders vorsichtig.«

»Wer hatte sonst noch einen Schlüssel?«

»Einen Schlüssel?«

»Ja.«

»Mein Sohn«, antwortete sie.

»Der beim Studieren an der Uni war?«

»Ja. Meine Nachbarin hat auch einen Reserveschlüssel.«

»Ihre Nachbarin?«

»Eleanor Prentice. Sie ist Ende siebzig und seit Kurzem verwitwet. Sie kommt herüber und gießt die Pflanzen, wenn wir nicht da sind.«

»Sonst niemand?«

»Nein. Ach doch, vielleicht meine Schwester. Der habe ich vor Ewigkeiten mal einen gegeben, nur für den Notfall, aber es gab keine Notfälle.« Sie stieß ein ersticktes Schluchzen aus.

Quarry, der sich die ganze Zeit Notizen machte, schaute hoch. »Wer hat ihre Terrasse gemacht?«, fragte er mit blitzenden Augen.

»Die Terrasse?« Sarah Kernans Stimme klang brüchig.

»Ja. Als wir das letzte Mal hier waren, erwähnten Sie, Sie hätten einen Mann damit beauftragt.«

Benommen starrte sie Quarry an, gab ihm aber keine Antwort.

»Dieser Mann, hatte der einen Schlüssel?«, mischte Dugdale sich ein. »Misses Kernan?«

»Ich glaube schon«, stieß sie gepresst hervor. »Ich schätze, Geoff hat ihm einen gegeben.«

»Wie heißt der Mann?«

»Barry«, antwortete Sarah Kernan. Sie klang, als würde sie gleich in Tränen ausbrechen.

»Und mit Nachnamen?«

»Den weiß ich nicht.«

»Denken Sie nach.«

»Ich glaube nicht, dass ich seinen Nachnamen je wusste.«

»Haben Sie seine Kontaktdaten?«

»Nein. Geoff hat ihn aufgetan.«

»Wie ist er auf ihn gekommen?«

»Das weiß ich nicht genau. Vielleicht durch einen Werbezettel, der bei uns eingeworfen wurde. Sie glauben doch nicht, dass Barry etwas damit zu tun hatte?«

»Ich versuche, keine vorschnellen Schlüsse zu ziehen«, entgegnete Dugdale, »aber wir müssen herausfinden, wer nach dem Verschwinden Ihres Mannes seinen Computer benutzt hat. Seit wann arbeitet dieser Barry denn schon für Sie?«

»Drei Wochen?«, mutmaßte Sarah Kernan zweifelnd. »Vielleicht auch noch nicht so lang. Er kam nicht jeden Tag, sondern nur, wenn er es zeitlich einrichten konnte. Das hat Geoff in den Wahnsinn getrieben.« Die Stimme versagte ihr fast den Dienst. Sie putzte sich die Nase.

»Sind Sie ihm begegnet?«

»Ein paarmal.«

»Können Sie ihn beschreiben?«

»Er hat ganz normal ausgesehen.«

»Ein Weißer?«

»Ja.«

»Hatte er einen Akzent?«

»Er war Engländer. Aus London, glaube ich.«

»Jung? Alt?«

»Weder noch. Mein Alter vielleicht. Ich weiß nicht. Ich habe nicht darauf geachtet.«

»Haarfarbe? Augenfarbe?«

»Sein Haar war sehr kurz geschoren, fast schon kahl rasiert. Grau?« Es klang wie eine Frage.

»Und seine Augen?«

»Seine Augen? Keine Ahnung. Er war doch immer draußen auf der Terrasse beschäftigt.«

Dugdale nickte Quarry zu, der schon die ganze Zeit auf sein Telefon klopfte und sich nun vorbeugte, um Sarah Kernan auf seinem kleinen Display ein Foto zu zeigen. Quarry spürte, wie Dugdale neben ihm erstarrte, und gleichzeitig spürte er seinen eigenen wilden Herzschlag.

»Ist das Barry, Misses Kernan?« Obwohl er sich um einen ruhigen Tonfall bemühte, klang seine Stimme vor Aufregung heiser.

Sarah Kernan betrachtete das Foto. Ohne von ihr dazu aufgefordert zu werden, benutzte Quarry Daumen und Zeigefinger, um das Gesicht zu vergrößern.

»Ich weiß nicht. Schon möglich. Wer ist das?«, flüsterte sie.

»Lassen Sie uns keine voreiligen Schlüsse ziehen«, warf

Dugdale rasch ein, ehe Quarry antworten konnte. »Trotzdem denke ich, wir sollten Ihre Schlösser austauschen lassen.«

»Wahnsinn!«, zischte Quarry leise, als sie die Küche verließen. »Ich fasse es nicht! Dean Reeve!«

»Kriegen Sie sich wieder ein.«

»Dean Reeve. Und drei Morde. Das ist eine große Sache.«

Dugdale nickte düster. »Die Medien werden durchdrehen. An Schlaf wird eine Weile nicht zu denken sein. Sagen Sie Ihrer Frau, dass sie zu Hause nicht mit Ihnen rechnen soll.« Falls er überhaupt registrierte, dass Quarry bei diesen Worten zusammenzuckte, ließ er es sich nicht anmerken. »Ich rufe gleich Matt Selby an.«

Quarry befragte Kernans Nachbarn. Er legte ihnen ein bearbeitetes Foto von Dean Reeve vor, das ihn mit kurz geschorenem Haar zeigte, und fragte, ob sie ihn wiedererkannten. Etliche taten das, unter anderem Eleanor Prentice, die Witwe in den Siebzigern, die nebenan wohnte und mehrere Male über den Zaun hinweg mit ihm geplaudert hatte. Ein Paar glaubte sich daran zu erinnern, dass er auch bei ihnen einen Werbezettel eingeworfen hatte. Das sei allerdings schon Wochen her, erklärten die beiden, und bestimmt hätten sie den Zettel längst entsorgt.

»Wir müssen die Suche ausweiten«, verkündete Dugdale, obwohl er wenig Hoffnung hatte, dass Reeve sich so leicht aufspüren ließ. »Und mehr Leute brauchen wir auch.«

Karlsson hatte sich fast schon an seinen Kummer gewöhnt. Egal, ob er arbeitete, ob seine Kinder übers Wochenende da waren, ob er mit Freunden zusammen war oder allein, immer spürte er diesen Schatten. Die einzige Person, mit der er darüber hätte sprechen können, war Frieda. Sie hätte ruhig dagesessen und seinen Worten gelauscht, den Blick ihrer dunklen

Augen auf ihn gerichtet und dabei sogar die Dinge gehört, die er nicht laut aussprechen konnte. Doch natürlich war Frieda der Grund für seine Sorge. Sie war verschwunden. Ihr Telefon war tot. An ihrem Haus waren die Jalousien heruntergelassen. Und nun rief auch noch Dugdale an und informierte ihn darüber, dass Dean Reeve hinter den drei Morden steckte. Schlagartig hatte sich der Kummer zu Angst verdichtet.

»Das wird eine große Sache«, erklärte Dugdale. »Die Medien werden sich darauf stürzen. Die ganze Meute. Aber ich schätze, Sie haben das schon öfter durchgemacht.«

»Man gewöhnt sich nie daran«, entgegnete Karlsson.

»Da wäre noch etwas.«

»Was denn?«

»Die Computerrecherchen, bei denen Sie gegoogelt wurden. Das war Dean Reeve.«

»Verstehe.«

»Gibt es etwas, das Sie mir gern sagen würden? Irgendetwas, das uns bei den Ermittlungen weiterhelfen könnte?«

»Ich sage es Ihnen, sobald mir etwas einfällt.«

Danach fiel Karlsson tatsächlich etwas dazu ein. Als er erfahren hatte, dass Dean Reeve nach Informationen über ihn suchte, war ein Teil von ihm insgeheim erfreut gewesen: Reeve betrachtete ihn demnach als einen Menschen, der Frieda nahestand, jemanden, an den sie sich wandte und dem sie etwas anvertraute, sodass er möglicherweise wusste, wo sie sich aufhielt. Tatsache aber war, dass er keine Ahnung hatte, wo sie sich befand, weil sie sich keineswegs an ihn gewandt hatte, um ihm etwas anzuvertrauen. Er fand es schmerzhaft zu akzeptieren, dass sie gegangen war, ohne sich zu verabschieden oder ihm ihre Pläne darzulegen. Weshalb er an seinem freien Tag nun durch den Regent's Park marschierte, unterwegs zu Reuben.

Reuben McGill hatte die eingefallenen Wangen und die graustichige Blässe, die einem monatelange Chemotherapie beschert. Sein Gesicht wies neue Falten und Furchen auf. Sein Haar wirkte lockiger als früher. Er begrüßte Karlsson mit einem süffisanten Grinsen. »Ich hab schon halb mit dir gerechnet. Uns bleiben zwanzig Minuten, bevor ich zum Warehouse aufbrechen muss. Komm rein.«

Karlsson folgte ihm in die Küche. Auf dem Tisch standen mehrere Wodkaflaschen, und auf dem Boden lagen diverse Werkzeuge auf einem alten Handtuch ausgebreitet. Eine Katze – Friedas Katze – schlief auf einem der Stühle.

»Hätte ich gewusst, dass du heute kommst, hätte ich ein bisschen aufgeräumt«, erklärte Reuben, während er den Inhalt eines Aschenbechers in den Mülleimer leerte. »Kaffee? Tee? Oder lieber was Stärkeres?«

»Kaffee passt.«

Nachdem Reuben den Wasserkessel gefüllt hatte, ließ er sich Karlsson gegenüber am Küchentisch nieder, das Kinn auf eine Hand gestützt, und musterte ihn mit einem Ausdruck amüsierter Neugier. »Du bist wegen Frieda hier.«

»Weißt du, wo sie ist?« Er hielt einen Moment inne. »Ich schätze, selbst wenn du es weißt, wirst du es mir nicht sagen. Aber kannst du mir wenigstens verraten, ob es ihr gut geht? Was macht sie? Wann kommt sie zurück?«

»So viele Fragen.« Reuben stand auf und goss Wasser über den Kaffee in der Kanne. »Nein.«

»Nein?«

»Du hast recht. Ich würde es dir nicht sagen, jedenfalls nicht, wenn sie mich darum gebeten hätte, deswegen wirst du mir jetzt vielleicht nicht glauben. Ich habe keine Ahnung, wo sie ist, und ich weiß auch nicht, wie es ihr geht. Ihre Pläne kenne ich nicht – vermute aber, dass sie etwas mit Dean Reeve zu tun haben. Wann sie zurückkommt, kann ich dir ebenfalls nicht sagen.« Er stellte zwei Tassen Kaffee und eine Flasche Milch auf den Tisch. »Oder ob überhaupt.«

»Sie muss zurückkommen!« Die Worte waren Karlsson herausgerutscht, bevor er sich bremsen konnte.

Beide Männer schwiegen einen Moment. Sie sahen sich an. Ihr Verhältnis war immer ein wenig heikel gewesen, doch seit Friedas Verschwinden hatte sich etwas verändert.

»Warum?« Reuben klang unerwartet freundlich. »Weil sie dir fehlt?«

»Weil sie in Gefahr sein könnte. Ich befürchte, sie könnte irgendetwas Leichtsinniges tun.«

»Das steht in der Tat zu befürchten«, bestätigte Reuben. Friedas Leichtsinn hatte ihrer beider Leben geprägt.

»Etwas Selbstzerstörerisches. Um Hilfe zu bitten kommt für sie ja nicht infrage. Bestimmt hat sie Bedenken, jemanden mit hineinzuziehen. Ich würde ihr gerne sagen, dass sie das ruhig tun kann. Mich hineinziehen, meine ich.«

»In deiner Rolle als Polizist?«

»In meiner Rolle als ihr Freund.«

»Sogar, wenn es nicht ganz legal wäre?« Karlsson nickte. Reuben betrachtete ihn mit einem Gesichtsausdruck, der fast mitleidig wirkte. »Tja«, fuhr er in sanftem Ton fort, »ich kann dir da nicht helfen. Ich wünschte wirklich, ich könnte. Aber ich weiß nicht mehr als du. Ich glaube, niemand weiß Bescheid, wobei sie natürlich zu Josef etwas gesagt haben könnte. Du und ich, wir müssen jetzt tun, was am schwersten ist – nämlich warten.«

20

Verrätst du mir jetzt endlich, wohin wir gehen?« Lola hatte in ihrer Tasche einen alten Schokoriegel gefunden und kaute wütend darauf herum.

»Siehst du die Namen der Häuser dort?« Frieda deutete in die entsprechende Richtung. »Shepherd's Well, Conduit House.«

»Und?«

»Das ist der Tyburn.«

»Diese Straße?«

»Unter uns fließt ein Fluss.«

»Ich verstehe es noch immer nicht. Geht es bei dieser Tour bloß darum, deine verborgenen Flüsse zu besichtigen?«

»Ich verstehe es doch selbst nicht«, entgegnete Frieda. »Ich dachte, wenn ich hierherkomme, fällt mir vielleicht etwas ein.« Sie blickte sich um.

Lola schob sich eine weitere Rippe Schokolade in den Mund. »Warum ausgerechnet hier? Warum nicht an einem anderen Fluss? Wie zum Beispiel …« Sie verstummte. Krampfhaft versuchte sie sich daran zu erinnern, was sie über Friedas Flüsse gelesen hatte.

»Weil der Tyburn zwischen Fleet und Westbourne verläuft«, erklärte Frieda. »Zwei Flüsse ergeben noch kein Muster. Drei würden eines ergeben. Warum sollte Dean diesen hier aussparen?«

Lola zog eine Grimasse. »Du meinst, wenn du dich in einen psychopathischen Mörder hineinversetzt, würdest du genau hier jemanden umbringen?«

»Ja.«

»Aber das hat Dean nicht getan. Wohin gehen wir jetzt?«

»Die Straße folgt dem Flusslauf. Man kann es sehen und spüren.«

»Du vielleicht. Ich nicht.«

Sie gingen abwärts, zwischen hohen Häuserfronten aus rotem Ziegelstein. Frieda blickte ständig von einer Seite zur anderen.

»Hältst du nach einer Leiche Ausschau?«, fragte Lola. »Ich schätze mal, es wäre schon jemandem aufgefallen, wenn hier irgendwo eine läge.«

»Mir ist klar, dass du wütend bist«, antwortete Frieda. »Und ich verstehe auch, warum. Außerdem hast du vermutlich Angst. Aber wenn du weiter bei mir bleiben willst, dann versuch bitte, dich auf das zu konzentrieren, was wir gerade tun. Hier zum Beispiel.«

Sie war vor einer kurzen Ladenzeile stehen geblieben: einem Blumenladen, einer Weinhandlung, einem kleinen Café. An der Wand lehnte ein weiß gestrichenes Fahrrad. Sogar sein Ledersattel, seine Griffe und Pedale sowie die Kette waren weiß. Im Korb lag ein verschrumpelter Blumenstrauß.

»Da muss es einen Unfall mit Fahrerflucht gegeben haben«, meinte Lola.

Frieda ließ den Blick die Straße entlangschweifen. »Du wolltest doch einen Kaffee.«

In dem Café gab es nur vier Tische, von denen zwei besetzt waren. Frieda bestellte Tee für sich und Cappuccino für Lola.

»Möchtest du auch was zu essen?«, fragte sie.

»Der Auflauf sieht gut aus.«

»Schön, und ich nehme die Suppe.«

Die Kellnerin trat zu ihnen.

»Dieses Geisterrad draußen …«, begann Frieda, nachdem sie bestellt hatte. »Was ist da passiert?«

»Ein Unfall mit Fahrerflucht. Der Radler wurde in den frühen Morgenstunden von einem vorbeikommenden Autofahrer entdeckt. Er lag auf der Straße, neben seinem Rad.«

»Wer war er?«

»Das weiß ich nicht. Einfach irgendein Radfahrer.«

»Wann ist es passiert?«

»Wann?« Friedas Interesse schien sie zu irritieren. »Das weiß ich nicht mehr genau. Es muss an einem Donnerstag gewesen sein, weil das mein freier Tag ist und ich erst tags darauf davon erfahren habe.«

»Letzte Woche? Vorletzte? Oder liegt es noch länger zurück?«

»Warum wollen Sie das wissen?«

»Wir führen eine Studie zum Thema Verkehrssicherheit durch«, erklärte Lola in geschäftigem Ton. »Für Radfahrer. Hat er einen Helm getragen?«

»Es muss der sechste Oktober gewesen sein. Ob er einen Helm aufhatte, weiß ich nicht.«

»Der sechste Oktober«, wiederholte Frieda leise. »Das würde passen.«

»Inwiefern?«, fragte Lola, nachdem die Kellnerin gegangen war.

»Geoffrey Kernan wurde am dritten Oktober nahe der Quelle des Fleet gefunden, Lee Samuels am zehnten Oktober an der Quelle des Westbourne, und dieser Mann hier am sechsten Oktober nahe der Quelle des Tyburn, der zwischen den beiden anderen Flüssen liegt.«

»Ich hoffe, du nimmst mir die Bemerkung nicht übel, aber ich glaube, es gibt einen Fachbegriff dafür. Nein, ich weiß es sogar sicher, weil wir eine Vorlesung darüber hatten, auch wenn ich mich an den Begriff selbst nicht erinnern kann.

Machst du nicht gerade genau das, was man auf keinen Fall tun soll? Indem du nach Beweisen suchst, die zu deiner Theorie passen, und alles andere ignorierst?«

Frieda nickte anerkennend. »Ja, vielleicht«, antwortete sie. »Man könnte aber auch sagen, dass ich eine Hypothese habe und diese überprüfe.«

»Und deine Hypothese lautet, dass Dean Reeve sich entlang der Flüsse vorarbeitet, um dir dadurch ein Zeichen zu geben?«

»Ja.«

»Bleibt immer noch die Frage, warum zwei Leichen am gleichen Fluss gefunden wurden.«

»Vielleicht wollte er auf diese Weise dafür sorgen, dass man sie nicht übersah, wie es ja offenbar bei diesem Fahrradfahrer hier passiert ist. Und Liz Barron hat er ausgewählt, um ganz auf Nummer sicherzugehen.«

Das Essen traf ein. Mit einem befriedigten Seufzen versenkte Lola ihr Messer in dem weichen, wabbeligen Auflauf. »Ist es nicht wunderbar zu wissen, dass man sich selbst im schlimmsten Schlamassel mit einem schönen Essen trösten kann?«

»Gerald Hebb«, las Frieda ein paar Stunden später von ihrem Computerbildschirm ab. »Dreiundvierzig. Opfer eines Unfalls mit Fahrerflucht. Am sechsten Oktober.«

»Also nichts, was wir nicht schon wissen«, kommentierte Lola.

Sie hatte darauf bestanden, unterwegs noch Lebensmittel einzukaufen, und schnippelte nun schwungvoll Auberginen und Zucchini.

»*Noch* nichts.«

»Du hast nur ein einziges Messer zum Gemüseschneiden, und das ist stumpf. Und schwarzen Pfeffer hast du auch noch keinen. Schwarzer Pfeffer ist einfach lebensnotwendig, findest du nicht auch? Wenn du auf eine einsame Insel drei Gewürze mitnehmen dürftest, welche würdest du auswählen? Meine wären Ingwer, schwarzer Pfeffer und Zimt.«

»Morgen findet die Anhörung beim Coroner statt. Da muss ich hin.«

Nachdem Lola die Aubergine in eine Pfanne gegeben hatte, wischte sie sich an ihrer Hose die Hände ab. »Wirst du denn nie müde, darüber nachzudenken?«

»Lola«, Frieda blickte von ihrer Computertastatur hoch, »mir bleibt keine andere Wahl.«

»Ich dachte, ihr Psychotherapeuten seid der Meinung, dass man immer eine andere Wahl hat.«

»In der Regel stimmt das auch. Aber mir sind die Optionen ausgegangen.«

»Als dein Partner getötet wurde?«

»Sandy war nicht mein Partner.«

»Trotzdem muss das ein Albtraum gewesen sein.«

»Ja.«

»Hast du dich davon erholt?«

»Erholt?« Wieder richtete Frieda den Blick auf Lola.

»Ja«, grub Lola weiter. »Bist du darüber hinweg?«

»Ich glaube nicht, dass man über solche Sachen jemals wirklich hinwegkommt. Du schon?«

»Man sagt das halt so.«

»Ich glaube, die Toten sind immer bei uns.«

»Oje.« Lola klang zweifelnd. »Na, ich weiß nicht so recht.«

»Mein Freund Josef sagt, seine tote Frau komme in seinen Träumen zu ihm, und dann sei es seine Pflicht, sie freundlich willkommen zu heißen.«

»Ich habe ihn kurz kennengelernt, glaube ich. Traurige braune Augen.«

»Das ist Josef.«

»Frieda.« Lola, die inzwischen mit einer Zucchini beschäftigt war, hörte zu schnippeln auf. »Wie lange wird das noch so weitergehen?«

»Das kann ich dir nicht sagen. Aber nicht mehr sehr lange.«

»Woher willst du das wissen?«

»Ich weiß es einfach.«

»Fehlt dir dein altes Leben nicht?«

Frieda wandte den Blick ab und starrte durchs Fenster hinaus in den sich verdunkelnden Abendhimmel. Sie gab keine Antwort.

Josef schloss Friedas Haustür auf. Er schaltete das Licht an, beugte sich hinunter und sammelte die Post von der Fußmatte auf. Nachdem er anschließend noch seine Stiefel ausgezogen und seine Jacke neben die von Frieda gehängt hatte, blieb er ein paar Sekunden in der Diele stehen und lauschte. Dann ging er ins Wohnzimmer. Die Schachfiguren standen noch auf dem Brett, wie Frieda sie hinterlassen hatte. Josef hatte einzelne Zeitungsbogen zusammengeknüllt, wie er es bei Frieda viele Male gesehen hatte, und in den Kamin gelegt. Darüber hatte er Späne aufgerichtet und einen Vorrat an größeren Scheiten im Korb gestapelt, damit alles griffbereit war, wenn sie zurückkam. Nun trug er die orangeroten Dahlien, die er mitgebracht hatte, hinüber in die Küche, wo er erst die alten Blumen in den Müll warf und dann die neuen mit frischem Wasser in die Vase gab. Anschließend fuhr er mit einem Lappen über alle Oberflächen, pickte eine tote Fliege vom Fensterbrett und goss das Basilikumtöpfchen.

Josef kam mehrmals die Woche her, staubte ab und putzte. Ruhig und langsam bewegte er sich durchs ganze Haus, bemüht, jede noch so kleine Veränderung zu registrieren und dafür zu sorgen, dass alles für Frieda bereit war, wenn sie beschloss heimzukommen.

Heute aber war es anders. Nachdem er seine übliche Runde gedreht hatte, kehrte er in die Küche zurück, holte zwei Gläser aus einem Schrank und eine Flasche Whisky aus einem anderen. Die Flasche war nur noch zu einem Viertel voll. Er nahm sich vor, sie durch eine neue zu ersetzen. Vorher aber musste diese hier erst einmal ausgetrunken werden, ging ihm durch den Kopf. Er schenkte einen Fingerbreit in das erste Glas und ebenso in das zweite, das für ihn selbst bestimmt war, fand dann aber, dass es nicht genug war und fügte einen weiteren Fingerbreit hinzu. Nun sah es schon besser aus. Er trug die beiden Gläser und die Flasche ins Wohnzimmer, ließ sich in einem Sessel nieder, trank einen Schluck und wartete.

Als es schließlich an der Tür klingelte, hatte er sein Glas bereits ausgetrunken, nachgeschenkt und erneut ausgetrunken. Es war Chloë. Sie kam herein und bemerkte sofort die zwei Gläser auf dem Tisch.

»Für dich«, erklärte Josef.

»Einen Moment dachte ich, Frieda wäre hier.«

Sie griff nach dem Glas, stieß mit Josef an und nahm einen Schluck. »Als du mich hierher eingeladen hast«, erklärte sie, »hatte ich im ersten Moment die Hoffnung, Frieda wäre zurück, obwohl ich natürlich weiß, dass das nicht sein kann. Meine zweite Hoffnung war dann, dass du mir sagen würdest, wo sie ist oder was, zum Teufel, sie im Schilde führt.«

»Ich weiß es nicht.«

»Wenn es jemand weiß, dann du, Josef.«

Er schüttelte den Kopf. »Außerdem könnte das schon gefährlich sein – zu wissen, wo sie ist.«

»Dieser verfluchte Dean Reeve.«

Josefs ganze Aufmerksamkeit schien auf das Problem gerichtet, sein Glas erneut zu füllen. Als er es geschafft hatte, deutete er auf das von Chloë.

»Nein danke. Ich möchte einen klaren Kopf behalten«, entgegnete sie. »Josef, wenn du der Meinung wärst, dass Frieda so eine Art Todeswunsch hat… wenn du glauben würdest, dass sie sich von Dean Reeve umbringen lassen will, um ihn auf diese Weise zum Aufhören zu bewegen, dann würdest du sie doch daran hindern, oder?«

Josef ließ den Blick durch den Raum schweifen, als hörte er sie gar nicht, bis er sie letztlich doch ansah. »Wie denn?«

»Indem du mit ihr redest. Oder mit *uns*. Indem du sie beschützt – notfalls sogar entführst.«

»Ich weiß nicht, wo sie ist.«

Chloë kniff misstrauisch die Augen zusammen. »Frieda ist also nicht hier«, sagte sie schließlich. »Und du hast nicht vor, mir etwas über sie oder ihre Pläne zu verraten. Warum sind *wir* dann gekommen? Um ihren Whisky zu klauen?«

Josef bedachte sie mit einem entrüsteten Blick. »Ich besorge eine neue Flasche. Aber wir sind nicht hier, um zu trinken. Komm.«

Chloë folgte Josef in den ersten Stock hinauf und von dort in den zweiten. Vor einem Fenster an der Rückwand des Hauses blieb er stehen, direkt unterhalb ihres kleinen Dachstübchens. »Schau«, sagte er.

Chloë trat ans Fenster. »Was genau soll ich mir denn ansehen?«

»Gefällt dir der Blick?«

Das Fenster ging auf die kahle Rückseite eines Bürogebäudes hinaus, das jedoch nur zwei Stockwerke hoch war. Darüber erkannte man im Süden die zackige Skyline von London, den BT Tower, Kirchtürme. »Geht so. Worauf willst du hinaus?«

Josef deutete nach unten. »Siehst du das Dach?«

Es handelte sich um das flache Dach des Badezimmers im ersten Stock.

»Klar.«

»Es fühlt sich nicht gut an hierherzukommen, immer wieder herzukommen und nur die Post aufzusammeln und die Pflanzen zu gießen. Lass uns eine Überraschung für Frieda vorbereiten.«

»Was für eine Überraschung?«, fragte Chloë argwöhnisch.

Josef wedelte mit den Händen durch die Luft, als könnte er damit zaubern. »Das Fenster hier raus, dafür eine Tür. Das Dach in einen Balkon umwandeln. Mit Holzboden und Geländer. Einen Platz, wo man abends draußen sitzen und was trinken kann.« Er wandte sich mit fragendem Blick zu Chloë um.

»Hast du in Erwägung gezogen, das mit Frieda zu besprechen?«, fragte sie.

»Das ist nicht möglich.«

»Genau.«

»Ich sage dir doch, dass es eine Überraschung werden soll.«

Chloë runzelte die Stirn.

»Warum erzählst du ausgerechnet mir davon?«

»Du baust Sachen. Genau wie ich. Wir machen das zusammen.«

»Verstehe«, sagte Chloë. »Aber bevor ich in meine Handwerkerrolle schlüpfe, würde ich gerne noch ein paar Punkte anmerken. Zum einen bezweifle ich, dass Frieda Überraschungen mag.«

»Ich habe sie schon mal überrascht. Mit dem Bad. Darüber hat sie sich sehr gefreut.«

In der Tat hatte Josef vor Jahren Friedas Badezimmer renoviert, ohne es vorher mit ihr abzusprechen.

Chloë wirkte immer noch skeptisch. »Am Ende hat sie sich schon gefreut, aber ich bin mir nicht so sicher, ob ihr auch der eigentliche Bauprozess gefallen hat.«

»Beim Prozess ist sie ja nicht dabei. Das passt perfekt.«

Es folgte eine lange Pause.

»Ich frage mich die ganze Zeit«, brach Chloë schließlich das Schweigen, »was Frieda wohl sagen würde, wenn sie wüsste, dass wir hier in ihrem Haus sind und ohne ihr Einverständnis so etwas planen.«

»Aber sie ist nicht da.«

Erneut dauerte es eine Weile, bis Chloë wieder etwas sagte. »Schätzungsweise sollten wir uns als Erstes das Dach genauer ansehen. Wenn es stark genug ist, können wir eine Plattform draufsetzen.«

Josef schüttelte den Kopf. »Wir brauchen Balken.«

»Balken? Das klingt nach einer großen Aktion.«

»Nein, nein«, meinte Josef. »Nur ein paar Balken. Hier die Tür. Plattform, Geländer, fertig.«

»Das sagt sich so leicht.«

»Stell dir vor, wie wir hier stehen. Mit einem Drink. Am Abend.«

Chloë stellte es sich vor, gab ihm aber keine Antwort.

Nicht weit entfernt saß ein Mann an einem Fluss, pfiff leise vor sich hin und wartete geduldig darauf, dass ein Fisch anbiss.

21

Quarry klopfte an die Tür von Hausnummer 39 in der Launceston Crescent und wartete mit gezücktem Dienstausweis. Drinnen hörte er ein Geräusch, zuerst nur schwach, dann immer lauter. Ein Baby schrie. Nein, es brüllte, und zwar in einer Lautstärke, dass einem sogar durch die geschlossene Tür die Ohren wehtaten.

Als die Tür schließlich aufschwang, schlug ihm das Gebrüll entgegen wie eine Feuersirene.

Quarry zeigte seinen Dienstausweis einer dünnen, erschöpft aussehenden Frau, die einen großen Säugling auf dem Arm hielt. Der Mund des Babys war so weit aufgerissen, dass er fast das ganze gerötete, zornige Gesicht einzunehmen schien. Am rechten Bein der jungen Mutter hing ein kleiner Junge. Ihr erschöpftes Aussehen kam Quarry nur allzu bekannt vor. Es erinnerte ihn an die Zeit, als sich die Frau, die er geheiratet hatte, allmählich in die Frau verwandelte, die er im Stich gelassen hatte und mit der er so oft stritt, dass ihm irgendwann jede Ausrede recht war, um nur ja nicht zu ihr nach Hause zu müssen.

»Charlotte Beck?«, fragte er nun mit lauter Stimme, um das Geschrei zu übertönen.

»Ich kann es doch auch nicht ändern, dass sie die ganze Nacht schreit. Was soll ich denn deren Meinung nach tun? Was wollen die von mir?«

»Wen meinen Sie mit ›die‹?«

»Die Nachbarn.« Charlotte Beck begann, beruhigende Laute auszustoßen und ihre Tochter leicht zu wiegen.

Das Baby wirkte viel zu groß für die zarte Gestalt der Mutter und wand sich in ihren Armen plötzlich so wild, dass Quarry befürchtete, es könnte sich dadurch auf den Boden katapultieren. »Die Nachbarn haben sich nicht beschwert. Zumindest nicht bei mir.«

»Warum sind Sie dann hier?«

»Darf ich reinkommen?«

Charlotte trat zur Seite, um ihn vorbeizulassen. »Ich hatte heute noch keine Zeit zum Aufräumen.«

Während sie vor ihm den Gang entlangging, hing das kleine Mädchen plärrend über ihrer Schulter und der Sohn immer noch an ihrem Bein, sodass sie den Fuß über den Boden schleifen ließ wie eine Strafgefangene in Ketten. Im Wohnzimmer herrschte tatsächlich Chaos. Es sah aus, als hätte es in einer Spielzeugfabrik eine Explosion gegeben. Holzklötze, Plastikfiguren und Plüschtiere lagen in alle Richtungen verstreut.

Charlotte Beck ließ sich mit ihren beiden Anhängseln auf einen Stuhl sinken.

»Ich bin wegen des Vorfalls in Hampstead hier.«

»Ich glaube nicht, dass ich da noch etwas hinzufügen kann.«

Der kleine Junge versuchte, auf den Schoß seiner Mutter zu klettern und dabei seine heulende Schwester zur Seite zu schieben.

»Ich habe Hunger!«, verkündete er.

»Gleich.«

»Ich möchte Ihnen etwas zeigen«, erklärte Quarry. Er holte das Foto von Dean Reeve aus seiner Tasche und hielt es ihr hin. Das Baby grapschte danach. Sein Geschrei schwächte sich langsam ein wenig ab und wurde zunehmend von Schluckauflauten und keuchenden Atemzügen unterbrochen.

»Haben Sie diesen Mann schon mal gesehen?«, fragte Quarry.

Charlotte Beck betrachtete das Foto. »Wer ist er?«

»Kommt er Ihnen bekannt vor?«

»Ich glaube, er gehörte zu den Leuten, die vor Ort waren, als das Ganze passierte.« Sie beugte sich vor. »Ja, das ist er.«

»Sie sagen, er war dort?«

»Er ist auf mich zugekommen und hat mit mir geredet, nachdem sich alles ein bisschen beruhigt hatte. Ich stand noch unter Schock und war voller Blut. Er hat sich neben mich auf den Gehsteig gesetzt und zu mir gesagt, ich hätte das gut gemacht. Ich konnte zu dem Zeitpunkt noch gar nicht klar denken und war völlig durch den Wind.« Sie blickte sich um. »Ich meine, noch mehr durch den Wind als sonst. Er hat mich nach Hause begleitet, fast bis zur Haustür. Auf mich machte er einen recht netten Eindruck. Warum fragen Sie? Wer ist er?«

»Hat er Ihnen seinen Namen genannt?«

»Ich glaube nicht. Oder doch, warten Sie.« Sie runzelte vor Konzentration die Stirn. Ihre kleine Tochter hatte inzwischen zu weinen aufgehört. Man sah, dass ihr langsam die Augen zufielen. Ihr Kopf sank schwer auf Charlottes Schulter. »Dave, glaube ich. Oder David.«

Quarry nickte. Im Protokoll der Zeugenbefragung war ein Dave McGill registriert.

»Warum wollen Sie das denn wissen?«, hakte Charlotte Beck nach.

»Wir müssen uns noch einmal mit ihm in Verbindung setzen«, antwortete Quarry vage, während er das Foto wieder in seine Tasche steckte. »Ich finde allein hinaus. Wir sollten auf keinen Fall Ihre Tochter aufwecken, nachdem sie nun endlich eingeschlafen ist.«

Charlotte Beck stieß ein müdes Lachen aus. »Da brauchen Sie sich keine Sorgen zu machen. Die schläft jetzt stundenlang, und wenn sie dann wieder aufwacht, ist sie fit und bereit für die nächste Nacht.«

»Ja«, sagte Constable Darren Symons. »Der sieht aus wie einer der Zeugen. Ich habe seine Aussage aufgenommen. Wie war noch mal sein Name?«

»Dave McGill?«, antwortete Quarry.

»Ja, genau. Das war derjenige, der sagte, an der ganzen Sache sei irgendetwas seltsam gewesen. Eines muss man ihm lassen: Der wusste das schon viel früher als wir.«

»Das kann man wohl sagen«, bestätigte Quarry. »*Viel* früher.«

Frieda und Lola konnten fast den ganzen Weg bis zum St Pancras Coroner's Court am Kanal entlanggehen.

»Denkst du dir eigentlich nie: Ach, was soll's, ich springe lieber in die U-Bahn?«, wollte Lola wissen, während sie gerade den Teil der Strecke zurücklegten, der mitten durch den Zoo führte.

»Wenn ich marschiere, kann ich am besten denken«, erklärte Frieda. »Das heißt, wenn ich allein bin.«

»Störe ich dich beim Denken?«

»Du meinst, jetzt im Moment?«

»Jetzt im Moment musst du ja meine Frage beantworten. Nein, ich meine, allgemein. Wenn ich bei dir bin.«

»Zurzeit denke ich wenig nach. Ich warte einfach.«

»Vielleicht wartet ihr beide aufeinander.«

»Wir werden sehen.«

Lola blickte zu der riesigen Voliere hinauf. »Ich war noch nie im Zoo. Ist das nicht seltsam?«

»Ich auch noch nie.«

»Bei dir ist es wirklich seltsam, weil du ja nur fünf Minuten entfernt wohnst. Was hat dich davon abgehalten?«

»Ich sehe nicht gerne Tiere in Käfigen.«

»Vielleicht ist es besser, in einem Käfig zu leben als auszusterben.«

»Ja, vielleicht.«

»Ich glaube, das da drüben ist ein Schakalbussard«, meinte Lola. »Was, wenn sie uns nicht reinlassen?«

»In den Zoo?«

»Nein, in den Coroner's Court.«

»Es ist ein öffentlicher Termin. Sie müssen uns reinlassen.«

Das Gerichtsgebäude lag nur ein paar Gehminuten vom Kanal entfernt. Es wirkte fast versteckt, wie ein Anhängsel an die Seite des Friedhofs von St Pancras gequetscht, eingepfercht zwischen Eisenbahn, Kanal und der Straße, die in Richtung King's Cross führte und zu den Haltestellen von St Pancras. Drinnen gab es einen kleinen Empfangsbereich, wo gerade ein Mann mittleren Alters eine Bekanntmachung ans Schwarze Brett pinnte. Fragend blickte er sich nach den beiden Frauen um.

»Wir sind wegen des Gerald-Hebb-Termins hier«, erklärte Frieda.

»Sind Sie Angehörige?«, wollte der Mann wissen.

»Nein.«

»Presse?«

»Wir sind nur interessierte Bürgerinnen.«

Der Mann runzelte die Stirn, als überlegte er, wie er sie abwimmeln könnte, deutete dann jedoch auf eine schlichte, furnierte Bürotür. Als sie diese aufschoben, kam es ihnen im ersten Moment vor, als könnte da etwas nicht stimmen – als handelte es sich um einen Besprechungstermin, zu dem niemand oder fast niemand erschienen war. Am anderen Ende des kleinen Saals stand ein Schreibtisch, an dem ein Mann eine aufgeschlagene Akte studierte. Seitlich von ihm saß eine rundliche Frau, die auf ihr Handy starrte. Dem Tisch gegenüber waren drei Reihen Plastikstühle aufgestellt, von denen aber nur einer besetzt war: In der ersten Reihe saß ein einzelner Herr.

Der Mann hinter dem Schreibtisch sah Frieda und Lola mit gerunzelter Stirn an. »Sind Sie Angehörige?«

»Wir möchten nur zuhören.«

»In irgendeiner offiziellen Funktion?«

»Nein.«

Er wirkte leicht befremdet, aber nicht übermäßig interessiert. »Tja, wir fangen bald an. Wir warten nur noch auf das Eintreffen der Polizeibeamten. Die sind spät dran.«

Frieda und Lola ließen sich in der letzten Reihe nieder, mit möglichst viel Abstand zu den anderen.

»Wir suchen hier also nach einem Hinweis?«, flüsterte Lola aufgeregt.

»Wie auch immer der aussehen mag«, gab Frieda zurück.

Zehn Minuten nach dem offiziellen Beginn ging die Tür auf, und zwei junge uniformierte Beamte betraten den Raum. Sie nahmen in der ersten Stuhlreihe Platz, neben dem einzelnen Herrn. Als der Mann hinter dem Schreibtisch schließlich das Wort ergriff, tat er das in ziemlich gelangweiltem Ton.

»Ich bin Doktor Charles Mahdawi«, stellte er sich vor. »Meines Wissens sind keine Angehörigen anwesend.« Er legte eine kurze Pause ein. »Den beiden Damen, die heute hier sind, um das Prozedere zu verfolgen, möchte ich sagen, dass der Rahmen dieser Anhörung sehr eng gesteckt ist. Es geht uns lediglich um die Beantwortung von vier Fragen: wer der Verstorbene war, wo er gestorben ist, wann er gestorben ist und wie er gestorben ist. Ich rechne also nicht damit, dass wir Ihre Zeit lange in Anspruch nehmen werden.« Er wandte sich an die beiden Beamten. »Ist einer von Ihnen Sergeant Grady?«

Einer der jungen Polizisten erhob sich. Mahdawi deutete auf einen freien Stuhl neben dem Schreibtisch. Grady nahm dort Platz und zog ein kleines Notizbuch aus der Tasche. »Ist es in Ordnung, wenn ich meine Aufzeichnungen zu Hilfe nehmen, Sir?«

»Selbstverständlich. Bei uns läuft alles ganz ungezwungen ab.«

Fast wie bei einer Routinebesprechung auf mittlerer Managementebene führte Mahdawi den Sergeant durch seinen Bericht über den Fund der Leiche von Gerald Hebb neben dessen Fahrrad. Der Leichnam hatte mit dem Gesicht nach unten auf dem Asphalt gelegen, halb auf dem Gehsteig, halb auf der Straße, und zwar auf der Downs Road Nähe Ecke Wiltshire Gardens. Während der Beamte sprach, machte Mahdawi sich auf einem Block Notizen. Anschließend schlug er wieder die vor ihm liegende Akte auf und begann Ausschnitte daraus vorzulesen.

»Todesursache war ein ›Schlag auf die rückseitige Schädelbasis, der zum Tod durch Gehirnblutung führte‹. Das passt zu dem Unfallhergang mit Beteiligung eines Kraftfahrzeugs. Wie wir gehört haben, wurde der Leichenfund frühmorgens gegen sechs Uhr zwanzig telefonisch gemeldet. Dem Bericht zufolge deutete die Temperatur des Leichnams darauf hin, dass er dort bereits sechs bis acht Stunden gelegen hatte. So traurig das auch ist, scheint mir der Fall doch recht eindeutig zu sein. Ich denke, wir können hiermit zum Schluss kommen.«

»Entschuldigung.«

Verblüfft fragte sich Lola, wer sich da gerade zu Wort gemeldet hatte. Als sie begriff, dass es sich um Frieda handelte, wurde ihr ziemlich mulmig zumute. Mahdawi wirkte ebenfalls verblüfft.

»Ja?«

»Darf ich eine Frage stellen?«

»Es tut mir leid, aber nur Personen mit einem echten Interesse sind berechtigt, bei einer solchen Anhörung Fragen zu stellen – also nur Angehörige.«

»Es sind aber keine Angehörigen anwesend.«

»Richtig.«

»Deswegen würde ich gerne die Fragen stellen, die sonst den Angehörigen vorbehalten sind.«

Mahdawi holte tief Luft und schlug mehrere Male mit seinem Stift auf den Tisch. Lola sah, dass die beiden Polizeibeamten und auch der einzige andere Zuhörer Frieda überrascht anstarrten.

»Also gut«, verkündete Mahdawi schließlich in eisigem Ton. »Sie dürfen eine Frage stellen. Würden Sie uns vorher bitte Ihren Namen nennen?«

»Selbstverständlich. Ich heiße Ursula ...«

Doch dann zögerte Frieda einen Moment. Sie kniff angespannt die Augen zusammen, als müsste sie eine schnelle Entscheidung treffen. Lola, die plötzlich eine ungute Vorahnung hatte, packte sie warnend am Arm.

»Ich bin Doktor Frieda Klein.«

»Was soll das?«, zischte Lola. »Nicht!« Frieda schenkte ihr keine Beachtung.

»Der Name kommt mir bekannt vor«, bemerkte Mahdawi, während er ihn sich notierte. »Waren Sie schon einmal hier?«

»Nein.«

»Wie lautet denn Ihre Frage?«

»Ich würde sie gerne dem Polizeibeamten stellen. Der Autopsiebericht besagt ja, dass Gerald Hebb schon mindestens sechs Stunden tot war. Die Downs Road ist doch eine viel befahrene Straße, oder?«

Der junge Polizist wirkte verlegen. »Es war mitten in der Nacht.«

»Trotzdem. Ist es wirklich vorstellbar, dass eine Leiche so lange ausgestreckt auf der Straße lag, ohne dass irgendein vorbeikommender Fußgänger oder Autofahrer sie bemerkte?«

»Genau das ist passiert.«

»Haben Sie auch ermittelt, wieso Gerald Hebb, der ja im

Süden von London lebte und arbeitete, so spät abends mit seinem Fahrrad in Hampstead unterwegs war?«

Bevor der Beamte etwas sagen konnte, schritt Mahdawi ein: »Ich habe Ihnen eine Frage gestattet. Damit habe ich nicht gemeint, dass Sie sich hier wie eine Rechtsanwältin gebärden können. Außerdem ist das alles völlig irrelevant. Wie ich anfangs erklärt habe, bewegen wir uns in einem eng gesteckten Rahmen mit bestimmten Vorgaben. Es handelt sich um eine Anhörung, nicht um irgendwelche unausgegorenen Ermittlungen.«

»Ich dachte, eine Ihrer Vorgaben lautete festzustellen, wo genau Hebb gestorben ist.«

»Bitte versuchen Sie nicht, mich bezüglich meiner Vorgaben zu belehren. Mister Hebbs Leiche wurde neben seinem Fahrrad auf der Straße gefunden. Es gibt nicht den geringsten Grund, das infrage zu stellen.«

»Ich habe Ihnen bereits zwei Gründe genannt.«

»Das reicht jetzt.« Mahdawi wandte sich an den Beamten. »Danke für Ihre Schilderung der Beweislage, Sergeant. Diese lässt nur den Schluss zu, dass Mister Hebb Opfer eines Verkehrsunfalls geworden ist. So lautet auch mein Urteil. Hiermit gebe ich den Leichnam zur Bestattung frei.« Er schloss die Akte und erhob sich. An Frieda gewandt, fügte er hinzu: »Sollten Sie weitere Einwände haben, dann wenden Sie sich damit bitte an die Polizei.«

22

»Ich begreife nicht, warum du das getan hast.«

Lola und Frieda marschierten entlang des Kanals zurück. Da Frieda ihr keine Antwort gab, fuhr Lola wild gestikulierend fort: »Erst nimmst du einen anderen Namen an, eine neue Identität. Du legst dir einen neuen Haarschnitt zu, eine andere Haarfarbe. Und ich – ich muss mein ganzes Leben hinter mir lassen und wie eine Geheimagentin leben. Benutze ja nicht dein Telefon, hast du gesagt. Schicke keine Nachrichten. Lass niemanden wissen, wo du bist. Das waren deine Worte. Und dann verkündest du plötzlich deinen Namen vor Gericht, in Anwesenheit von zwei Polizisten. Der andere Mann, der noch da war, hat ausgesehen wie ein Reporter.«

»Ja«, bestätigte Frieda, »auf mich hat er auch so gewirkt.«

»Wahrscheinlich steht dein Name jetzt im Protokoll. Oder sogar in der Zeitung. Womöglich wird Dean Reeve ihn sehen.«

»Ja, vermutlich.«

»Warum hast du es dann gemacht? Bist du wieder in so eine Art Blutrausch verfallen, wie das eine Mal, als man dich ins Gefängnis gesteckt hat?«

»Es war nicht nur das eine Mal.«

Lola lachte. »Willst du damit sagen, es ist öfter passiert? Tut mir leid, da ist mir wohl was entgangen.«

»Ich hatte das heute nicht vor«, erklärte Frieda. »Aber als ich dann diesen lächerlichen Bericht über den Fund der Leiche hörte, musste ich einfach etwas sagen. Auch wenn es wahrscheinlich nichts nützen wird.«

»Was, wenn Dean Reeve mitbekommt, dass du da warst?«

»Darauf hoffe ich.«

»Wieso das denn?« Mittlerweile hüpfte Lola vor Entrüstung praktisch auf der Stelle und gestikulierte dabei wild mit beiden Armen. »Ich dachte, du wärst in Gefahr!«

Frieda blieb stehen und starrte ins Wasser hinunter. »Bei dem Mord an Gerald Hebb muss irgendetwas schiefgelaufen sein. Keine Ahnung, was. Vielleicht hat jemand etwas vom Tatort entwendet oder beim Platzieren der Leiche gestört. Hebbs Tod, der ebenfalls als Zeichen gedacht war, ging dadurch irgendwie unter. Aber mit der Leiche von Liz Barron hat uns Dean Reeve sozusagen einen Wink mit dem Zaunpfahl gegeben – uns ermahnt, besser aufzupassen.«

»Du meinst, er hat *dir* einen Wink mit dem Zaunpfahl gegeben.«

»Ja, genau«, bestätigte Frieda. »Und nun antworte ich ihm, dass ich da bin und ihm zuhöre.«

Sie setzten sich wieder in Bewegung.

Lola musterte Frieda nachdenklich von der Seite. »In meinem ersten Studienjahr hatte ich diese wirklich intensive Beziehung mit einem Typen«, begann sie. »Vor allem der Sex ...« Sie sah Frieda fragend an. »Du bist ja Therapeutin. Da ist es bestimmt kein Problem, wenn ich mit dir über Sex rede, oder?«

»Du kannst reden, worüber du willst.«

»Also, es hat sich zum ersten Mal wie richtiger Sex angefühlt. Weißt du, was ich meine?«

»Ja, das weiß ich.«

»Das Problem war, dass wir uns gegenseitig in den Kopf gekrochen sind. Er wurde regelrecht besessen von der Vorstellung, genau zu wissen, was ich denke. Er hatte das Gefühl, mich besser zu kennen als ich mich selbst. Es war, als wollte er mir meine eigene Psyche erklären. Das klingt vielleicht süß und intim, wurde mit der Zeit aber ziemlich beklemmend. Es konnte einfach nicht so weitergehen. Trotzdem landen wir immer noch hin und wieder in der Kiste, aber das ist nicht der Punkt, auf den ich hinauswollte. Du weißt schon, was ich meine, oder?«

»Ja, mir ist klar, worauf du hinauswillst, aber ich glaube nicht, dass uns dieser Blickwinkel weiterbringt.«

»Du solltest selber mal hören, wie du von ihm sprichst. Als könnte niemand außer dir seine Botschaften wirklich verstehen. Als täte er das alles nur, um mit dir zu kommunizieren. Das klingt wirklich schräg.«

Frieda beschleunigte ihre Schritte und antwortete, ohne Lola dabei anzusehen: »Ich hatte etliche Patientinnen, die vergewaltigt wurden, Patientinnen, die ewig unter einem Stalker leiden mussten. Deren Leben dadurch zerstört wurde. Und in allen Fällen, ohne Ausnahme, bekamen diese Frauen von Bekannten und Freunden – also von Menschen, die ihnen nahestanden und eigentlich helfen wollten – immer wieder zu hören, dass sie es wohl irgendwie durch ihr eigenes Verhalten herausgefordert hätten und es eine Art Komplizenschaft gegeben haben müsse.«

»Da habe ich wohl einen wunden Punkt erwischt«, meinte Lola.

»Nein, keinen wunden, sondern einen falschen. Du liegst einfach falsch.«

»Aber ich glaube, dass ...«

»Könntest du mir einen Gefallen tun?«, fiel ihr Frieda ins Wort.

»Gerne. Ich bin wirklich froh, wenn du mich helfen lässt.«

»Könntest du bitte still sein, damit ich nachdenken kann?«

»Oh«, schnappte Lola enttäuscht. »Klar. Wenn dir damit geholfen ist. Wobei ich wirklich glaube, dass es hilfreicher wäre, darüber zu sprechen.«

»Halt einfach die Klappe. Und zwar ab jetzt.«

Sie liefen die ganze restliche Strecke zurück zur Wohnung, ohne ein Wort zu wechseln, und schwiegen auch noch, als Frieda anfing, Brot für Sandwiches aufzuschneiden.

»Darf ich dir jetzt wieder eine Frage stellen?«, fasste Lola sich schließlich ein Herz.

»Nämlich?«

»Du bist nach wie vor davon überzeugt, dass Dean Reeve dir eine Botschaft übermitteln möchte?«

»Ja.«

»Aber sollte eine Botschaft denn nicht einen Inhalt haben? Oder sagt er einfach nur: ›Hier bin ich‹?«

Frieda verteilte Käse auf den Brotscheiben. »Darüber habe ich auch schon nachgedacht.«

Lolas Miene hellte sich auf. »Wir haben also die gleichen Gedankengänge?«

Frieda nahm einen Stift zur Hand. Auf dem Tisch lag ein Stapel Briefe. Sie griff sich einen und warf einen Blick auf die Adresse. »An den Hauseigentümer«, stand da nur. Sie drehte ihn um und zeichnete auf die Rückseite eine Schlangenlinie.

»Das ist die Themse«, erklärte sie. Von der Schlangenlinie zog sie einen geraden Strich nach oben. »Das ist der River Fleet.« Links davon zog sie eine zweite Linie von der Themse nach oben. »Das ist der Tyburn. Zwei können Zufall sein, aber drei ergeben ein Muster.« Mit diesen Worten zog sie links eine weitere Linie. »Der Westbourne. Wie drei Speichen an einem Rad.«

»Was ist die nächste Speiche?«

»Eine weitere gute Frage.« Frieda zog links eine vierte Linie. »Counter's Creek.«

»Nie gehört.«

»Das ist ja das Besondere an diesen Flüssen. Anfangs fließen sie durch London, und jeder kann sie sehen. Die Leute sitzen an ihren Ufern, fahren auf ihnen Boot und träumen neben ihnen. Doch irgendwann werden diese Flüsse dann zugebaut und vergessen. Wie Counter's Creek, den ja wirklich kaum noch jemand kennt. Trotzdem, er ist da – irgendwo.«

Lola beugte sich über Friedas Zeichnung. »Demnach stimmt also deine Annahme, dass er diese Flüsse abarbeitet?«

»Sieht ganz danach aus.«

»Was hast du jetzt vor?«

Frieda erhob sich lächelnd.

»Ach nein!«, stöhnte Lola. »Mir tut schon alles weh. Meine Wasserblasen werden immer schlimmer.«

»Du kannst ja hierbleiben.«

»Ganz bestimmt nicht.«

Quarry traf sich am Teich von Hampstead Heath mit Neil Morrell. Das ganze Areal hatte man vor Kurzem umgegraben und entwässert. Obwohl das Gras schnell nachgewachsen war, konnte man die Narben der Erdarbeiten noch sehen. Morrell hatte einen Pferdeschwanz und ein zerfurchtes Gesicht. Seine Kleidung war schlammbespritzt. Er griff nach dem Foto, das Quarry ihm reichte, und hielt es mit ausgestreckten Armen von sich weg. »Klar.«

»Wie meinen Sie das?«

»Den habe ich hier des Öfteren gesehen. Er hat mir sogar bei den Vorbereitungen für das große Feuer geholfen, beim Schleppen der schweren Äste. Er meinte, er hätte gerade Zeit und mache sich gern nützlich.«

»Verstehe.«

»Warum fragen Sie?«

»Ach, wir klären nur noch ein paar Details«, antwortete Quarry vage. Dugdale hatte ihm eingeschärft, Dean Reeves Namen auf keinen Fall zu nennen. »Haben Sie ihn in letzter Zeit mal gesehen?«

»Nein, schon eine Weile nicht mehr. Wer ist er?«

»Wie gesagt, wir klären noch ein paar Details. Wenn Sie ihn sehen, dann geben Sie uns bitte Bescheid.« Er reichte ihm eine Karte.

Frieda und Lola begannen am großen Friedhof von Kensal Green, wo die verschiedensten Stilrichtungen aufeinandertrafen: reich verzierte Bänke, griechische Tempel aus Plastik, liebliche Miniaturtore.

»Das ist wohl der Friedhof, auf dem alles erlaubt ist«, bemerkte Lola.

»Solange man entsprechend löhnt«, entgegnete Frieda. »Trotzdem, mir gefällt er.« Sie ließ den Blick schweifen. »Unser Flüsschen entspringt irgendwo hier, kreuzt dann aber den Kanal und die Eisenbahnlinie. Da haben wir einiges zu umrunden.« Sie verließen den Friedhof und marschierten am Rand von Wormwood Scrubs entlang, vorbei am Krankenhaus und am Gefängnis und dann durch ein Labyrinth aus Straßen, die unter dem Westway hindurchführten, sodass sie über sich den Verkehr rattern hörten.

»Viel Fluss spürt man hier nicht«, meinte Lola.

»Da hast du recht. Mir kommt es so vor, als hätte man hier wirklich alles versucht, um ihm den Garaus zu machen. Man hat ihn in einen Abwasserkanal umgewandelt und sogar seinen Lauf verlegt. Normalerweise kann man jeden Fluss irgendwie spüren. Man sieht noch Reste der früheren Landschaft, die alte Uferböschung, Spuren der Windungen. Beim Counter's Creek geht mir das nicht so. Den habe ich noch nie gespürt.«

Sie meisterten die Herausforderung, direkt neben dem riesigen, lauten Kreisverkehr die Holland Park Avenue zu überqueren. Von dort lotste Frieda sie in eine kleine Seitenstraße und deutete zum Straßenschild hinauf: Clearwater Terrace. »Dieser Name ist die einzige schwache Erinnerung an den

Wasserlauf, und zwar auf der gesamten Strecke. Das reicht nicht.«

Ein paar Minuten später machte sie Lola darauf aufmerksam, dass sie entlang einer Eisenbahnlinie unterwegs waren. »Da floss früher der Fluss.«

Als Lola zu einer Erwiderung ansetzte, schüttelte Frieda nur den Kopf. Kurz darauf befanden sie sich im Herzen von Chelsea, umgeben von weißen Stuckhäusern, großen Autos mit Vierradantrieb, schicken Cafés und Feinkostläden. Frieda blieb kopfschüttelnd stehen. »Wir sind hier falsch.«

»Du hast doch ein GPS auf deinem Handy«, entgegnete Lola.

»Das hilft mir in diesem Fall nichts, denn ich spreche vom Fluss. Ich weiß nicht, wo er ist.«

Lola blickte sich um. »Die Chance, Dean Reeve irgendwo beim Angeln zu entdecken, ist hier auch recht gering.«

Friedas Miene verhärtete sich. »Mach darüber keine Witze. Lass uns einfach zur Themse gehen.«

»Ist er das?«, fragte Lola. »Das ist ja nicht mal ein anständiger Bach.«

Sie standen auf der kleinen Brücke und blickten auf das Flussbett hinunter. Jetzt, bei Ebbe, bestand es hauptsächlich aus Schlamm, durch den einige Rinnsale die letzten paar hundert Meter bis zur Themse flossen. Frieda führte Lola hinüber auf die andere Seite und dann ein Stück flussaufwärts, weg von der Themse. Dieser Abschnitt des Flussbetts wirkte völlig verwahrlost und vergessen – eingequetscht zwischen dem Bauhof auf der einen Seite und dem Parkplatz auf der anderen. Wieder schauten sie auf Schlamm hinunter, darin kaputte Reifen, rostige Einkaufswagen und ausrangierte Fahrräder.

»Ist das alles, was vom Counter's Creek noch übrig ist?«, fragte Lola.

»Ja«, antwortete Frieda. »Hier sind wir richtig.«

Chloë traf mit Verspätung im Pub ein. Josef winkte ihr aus einer Ecke zu. Erst als sie sich setzte, sah sie, dass er in Begleitung war. Der Mann trug beidseitig Ohrringe und hatte außerdem ein Augenbrauenpiercing. Sein langes Haar war oben am Wirbel zu einem Knoten gebunden. Er trug ein kurzärmeliges Arsenal-Shirt, das nur wenig von seinen komplett tätowierten Armen verbarg. Sein Gesicht wirkte faltig und wettergegerbt.

»Das ist mein Freund Stefan«, erklärte Josef. »Er hilft uns.«

»Ich kenne Stefan«, gab Chloë zurück. »Ihr zwei wart doch die Türsteher bei der Party, die ich mal gegeben habe.«

»Ach ja, stimmt.«

Chloë und Stefan begrüßten sich mit einem verlegenen Nicken. Währenddessen zog Josef bereits ein zusammengelegtes Blatt Papier aus der Tasche und faltete es auf dem Tisch auseinander.

»Der Balkon«, sagte Chloë. »Ich dachte schon, du hättest ihn vergessen.«

Die Bleistiftzeichnung zeigte ihn von oben und von der Seite. »Demnach reichen die Balken ja bis ins Haus«, stellte Chloë fest.

»Klar.«

»Ich dachte, das soll eine einfache Konstruktion werden.«

»Einfach, aber auch stabil. Und sicher.«

»Wir arbeiten also mit Holzbalken.«

»Nein, mit Stahl.«

»Und darauf kommt ein Holzboden.«

»Ja.«

»Und eine hölzerne Brüstung.«

»Die könntest du übernehmen, oder?«

»Klar. Das ist schließlich mein Beruf. Aber hast du das mal durchgerechnet, Josef? Wir sprechen von teuren Baustoffen.«

»Kein Problem.«

Chloës Blick wanderte von Josef zu Stefan und wieder zurück. »Moment mal«, sagte sie. »Ich bin gleich wieder da.« Sie ging zur Theke, von wo sie kurz darauf mit einem Bier zurückkehrte. Nachdem sie einen Schluck getrunken hatte, musterte sie die beiden Männer eindringlich. »Diese Stahlträger«, begann sie, »und die Holzdielen für den Boden … die sind doch nicht etwa gestohlen, oder?«

Josef und Stefan sahen sich an.

»Sie sind übrig geblieben«, erklärte Josef.

»Übrig geblieben?«

»Genau.«

Chloë richtete den Blick wieder auf die Pläne. »Erklärt mir, wie ihr euch das Geländer vorstellt«, sagte sie. »Ich werde einfach so tun, als hätte ich euch nach dem Rest gar nicht gefragt.«

23

Lola blies voller Begeisterung auf ihrer Mundharmonika herum. Nach einer Weile hörte Frieda aus dem Wirrwarr schräger Töne die Andeutung einer Melodie heraus. »Das klingt irgendwie weihnachtlich.«

»Ich habe mir gedacht, wenn ich noch ein bisschen übe, kann ich meinen Leuten an Weihnachten was vorspielen. Bis dahin sind es ja nur noch zwei Monate. Erkennst du das Lied?«

»›Good King Wenceslas‹«?

»Ja, das ist es! Vielleicht habe ich es ausgesucht, weil es mich an uns beide erinnert. Du bist wie Wenceslas und ich wie der Junge, der dicht an ihm dranbleiben musste, um sich in dem ganzen Schnee rundherum nicht zu verlaufen. Wenn du verstehst, was ich meine.« Energisch blies sie in ihre Harmonika. Heraus kam ein lang gezogener, schriller Missklang. »Wie denkst du darüber?«

»Ich denke, dass du noch viel üben musst.«

Lola wirkte verletzt. »Wenigstens versuche ich, mich zu beschäftigen. Was soll ich denn sonst hier machen?«

»Du könntest über ein anderes Thema für deine Seminararbeit nachdenken.«

»Mit dem ursprünglichen Thema läuft es doch recht gut – ›Auf den Spuren von Doktor Klein‹. Oder verletzt das deine Privatsphäre? Also, wenn es dir nicht recht ist, dann lasse ich es.«

»Ehrlich gesagt denke ich darüber im Moment nicht nach.«

»Ich schaffe den Abgabetermin sowieso nicht. Wenn du

mich fragst, sollten wir uns einen Film ansehen.« Lola knallte ihre Harmonika auf den Tisch. »Ganz egal, welchen. Wo ist das nächste Kino?«

»Wir gehen nicht ins Kino.«

»Dann eben in ein Pub.«

»Lola …«

»Ich weiß, was das heißt. *Lola.* Dieser geduldige, leidende Tonfall. *Lola. Die dumme kleine Lola.*«

»Das heißt es überhaupt nicht.«

»So läuft das schon mein ganzes Leben lang. *Ach, Lola spinnt mal wieder. Ignoriert sie einfach.*«

»Dein ganzes Leben lang?«

»Als Nächstes wirst du mich ›Kleine‹ nennen.« Lola hatte inzwischen Tränen in den Augen. »Ich bin kein Kind. Sprich nicht mit mir, als wäre ich eines. Ich bin aus allem herausgerissen worden, was ich kenne, und deswegen habe ich Angst und bin durcheinander. Und langweilig ist mir auch. Ich weiß nichts mit mir anzufangen. Warum können wir nicht ausgehen? Deine Tarnung hast du doch schon selber auffliegen lassen. Warum sind wir hier sicherer als anderswo? Ich möchte einen Film sehen, irgendwas Normales machen.«

»Setz dich«, forderte Frieda sie in sanftem Ton auf.

»Ich will aber nicht.« Lola schniefte laut. »Ich will nach Hause.«

»Wo ist das?«

»Keine Ahnung. Vielleicht habe ich kein Zuhause, aber wenn doch, dann ist es bestimmt nicht hier, wo du nicht mal Mehl im Schrank hast. Ich kann ja nicht mal einen Kuchen backen!« Sie stieß ein Geräusch aus, das ein bisschen nach Schluckauf klang, irgendwo zwischen einem Kichern und einem Schluchzen.

»Es dauert nicht mehr lang.«

»Wenn wir schon nicht ausgehen, dann können wir vielleicht Karten spielen. Ich habe welche da. Nein, sag mir jetzt bloß nicht, dass du nicht gerne Karten spielst. Ich wusste es!«

»Ich könnte dir das Schachspielen beibringen.«

»Schach?«

»Ja.«

»Mein Dad hat mit seinem besten Freund oft Schach gespielt. Mir hat er es aber nie beigebracht. Er meinte, es sei zu mathematisch für mich.«

Frieda musterte sie eindringlich. »Du könntest dafür begabt sein. Allerdings musst du lernen, mehrere Züge im Voraus zu planen und all die verschiedenen Möglichkeiten im Geist durchzuspielen.«

Lola verzog das Gesicht. »Wenn das bloß eine Lektion sein soll, wie man ein besserer, weiserer Mensch wird, dann spiele ich nicht mit.«

Eine Stunde später hatten sie die Schachfiguren wieder weggeräumt. Frieda stand am Fenster und starrte aufs Wasser hinaus, als könnte sie darin Gesichter erkennen.

»Immer starrst du aus dem Fenster«, stellte Lola fest. »An was denkst du?«

Frieda wandte sich zu ihr um. »Ich habe gerade überlegt, was die vier Opfer gemeinsam haben. Besser gesagt, die drei – denn Liz Barron ist eine andere Geschichte. Aber warum hat Dean Reeve die anderen ausgesucht, wenn es nicht purer Zufall war?«

»Vielleicht sind sie ihm einfach über den Weg gelaufen.«

»Ja, vielleicht. Trotzdem versuche ich etwas zu finden, das sie besonders auszeichnet.«

»Aber was könnte das sein?«

»Keine Ahnung.«

»Meinst du so was wie ein Muttermal oder eine mysteriöse Narbe?«

»Nein, so etwas meine ich nicht.«

»Womöglich sind sie ja alle in einem Schaltjahr geboren oder haben am selben Tag Geburtstag.«

»Weder noch.«

»Oder sie sind alle im selben kleinen Dorf geboren oder …«

»Lola.«

Frieda ging zu ihr hinüber und setzte sich neben sie.

»Schon klar«, sagte Lola. »Jetzt willst du gleich wieder, dass ich den Mund halte.«

»Nein, ganz im Gegenteil. Ich finde es interessant, was du sagst.«

»Aber ich spintisiere doch nur vor mich hin«, entgegnete Lola.

»Spintisieren kann durchaus nützlich sein. Manchmal bringt es einen auf neue Ideen.«

»Na dann.« Lola rieb sich den Kopf, als würde ihr das beim Nachdenken helfen. »Die Männer haben auf den ersten Blick nichts Besonderes an sich. Sie haben langweilige Berufe. Einer ist verheiratet, einer nicht. Sie wohnen an verschiedenen Orten. Sie sind unterschiedlich alt.«

»Beginnen wir mit dem Ersten.«

»Warum?«

»Geoffrey Kernan wurde in Barking getötet. Das ist Dean Reeves Ecke von London, oder zumindest in der Nähe davon. Dort ist er aufgewachsen, dort hat er gelebt. Vielleicht hat er Kernan aus einem bestimmten Grund getötet. Womöglich kannte Kernan ihn oder hatte etwas über ihn herausgefunden. Trotzdem muss Reeve zusätzlich auf etwas gestoßen sein, das er für seine Zwecke einsetzen konnte.«

Es folgte eine sehr lange Pause.

»Ich wüsste nicht, was das sein sollte«, meinte Lola schließlich.

Erneut schwiegen beide, bis Lola sich nach ein paar Minuten wieder zu Wort meldete. »Er kommt mir recht normal und langweilig vor. Das einzig Seltsame war sein Name.«

»Sein Nachname? Kernan?«

»Nein. Hast du den Zeitungsbericht nicht gelesen? Sein zweiter Vorname war Udo. In der Zeitung stand, er sei darauf sehr stolz gewesen. Seiner Frau zufolge habe er immer gesagt, für die meisten Leute sei er zwar Geoffrey, aber es gebe auch einen verborgenen Udo-Anteil in ihm. *Udo* – was ist das überhaupt für ein Name?«

»Ein deutscher«, antwortete Frieda. »Wahrscheinlich hat er einen deutschen Vorfahren.«

»Wie Frieda«, bemerkte Lola.

»Ja, wie Frieda.« Ruckartig hob Frieda den Kopf und starrte Lola an.

»Udo«, murmelte sie. »Udo.«

»Soll ich uns Tee machen? Was essen wir denn heute eigentlich zu Abend? Bitte nicht Rührei oder Spiegelei oder Omelett. Nicht wieder irgendeinen kleinen Snack, keine schnelle Küche, sondern mal was Richtiges. Wie wäre es, wenn wir uns ein Hühnchen braten und uns auf dem Laptop einen Film ansehen, was Lustiges? Dann können wir uns morgen Hühnchen-Sandwiches machen, mit Unmengen von Mayonnaise und ein paar Tomaten. Das ist eine Lieblingsspeise von mir. Richtiges Wohlfühlessen.«

»Reich mir mal deinen Computer rüber.«

Lola tat, wie ihr geheißen. Mit einem düsteren Leuchten in den Augen beugte Frieda sich über die Tastatur. Lola bekam ein mulmiges Gefühl und verschränkte fröstelnd die Arme.

»Brathähnchen mit Knoblauchbrot«, murmelte sie vor sich hin. Ihr Kopf pochte.

Frieda tippte etwas ein und fand die Website, die sie suchte. »Ja«, sagte sie nach einer langen Pause, während der Lola am liebsten laut geschrien hätte.

»Was?«

»Sieh es dir an.«

Zusammen betrachteten sie den Kalender auf dem Bildschirm. Für jeden Tag gab es ein Rechteck, und in jedem dieser Rechtecke standen mehrere Namen.

»Ein Kalender für Namenstage«, erklärte Frieda. »Wir sehen uns gerade den Oktober an.«

»Aber …«

»Schhh«, machte Frieda. »Schau mal hier. Dritter Oktober. Siehst du das?«

»Ewald«, las Lola vor. »Paulina. Bianca. Oh.« Verblüfft schwieg sie einen Moment, ehe sie hinzufügte: »Udo.«

»Ja. Die Leiche von Geoffrey Udo Kernan wurde am dritten Oktober gefunden. Jetzt schau dir den sechsten Oktober an. Da wurde die Leiche von Gerald Hebb gefunden.«

»Bruno, Adalbert, Melanie, Brunhild, Gerald.«

»Und am zehnten folgt dann Samuel. Für Lee Samuels.«

»Was ist mit Liz Barron? Sollen wir da nach einer Elisabeth Ausschau halten oder nach einem Barron?«

»Sie war ein anderer Fall. So wie mit ihr verfährt er mit Leuten, die seiner Spur folgen. Oder sich einbilden, ihn zu verstehen.«

»Du scheinst ihn ja tatsächlich zu verstehen«, gab Lola zu bedenken. »Und auf der Spur bist du ihm auch.«

Frieda musterte sie so eindringlich, dass Lola ihrem Blick nur mit Mühe standhalten konnte. »Du glaubst, ich bin ihm auf der Spur? Ohne konkrete Anhaltspunkte? Wie soll denn das gehen?«

»Was hat das Ganze sonst für einen Sinn? Ich begreife es nicht. Ist das, was er da macht, dann bloß … keine Ahnung … eine Art Prahlerei?«

»Wir sollten uns noch einen weiteren Namen ansehen.«

»Was für einen denn noch? Es gab kein weiteres Opfer.«

»Schau dir mal den neunzehnten Oktober an.«

Lola las die Namen laut vor. »Isaac. Paul.« Dann begriff sie.

»Genau. Frieda. Das ist mein Namenstag.«

»Der neunzehnte Oktober. Der ist ja schon übermorgen.«

»Ja.«

»Nein. Nein! Wir sollten zur Polizei gehen. Und zwar sofort. Auf der Stelle. Das hätten wir schon viel früher machen sollen. Bitte.«

Lola stand auf und versuchte doch tatsächlich, Frieda zu umarmen, doch Frieda wehrte sie mit einem Lächeln ab. »Das ist schon in Ordnung.«

»Wie kann das in Ordnung sein? Das Ganze geht schon viel zu lang. Du bist verrückt.«

»Das ist die Botschaft, auf die ich gewartet habe. Jetzt kann ich endlich handeln.«

»Handeln? Wie denn? Was kannst du tun? Du kannst doch nur …« Lola brach ab. Vor Schreck stand ihr der Mund offen. »O nein, Frieda. Das ist jetzt nicht dein Ernst. Das darfst du nicht.«

»Am neunzehnten Oktober am Counter's Creek. Das ist es, was er mir sagen will.«

»Du bist verrückt. Ich kann mir das nicht länger anhören. Ich hätte dir überhaupt nie zuhören dürfen. Nein.« Lola legte die Hände über die Ohren und kniff die Augen zu.

Wie ein verängstigtes Kleinkind, dachte Frieda. Sie stand auf, ging zu Lola hinüber und legte ihr beide Hände auf die Schultern. Lola ließ die Arme sinken und öffnete die Augen.

»Verstehst du denn nicht?«, fragte Frieda in sanftem Ton. »Dean hat vier Menschen ermordet, um mir diese Nachricht zukommen zu lassen. Vier Leben, einfach ausgelöscht. Findest du wirklich, ich sollte nicht gehen, weil ich mein Leben nicht verlieren will?«

»Natürlich finde ich das. Jeder normale Mensch sähe das auch so. Die Polizei kann ihn fassen. Sag ihnen alles, was du herausgefunden hast, und dann lass sie ihre Arbeit machen. Du kannst dich verstecken, bis es vorbei ist.«

»Es wird erst vorbei sein, wenn ich es beende.«

»Das glaube ich dir nicht. Ich glaube dir kein Wort. Ich wünschte, ich wäre nicht hier. Wenn ich dich doch bloß nie gefunden hätte! Ich möchte eine langweilige Seminararbeit über die neuesten Fortschritte des DNA-Fingerabdrucks schreiben und abends mit meinen Freunden einen trinken gehen und mich ärgern, weil sich mein weißes Lieblingsshirt beim Waschen rosa verfärbt hat.«

»Du hast mich aber gefunden.«

»Bitte geh nicht zum Counter's Creek, Frieda. Bitte nicht!«

Frieda nahm die Hände von Lolas Schultern und trat einen Schritt zurück. »Meinetwegen sind mehrere Menschen getötet worden. Glaubst du, ich messe meinem Leben einen so hohen Wert bei, dass ich da einfach weiter zusehen kann? Glaubst du, ich lasse zu, dass noch mehr Menschen in Gefahr geraten, fremde Menschen, aber auch Leute, die ich liebe, nur weil ich Angst habe?«

»Du *hast* doch gar nicht wirklich Angst!«, widersprach Lola. »Wenn du mich fragst, hast du einen Todeswunsch.«

»Ich habe keinen Todeswunsch.«

»Aber einen Lebenswunsch auch nicht.«

»Ich habe eine Nichte.« Während sie das sagte, tauchte vor ihrem geistigen Auge Chloës Gesicht auf: eigensinnig, zornig, hilfsbedürftig. »Sie hat ungefähr dein Alter. Wir haben schon viel gemeinsam durchgestanden. Vor nicht allzu langer Zeit hat ein Dean-Reeve-Nachahmer sie unter Drogen gesetzt und entführt.«

»Davon habe ich gelesen.«

»Ja. Als das passierte – als ich begriff, dass sie meinetwegen in Gefahr geraten war –, da wurde mir klar, dass ich alles tun würde, um ihn aufzuhalten. Er hat schon so viel Schaden angerichtet, so viele Leben zerstört. Ich möchte nicht sterben, aber ich habe auch keine Angst davor. Angst macht mir nur die Vorstellung, dass meinetwegen noch mehr Menschen ihr Leben lassen müssen.«

»Aber …«

»Nein.« Frieda hob einen Moment beide Hände, zu Fäusten geballt, und ließ sie dann wieder sinken. »Das muss ein Ende haben. Hörst du? Ich muss es beenden.«

»Du wirst also einfach hingehen? Hast du denn eine Waffe?«

»Nein, natürlich habe ich keine Waffe.«

»Kannst du dir eine besorgen? Du kennst doch bestimmt Leute, die dir da behilflich sein können. Weißt du, wie man mit einer Waffe umgeht?«

»Lola, ich besorge mir keine Waffe.«

»Wie willst du dann gegen ihn ankommen?«

»Keine Ahnung.«

»Das ist dein Plan?«

Chloë und Jack saßen in einem italienischen Restaurant, aßen Spaghetti und tranken Rotwein. Die beiden waren mal ein Liebespaar gewesen. Jetzt lernten sie gerade, wie aus Liebenden Freunde werden konnten.

Josef war bei Reuben, wo er gerade ein ukrainisches Lammgericht kochte und dabei leise vor sich hin summte. Neben sich hatte er eine Flasche Wodka stehen. Reuben, der seinen marokkanischen Morgenmantel trug und eine Lesebrille auf der Nasenspitze sitzen hatte, las währenddessen in einem Buch über zeitgenössische Formen der Trauer. Hin und wieder hob er den Kopf, starrte ins Leere und dachte nach. Oben im ersten Stock spielte Josefs Sohn Alexei mit einem neuen Freund ein

Computerspiel. Es war das erste Mal, seit er zur Schule ging, dass er ein anderes Kind eingeladen hatte.

Chloës Mutter Olivia – Friedas Schwägerin – hatte ihr erstes Rendezvous mit einem Mann, den sie ein paar Tage zuvor im Bus kennengelernt hatte, und fragte sich gerade, was sie da eigentlich machte und was um alles in der Welt sie mit ihrem Leben anfangen sollte.

Karlsson las seiner Tochter Bella etwas vor. Während er umblätterte, lehnte sie den Kopf an seine Schulter. Ihr Haar kitzelte ihn an der Wange, und er spürte ihre Wärme. Eigentlich hätte er glücklich sein müssen – wäre da nicht die Tatsache gewesen, dass Frieda verschwunden war. Er fragte sich, wo sie sich wohl gerade aufhielt und was ihr durch den Kopf ging.

Es war dunkel. Wolken verhüllten den Himmel, und es wehte ein böiger Wind. Die Flut ließ die Themse steigen. Bald bedeckte Wasser den Schlamm des Counter's Creek. Kleine Wellen klatschten gegen das Ufer.

24

Frieda warf einen Blick auf ihre Armbanduhr. »Zeit zu gehen.«

»Du kennst den Tag«, entgegnete Lola. »Oder glaubst zumindest, ihn zu kennen. Aber du weißt nicht, um welche Zeit du da auftauchen sollst.«

»Ich gehe einfach hin und warte.«

»Darf ich mit?«

»Natürlich nicht«, erwiderte Frieda.

»Ich könnte ja in sicherer Entfernung bleiben.«

»Es gibt keine sichere Entfernung.«

»Kann ich nicht irgendwie helfen?«

»Doch, indem du hierbleibst.«

»Und was soll ich hier tun? Warten, bis ich in den Nachrichten etwas darüber höre?«

»Du hast doch das Telefon, das ich dir gegeben habe.«

»Ja.«

»Entweder ich komme zurück, oder ich rufe dich an.«

»Oder ...«

»Wenn du nichts von mir hörst ...« Frieda überlegte. »Wenn du bis zum Einbruch der Dunkelheit nichts gehört hast, dann ruf die Polizei an. Oder noch besser ...« Sie holte einen kleinen Block heraus, notierte etwas, riss die Seite ab und reichte sie Lola. »Ruf Malcolm Karlsson an. Er ist bei der Kriminalpolizei, und außerdem ein Freund. Dem fällt dann schon etwas ein.«

»Warum rufen wir ihn nicht gleich an?«

»Genug jetzt«, erklärte Frieda. »Mach es einfach so, wie ich es dir gesagt habe.«

»Geh nicht«, bettelte Lola. Sie begann zu weinen, große Tränen, die ihr langsam die Wangen hinabliefen. »Geh nicht, Frieda!«

»Denk daran, was ich dir wegen Karlsson gesagt habe.«

Frieda hätte sich am liebsten zu Fuß auf den Weg gemacht, kam jedoch zu dem Schluss, dass die Distanz zu groß war und es zu lange dauern würde. Also ging sie nur bis zur Hauptstraße und rief dann ein Taxi.

DCI Dugdale verglich gerade zum wiederholten Mal verschiedene Zeugenaussagen, als eine junge Beamtin ohne anzuklopfen in sein Büro gestürmt kam.

»Ein Anruf für Sie!«, stieß sie atemlos hervor.

»Worum geht es?«, fragte er, ohne aufzublicken.

»Um die Morde.«

Er schob die Akten zur Seite. »Wir bekommen wegen dieser Morde Tausende von Anrufen.«

»Diesen werden Sie bestimmt annehmen wollen.«

Während der langen Fahrt durch London sah Frieda nicht aus dem Fenster. Sie dachte auch nicht viel nach, saß nur mit geschlossenen Augen da und empfand ein Gefühl von Ruhe und Endgültigkeit. Im Bereich Hyde Park und Kensington herrschte viel Verkehr, sodass Frieda ein-, zweimal auf die Uhr sah, aber im Grunde spielte das keine Rolle. Es hatte keine Eile. *Er* hatte keine Eile. Sie bat den Taxifahrer, sie in der King's Road abzusetzen, nur einen kurzen Fußmarsch vom Chelsea Embankment entfernt. Als sie schließlich die Themse erreichte, lehnte sie sich ein paar Minuten ans Geländer und schaute auf die Strömungen und Strudel hinab, welche die Flut jedes Mal mit sich brachte. Ein Touristenboot fuhr vorbei. Im Heck standen zwei kleine Kinder, die übers Wasser direkt zu Frieda sahen und ihr zuwinkten. Als sie zurückwinkte, lachten die beiden. Frieda setzte sich wieder in Bewegung und ging an der Ufermauer entlang, wobei der Fluss zu ihrer Rechten verlief, bis sie sich von der Themse abwandte und auf der Lots Road dem Verlauf des Counter's Creek folgte. Sie erreichte die Stelle, an der sie mit Lola gestanden hatte. Und jetzt? Sie kannte den Ort und den Tag, aber nicht den genauen Zeitpunkt. Also musste sie warten.

Sie ließ den Blick über die schicken Bürogebäude von Chelsea Harbour gleiten. Die Gegend passte eigentlich nicht zu Dean Reeve. Er gehörte weiter nach Osten, in das London von Poplar, dem River Lea und der Isle of Dogs. Sie hätte eher vermutet, er würde einen weiter abgelegenen, einsameren und dunkleren Ort wählen. Hier dagegen war es hell und sonnig. Es handelte sich nicht um eine belebte Ecke, aber auch nicht um eine wirklich einsame. Während sie sich über das Geländer lehnte und in das Bett des Flüsschens hinunterblickte – das nun von der Flut aufgefüllt war –, gingen mehrere Leute an ihr vorbei: eine Frau mit einem Kinderwagen, ein Mann im Anzug, der laut telefonierte, zwei Männer mit Helmen und neongelben Westen. Es spielte keine Rolle. Sie hatte kein anderes Ziel.

Nach einer Weile drehte sie sich um, sodass sie das Flüsschen nun im Rücken hatte und die Straße überblicken konnte. Ein Stück entfernt parkte ein dunkelblauer Lieferwagen halb auf dem Gehsteig. Ein hochgewachsener junger Mann mit kurzem Haar und Joggingbekleidung lief in langsamem, gleichmäßigem Tempo an ihr vorbei. Frieda wandte sich dem eigentlichen Hafen von Chelsea zu. Vor achtzig Jahren hatten hier noch Kräne und Schauerleute die ankernden Schiffe entladen. Mittlerweile waren sie von Büros, Restaurants und Kneipen verdrängt worden. Wenn man überhaupt noch einen Anker zu sehen bekam, dann höchstens als Teil einer künstlerischen Installation. Die Boote dienten nur noch der

Freizeitgestaltung. Während Frieda sich nach links wandte, registrierte sie die ihr entgegenkommenden Leute: ein junges Paar, Arm in Arm, eine Frau im Nadelstreifenkostüm. Einen Mann, der eine graue Bomberjacke und eine Wollmütze trug, nahm sie etwas genauer in Augenschein. Nein, er war es nicht. Trotzdem hatte sie ein seltsames Gefühl. Sie konnte es nicht genau festmachen, aber es war, als ob das Wetter umschlug oder in einem Orchester jemand einen falschen Ton spielte. Sie erreichte den letzten Abschnitt des Flüsschens, wo er sich schließlich im großen Fluss verlor. So manches hatte sich verändert, aber das nicht: dieses endlose Strömen in Richtung Meer und dann wieder zurück. Das Wasser hatte so vieles in sich aufgenommen, unter anderem den Körper des Mannes, den sie einmal geliebt hatte.

Sie drehte um und trat den Rückweg an. Dabei warf sie einen Blick auf ihre Armbanduhr. Es konnte noch Stunden dauern. Vielleicht musste sie bis zum Einbruch der Dunkelheit warten. Egal. An der kleinen Brücke, die über das Flüsschen führte, blieb sie einen Moment stehen, um den Mann im Jogginganzug vorbeizulassen. Er wirkte richtig sportlich. Wahrscheinlich lief er am Ufer entlang und dann wieder zurück. Da hatte er sich eine recht langweilige Strecke ausgesucht. Frieda konnte sich wesentlich interessantere Routen vorstellen, beispielsweise über die Chelsea Bridge, dann entlang des Südufers durch den Battersea Park und zurück in Richtung Norden über die Wandsworth Bridge.

Erneut beugte sie sich über das Geländer und starrte ins Wasser hinunter, bis die gemächliche Strömung und die Strudel sie in eine Art Trance verfallen ließen. Einen Moment fühlte sich ihr Gehirn an wie leer gefegt: frei von Gedanken, frei von Erinnerungen. Als sie sich schließlich wieder umwandte, bemerkte sie etwas Unerwartetes. Sie brauchte ein paar Sekunden, um es zu verarbeiten. Der Jogger mit dem gleichmäßigen, eleganten Laufstil lief nicht mehr, sondern kam auf sie zumarschiert. Im Gegensatz zu vorher wirkte er jetzt sehr hektisch. Sein bleiches Gesicht glänzte vor Schweiß, und er sah direkt in ihre Richtung. Einen Augenblick fragte sie sich, ob es sich vielleicht doch um Dean Reeve handelte, aber gleichzeitig wusste sie, dass er es nicht sein konnte. Der Mann war größer und jünger und hatte auch sonst keinerlei Ähnlichkeit mit ihm. Trotzdem kam er immer näher. Frieda hätte nicht fliehen können, selbst wenn sie es gewollt hätte, doch sie wollte ohnehin nicht. Genau deswegen war sie schließlich hier. Mittlerweile stand der Mann vor ihr. Sein Blick wirkte glasig, sein Atem ging keuchend. Außerdem zitterte er.

»Er hat einen Namen genannt«, stieß er mit brüchiger Simme hervor. »Ich weiß den Namen nicht mehr.«

»Dean Reeve?«

»Nein, nein, es war ein Frauenname.«

»Frieda Klein?«

»Ja. Frieda Klein.«

»Das bin ich.«

»Er hat gesagt, ich soll Ihnen das hier geben, und danach könne ich gehen.«

Der Mann streckte ihr einen Zettel hin. Frieda griff danach. Es war ein Stück liniertes Papier, zusammengefaltet und auf einer Seite grob abgerissen. Sie faltete es auseinander. Auf dem Zettel prangte in vertrauten Großbuchstaben:

ICH KONNTE UNSERE VERABREDUNG NICHT EINHALTEN. SCHAU DICH UM.

Das brauchte sie gar nicht, denn plötzlich war sie umgeben von hektischem Gewimmel und Geschrei. Zwei Männer drückten den Jogger zu Boden. Einen Moment war Frieda vor Bestürzung wie gelähmt, doch dann begriff sie und empfand nur noch Wut. Das vermeintliche Liebespaar, das sie vorhin gesehen hatte, kam auf sie zugerannt. Der Mann sprach in sein Telefon. Die Frau richtete den Blick zunächst auf den Mann am Boden, dann auf Frieda.

»Ist das Dean Reeve?«, fragte sie.

»Nein, natürlich nicht. Was, zum Teufel, tun Sie alle hier?«

Die Frau zückte einen Dienstausweis und zeigte ihn Frieda.

»Das können Sie sich sparen«, erklärte diese. »Ich weiß, wer Sie sind.«

Der Jogger wand sich japsend und keuchend im Griff der beiden Männer. Der dritte Mann kam ihnen zu Hilfe und hielt den Jogger unten, indem er ihm einen Arm auf den Hals drückte.

»Hören Sie auf!«, rief Frieda. »Sie bringen ihn ja um!« Da ihr niemand Beachtung schenkte, versuchte sie, den zuletzt hinzugekommenen Mann wegzuziehen. Plötzlich wurde sie selbst von hinten gepackt und weggezerrt. Sie wehrte sich mit dem Ellbogen. Jemand stieß einen Schmerzensschrei aus. Daraufhin wurde sie noch fester gepackt und herumgedreht. Zwei Männer in Anzügen hielten sie fest. Vor ihr stand ein weiterer Mann. Er war älter und kräftiger gebaut als die beiden anderen. Auch er trug einen Anzug, der allerdings ziemlich zerknautscht wirkte.

»Lasst sie los«, befahl er.

Einer der jüngeren Männer trat zurück. Er hielt sich mit einer Hand die Nase.

»Sie hat mich an der Nase erwischt«, erklärte er. »Ich blute!« Er funkelte Frieda wütend an.

»Was ist denn hier los?«, fragte der ältere Mann, während er auf das Menschenknäuel am Boden zusteuerte, das inzwischen zur Ruhe gekommen war. Er beugte sich zu dem Jogger hinunter, den die anderen Männer jetzt fest im Griff hatten.

»Wir müssen Ihnen ein paar Fragen stellen. Können wir Sie loslassen?«

»Natürlich können Sie ihn loslassen«, mischte Frieda sich in scharfem Ton ein.

Langsam lockerten die drei Männer ihren Griff und richteten sich auf. Der Jogger blieb einfach liegen. Frieda hatte den Eindruck, dass er gleich in Tränen ausbrechen würde.

»Helft ihm auf«, sagte der ältere Mann etwas freundlicher. Dann richtete er den Blick auf Frieda. »Was hat er Ihnen gegeben?«

Frieda reichte ihm den Zettel. »Er muss uns bemerkt haben«, stellte er fest, nachdem er die Nachricht gelesen hatte.

»Ja, muss er wohl«, bestätigte Frieda sarkastisch.

»Ich weiß, wer Sie sind«, sagte er. »Einen Moment, bitte.« Mit diesen Worten wandte er sich wieder dem Jogger zu. »Ich bin Chief Inspector Dugdale. Ich muss Ihnen ein paar Fragen stellen. Wie heißen Sie?«

»Duffy«, antwortete der Mann. »Paul Duffy. Ich wollte doch bloß eine Runde laufen.«

»Wer hat Ihnen das gegeben?« Der Mann schüttelte den Kopf. »Kommen Sie schon, Sie müssen uns das sagen.«

Duffys benommener Blick wanderte von einem zum andern, bis er schließlich an Frieda hängen blieb.

»Er hat mein Telefon genommen«, erklärte Duffy. »Er hat es mich entsperren lassen und es sich dann angesehen. Er hat gesagt, dass er jetzt weiß, wie ich heiße und wo ich wohne und dass ich Kinder habe.« Er begann zu weinen.

»Ist schon gut«, versuchte Dugdale ihn zu beruhigen. »Sie sind ja jetzt in Sicherheit.«

»Ich sage gar nichts. Ich habe nichts gesagt.«

»Sie sind in Sicherheit«, wiederholte Dugdale.

Er führte Frieda weg von der Gruppe. »Sie müssen mir alles darüber erzählen, Frau Doktor Klein.«

»Was gibt es da noch zu erzählen? Sie haben das Ganze vermasselt.«

»Ich dachte eher an eine detaillierte Aussage.«

»Das war meine Aussage. Hier ist noch eine: Schauen Sie sich um. Mich hat er auch aufgefordert, mich umzusehen. Sie haben die Nachricht ja gerade gelesen. Ansonsten haben Sie nichts gefunden, nichts erreicht.« Sie schwieg eine Weile mit düsterer Miene. »Ich dachte, das wäre das Ende. Es hätte vorbei sein können.«

»Das müssen Sie mir schon etwas genauer erklären.«

»Ach, muss ich das?« Der Ausdruck, der dabei auf ihrem Gesicht lag, war für Dugdale schwer zu deuten.

»Kommen Sie mit aufs Revier und erzählen Sie uns alles«, antwortete Dugdale, um einen freundlicheren Ton bemüht.

Sie wandte sich ab. »Ich weiß gar nicht, wie es jetzt weitergehen soll.« Es klang, als spräche sie mehr mit sich selbst als mit ihm.

»Ich kann Ihnen sagen, wie es jetzt weitergeht: Wir machen unseren Job und schnappen ihn. Das können Sie getrost uns überlassen.«

»Dann möchte ich Sie nicht weiter von Ihrer Arbeit abhalten«, entgegnete Frieda. »Ich gehe jetzt.«

»Sie können nicht einfach gehen.«

»Warum nicht?«

»Damit ich meine Arbeit richtig machen kann, müssen Sie mir ein paar Dinge erklären. Und zwar so schnell wie möglich. Wenn wir gerade ein Treffen zwischen Ihnen und Dean Reeve verhindert haben, ist es Ihre Pflicht, alles in Ihrer Macht Stehende zu tun, um uns dabei zu helfen, ihn zu finden und dingfest zu machen.«

»Ja«, bestätigte sie, »das werde ich. Aber nicht jetzt, nicht hier. Das ist für alle Beteiligten zu gefährlich. Verstehen Sie das denn nicht?«

»Sie sind sicherer, wenn Sie mit uns zusammenarbeiten. Wir können Sie schützen.«

Sie machte eine ungeduldige Kopfbewegung. »Nein, das können Sie nicht. Ich setze mich bald wieder mit Ihnen in Verbindung.«

»Geben Sie mir wenigstens Ihre Telefonnummer.«

»Ich melde mich bei Ihnen.«

Dugdale musterte sie einen Moment eindringlich. Dann zückte er seine Brieftasche, nahm eine Karte heraus und reichte sie Frieda. Bereits im Gehen begriffen, fiel ihr noch etwas ein.

»Wenn Sie mit Malcolm Karlsson sprechen, dann sagen Sie ihm bitte, dass Sie mich gesehen haben und dass es mir gut geht.«

»Warum sagen Sie ihm das nicht selbst?«

»Wenn Sie ihn sehen.«

Für den Rückweg wählte sie eine komplizierte Strecke, sprang im letzten Moment in einen Bus, fuhr ein Stück mit der U-Bahn und stieg mehrmals um, ehe sie erneut einen Bus nahm. Erst über eine Stunde, nachdem sie Counter's Creek verlassen hatte, schloss sie die Wohnung auf. Lola stürzte ihr entgegen. Ehe Frieda etwas dagegen tun konnte, schlang die junge Frau die Arme um sie.

»Ich dachte, ich sehe dich nie wieder«, stieß sie hervor. »Ich wusste nicht, was ich tun sollte.«

Frieda löste sich aus ihrer Umklammerung und schob Lola von sich weg.

»Was ist?«, fragte diese.

»Du warst das«, sagte Frieda langsam.

Lola trat noch weiter zurück, als müsste sie sich aus Friedas Reichweite bringen. »Ich hatte keine andere Wahl«, antwortete sie. »Ich konnte dich doch nicht so einfach gehen und sterben lassen.« Frieda gab ihr keine Antwort. »Du willst, dass ich mich entschuldige«, fuhr Lola fort. »Aber es tut mir nicht leid. Ich habe getan, was ich tun musste, und empfinde deswegen auch keine Reue.«

»Reue?«, wiederholte Frieda. »Glaub mir, eines Tages wirst du dir wünschen, du könntest in eine Zeitmaschine steigen und in die Vergangenheit reisen, um rückgängig zu machen, was du heute getan hast.«

Es waren mehrere Leute nötig – Stefan, Chloë, Jack und zwei Freunde von Stefan –, um die Stahlträger aus dem Lieferwagen ins Haus zu schaffen und dann Friedas Treppe hinaufzuschleppen. Während sie den zweiten Träger nach oben hievten, stieß einer von Stefans Freunden mit dem Rücken gegen eine Wand, woraufhin ein Spiegel zu Boden krachte und zerbarst. Alle starrten bekümmert auf den Scherbenhaufen.

»So ein Mist!«, fluchte Josef.

»Nein«, entgegnete Chloë. »Frieda hat mal zu mir gesagt: ›Umgib dich nur mit Sachen, bei denen es dir nichts ausmacht, wenn du sie verlierst oder kaputt machst.‹«

»Aber es ist ein Spiegel«, gab Jack zu bedenken. »Das bedeutet sieben Jahre Pech.«

»Frieda hat ihre sieben Jahre Pech schon hinter sich«, beruhigte ihn Chloë.

25

Zuerst dachte Reuben an einen der Obdachlosen aus der Unterkunft ein Stück die Straße entlang. Es wäre nicht das erste Mal gewesen, dass einer von ihnen unter dem Vordach des Warehouse Schutz suchte oder sich zum Schlafen zusammenrollte. Doch als er näher kam, sah er, dass die Gestalt seltsam verrenkt dalag, und dann entdeckte er neben ihr einen Leinenrucksack, der ihm bekannt vorkam. Genauso bekannt wie das hellbraune, zu einem Pferdeschwanz zurückgebundene Haar und die schwarzen Stiefel.

Er stürzte auf die Gestalt zu, kniete sich neben sie und fischte gleichzeitig sein Handy aus der Tasche. Während er mit der einen Hand den Notruf tätigte, versuchte er mit der anderen, einen Puls zu finden, auch wenn er im Grunde bereits wusste, dass Jonah Martin tot war. Trotzdem beugte er sich über die Brust des jungen Mannes und begann zu pumpen. Dabei registrierte er plötzlich ein schwaches, blechernes Geräusch. Es dauerte einen Moment, bis er begriff, dass Jonah Kopfhörer trug und die Musik noch lief.

»Komm zurück, Jonah!«, keuchte er, doch Jonahs blaue Augen starrten an ihm vorbei in den Himmel.

Als er hinter sich Schritte hörte und sich umdrehte, sah er, dass es Paz war, die starr vor Schreck zu ihnen hinunterblickte.

»Es ist Jonah«, informierte er sie überflüssigerweise. Paz sank neben ihm auf die Knie. Ihr dunkles Haar fiel wie ein Schal über den Toten.

»Jonah Martin hatte erst vor Kurzem in der Warehouse-Klinik angefangen«, erklärte Dugdale etliche Stunden später seinem versammelten Team. Sein Gesicht wirkte noch aufgedunsener als sonst. Das Hemd hing ihm aus der Hose. Er betrachtete die Männer und Frauen, die sich in den großen Besprechungsraum gequetscht hatten, ihre glänzenden Augen und angespannten Mienen. Die meisten konnten ihre Aufregung kaum verbergen. Ihm wurde klar, dass sie das Ganze genossen: Es war der größte Fall ihres Lebens. Er selbst genoss es nicht. Nach vier Morden kannten sie nun zwar den Namen des Mannes, den sie jagten, schienen aber noch genauso weit davon entfernt, ihn zu fassen, wie ganz zu Beginn. »Er war einunddreißig Jahre alt und lebte mit seiner Freundin zusammen, die gerade ihr erstes Kind erwartet. Er wurde erdrosselt, vermutlich, als er gerade im Begriff war, die Tür der Klinik aufzusperren. Der Schlüssel lag unter seiner Leiche. Allem Anschein nach war er noch keine Stunde tot, als Doktor McGill ihn fand. Wir warten auf den vorläufigen Bericht.«

Er trank einen Schluck Wasser aus dem vor ihm stehenden Glas, ehe er fortfuhr: »Es scheint nichts gestohlen worden zu sein. Seinen iPod hatte er noch bei sich – es lief sogar noch die Musik. Seine Brieftasche befand sich in seinem Rucksack. Sie enthielt siebzig Pfund und mehrere Kreditkarten. Wir stehen zwar erst ganz am Anfang, doch wie es aussieht, hatte er eine Menge Freunde und keine erkennbaren Feinde. Doktor McGill hat sich sehr positiv über ihn geäußert.«

»Glauben Sie …«, begann ein junger Mann ganz hinten, sprach dann aber nicht weiter.

»Bestimmt wollten Sie gerade fragen, ob dieser Mord mit den anderen spektakulären Fällen in Verbindung steht, die wir zurzeit bearbeiten«, sagte Dugdale. »Auf den ersten Blick scheint es keinen Zusammenhang zu geben. Die anderen Morde waren geplant und wurden mit sorgfältiger Systematik inszeniert. Jonah Martin dagegen ist dort gestorben, wo er aufgefunden wurde. Zumindest sieht es auf den ersten Blick danach aus.«

»Was ist Ihre Einschätzung?«, fragte Quarry.

»Wie Sie alle wissen, haben wir gestern Abend … – wie lässt es sich positiv ausdrücken? – … wir haben versucht, uns in ein Treffen zwischen Frieda Klein und Dean Reeve einzumischen. Was aber so richtig in die Hose gegangen ist. Dean Reeve haben wir jedenfalls nicht zu Gesicht bekommen, obwohl er da war. Heute Morgen wurde dann ein Psychoanalytiker vor dem Eingang der Klinik umgebracht, mit der Frau Doktor Klein eng verbunden ist.«

»Sie wollen damit also sagen, dass Dean Reeve auch Jonah Martin ermordet hat.«

»Zumindest ist das meine Arbeitshypothese, und es würde mich sehr überraschen – obwohl ich natürlich froh wäre –, wenn sich herausstellen sollte, dass sie nicht zutrifft. Meiner Meinung nach handelt es sich bei dem Mord um eine Art Botschaft.«

»Was will uns Reeve damit sagen?«

»Uns? Gar nichts. Die Frage ist, was er Frieda Klein damit sagen will. Und die Antwort? Weiß der Teufel. Jedenfalls nichts Gutes.«

Die Tür ging auf, und ein Beamter kam herein. Er flüsterte Dugdale etwas ins Ohr, woraufhin dieser aufstand. »Aber vielleicht wird sie mir dazu gleich Näheres erzählen«, erklärte er. »Quarry, bringen Sie alle auf den neuesten Stand.« Er warf einen Blick in die Runde, betrachtete erneut die Männer und Frauen im Raum. Einige von ihnen kamen ihm vor wie Schulkinder. »Eins noch: Das Ganze ist jetzt eine nationale Geschichte. Nein, eine internationale Geschichte, mit dem entsprechenden Medienrummel. Alle Augen werden auf uns gerichtet sein. Alle möglichen Leute werden sich als Experten aufspielen. Halten Sie um Gottes willen Ihre verdammte Klappe.«

»Bitte nehmen Sie Platz«, sagte er zu Frieda. Er befürchtete, sie könnte genauso plötzlich wieder verschwinden, wie sie es am Vorabend getan hatte, als sie einfach ins Grau der Dämmerung eingetaucht war.

Sie schüttelte den Kopf und blieb stehen. Er hatte viele Fotos von Frieda Klein gesehen, auf denen ihr Haar noch lang und dunkel gewesen war, und er hatte ihren eindringlichen Blick immer ein wenig beunruhigend gefunden, selbst wenn sie in eine Kamera blickte. Nun glühten ihre Augen in dem bleichen Gesicht, als würde in ihrem Inneren eine Flamme lodern.

Sie trat einen Schritt auf ihn zu. »Jonah Martin«, sagte sie.

»Kannten Sie ihn?«

»Nein. Er war meine Vertretung.«

»Im Warehouse?«

»Ja.«

»Und Sie glauben, dass er auch an Ihrer Stelle herhalten musste, nachdem das gestern geplante Treffen nicht zustande kam.«

»Ja. Er ist mein Stellvertreter.«

»Wollen Sie damit sagen, dass Reeve vorhatte, Sie zu töten – dass Sie gestern dahin sind, um sich von ihm umbringen zu lassen?«

Frieda schüttelte ungeduldig den Kopf. »Das ist nicht der Punkt. Der entscheidende Punkt ist, dass Dean Reeve im Moment alles unter Kontrolle hat. Er bestimmt, wann es zur Sache geht. Er hat Geoffrey Kernan getötet. Lee Samuels. Und auch Gerald Hebb.«

»Gerald Hebb sagt mir nichts.«

»Liz Barron hat er ebenfalls umgebracht. Und jetzt Jonah Martin. Er wird nicht aufhören.«

»Sie haben nicht viel Vertrauen in die Polizei.«

»Überrascht Sie das? Sie kennen ja meine Geschichte.«

»Er ist kein Genie.«

»Er braucht kein Genie zu sein. Es reicht, dass er besessen ist. Alles, was er tut, dient einem ganz bestimmten Zweck.«

Frieda nahm einen großen Umschlag aus der Tasche und reichte ihn Dugdale. »Ich habe alles aufgeschrieben«, erklärte sie, »so gut ich konnte. Meiner Meinung nach folgt Dean Reeves Handeln einem Muster. Ich werde jetzt nicht ins Detail gehen, weil ja alles in diesem Bericht steht, aber Sie werden feststellen, dass er seine Opfer an verborgenen Flüssen platziert.«

Dugdale blinzelte. »Das klingt aber sehr an den Haaren herbeigezogen.«

»Trotzdem stimmt es. Aber das ist noch nicht alles. Dass er sie tötet und dann eine Weile wartet, bis er sie zur Schau stellt, hat mit ihren Namen zu tun. Wenn Sie meine Erklärungen gelesen haben, werden Sie verstehen, was ich meine. Auf Liz Barron trifft das allerdings nicht zu, und auf Jonah auch nicht. Die beiden waren … gesonderte Botschaften. Und, bitte, noch etwas ist ganz wichtig.« Sie trat einen Schritt vor und fixierte ihn. »Ich bin mir sicher, dass Sie den ersten Mord genau unter die Lupe nehmen müssen.«

»Was soll das heißen, ›den ersten Mord genau unter die Lupe nehmen‹? Was, glauben Sie, tun wir die ganze Zeit? Wir ermitteln in sämtlichen Mordfällen. Das ist unsere Arbeit.«

»Ich weiß, ich weiß«, antwortete Frieda barsch. »Ich will damit ja bloß sagen, dass der zweite und der dritte Mord nur dem Zweck dienten, das Muster deutlich zu machen. Geoffrey Udo Kernan, um den geht es. Geoffrey *Udo* Kernan, wobei der Name Udo in diesem Fall entscheidend ist. Platziert an der Quelle des River Fleet, und zwar an seinem Namenstag.«

»Doktor Klein …«, begann Dugdale, doch sie brachte ihn zum Schweigen, indem sie eine Hand hob.

»Sie müssen mir das glauben. Dort hat es angefangen. Der Mord an Kernan liefert das Muster. Die anderen Morde ergeben sich daraus. Aber da ist noch mehr. Das Ganze hat auch etwas mit Orten zu tun. Dean Reeve ist in dem Gebiet von Plaistow aufgewachsen.«

»Kernan lebte in Barking.«

»Die beiden Viertel sind nur wenige Minuten voneinander entfernt. Das ist sein Revier, da kennt er sich aus.«

»Na schön«, meinte Dugdale, »dann ist es eben sein Revier. Was besagt das? Worauf wollen Sie hinaus?«

»Ich habe nur das Gefühl, dass Sie, wenn Sie Dean Reeve erwischen wollen, besonders Geoffrey Kernan unter die Lupe nehmen sollten. Mir ist klar, dass Sie das nervt.«

»Welchen Teil meinen Sie jetzt?«

»Dass jemand, der nicht zur Polizei gehört, Ihnen mit solchen Vorschlägen kommt.«

»Warum sollte mich das nerven? Wir freuen uns immer über Anregungen von außen. Bestimmt würden Sie sich genauso freuen, wenn von mir Ratschläge zu Ihrer psychologischen Arbeit kämen.«

»Natürlich steht es Ihnen frei, alles zu ignorieren, was ich gesagt habe.«

»Wir werden Ihre Sicht der Dinge in Betracht ziehen«, erwiderte Dugdale glatt. »Wie wir alle relevanten Meinungen in Betracht ziehen.«

»Das bleibt ganz Ihnen überlassen.«

»Selbstverständlich bleibt es mir überlassen. Besser gesagt, uns.«

Dugdale runzelte die Stirn. »Es gibt da etwas, das Sie wissen sollten«, fügte er nach einer langen Pause hinzu. »Als wir uns Kernans Computer angesehen haben, sind wir auf Recherchen gestoßen, die erst nach seinem Tod durchgeführt wurden. Es ging dabei um DCI Karlsson.«

»Oh.« Es klang kaum wie ein Wort, eher wie ein Seufzen. Ihre Augen waren ganz dunkel geworden.

»Wahrscheinlich wollte Dean, dass wir darauf stoßen.«

»Ja. Alle sollen wissen, dass er mit uns spielt.«

»Wir werden sehen.«

»Was sagt er dazu?«

»Karlsson? Er sorgt sich um Sie.«

»Tja.« Sie trat einen Schritt zurück. Bereits halb von ihm abgewandt, erklärte sie: »Ich möchte helfen und werde dafür tun, was ich kann. Aber Sie dürfen nicht versuchen, mir zu folgen. Es wird Ihnen nicht gelingen, mich aufzuspüren – denn wenn Sie es können, kann er es auch.« Sie richtete den Blick noch einmal auf Dugdale. »Ich muss jetzt gehen.«

»Moment«, sagte Dugdale, »so einfach ist das nicht. Was haben Sie denn konkret vor?«

»Ist das eine Frage, die ich beantworten muss?«

»Ich bin Kriminalbeamter und leite die Ermittlungen in einem Fall, in den Sie involviert sind. Meiner Meinung nach haben Sie die Verpflichtung, mit uns zu kooperieren.«

»Deswegen bin ich ja hier. Ich habe Ihre Fragen beantwortet. Was den Rest betrifft, dachte ich, ich hätte Ihnen das schon erklärt. Ich bleibe in Bewegung, damit Dean Reeve mich nicht kriegt.«

»Wie soll das weitergehen? Wollen Sie sich ewig verstecken?«

»Es wird nicht ewig dauern. Aus den Informationen, die ich Ihnen gegeben habe, können Sie ersehen, dass ich nicht will, dass er mich findet. Stattdessen will ich ihn finden. Ich *muss* ihn finden, und das werde ich auch schaffen.«

»Doktor Klein, Sie werden doch einsehen, dass Sie für unsere Ermittlungen zur Verfügung stehen müssen, und zwar rund um die Uhr.«

»Ich kann mich ja telefonisch bei Ihnen melden.«

»So funktioniert das nicht. Sie sind eine wichtige Zeugin. Ich muss wissen, wo Sie sich aufhalten, und ich brauche eine Nummer, unter der ich Sie erreichen kann.«

»Damit habe ich ein Problem«, entgegnete Frieda.

»Ach, tatsächlich? Und das wäre?«

»Ich habe die Erfahrung gemacht, dass Informationen, die ich der Polizei gebe, dazu neigen, zu anderen Stellen durchzusickern.« Dugdales Miene wurde noch finsterer als sie es ohnehin schon war. »Spielen Sie nicht den Beleidigten«, fuhr Frieda fort. »Zu viele von meinen Geheimnissen haben den Weg in die Zeitungen gefunden.«

»Ich habe es nicht nötig zu spielen. In meinem Team wird nichts durchsickern.«

Frieda ließ sich mit ihrer Antwort ziemlich viel Zeit. »Gut«, sagte sie schließlich zögernd. »Aber eines müssen Sie mir noch versprechen.«

»Wollen Sie mit mir handeln?«

»Ich denke da an das Fiasko in Chelsea. Wenn Sie etwas Derartiges planen, müssen Sie mich das vorher wissen lassen.«

Dan Quarry kam herein und setzte zum Sprechen an, doch als er sah, wie Frieda und Dugdale sich anstarrten, klappte er den Mund wieder zu und trat den Rückzug an.

»Sehen Sie sich mein Gesicht an, Doktor Klein. Es ist das Gesicht eines Menschen, der als tolerant und verträglich gilt. Aber Sie möchten es wohl genau wissen. Sie wollen testen, wie weit Sie gehen können, bis die Grenze erreicht ist.« Er sagte das in gepresstem Ton, als müsste er eine heftige Emotion unterdrücken. »Ich mache Ihnen folgendes Angebot: Wenn Sie kooperieren, indem Sie mich immer wissen lassen, wo ich Sie erreichen kann, dann werde ich …«, er hielt inne und holte ein paarmal tief Luft, »… dann halte ich Sie auf dem Laufenden.«

Frieda nahm ihr kleines Notizbuch aus der Tasche, notierte

Telefonnummer und Adresse, riss die Seite heraus und reichte sie Dugdale. »Wir müssen Dean Reeve zur Strecke bringen«, sagte Frieda. »Das heißt ja nicht, dass wir beste Freunde werden müssen.«

»Im Moment erscheint mir beides nicht sehr wahrscheinlich«, erwiderte Dugdale.

Reuben saß Jonah Martins Partnerin Maiko gegenüber. Sie war klein und schlank. Mit hängenden Schultern weinte sie leise vor sich hin, das Gesicht hinter einem Vorhang aus seidigem schwarzem Haar verborgen. Ihre Hände lagen schützend über ihrem runden Bauch.

»Wann kommt denn das Baby?«, fragte er.

Sie hob den Kopf. »In sechs Wochen«, flüsterte sie. »Er hat sich so gefreut. Wir waren beide so glücklich.«

»Ich weiß«, antwortete Reuben. »Er hat vor Glück gestrahlt.«

»Und jetzt«, flüsterte sie, »ist es vorbei. Einfach vorbei. Warum?«

26

Lola wanderte durch die Räume der Wohnung. Draußen wölbte sich ein trüber, düsterer Himmel über die Stadt. Regentropfen sprenkelten den Kanal. An diesem Tag war es nie richtig hell geworden, und schon bald würde wieder die Dunkelheit der Nacht hereinbrechen. Lola fühlte sich rastlos, gereizt und eingesperrt. Im Kühlschrank fand sie einen Karton Eier und vier Tomaten. Als sie in eine der Tomaten biss, spritzte Saft heraus, natürlich auf ihr T-Shirt. Sie holte ihre Harmonika hervor, spielte halbherzig ein paar Töne und legte das Instrument wieder weg. Dann griff sie nach Friedas Skizzenbuch und blätterte die Bleistiftzeichnungen durch: die Kräne, die sie durchs Fenster sehen konnten, ein Glas Wasser, eine Knoblauchknolle. Schließlich klappte sie ihren Computer auf, spielte eine Partie Tetris und ging dann auf Facebook, auch wenn es schrecklich war, Neuigkeiten von Freunden zu lesen und sich nicht einklinken zu dürfen, nicht einmal mit einem »Gefällt mir«. Während sie mit zuckenden Fingern durch die Kommentare scrollte, stiegen ihr Tränen in die Augen.

Sie sah, dass sie eine persönliche Nachricht bekommen hatte, und klickte sie an: Sie war von Jess. »Ich muss dir dringend etwas sagen. Wo auch immer du bist, komm zu mir in die Wohnung, sobald du das liest. Erzähl es niemandem. Ich warte. Bitte beeil dich.«

Lola runzelte die Stirn. Sie war schon im Begriff zu antworten, rief sich aber Friedas Warnungen ins Gedächtnis und entschied sich dagegen. Jess war ein sehr ausgeglichener Mensch.

Wenn sie schrieb, dass etwas dringend war, dann war es tatsächlich dringend. Lola traf eine Entscheidung. Bevor Frieda zurückkommen und sie davon abhalten konnte, schlüpfte sie in ihre Jacke, schnürte ihre Schuhe und verließ die Wohnung.

Karlsson saß auf dem Sofa, verspeiste lustlos die Mahlzeit, die er sich auf dem Heimweg mitgenommen hatte, und schaute sich im Fernsehen die Abendnachrichten an. Er hatte einen langen Tag hinter sich und war müde. Die Nachrichten trugen auch nicht dazu bei, seine Stimmung zu heben. Manchmal kam es ihm vor, als würden Chaos und Gewalt alles verschlucken, was er einmal für unumstößlich gehalten hatte. Genau in dem Moment, als er nach der Fernbedienung griff, klingelte es an der Tür.

»Hallo?« Er spähte hinaus ins Zwielicht.

Draußen stand Dugdale, eine breite Silhouette in der Dämmerung. Der Wind wirbelte ihm Laub um die Füße. Er trug einen schäbigen Trenchcoat, und sein bereits grau meliertes Haar war feucht vom Regen. »Entschuldigen Sie die abendliche Störung«, sagte er.

»Bei mir gibt es nicht viel zu stören. Kommen Sie rein.«

Er machte die Tür weiter auf und winkte ihn herein. »Darf ich Ihnen was anbieten? Ein heißes Getränk? Oder lieber Whisky?«

»Zu dem Whisky würde ich nicht Nein sagen.«

Karlsson schaltete den Fernseher aus, räumte die Reste seiner Mahlzeit weg und deutete auf einen Sessel. Er schenkte für sie beide Whisky ein. »Was führt Sie zu mir?«

»Ich habe heute mit Frieda Klein gesprochen«, fiel Dugdale mit der Tür ins Haus.

Karlsson erstarrte einen Moment. Dann stellte er sein Glas behutsam auf den Tisch, weil er befürchtete, es vor Aufregung fallen zu lassen. »Was? Geht es ihr gut?«

»Sie ist zu mir aufs Revier gekommen. Heute Nachmittag. Sie hatte Informationen für mich. Aber wie es ihr geht, kann ich Ihnen nicht sagen. Sie ist schwer zu durchschauen, oder?«

Karlsson nickte.

»Sie hat eine Theorie«, fuhr Dugdale fort. Er reichte Karlsson Friedas Bericht.

Minutenlang sagte keiner der beiden Männer ein Wort. Dugdale trank seinen Whisky, während Karlsson mit verbissener Konzentration den Bericht las, angespannt nach vorne gebeugt, das Gesicht im Schatten. Schließlich faltete er ihn wieder zusammen, gab ihn Dugdale zurück und nahm einen Schluck aus seinem Whiskyglas. »Was halten Sie davon?«, fragte er.

»Ich weiß nicht. Es klingt plausibel, aber das heißt ja nicht, dass es stimmt. Ich muss gestehen, dass es mich ziemlich ratlos macht.« Er lächelte Karlsson an. »Das werde ich aber nicht öffentlich verkünden.«

»Natürlich nicht.«

»Ich bin altmodisch. Ich untersuche Beweismaterial, folge Hinweisen und führe Verhöre. Das hier – verborgene Flüsse, Namenstage und ein Mann, der lange als tot galt, in Wirklichkeit aber eine Frau verfolgt, die er zugleich liebt und hasst, sodass er sie einerseits besitzen und andererseits zerstören will –, das ist für mich völlig neues Terrain.«

»Ich weiß«, bestätigte Karlsson. »Mir ging es genauso, als ich vor Jahren das erste Mal mit Dean Reeve zu tun hatte.«

»Klein meint, wir sollten uns auf den ersten Mord konzentrieren.«

»Dann sollten Sie das auch tun.«

»Sie vertrauen ihr wirklich, nicht wahr?«

»Ja.«

»Die Frau spielt ein gefährliches Spiel. Sie sucht Dean Reeve, und er sucht sie. Irgendwann wird einer von beiden

den anderen finden.« Dugdale zuckte ratlos mit den Schultern.

»Wir müssen als Erste da sein«, entgegnete Karlsson.

»›Da‹«, wiederholte Dugdale. »Wo auch immer das sein mag.«

27

Sobald Dugdale wieder auf dem Revier war, rief er Quarry zu sich und berichtete ihm kurz über seine Gespräche mit Frieda und Karlsson. »Was halten Sie davon?«, fragte er ihn anschließend.

Quarry zog ein Gesicht. »Vermutlich ist sie traumatisiert«, meinte er. »Nach allem, was sie durchgemacht hat. Solche Leute entwickeln Obsessionen.«

»Trotzdem. Mal angenommen, wir würden ihren Rat befolgen und Kernan noch einmal ganz genau unter die Lupe nehmen – wo sind die Lücken? Laut Klein unterscheidet sich sein Fall von den anderen. Er stammt aus Reeves Territorium. Also was haben wir übersehen?«

»Wir könnten die Leute in seiner Firma noch eingehender überprüfen«, schlug Quarry vor. »Ein bisschen tiefer graben, was ihre Lebensumstände betrifft.«

»Wo liegt das Büro der Firma?«

»Oben in Whipps Cross.«

Dugdale schüttelte den Kopf. »Zu weit weg.«

»Machen wir das allen Ernstes, weil eine Therapeutin eine Theorie hat?« Quarry wirkte nach wie vor sehr skeptisch.

»Haben Sie denn eine bessere Theorie?«, konterte Dugdale.

»Ich führe einfach nur Befragungen durch und untersuche Beweismaterial«, antwortete Quarry. »So, wie Sie immer sagen, dass wir es machen sollen.«

»Tja, vielleicht könnten Sie dann noch ein paar Befragungen zu Geoffrey Kernan durchführen.«

»Geht es darum, alles noch einmal zu überprüfen, was wir

bereits überprüft haben?« Sein Ton klang beinahe sarkastisch.

Dugdale warf ihm einen argwöhnischen Blick zu. »Vielleicht machen wir das ja tatsächlich. Falls ich zu dem Schluss komme, dass es nötig ist. Aber wie steht es mit den Dingen, die wir uns noch nicht so genau angesehen haben? Wo gibt es Leerstellen?«

»Bei Kernans Navi. Wie ich Ihnen ja bereits gesagt habe, waren einige der Leute nicht zu Hause, sodass wir nicht wissen, warum er dort war.«

»Ich dachte, da wollten Sie noch mal nachhaken?«

»Ja, ich bin dabei.«

Dugdale atmete tief durch. »Wo waren die Adressen?«

»Überall verteilt. Eine zum Beispiel oben in der Nähe von Coventry.«

»Gab es auch welche näher an seinem Wohnort?«

»Wissen Sie, bei der Überprüfung seines Navis stellt sich ein grundsätzliches Problem.«

»Und das wäre?«

»Dass es sich um das Navi seines eigenen Wagens handelt, seine Leiche jedoch in einem anderen Fahrzeug gefunden wurde. Dieses andere Fahrzeug sollte uns in erster Linie interessieren.«

»Nein, es sollte uns *ebenfalls* interessieren. Wenn Sie in Erfahrung bringen können, wo es sich befand, nachdem es gestohlen wurde und bevor es die Heath Street hinuntergejagt wurde, dann ist das bestimmt höchst hilfreich. Aber im Moment interessieren wir uns für Kernan.«

»Weil Frieda Klein das sagt.«

»Weil es unsere Ermittlungen voranbringen könnte.«

»Was, wenn wir nur unsere Zeit verschwenden?«

Dugdale ließ sich zurücksinken. »Sie wissen ja, dass man am Ende jeder Ermittlung feststellt, dass neunzig Prozent der

Arbeit – oder vielleicht sogar neunundneunzig Prozent – völlig sinnlos waren. Man hat an die falschen Türen geklopft und mit Leuten gesprochen, die nichts zu sagen hatten. Fällt Ihnen etwas Besseres ein?«

»Ich hole meine Aufzeichnungen«, erklärte Quarry. »Sollen wir später darüber sprechen?«

»Jetzt gleich passt«, entgegnete Dugdale eisig.

Quarry verließ den Raum und kehrte innerhalb von zwei Minuten mit einer Akte zurück. »Es tut mir leid«, erklärte er. »Ich hätte diese Adressen wirklich noch einmal überprüfen sollen.«

»Vom Leidtun wird es nicht besser, Dan. Die Arbeit macht sich nicht von selbst. Lassen Sie mich einfach hören, was Sie haben.«

Quarry warf einen Blick in die Akte. Seine Hände zitterten. Er versuchte, sich zu beruhigen, indem er tief durchatmete. »Bei der Adresse, die Kernans Zuhause am nächsten lag, handelt es sich um ein Möbelgeschäft. Es war nur einen guten Kilometer entfernt. Er hat dort ein paar Regale gekauft. Ich habe die Rechnung überprüft. Die Regale stehen in ihrem Wohnzimmer.«

»Das bringt uns nicht weiter. Was noch?«

»In einem Haus in West Ham hat mir niemand aufgemacht.«

»Sind die Bewohner in Urlaub?«

»Das weiß ich nicht.« Quarry war knallrot angelaufen.

»Sonst noch was?«

»Da gibt es noch ein Haus in der Creek Street. Ich habe mit ein paar Bewohnern gesprochen, doch die behaupteten alle, Kernan nicht zu kennen. Auf dem Foto kam er ihnen auch nicht bekannt vor.«

»Womöglich hat er dort ja nur jemanden abgesetzt oder abgeholt.«

»Sie schienen mir nicht die Sorte Leute zu sein, die Kernan kannte oder mit denen er zusammenarbeitete.«

»Dann fahren Sie zuerst zu dem Haus in West Ham, und anschließend schauen Sie noch mal bei der anderen Adresse vorbei. Vielleicht finden Sie ja etwas Neues heraus. Am besten, Sie machen das noch heute Abend. Dann treffen Sie die Leute am ehesten zu Hause an.«

»Ehrlich gesagt bin ich heute Abend schon verabredet. Mit meiner Tochter.«

»Warum erzählen Sie mir das?«, fragte Dugdale. »Können Sie Ihre Verabredungen nicht selbst absagen?«

Bei dem Gedanken an das Gespräch, das er gleich mit seiner Frau führen musste, wurde Quarry angst und bange.

»Doch, klar«, antwortete er.

In West Ham öffnete ihm ein Mann mittleren Alters, der Shorts und ein Sweatshirt trug. Wie sich herausstellte, handelte es sich um einen Kollegen von Kernan. Die beiden waren nicht befreundet, hatten aber gemeinsam eine Konferenz besucht. Kernan hatte ihn abgeholt.

»Wie war seine Stimmung?«

»Keine Ahnung«, antwortete der Mann. »Er sprach über Verkaufszahlen und seine Pläne, sein Haus zu verschönern. Ich habe nicht so richtig zugehört.«

»Sie arbeiten doch auch im Verkauf, oder nicht?«

»Ja, aber ich rede nicht darüber. Nicht, wenn ich nicht muss.«

»Heißt das, dass Sie Kernan nicht mochten?«

»Es heißt, dass er ein Kollege war, den ich nicht besonders gut kannte.«

Als er wieder im Wagen saß, machte Quarry sich rasch ein paar Notizen. Der Mann hatte Kernan nicht gemocht. Außerdem hatte Kernan mit ihm übers Heimwerken gesprochen, also hatte er ein Motiv. Quarry grinste vor sich hin. Dugdale gegenüber würde er das nicht wiederholen. Er war sich ziemlich sicher, dass sein Chef das nicht lustig finden würde. Außerdem war bei dem Gespräch nichts herausgekommen, das den Verdacht nahelegte, der Mann könnte Kernan umgebracht haben.

Als Quarry schließlich vor der kleinen Häusergruppe in der Creek Street aus dem Wagen stieg, schlug ihm sofort der Gestank der nahe gelegenen Mülldeponie entgegen. Instinktiv wich er einen Schritt zurück, denn gleichzeitig donnerte ein großer, rostiger Lastwagen an ihm vorbei. Wer, zum Teufel, wählte so eine Gegend als Wohnort? Die Antwort lag auf der Hand: Leute, die keine Wahl hatten.

Er steuerte auf das betreffende Haus zu und klopfte laut. Den Mann, der ihm öffnete, kannte er schon vom letzten Mal, und er trug auch wieder dasselbe schmuddelige T-Shirt.

»Erinnern Sie sich an mich?«

Als Antwort bekam er nur ein Schniefen zu hören. Quarry hielt dem Mann das Foto hin, woraufhin dieser den Kopf schüttelte.

»Aber er war hier«, sagte Quarry.

»Dann habe ich ihn nicht gesehen.«

Quarry nickte langsam. »Wie heißen Sie?«

»Dobrinin.«

»Und mit Vornamen?«

»Jan.«

»Das Problem ist, dass es hier um eine ernste Sache geht, Jan. Der Mann auf dem Foto, das ich Ihnen gezeigt habe, wurde ermordet. Wir interessieren uns weder für Sie noch für die anderen Leute, die im Haus wohnen. Vielleicht werden Sie alle bar bezahlt. Das geht mich nichts an. Vielleicht verticken Sie nebenbei ein bisschen Gras. Ist mir völlig egal. Womöglich haben Sie alle keine Aufenthaltsgenehmigung. Dann wünsche ich Ihnen viel Glück. Aber wenn Sie mir jetzt nicht helfen, reicht ein Anruf von mir …« Er brach ab. »Nein, sagen wir drei Anrufe. Drei Anrufe, und schon wimmelt es hier von Leuten, die überall ihre Nase reinstecken und alle möglichen Fragen stellen. Die werden Belege und Rechnungen sehen wollen, und dann sind Sie im Arsch. Aber das will ich eigentlich gar nicht.«

Jan blinzelte hektisch. »Sie haben mir das Foto gezeigt. Ich kenne den Mann nicht.« Seine Stimme klang fast flehend. »Was soll ich da machen?«

»Na schön«, sagte Quarry. »Lassen Sie mich die Frage anders formulieren, vielleicht fällt es Ihnen dann leichter. Wir wissen, dass der Mann diese Adresse angefahren hat. Dafür liegen uns Beweise vor. Sie behaupten, ihn nicht zu kennen. Erklären Sie mir das so, dass ich es verstehen kann.«

»Was für Beweise?«

»Das Navi von Geoffrey Kernan belegt, dass er hier war. Die Adresse war aufgelistet, die Postleitzahl stimmt auch überein. Vielleicht können Sie dazu etwas sagen.«

»Die Postleitzahl gilt nicht nur für dieses Haus. Die anderen Häuser haben dieselbe Postleitzahl.«

»Aber in den anderen wohnt niemand.«

»Vielleicht Hausbesetzer.«

»Dafür gibt es keine Anzeichen. Aber wir überprüfen das.«

»Außerdem sind da noch die Garagen. Dauernd klopfen irgendwelche Lieferanten und wollen Pakete bei uns abgeben. Das nervt.«

Quarry kniff die Augen zusammen. »Was für Garagen?«

Jan deutete nach rechts. »Die kleine Straße führt um die Rückseite herum. Da sind Garagen.«

Wortlos wandte Quarry sich ab. Er ließ Jan einfach stehen und eilte um die Ecke.

»Wie dumm«, murmelte er vor sich hin. »Wie dumm von mir.«

Hinter den Häusern verlief eine kleine geteerte Gasse, an deren gegenüberliegender Seite sich acht Garagen aneinanderreihten. Obwohl es inzwischen dunkel war, stand ein Tor offen. Ein Wagen ragte halb heraus, mit geöffneter Motorhaube, und eine Gestalt, die nur schemenhaft zu erkennen war, stand über den Motor gebeugt. Als der Detective näher kam, blickte die Person hoch. Wie sich herausstellte, handelte es sich um einen dunkelhaarigen und dunkelhäutigen Mann mit Vollbart. Er trug eine marineblaue Latzhose und ein weißes T-Shirt. Seine Hände waren ölverschmiert.

»Sie haben diese Garage gemietet?«, fragte Quarry, während er ihm seinen Dienstausweis hinhielt. Der Mann nickte.

Quarry zeigte ihm das Foto von Kernan. »Kennen Sie den?«

Der Mann schüttelte den Kopf.

»Er war vor etwa drei Wochen mit seinem Wagen hier. Vielleicht ist es auch schon einen Monat her.«

»Nie gesehen.«

Quarry trat einen Schritt zurück und blickte sich um. Hier musste es sein. Wo sonst? Da fiel ihm etwas ein. Er zog ein weiteres Foto aus der Tasche und zeigte es dem Mann. Der sah es sich genauer an. Dann nahm er es Quarry aus der Hand und hielt es sich dicht vors Gesicht.

»Sie haben ihn gesehen?«

»Ja, ein paarmal.«

Quarry war derart verblüfft, dass er im ersten Moment gar nicht wusste, was er als Nächstes fragen sollte. Seine Haut prickelte. »Wann war er das letzte Mal hier?«

»Das weiß ich nicht mehr so genau. Vielleicht vor einer Woche. Es kann aber auch länger her sein.«

»Hat er ebenfalls eine von diesen Garagen gemietet?«

»Zumindest hat er die ganz hinten benutzt.«

»Wissen Sie, wozu er sie benutzt hat?«

»Schätzungsweise lagert er darin irgendetwas.«

»Wie kommen Sie darauf?«

»Dafür sind sie doch da. Außerdem war er mal mit einem Lieferwagen hier. Da habe ich auch gerade an meinem Auto gearbeitet. Ich musste ein Stück zurückfahren, damit er vorbeikam.«

»Können Sie den Lieferwagen beschreiben?«

»Er war weiß.«

»Wissen Sie die Marke? Oder können Sie mir womöglich sogar die Autonummer nennen?«

»Auf die habe ich nicht geachtet.«

»Haben Sie gesehen, was er in dem Lieferwagen transportiert hat?«

»Nein.«

»Haben Sie mit ihm gesprochen?«

»Ich habe ihn an meinem Auto vorbeigelotst. Er wollte rückwärts hinter zu seiner Garage, deswegen wurde es ein bisschen eng.«

»Hat er mit Ihnen gesprochen?«

»Er hat mir zugenickt. Um sich zu bedanken.«

»Warten Sie hier«, sagte Quarry. »Rühren Sie sich nicht von der Stelle.«

Er drehte sich zur Seite und rief Dugdale an.

»Sie müssen herkommen, Sir. Und bringen Sie einen von unseren Schlossern mit. Ich bin in der Creek Street. Hinter den Häusern sind Garagen. Er hat eine davon gemietet. Nein, nicht Kernan. Dean Reeve.«

Noch bevor Dugdale eintraf, bog ein grüner Lieferwagen, an dessen Seite ein Engel mit einem Schlüssel prangte, im Schritttempo um die Ecke. Ein Mann in einem ordentlich gebügelten roten Overall stieg aus.

»Ich habe mit einem Polizeibeamten gerechnet«, meinte Quarry verwundert.

»Das wird jetzt alles an private Firmen vergeben«, erklärte der Mann. »Keine Sorge, ich habe das alles schon mal gemacht: nach Einbrüchen Schlösser ausgetauscht, eingesperrte Haustiere befreit. Also, was soll ich machen?«

Als er das windige Garagenschloss sah, wirkte er fast enttäuscht. »Dafür brauche ich keine zwei Minuten. Das schafft man fast mit bloßen Händen.«

»Warten Sie, bis unser Boss da ist«, entgegnete Quarry.

»Ich werde im Viertelstundentakt bezahlt, müssen Sie wissen«, informierte ihn der Mann. »Jede angebrochene Viertelstunde zählt.«

Es dauerte zwanzig Minuten, bis schließlich ein weiteres Fahrzeug um die Ecke bog und hinter dem Wagen des Schlossers hielt. Dugdale stieg aus. »Also, was habt ihr gefunden?«

»Wir wollten auf Sie warten.«

»Für wen halten Sie mich? Die Queen, die einen Supermarkt eröffnet? Da drinnen könnte jemand eingesperrt sein!« Er winkte den Schlosser nach vorn. »Sehen Sie zu, dass Sie das aufbekommen. Aber machen Sie nicht zu viel kaputt. Es handelt sich um einen Tatort.« Mit diesen Worten zog er Gummihandschuhe aus der Tasche und reichte sie dem Schlosser.

Es dauerte tatsächlich keine zwei Minuten, bis der Mann den mittig angebrachten Griff umlegen konnte. Mit einem schnellen Ruck zog er ihn zu sich heran und dann nach oben.

»Bitte schön«, sagte er, »wozu immer es auch gut sein mag.«

Statt eines Wagens standen in der Garage vier Gefriertruhen, alle mit geöffnetem Deckel. Sie waren nicht angeschlossen. Die Kabel und Stecker lagen auf dem Boden.

»Seid ihr auf der Jagd nach gestohlenen Gefriertruhen?«, fragte der Schlosser.

»Halten Sie den Mund«, erwiderte Dugdale.

Der Schlosser zog ein Gesicht. Wortlos ging er zu seinem Lieferwagen und kehrte mit einem Klemmbrett und einem Stift zurück. Quarry unterschrieb das Formular.

Sobald der Handwerker weg war, trat Quarry in die Garage. Dugdale war vor der hintersten Gefriertruhe in die Knie gegangen.

»Haben Sie etwas gefunden, Sir?«

Dugdale stand auf und wischte sich den Staub von der Hose. Er schüttelte den Kopf. Gemeinsam verließen sie die Garage.

»Dann wissen wir jetzt also, wo er sie aufbewahrt hat«, stellte Dugdale fest.

»Soll ich die Spurensicherung verständigen?«

»Ja. Die werden zwar nichts finden, aber es ist trotzdem besser, wir lassen sie kommen. Außerdem brauchen wir ein paar Beamte, die von Tür zu Tür gehen. Auch wenn wir zu spät dran sind. Er hat längst getan, was er hier zu tun hatte.« Sein Blick richtete sich auf Quarry. »Gute Arbeit. Aber wir hinken hinterher – viel zu weit hinterher.«

28

Was würde Frieda davon halten? Das fragte sich Lola während der langen Fahrt mit Bus und U-Bahn immer wieder. Sie kannte die Antwort. Deswegen hatte sie es auch gar nicht erst in Betracht gezogen, Friedas Erlaubnis einzuholen. Frieda hätte Nein gesagt. Aber sie musste zu Jess. Sie wollte unbedingt hören, was ihre Freundin auf dem Herzen hatte. Sie musste eben aufpassen.

Als sie sich der Wohnung näherte, ließ sie den Blick die Straße entlangschweifen, ohne recht zu wissen, wonach sie eigentlich Ausschau hielt. Alles war wie immer. Für den Fall, dass ihr irgendetwas ungewöhnlich vorkam – zum Beispiel die Haustür offen stand oder Beschädigungen am Schloss zu sehen waren –, hatte sie sich vorgenommen, nicht stehen zu bleiben, sondern einfach weiterzugehen. Aber da war nichts. Die Lampen brannten, weil bereits die Dunkelheit hereinbrach, und auf dem Gehsteig waren Fußgänger unterwegs.

Sie trat an die Tür und kramte ihren Schlüssel heraus. Nun galt es noch eine letzte Vorsichtsmaßnahme zu ergreifen. Der Gedanke war ihr in der U-Bahn gekommen. Sie holte das Kartentelefon heraus, das Frieda ihr gekauft hatte, und rief die Notrufnummer auf: Nun konnte sie mit einem einzigen Fingerdruck Hilfe rufen. Sie drehte den Schlüssel im Schloss und schob die Tür auf. Sofort registrierte sie, dass es anders roch als sonst: Offenbar hatte Jess geraucht, obwohl das gegen die Hausregeln verstieß. Sie betrat die Wohnung und zog die Tür hinter sich zu, die mit einem leisen Klicken zufiel.

Als Frieda nach Hause kam, rechnete sie damit, Lola über den Computer gebeugt vorzufinden oder mit ihren Kopfhörern auf der Couch. Sie rief nach ihr, doch es kam keine Reaktion. Suchend blickte sie sich in der Wohnung um. Ihr wurde schnell klar, dass Lola gegangen war, ohne etwas mitzunehmen. Ihr Laptop stand aufgeklappt auf dem Tisch, und rund um ihren Schlafplatz lag Kleidung verstreut. Frieda zückte ihr Telefon und rief Lola an, doch sie ging nicht ran. Auch das bedeutete wahrscheinlich nichts. Trotzdem wusste Frieda, was sie zu tun hatte. Rasch verstaute sie Lolas Laptop und ihren eigenen in einer großen Umhängetasche. Mehr brauchte sie nicht mitzunehmen. Sie hatte diesen Fall hundertmal durchgespielt. Alles andere war ersetzbar. Fünf Minuten nach ihrer Ankunft trat sie bereits wieder hinaus auf die Straße und marschierte schnellen Schrittes davon. Fünfzehn Minuten später saß sie in einem Café. Sie wartete.

Lola schien die Herrschaft über ihre Finger verloren zu haben. Ihr Telefon fühlte sich an wie ein Gegenstand, den sie nie zuvor gesehen hatte. Sie musste Frieda anrufen, doch das fiel ihr verblüffend schwer. Ihr Verstand funktionierte nicht. Sie rang nach Luft, und jeder pfeifende Atemzug tat ihr in der Lunge weh.

Sie hatte sich abgewandt, damit sie Jess' offene, blicklose Augen nicht mehr sehen musste, doch es half nichts. Da war trotzdem der Geruch des Blutes, der wie ein heißer, süßlicher Dampf in der Luft hing. Überall war Blut. Jess' T-Shirt und Jogginghose waren voll davon, und auf den Bodendielen hatten sich Pfützen gebildet. Hinzu kamen Lolas Fußabdrücke. Sie war hineingetreten und hatte diese Abdrücke auf dem Boden hinterlassen. Das alles sah sie ganz deutlich vor sich, obwohl sie gar nicht hinschaute. Ihr Körper zitterte so heftig, dass es ihr vorkam, als wackelte das Haus. Tief Luft holen, versuchte sie sich selbst zu beruhigen. Lola atmete tief durch, einmal, zweimal, dreimal, auch wenn sie dabei das Gefühl hatte, Blut zu inhalieren. Der Geruch erfüllte den ganzen Raum, und bestimmt enthielt die Luft Blutpartikel. Bedeutete das dann nicht, dass sie tatsächlich das Blut selbst einatmete? Hör auf, rief sie sich zur Vernunft. Hör auf, darüber nachzudenken. Sie musste sich konzentrieren. Sie musste mit Frieda sprechen. Nur das war wichtig. Mit langsamen, linkischen Bewegungen gelang es ihr, Friedas Nummer aufzurufen und zu wählen.

»Wo bist du?«

»Frieda? Frieda?« War das ihre eigene Stimme? Sie klang ganz anders als sonst.

»Wo bist du?«

Schniefend rieb sich Lola mit dem Ärmel über die Nase. »Sie ist tot.« Sie konnte die Worte nur krächzen. Einen Moment sah sie wieder Jess' Gesicht vor sich, dann verdrängte sie das Bild. Sie durfte nicht daran denken. Sie durfte einfach nicht.

»Wer ist tot?«

»Jess. Meine Mitbewohnerin. Meine Freundin. Jess!«

Die Stimme versagte ihr den Dienst. Leise Schluchzer blubberten aus ihr heraus.

»Lola. Sprich mit mir.«

»Sie liegt tot in der Wohnung. Mit durchgeschnittener Kehle. Alles ist voller Blut. Es ist überall.« Sie hörte sich selbst reden, einen Wirrwarr aus gekrächzten Worten, unterbrochen von Japsen und Schluchzen. Sie spürte den Schweiß an ihrer Stirn und am Rücken und tief im Hals einen Brechreiz. Schuld war dieser intensive Blutgeruch.

Als Frieda erneut sprach, klang sie ruhiger als zuvor, ruhiger als Lola sie je gehört hatte. »Bist du sicher, dass sie tot ist?«

»Ihre Augen sind offen. Alles ist voller Blut. Ihr Kopf ist fast…« Sie konnte den Satz nicht zu Ende sprechen.

»Bist du noch im Haus?«

»Ja. Was soll ich jetzt machen? Was habe ich getan?«

»Hast du die Polizei angerufen?«

»Ich musste erst mit dir reden.«

»Ruf jetzt sofort die Polizei an. Danach meldest du dich wieder bei mir.«

Sie hatte aufgelegt. Lola wählte den Notruf. Eine Frau meldete sich: »Welche Art Notdienst benötigen Sie?«

»Sie ist tot, ermordet!«, stieß Lola hervor. Erneut wurde sie von heftigem Schluchzen geschüttelt. Sie fühlte sich, als würde es sie zerreißen. Noch immer brachte sie es nicht fertig, sich umzudrehen und Jess anzusehen.

Sie wurde nach ihrem Namen und der Adresse gefragt. Es fiel ihr schwer, die Worte herauszubekommen. Sobald die Frau ihr versichert hatte, dass die Polizei schon unterwegs sei, beendete Lola das Gespräch und rief wieder Frieda an.

»Kommst du klar?«

»Sie liegt da auf dem Boden, hier bei mir, nur ein paar Schritte entfernt. Sie ist meine Freundin. Ich habe sie auf dem Gewissen.« Sie schwieg einen Moment. »Frieda?«

»Warum bist du zu ihr in die Wohnung?«

»Sie hat mir eine persönliche Nachricht geschickt. Sie hat geschrieben, ich müsse unbedingt kommen. Ich weiß, ich hätte es dir sagen sollen. Es tut mir so leid.«

»Das spielt nun keine Rolle mehr.«

»Was soll ich denn jetzt machen? Weglaufen und wieder zu dir kommen?«

»Nein. In ein, zwei Minuten ist die Polizei da. Also hör mir jetzt gut zu. Erzähl ihnen alles. Sei absolut ehrlich. Lass nichts aus. Und dann bitte sie, Chief Inspector Malcolm Karlsson für dich anzurufen.«

»Warum?«

»Wiederhole den Namen.«

»Malcolm Karlsson.«

»Du bist gerade extremem Stress ausgesetzt. Wenn du den Namen vergisst, dann frag einfach nach dem Kriminalbeamten, der immer mit mir zusammengearbeitet hat. Dann wissen sie, wen du meinst, und helfen dir, dich mit ihm in Verbindung zu setzen. Er wird dafür sorgen, dass dir nichts passiert.«

»Ich möchte zu dir. Bitte. Lass mich jetzt nicht allein.«

»Du musst mit der Polizei reden, und danach musst du dich in Karlssons Obhut begeben. Bei ihm bist du sicher. Hast du mich verstanden?

Lola hörte in der Ferne Sirenen, die schnell näher kamen.

»Sie sind schon fast da.«

»Gut. Dann bist du jetzt in Sicherheit.«

»Aber wie kann ich …?«

»Stopp«, fiel ihr Frieda ins Wort. »Ich muss dir erst noch etwas sagen. Das mit deiner Freundin Jess tut mir leid, Lola, sehr leid sogar. Aber du musst dir bewusst machen, dass du nicht die Verantwortung dafür trägst. Nichts von dem, was passiert ist, hast du verschuldet. Du bist in seine Welt gestolpert, und nachdem das passiert war, konntest du nichts mehr dagegen tun.«

»Darüber möchte ich mit dir sprechen. Ich möchte dich sehen. Bitte.«

»Vielleicht, wenn das alles vorbei ist. Jetzt denk dran, vertrau der Polizei, sag ihnen alles, was du weißt, und frag nach Karlsson.«

»Wann sehe ich dich wieder?«

»Mach's gut, Lola.«

Die Polizei und der Notarzt trafen ein. Kurz darauf erschienen auch die Kriminalbeamten, ein jüngerer Mann und ein älterer, der den Eindruck erweckte, als hätte er das Sagen. Das war derjenige, von dem Lola schon gehört hatte, Dugdale. Als sie sah, wie er auf die am Boden liegende Leiche starrte, auf das viele Blut, und dabei ein schockiertes Gesicht machte, war ihr, als würde sie das Ganze ein weiteres Mal durchleben.

29

Chloë machte in der Schreinerei oft Überstunden. Die Abende nutzte sie für ihre eigenen Projekte. Eine Weile hatte sie an einem kleinen Tisch für Frieda gearbeitet, der aus Goldulmenholz geschreinert war. Irgendwie hatte der Baum die Krankheit überlebt, die den Großteil der Ulmen im Land dahinraffte, war dann aber einem Sturm zum Opfer gefallen und in Chloës Werkstatt gelandet, wo er monatelang gelegen und einen intensiven, heftigen Geruch verströmt hatte, während er seinen Saft freisetzte. Zwei von den breitesten Brettern hatte Chloë beiseitegelegt, und als das Holz lange genug gelagert war, begann sie, Friedas Wunsch zu erfüllen, den diese geäußert hatte, nachdem Chloë damals ihre Schreinerlehre angefangen hatte: dass sie ihr eines Tages einen Tisch machen solle. Jedes Mal, wenn sie daran arbeitete, sah sie das Gesicht ihrer Tante vor sich.

Die letzten Tage aber hatte sie sich Friedas Balkon gewidmet. An diesem Abend schliff sie das Geländer, bis die Maserung des Holzes fast zu leuchten schien.

Als sie aufbrach, war es bereits dunkel. Die Tage wurden kürzer. Ihr ging durch den Kopf, dass es schon bald wieder Winter sein würde. Sie dachte nicht gerne daran, wie schnell die Zeit verging und die Jahreszeiten wechselten. Als Friedas Verschwinden noch nicht so lange zurücklag – erst nur Tage, dann Wochen –, war es leichter gewesen, sich einzureden, dass sie bald zurückkommen würde. Doch inzwischen waren aus den Wochen Monate geworden. Die ersten Blätter fielen bereits zu Boden und wurden vom Wind zu feuchten Haufen zusammengeweht. Obwohl erst Oktober war, sah man in den Geschäften schon überall die Weihnachtsdekoration.

Die kleine Straße war menschenleer, abgesehen von einer Frau, die unter einer Platane an der Ecke stand. Sie hatte kurzes silbergraues Haar. Bekleidet war sie mit einem grauen Mantel mit Schalkragen, zu dem sie Stiefel trug. Auf ihrer Nase thronte eine Brille mit dickem Rand. Als Chloë näher kam, wandte sich die Frau ab und ging vor ihr her, aber in so langsamem Tempo, dass sie bald auf einer Höhe waren.

»Hallo«, sagte die Frau.

Chloë durchlief ein Schauder, als hätte sie gerade eine böse Erkältung angeflogen. Ihre Haut prickelte. Benommen wandte sie sich der Frau zu, die immer noch neben ihr ging. »Oh!«, stieß sie atemlos hervor. Ihr Ausruf klang eher wie ein Seufzer.

»Sag nichts und geh einfach weiter. Ich kann nicht lange bleiben.«

»Ich ertrage es nicht, wenn du noch einmal gehst«, entgegnete Chloë.

Frieda griff nach Chloës Hand. Im Gleichschritt marschierten sie nebeneinanderher, Hand in Hand.

»Geht es dir gut? Wo warst du? Wann kommst du nach Hause?«

»Ich brauche Hilfe.«

»Sag mir, was ich tun kann.« Chloë musste daran denken, wie sie mal einen Ziegelstein durch ein Fenster geworfen und dann Frieda beim Einsteigen in das Gebäude geholfen hatte.

»Ich brauche einen Unterschlupf. Wo niemand etwas von mir mitbekommt. Eine leere Wohnung.«

»Du kannst bei mir bleiben. Ich passe auf dich auf.«

»Mich darf keiner sehen, und es darf auch keiner etwas davon wissen. Ich dachte, du hättest vielleicht Freunde oder Freunde von Freunden, die gerade auf Reisen sind. Es wäre nicht für lange.«

Chloë überlegte einen Moment. »Mir fällt da tatsächlich was ein«, erklärte sie.

»Ja?«

»Eine aus meiner WG kümmert sich zurzeit um die Katzen ihrer Mutter, weil die in Urlaub ist. Meine Mitbewohnerin ist deswegen ständig am Jammern. Sie hat nämlich eine Katzenallergie und muss außerdem durch halb London fahren. Ich könnte ihr anbieten, das Füttern zu übernehmen. Ich behaupte einfach, dass ich gleich um die Ecke eine Baustelle habe.«

»Wo liegt die Wohnung?«

»Nähe Cable Street.«

»Kennst du die genaue Adresse?«

»Ich war schon ein paarmal dort. Vincent Street Nummer drei. Wenn du in meine Wohnung mitkommst, kann ich mir den Schlüssel besorgen und ...«

»Nein. Deponiere ihn vor Mitternacht unter einem Stein oder einem Blumentopf, dann kann ich ihn mir holen.«

»Ach, schade«, meinte Chloë enttäuscht.

»Eins noch, Chloë ...«

»Ja?«

»Schau nicht vorbei.«

»Ich weiß, wo du bist, darf aber nicht in deine Nähe?«

»Genau.«

»Das ist doch lächerlich.«

»Wenn ich dir nicht vertrauen kann, wende ich mich an jemand anderen.«

»Du kannst mir vertrauen.«

»Danke.«

»Brauchst du sonst denn nichts?«

»Nein, das ist alles.«

»Geh noch nicht.«

»Ich begleite dich bis zur Hauptstraße.«

»Das ist wie eine Begegnung mit einem Geist. Olivia hält dich schon für tot.«

Frieda lächelte und drückte Chloës Hand noch ein bisschen fester. »Wie geht es dir?«, fragte sie. »Wie geht es den anderen?«

»Du fehlst uns. Wir machen uns Sorgen. Wir würden dir gerne helfen.«

»Du hilfst mir ja.«

»Dann gehst du also in die Wohnung? Wenn ich dich ganz dringend sehen muss, finde ich dich dann dort?«

»Nein. Ich werde nicht lange dort bleiben. Es gibt jemanden, der einen noch sichereren Ort für mich organisieren kann.«

»Wer ist das?«

»Jemand mit einflussreichen Freunden. Du brauchst den Namen nicht zu wissen.«

»Nein, vermutlich nicht«, gab Chloë ihr recht. »Darf ich den anderen sagen, dass ich dich gesehen habe?«

»Nein. Das bleibt unter uns.«

Chloë sah die Hauptstraße vor ihnen auftauchen. Sie verlangsamte ihre Schritte. »Du wirst nicht sterben, oder?«

»Nicht, wenn ich es verhindern kann. Erzähl mir noch schnell, was es bei euch Neues gibt.«

»Reuben scheint es besser zu gehen«, erklärte Chloë, deren Schritte immer langsamer wurden. »Sein Haar wächst ganz lockig nach. Und Alexei macht sich recht gut an seiner neuen Schule, auch wenn er nach wie vor ein bisschen schüchtern ist und Josef sich seinetwegen Sorgen macht. Sasha ist noch nicht zurück, aber ich schätze mal, sie kommt zu Weihnachten. Jack ist Jack und zurzeit wirklich süß, nein, du brauchst mich gar nicht so anzusehen, wir sind nicht wieder zusammen, auch wenn ich mir manchmal denke … ach, vergiss es. Deine Katze wird verhätschelt, als wäre sie deine Vertretung. Jeder kauft

Leckerbissen für sie, sodass sie langsam ziemlich rund wird. Josef schaut fast jeden Tag bei dir im Haus vorbei, um sich zu vergewissern, dass alles in Ordnung ist. Er stellt regelmäßig frische Blumen hin und gießt deine Pflanzen.«

Sie zögerte. Am liebsten hätte sie Frieda erzählt, was Josef gerade tat. Als sie die letzten Male im Haus gewesen war, hatten Josef und Stefan gerade die Bodendielen in Arbeit gehabt. War es wichtig, dass Frieda darüber Bescheid wusste, oder war es besser, dass sie nichts davon erfuhr? Doch jetzt musste sie erst einmal weiterreden. Solange sie etwas sagte, konnte Frieda nicht gehen. »Olivia hat ein Buch übers Entrümpeln gelesen und ungefähr zweihundert Mülltüten altes Zeug entsorgt. Karlsson habe ich schon länger nicht mehr zu Gesicht bekommen. Beruflich läuft es bei mir gut, finde ich. Ich wäre keine gute Ärztin geworden, aber ich bin eine gute Schreinerin.«

Mittlerweile hatten sie die Hauptstraße erreicht. Chloë blieb stehen.

»Kannst du mir einen Gefallen tun?«

»Welchen denn?«, fragte Frieda.

»Wenn du nach Hause kommst, dann lass dir die Haare bitte wieder wachsen, und trag wieder deine Naturfarbe. Lang und dunkel gefallen sie mir besser.«

Frieda musste lachen. »Versprochen.« Sie verpasste Chloë einen sanften Schubs. »Sorg dafür, dass der Schlüssel um Mitternacht vor Ort ist. Und jetzt ab mit dir.«

»Aber …«

»Es ist unser Geheimnis.«

»Ich werde kein Wort verraten«, versprach Chloë mit zittriger Stimme. Doch Frieda eilte bereits davon. Chloë starrte ihr hinterher. »Ich baue dir einen kleinen Tisch!«, rief sie ihr nach. »Für dann, wenn du nach Hause kommst. Er ist aus Goldulmenholz!«

30

Dugdale und Karlsson trafen sich im Vorzimmer der Polizeipräsidentin. Sie wechselten einen nervösen Blick.

»Ich fühle mich wie vor einer Prüfung«, erklärte Karlsson.

»Ich denke da eher an einen Eingriff beim Zahnarzt«, entgegnete Dugdale. »Eine Wurzelbehandlung. Wo sie so richtig in die Tiefe gehen.«

»O ja, ich kann es mir vorstellen.«

Eine junge Frau kam herein und geleitete sie in das Büro der Polizeipräsidentin. Karlsson war schon öfter hier gewesen, allerdings beim Vorgänger seiner jetzigen Chefin. Trotzdem fühlte er sich wieder genauso unbehaglich. Helena Leigh, deren kurzes graues Haar einen starken Kontrast zu ihrer dunklen Uniform bildete, saß hinter dem vertrauten Schreibtisch. Sie erhob sich nicht, sondern beschränkte sich darauf, die beiden Detectives mit einem Kopfnicken zum Platznehmen aufzufordern.

»Geoffrey Kernan«, begann sie. »Lee Samuels. Gerald Hebb.«

»Ja«, bestätigte Dugdale in leicht gepresstem Ton.

»Liz Barron«, fuhr Leigh fort, »eine Journalistin. Wir wissen alle, was für Folgen es hat, wenn jemand von der Presse ermordet wird.«

»Ja.«

»Sie wissen, wie oft es diese Geschichte vergangenen Monat auf die Titelseiten geschafft hat.«

»Ziemlich oft, fürchte ich«, lautete Dugdales Antwort.

»Ich kann mich vor lauter Presse kaum noch bewegen. Und

jetzt Jessica Colbeck. Eine Einundzwanzigjährige. Sie schaut aus wie meine Tochter. Wie jedermanns Tochter. Haben Sie mit den Eltern gesprochen?«

Jedes Mal, wenn Dugdale die Augen schloss, sah er die beiden vor sich. Bleich, benommen, mit roten Augen.

»Ja, gestern.«

»Haben Sie sie heute Morgen im Fernsehen gesehen? Auf der Couch?«

»Nein.«

»Das war sehr beeindruckend.«

Da Dugdale nichts darauf erwiderte, wandte sie ihre Aufmerksamkeit Karlsson zu. »Und aus welchem Grund sind Sie hier?«

Karlsson hüstelte. »Wir wissen alle, dass Dean Reeve in diesem Fall der Hauptverdächtige ist. Wir glauben, dass er Geoffrey Kernans Computer benutzt hat, um Recherchen zu meiner Person durchzuführen.«

»Warum?«

»Sein eigentliches Ziel ist eine Frau namens Frieda Klein. Die beiden sind vor Jahren das erste Mal aufeinandergetroffen, und seitdem hat er sie auf dem Kieker.«

»Ja, darüber weiß ich Bescheid. Letztendlich ist Frau Doktor Klein dafür verantwortlich, dass ich heute hier sitze.«

»Wie meinen Sie das?«, wollte Dugdale wissen.

»Sie hat die Karriere meines Vorgängers zerstört. Ich wurde ins Spiel gebracht, um die Scherben aufzusammeln.«

»Ich halte das für eine etwas unfaire Sehweise«, erwiderte Karlsson.

»Dann einigen wir uns hiermit eben darauf, dass wir uns in dem Punkt nicht einig sind. Und jetzt lassen Sie uns zur Sache kommen. Steht Klein unter Beobachtung?«

Beide Männer schwiegen.

»Im Moment nicht«, sagte Dugdale schließlich.

»Warum nicht?«

»Weil sie es so haben wollte.«

Die Worte hingen in der Luft.

»Was bezweckt sie damit?«

Dugdale wandte sich hilfesuchend an Karlsson.

»Frieda wusste, dass Reeve hinter ihr her war«, erklärte Karlsson. »Ich glaube, sie wollte nicht einfach warten, bis er sie umbringt. Deswegen ist sie vom Radar verschwunden.«

»Um sich zu verstecken?«

»Möglicherweise.«

»Möglicherweise? Was könnte sie denn sonst noch damit bezwecken?«

»Das weiß ich auch nicht so genau«, erwiderte Karlsson.

»Ich habe sie befragt«, meldete sich Dugdale leicht verzweifelt zu Wort.

»Und danach haben Sie sie wieder gehen lassen?«

»Sie hat kein Verbrechen begangen.«

»Da bin ich mir nicht so sicher.«

Es folgte eine Pause, in der man lediglich das Trommeln von Leighs Fingern auf der Tischplatte hörte. »Ich muss gleich zu einer Pressekonferenz. Es haben sich Kamerateams aus Amerika angemeldet. Aus China. Was soll ich denen sagen?«

»Dass wir mit unseren Ermittlungen vorankommen. Langsam, aber sicher.«

»Jetzt reicht es mir aber«, verkündete Leigh. »Sie begleiten mich, Dugdale. Wenn das alles ist, was wir zu verkünden haben, dann möchte ich, dass Sie neben mir stehen.«

»Werden Sie bekanntgeben, dass es Reeve ist?«, fragte Dugdale.

Sie schüttelte den Kopf. »Noch nicht.«

»Aber ...«

»Sie dürfen mir glauben, dass ich über die Konsequenzen sehr eingehend nachgedacht habe«, unterbrach sie ihn scharf.

»Trotzdem bin ich nach reiflicher Überlegung zu dem Schluss gekommen, dass es besser ist, diese Information noch eine Weile geheim zu halten. Können Sie sich den Medienrummel und die Panik vorstellen, wenn die Öffentlichkeit erfährt, dass Dean Reeve hinter alledem steckt?«

»Die Öffentlichkeit kann manchmal unsere beste Waffe sein«, gab Dugdale zu bedenken.

»Meine Entscheidung steht fest. Das nehme ich auf meine Kappe. In ein paar Stunden sieht das womöglich schon wieder anders aus. Sogar mit ziemlicher Sicherheit. Aber vorerst kein Wort. Verstanden?«

»Ja.«

»Passen Sie auf, dass da nichts durchsickert.«

Als die beiden Detectives sich schließlich erhoben, nickte Leigh zu Dugdale hinüber. »Ihnen ist schon klar, welche Konsequenzen es haben wird, wenn die Sache schiefgeht?«

»Für Klein?«

»Für Sie«, entgegnete Leigh. »Und für mich.«

»Daran habe ich schon gedacht.«

Sie wandte sich an Karlsson. »Glauben Sie, dass diese Frau eine Art Todeswunsch hat?«

»Sie war schon sehr oft mit dem Tod konfrontiert. Das geht an einem Menschen nicht spurlos vorüber. Wenn Frieda der Meinung wäre, ihre Freunde retten zu können, würde sie dafür alles tun.«

»Ich fasse das als ein Ja auf.«

31

Sobald Frieda durch die Tür des Hauses getreten war, das Chloë für sie organisiert hatte, sah sie sich mit zwei kleinen Katzengesichtern konfrontiert. Große, runde Augen starrten sie an. Frieda schob die Tür hinter sich zu und beugte sich hinunter, um die beiden zu streicheln. Sie reckten die Nasen ihrer Hand entgegen, um dann plötzlich wie der Blitz die Treppe hochzuschießen. Frieda stellte ihre Tasche ab und blickte sich um. An der Wand hing ein Spiegel in einem reich verzierten Goldrahmen. Daneben befand sich ein Nagel, an dem ein Schlüssel baumelte. Sie betrachtete den Schlüssel in ihrer Hand. Er sah identisch aus. Sie machte sich daran, das Haus zu erforschen. Links von der Diele gab es ein Wohnzimmer, das allem Anschein nach aus zwei kleineren Räumen entstanden war. Ein blauer Webteppich sorgte für Gemütlichkeit. An den Wänden hingen Bilder bäuerlicher Landschaften. Eine weitere Katze – eine große, schwarze – hatte sich auf dem Sofa zum Schlafen zusammengerollt. Frieda streichelte ihr sanft über den Kopf. Sie veränderte ein wenig ihre Position, stand aber nicht auf. Offenbar handelte es sich um ein altes, zufriedenes Tier. Frieda blickte sich weiter um, auf der Suche nach Aus- und Eingängen. Am anderen Ende des Raums führte ein mit Metallstangen versehenes Fenster auf einen kleinen Hinterhof. Da kam niemand rein oder raus.

Sie kehrte in die Diele zurück und begab sich von dort nach oben in den ersten Stock. Das Haus wirkte winzig. Vorne ging ein Schlafzimmer auf die Straße hinaus, daneben lag ein kleines Bad, an der Rückseite ein weiteres winziges Schlafzimmer. Auf dem Bett döste eine schwarz-weiß gefleckte Katze. In jedem Raum schien sich eine Katze aufzuhalten. Das Tier sah schläfrig zu Frieda hoch. Während sie seinen Rücken streichelte, spähte sie durchs Fenster in den gepflasterten Hof hinunter. Sie registrierte, dass diese Häuserreihe nicht auf die Gärten einer anderen Häuserzeile hinausging. Stattdessen gab es als rückwärtige Begrenzung eine Mauer, durch die jeweils ein Tor in eine kleine Gasse führte, die parallel zur Straße verlief. Dadurch waren die Häuser weniger sicher, als Frieda sich das gewünscht hätte. Man kommt von vorne und von hinten rein, dachte sie. Das galt es zu beachten.

Sie ging wieder nach unten und dann den kleinen Gang entlang, der in die Küche mündete. Auf zwei Seiten des Hauses gab es Fenster, die mit schweren Metallstangen versehen waren. Wahrscheinlich deshalb, weil man von der kleinen Gasse aus so leicht auf die Grundstücke gelangte. Nicht sehr beruhigend. Am hinteren Ende der Küche befand sich eine Tür, die nicht hinaus in den Hof führte, sondern in eine Art einfache Waschküche, ausgestattet mit einem Waschbecken und einer Waschmaschine. Von dort gelangte man durch eine weitere Tür, die wie die Fenster mit schweren Metallstangen gesichert war, hinaus ins Freie. In beiden Türschlössern steckten Schlüssel. Frieda sperrte die Tür zum Hof auf. Er war gepflastert und am Rand mit Kieseln aufgeschüttet. Pflanzen gab es keine, abgesehen von einem traurigen, kränklich wirkenden Efeu, der in einer Ecke aus einem großen Topf hing. Vor ihrem geistigen Auge sah Frieda sofort die Topfpflanzen, die sie verteilen würde, um die Kargheit des Hofs zu mildern, musste dann aber über die Sinnlosigkeit solcher Gedanken lächeln. Das gehörte in ein anderes Leben – eines, das sie nicht führte.

Die rückwärtige Begrenzungswand war ziemlich hoch, gute zwei Meter vielleicht, und mit einem schweren grauen Holztor versehen. Frieda drehte den Messingknauf. Abgeschlossen.

Sie kehrte in die Waschküche zurück und schaute sich um. Da war er ja. An einem Haken über der Waschmaschine hing ein weiterer Schlüssel. Zufrieden ging sie wieder in die Küche. Sie hatte alles gesehen und das Gefühl, es im Kopf zu haben. Ein nettes Haus.

Sie öffnete ein paar Küchenschränke, bis sie ein Trinkglas fand. Nachdem sie es mit Leitungswasser gefüllt hatte, leerte sie es in einem Zug, füllte es gleich noch einmal und setzte sich damit an den Küchentisch, wo sie ihr Telefon herausholte und Dugdales Nummer wählte.

»Was gibt's?«, fragte er kurz angebunden. Seine Stimme hatte einen schroffen Unterton, den sie bei ihm bisher noch nicht gehört hatte.

»Ich bin umgezogen«, erklärte sie, doch bevor sie ihm die Adresse nennen konnte, hatte er bereits das Thema gewechselt.

»Ich habe gerade mit Ihrer jungen Freundin gesprochen«, erklärte er.

»Wie geht es ihr?«

»Schlecht. Das Ganze hat sie natürlich sehr mitgenommen.«

»Hat ihre Befragung Ihnen irgendwelche neuen Erkenntnisse gebracht?«

»Da gab es nicht viel zu befragen. Sie hat die Leiche gefunden. Sie stand unter Schock.«

»Ja, klar.«

»Die junge Dame hat viel über Sie gesprochen. Als würde sie sich von Ihnen Hilfe erwarten.«

»Sie macht gerade eine sehr schwierige Zeit durch.«

»Da ist noch etwas. Sie würden es sowieso bald erfahren.«

»Was denn?«

»Wir haben den Ort gefunden, wo Reeve die Leichen aufbewahrte.«

»Wo?«

»Im Osten. In einem Industriegebiet in Barking. Er hatte dort in einer Mietgarage vier Gefriertruhen stehen.«

»Leer?«

»Ja.«

»Und jetzt?«

»Ich habe mit der Polizeipräsidentin gesprochen. Wenn es nach ihr ginge, würden wir Sie einkassieren und unter Bewachung stellen.«

»Das wäre eine Katastrophe«, antwortete Frieda.

»Für wen? Sie wären in Sicherheit. Reeve käme nicht an Sie heran.«

»Dann würde er sich jemand anderen schnappen.«

»Tja, wir tun, was wir können. Meine Leute gehen von Tür zu Tür und befragen die Anwohner, sowohl in Barking als auch dort, wo die junge Jess Colbeck getötet wurde. Aber es ist ziemlich klar, dass Reeve schon eine Weile nicht mehr in der Garage war – wahrscheinlich seit dem Mord an Liz Barron. Danach brauchte er sein Versteck nicht mehr. So, jetzt habe ich was zum Schreiben. Geben Sie mir Ihre Adresse.«

Nachdem sie ihr Gespräch beendet hatten, blieb Frieda ein paar Augenblicke sitzen und starrte gedankenverloren ins Leere. Dann fiel ihr wieder ein, weswegen sie sich in diesem Haus befand. Auf einer der Arbeitsplatten waren mehrere Schachteln voller Katzenfutter gestapelt. Sie nahm vier Beutel heraus und leerte sie in vier Fressnäpfe, die sie anschließend auf den Boden stellte. Die beiden jungen Katzen sprangen ihr schon um die Füße. Ihr wurde klar, dass sie ihre Namen gar nicht kannte.

»Ich kann euch A und B nennen«, sagte sie zu ihnen. Als sie in die Diele hinausging, sah sie das schwarz-weiße Exemplar von oben herunterkommen. »Und du bist C«, erklärte sie dem Tier, während dieses an ihr vorbei in die Küche stolzierte. Die vierte Katze – D – lag immer noch schlafend auf dem Sofa.

»Komm, du altes Ding«, sagte Frieda, während sie das Tier auf den Arm nahm und in die Küche trug, wo sie es vor der Futterschale auf den Boden setzte. Doch D war offensichtlich nicht mehr in der Lage, das Futter zu sehen oder zu riechen. Frieda musste den Kopf der Katze in die Schale stupsen, bis sie schließlich begriff und zu fressen anfing.

Frieda fiel ein, dass sie selbst auch etwas zu essen brauchte, außerdem Waschmittel und Seife. Statt das Haus durch die Vordertür zu verlassen, benutzte sie den Hinterausgang, sperrte das Tor an der Rückseite des Hofs auf und marschierte die kleine Kopfsteinpflastergasse entlang. Durch eine Bahnunterführung und eine noch engere Gasse gelangte sie schließlich in die belebte Commercial Road.

Von ihrem Einkauf zurückgekehrt, bereitete sie sich einen einfachen Salat aus Tomaten und Avocado zu. Dazu aß sie ein Brötchen. Währenddessen beschlich sie allmählich ein seltsames Gefühl – als hätte sie eine falsche Abzweigung genommen, sodass sie nun nicht wusste, ob sie umkehren oder weitergehen sollte.

Später, nachdem sie sich in den ersten Stock begeben hatte und oben im vorderen Schlafzimmer zu Bett gegangen war, erschienen die Katzen A und B in der Tür, erforschten kurz den Raum und sprangen dann zu ihr aufs Bett. Als Frieda sie daraufhin zu streicheln versuchte, ergriffen sie gleich wieder die Flucht. Wie der Blitz sausten sie zur Tür hinaus und klackten dabei mit ihren Krallen über den Holzboden. Doch sie kehrten zurück. Frieda konnte in der Dunkelheit ihren leisen Atem hören.

Sie lag stundenlang wach und dachte an Jess und die Leichen in den Gefriertruhen. Dann fragte sie sich plötzlich, ob sie daran gedacht hatte, die Hintertür wieder abzuschließen. Bestimmt. Aber sicher war sie nicht. Also stand sie auf und ging im Dunkeln hinunter. Sie achtete auf jedes Geräusch, doch da war nichts, abgesehen vom gedämpften Rauschen des Straßenverkehrs und dem Geratter eines vorbeifahrenden Zugs. Die Hintertür war zu. Natürlich hatte sie abgeschlossen.

Kummervoll betrachtete Chloë den Stand der Dinge im ersten Stock von Friedas Haus. Die Bodendielen waren herausgenommen, das Fenster an der Rückseite entfernt und die Mauer darunter teilweise vom Putz befreit. Die beiden Stahlträger hatten die hölzernen ersetzt und ragten nun aus dem Boden hinaus ins Freie. Josef und Stefan saßen in einer Ecke und tranken aus einer Thermoskanne Tee.

»Darf ich mal was fragen?«, wandte Chloë sich an Josef.

Er nickte.

»Braucht man für so etwas denn keine Baugenehmigung?«

Josef zuckte mit den Achseln. »Das sieht doch keiner.«

»Na ja, unsichtbar ist es nicht gerade«, entgegnete Chloë.

»Nein, aber von der Straße aus sieht man es nicht. Niemand bekommt etwas mit. Wenn wir fertig sind, schaut es hier fast aus wie vorher. Da gibt es keine Probleme.«

Chloë hätte dazu so einiges sagen können. Sie wusste von Leuten, die wegen ungenehmigter Bauprojekte vor Gericht landeten und gezwungen wurden, das Gebäude auf eigene Kosten wieder in den ursprünglichen Zustand zu versetzen. Sie hegte kaum Zweifel daran, dass Josef und Stefan gerade ein ungenehmigtes Bauprojekt realisierten und dabei gestohlenes Material verwendeten. Wenn man die Dinge allerdings in einem größeren Zusammenhang betrachtete und wusste, womit Frieda sich gerade herumschlug, dann hatte Josef wahrscheinlich recht. Frieda sollte ihren kleinen Garten im Himmel bekommen.

32

Dugdale hatte Pressekonferenzen noch nie gemocht. Er wusste, dass er in solchen Dingen nicht gut war, und wünschte immer, jemand anderer könnte sie ihm abnehmen. Neben Polizeipräsidentin Leigh zu stehen war nicht viel besser. Er kam sich vor wie ein menschlicher Schutzschild – in Position gebracht, um möglichst viel vom Beschuss abzufangen.

Der Saal war mit Journalisten vollgepfercht. Man konnte die Spannung im Raum fast greifen. Kameras blitzten, Mikrofone wurden vorgereckt. Er starrte auf das Meer aus Gesichtern und erkannte, wie sehr alle unter Strom standen. Er selbst fühlte sich schlapp vor Müdigkeit, nachdem er die ganze Nacht durchgearbeitet hatte, um die beiden neuen Fälle zu koordinieren, und dabei einen Styroporbecher Kaffee nach dem anderen in sich hineingeschüttet hatte. Benommen rieb er sich die brennenden Augen.

Leigh gab eine kurze, letztendlich nichtssagende Erklärung ab. Dann stellten Journalisten mit den unterschiedlichsten Akzenten und Dialekten ihre Fragen. Einige davon waren an Dugdale gerichtet. Man wollte von ihm wissen, ob es irgendwelche Spuren gebe, was er zu den Familien der Opfer gesagt und wie er sich danach gefühlt habe. Nach der Konferenz ging er in den Toilettenraum und klatschte sich kaltes Wasser ins Gesicht. Im Spiegel sah er, dass sein Hemdkragen nach innen geklappt war und die Rasur, die er sich kurz vor der Konferenz noch schnell verpasst hatte, sehr zu wünschen übrig ließ. Er zuckte mit den Schultern: Nur seine Ermittlungsarbeit zählte.

Der Raum, in dem die Besprechung stattfand, war fast zu klein für die vielen dort versammelten Beamten. Dugdale war sich der Schweißflecken unter seinen Achseln bewusst, als er seine Jacke auszog und mit düsterer Stimme zu sprechen begann. Ihm war, als spräche gar nicht er selbst, sondern ein anderer. Während er in sachlichem Ton die Umstände des Todes von Jessica Colbeck schilderte, musste er an die Tatortfotos denken. Eine so junge Frau. So viel Blut. Die Gerichtsmedizinerin hatte ihm erklärt, dass die Halsschlagader komplett durchtrennt worden war. Wie von einem Schlachter, hatte sie hinzugefügt. Dugdale wäre es lieber gewesen, sie hätte das nicht gesagt.

Sein Mund fühlte sich pelzig an. Er nahm einen Schluck Wasser.

»Auch wenn es ein schrecklicher Tag war«, fuhr er fort, »so hat er doch auch entscheidend zu unseren Ermittlungen beigetragen. Ich bin mir sicher, er wird uns zu Dean Reeve führen.«

Er ließ den Blick über seine Leute schweifen. Alle wirkten erschöpft. Sie wussten, worum es ging und wie groß der Druck war. Das brauchte er ihnen nicht zu sagen.

Hinterher winkte Dugdale Quarry zu sich. »Finden Sie heraus, woher die Gefriertruhen stammen«, sagte er.

»Wahrscheinlich von Freeserve oder eBay oder so was in der Art«, mutmaßte Quarry. »Alle gebraucht gekauft. Eine war schon halb verrostet. Ich werde Phelps eine umfassende Internetrecherche durchführen lassen. Inzwischen liegen uns sämtliche Fotos vor.«

Dugdale nickte und klopfte ihm dann ermutigend auf die Schulter. »So nah dran waren wir noch nie. Ich spüre es. Ich kann es fast riechen.«

Am nächsten Morgen um kurz nach neun klingelte Friedas Handy. Sie hatte bereits die Katzen gefüttert und saß vor ihrem Computer.

»Frieda, ich bin's.« Lolas Stimme klang heiser und laut, als hätte sie schon seit Stunden über eine breite Schlucht hinweg zu Frieda hinübergerufen.

»Hallo, Lola. Wie geht es dir?«

»Ich stehe vor deiner Tür. Bist du unterwegs oder machst du bloß nicht auf?«

»Vor meiner Tür?«

»Ja.«

Frieda wurde klar, dass Lola von ihrem Wohnungswechsel nichts wusste.

»Warum stehst du da vor der Tür?«

»Wo bist du? Wann kommst du zurück?«

»Lola, ich habe dir doch gesagt, du sollst dich an Karlsson wenden, damit er für deine Sicherheit sorgen kann. Was willst du da vor der Tür?«

»Ich muss mit dir reden. Dich sehen.«

»Weswegen?«

»Ich fühle mich nicht sicher. Ich fühle mich nirgendwo sicher. Ich möchte zu dir. Bitte. Bitte, Frieda. Ich dreh noch durch.« Lola begann heftig zu schluchzen.

Es folgte eine lange Pause.

»Bleib, wo du bist«, brach Frieda schließlich das Schweigen. »Darüber muss ich erst mal nachdenken. Ich rufe dich in ein paar Minuten zurück.«

Frieda saß eine Weile reglos da. Dann rief sie Lola an.

»Weißt du noch, wie wir nach dem Gerichtstermin beim Coroner den Kanal entlanggegangen sind, vorbei an Camden Lock?«

»Ja.«

»Dann hör mir jetzt genau zu. Ich möchte, dass du das noch einmal machst. Du gehst von Camden Lock den Kanal entlang und biegst dann nach rechts ab, in Richtung Regent's Park. Marschiere einfach immer weiter, bis du ganz am Ende des Treidelpfads angekommen bist. Dort wartest du dann.«

»Worauf?«

»Tu einfach, was ich dir sage. Und zwar jetzt gleich.«

Die Verbindung brach ab.

Frieda stand auf der Brücke, die über den Kanal führte, jedoch auf der Seite des Regent's Park, wo sie vom Treidelpfad aus nicht zu sehen war. Vor ihr lag auf beiden Seiten des Kanals der Zoo. Ein Kahn bewegte sich gemächlich auf sie zu, begleitet von einem leisen, rythmischen Klatschen. Im Heck des Bootes stand ein grauhaariges Paar, beide eine Teetasse haltend. Die Frau hatte ihre freie Hand an der Ruderpinne. Der Mann blickte zu Frieda auf, ohne eine Miene zu verziehen – ohne ein Lächeln, ohne ein Winken.

Obwohl es sich um einen Wochentag handelte, war auf dem Treidelpfad einiges los. In beide Richtungen waren Radfahrer unterwegs, Leute mit Hunden, Mütter oder Väter oder Kindermädchen mit kleinen Kindern. Schließlich tauchte auch Lola auf, allerdings in ungewohnt langsamem Tempo, als hätte sie schwere Füße. Frieda empfand beim Anblick der jungen Frau einen Anflug von Traurigkeit. Lola hatte die Hände in die Taschen ihrer kurzen blauen Jacke geschoben und starrte beim Gehen vor sich auf den Boden. Ihre Haare waren zu Zöpfen geflochten. Sie sah mädchenhaft und schutzbedürftig aus. Aber wer sollte auf sie aufpassen?

Schluss mit solchen Gedanken, entschied Frieda. Sie musste sich konzentrieren. Lola ging unter der Brücke durch, aber Friedas Blick folgte ihr nicht. Stattdessen ließ sie ihn in die Richtung schweifen, aus der Lola gekommen war. Da waren zwei Radfahrer, ein Mann und eine Frau, außerdem ein atemloser Läufer mittleren Alters, mit Brille und Glatzenansatz. Eine Frau schob einen Kinderwagen vor sich her. Zwei Frauen unterhielten sich angeregt. Das war's. Frieda zwang sich, noch ein paar Minuten zu warten. Drei weitere Radfahrer tauchten auf, ein Mann mit einem Hund, eine junge Joggerin.

Niemand beobachtete Lola.

Frieda holte ihr Handy heraus und rief Lolas Nummer auf. Sie sah die junge Frau in ihre Tasche greifen.

»Frieda, wo bist du? Ich habe Angst.«

»Geh den Weg zurück, den du gekommen bist. Kurz vor dem Kanal biegst du scharf nach links ab und steigst die Treppe zu deiner Rechten hinauf.«

Während Lola den Rückweg antrat, blieb Frieda noch ein paar Augenblicke stehen und beobachtete sie. Ihre Aufmerksamkeit galt vor allem den Leuten, die hinter dem Mädchen gewesen waren und sich nun vor ihr befanden. Als niemand von ihnen reagierte, wandte Frieda sich ab. Sie hatte getan, was sie konnte.

Lola ging an der riesigen Voliere vorbei und dann die Treppe hinauf. Sie wusste nicht, wonach sie Ausschau halten sollte, entdeckte dann jedoch ein schwarzes Taxi mit einer geöffneten Tür, aus der sich Frieda herauslehnte. Rasch rannte Lola hinüber, stieg ein und zog die Tür hinter sich zu. Das Taxi fuhr los.

Lola ließ den Kopf an Friedas Schulter sinken. Ihre Haut spannte, ihre Augen schmerzten. »Ich kann dir gar nicht sagen, wie froh ich bin, dich zu sehen«, sagte sie. »Ich wollte …«

Frieda schob sie zurück in eine aufrechte Sitzposition. »Gib mir dein Handy.«

Lola reichte es ihr. Frieda ließ das Fenster runter und warf das Telefon hinaus.

»Was tust du da? Das ist nun schon das zweite Telefon, das

du wegwirfst. Es war doch nur ein Kartenhandy. Da lässt sich nichts nachverfolgen.«

»Warte«, sagte Frieda. »Gleich können wir reden.«

Sie stiegen in der Camden High Street aus, waren also fast dorthin zurückgekehrt, wo Lola ihre Kanalwanderung begonnen hatte. Frieda marschierte schnellen Schrittes den Gehsteig entlang und führte Lola in ein Kaufhaus.

»Wir besorgen dir ein paar Klamotten«, erklärte sie.

»Warum? Was für Klamotten?«

»Alles, was du brauchst. Aber ohne langes Probieren wegen der Größe.« Sie suchte ein bisschen Unterwäsche aus, ein schwarzes T-Shirt mit kleinem Ausschnitt, schwarze Leggings, einen weichen, lässig geschnittenen Pulli, der die Farbe von Auberginen hatte, eine Regenjacke und ein Paar weiße Sportschuhe mit grünen Schnürsenkeln. Frieda bezahlte, doch statt anschließend den Laden zu verlassen, führte sie Lola in eine Kabine und zog hinter ihnen beiden den Vorhang zu.

»Ich dachte, du willst nicht, dass ich etwas anprobiere.«

»Zieh dich ganz aus«, forderte Frieda sie auf.

»Was soll das?«, fragte Lola müde. Ihr ganzer Schwung war weg. Sie wirkte schmuddelig und erschöpft.

»Wenn ich für deine Sicherheit sorgen soll, fangen wir am besten bei null an. Als Erstes leerst du bitte mal deine Taschen.«

Zum Vorschein kamen nur ein paar Münzen, der Schlüssel zu Lolas Wohnung und ihre Geldbörse.

Lola knöpfte ihre Jacke auf, zog sie aus und hängte sie an einen Haken. Dann streifte sie die Schuhe ab. Anschließend zog sie ihr Oberteil aus, öffnete ihren BH und zog ihn ebenfalls aus. Sie knöpfte ihre Jeans auf, ließ sie zusammen mit ihrem Slip zu Boden gleiten und stieg heraus. Gefährlich schwankend, entledigte sie sich schließlich noch ihrer kurzen

Söckchen, sodass sie nun nackt vor Frieda stand. Der fiel in diesem Moment so richtig auf, wie passiv Lola geworden war. Ein Ausdruck von Benommenheit lag auf ihrem Gesicht.

Frieda kippte die neuen Sachen aus der Tasche. Dann musterte sie Lola ein paar Augenblicke lang kritisch.

»Nimm deine Uhr ab«, sagte sie. »Und deine Ohrringe.«

»Wonach suchst du?«

»Ich weiß es nicht«, antwortete Frieda. »Aber wenn wir alles loswerden, brauchen wir uns deswegen keine Gedanken mehr zu machen.«

Lola übergab Uhr und Ohrringe an Frieda, die sie in die leere Plastiktüte stopfte. Lolas getragene Kleidung kam ebenfalls in die Tüte.

»Jetzt kannst du dich anziehen.«

Während Lola das tat, ging Frieda den Inhalt der Börse durch. Das Geld reichte sie Lola. Eine Kreditkarte, den Führerschein, den Studentenausweis und mehrere Karten von Geschäften verstaute sie in ihrer eigenen Tasche.

»Traust du mir bei denen nicht?«

»Was du nicht hast, kannst du nicht benutzen.«

Mit diesen Worten warf Frieda die Börse ebenfalls in die Tüte.

»Die war ein Geschenk von meinen Eltern«, wandte Lola ein.

»Ist es das wert, dafür zu sterben?«, entgegnete Frieda.

Lola gab ihr darauf keine Antwort. Sie musterte sich in dem großen Spiegel. »Ich erkenne mich selbst nicht wieder.«

Frieda folgte ihrem Blick. »Hauptsache, du fällst nicht auf. Aber jetzt komm, wir müssen gehen. Wir sind schon viel zu lange hier.«

Nachdem sie das Geschäft verlassen hatten, warf Frieda die Einkaufstüte in eine Mülltonne an der Straße. Lola protestierte. »Ist dir eigentlich klar, dass mir diese Kleidungsstücke und die Uhr etwas bedeutet haben? Aber das willst du jetzt bestimmt nicht hören.«

Frieda betrachtete Lola mit einem Gesichtsausdruck, der fast schon an ein Lächeln grenzte. »Man sollte nur Sachen besitzen, bei denen es einem nichts ausmacht, wenn man sie wieder hergeben muss.«

33

Lola gewöhnte sich allmählich an ihre Touren durch London. Dieses Mal fuhren sie von Camden Road aus mit dem Zug in Richtung Osten und stiegen am Bahnhof Highbury & Islington in Richtung Süden um. In Shadwell stiegen sie aus, gingen die Cable Street entlang und bogen dann in eine Seitenstraße ein, die gesäumt war von leicht zurückgesetzten kleinen Häusern aus den Sechzigern, mit Vordächern und winzigen Vorgärten. Frieda zog einen Schlüssel aus der Tasche und schloss die Tür von Nummer drei auf. In der Diele roch es nach Lavendel. Lola warf einen Blick in den Spiegel an der Wand, wandte den Kopf aber gleich wieder ab. Sie wollte ihr Gesicht nicht sehen. Es kam ihr nicht mehr vor wie das ihre.

Plötzlich sausten zwei helle Schatten an ihnen vorbei.

»Oh!«, rief sie erschrocken.

»Ich passe hier auf die Katzen auf«, erklärte Frieda.

Lola ließ sich auf eine der Treppenstufen sinken und starrte Frieda an, die da so seelenruhig in diesem behaglichen, sauberen kleinen Haus stand.

»Du passt auf die Katzen auf?«, wiederholte sie ungläubig. Sie brach in ein schrilles Gelächter aus, das im Treppenhaus widerhallte. Frieda trat einen Schritt auf Lola zu, deren Lachen plötzlich in abgehacktes Schluchzen überging. Lola ließ den Kopf auf die Knie sinken. Ihre Schultern zuckten unter dem weichen neuen Pulli.

Frieda legte ihr beruhigend eine Hand auf den Arm und wartete, bis das Schluchzen langsam aufhörte. Nach einer Weile hob Lola den Kopf und starrte sie mit trübem Blick an.

»Komm rüber in die Küche«, forderte Frieda sie auf. »Ich mache dir ein heißes Getränk.«

»Wie bist du an die Wohnung gekommen?«, wollte Lola wissen, als sie schließlich am Küchentisch saß. An der Seite stand eine Lavalampe, und an der weiß getünchten Wand hing ein Bild von einem Harlekin.

»Ach, über Bekannte. Das spielt ja keine Rolle. Du darfst die Vorhänge nicht aufziehen, weder vorne noch hinten, keine Deckenlampen anschalten und keine lauten Geräusche machen. Wir kommen und gehen so unauffällig wie möglich, und wenn man uns fragt, sind wir nur hier, um die Katzen zu füttern. Alles, was wir benutzen, müssen wir ersetzen. Den hier zum Beispiel.« Sie ließ einen Ingwerteebeutel in eine große grüne Tasse fallen. »Die Leute, die hier wohnen, sind in Urlaub. Es braucht keiner zu wissen, dass jemand in der Wohnung ist.«

Lola nickte.

»Und jetzt müssen wir reden.« Sie reichte Lola die Tasse Ingwertee. »Erzähl mir, wie es dir geht.«

Lola nahm die Tasse zwischen beide Hände und ließ den Kopf sinken, sodass Frieda ihre Augen nicht sehen konnte. In dieser Haltung schwieg sie eine ganze Weile. Als sie dann schließlich zu sprechen begann, klang ihre Stimme gepresst. »Ich weiß selbst nicht, wie es mir geht. Manchmal bin ich ganz ruhig und habe das Gefühl, mich von außen zu betrachten. Dann kommt mir alles irgendwie irreal vor, als befände ich mich auf der anderen Seite einer Glastür.« Sie blickte kurz auf. Ihr Gesicht glänzte vom Dampf des Tees. Frieda nickte, sagte jedoch nichts. »Und manchmal fühlt es sich an, als würde in mir ein wildes Meer tosen und ich darin ertrinken. Aber egal, wie es mir geht, ich sehe es die ganze Zeit vor mir. Ich sehe *sie*. Jedes Mal, wenn ich die Augen schließe, sehe ich sie zu mir hochstarren. Ich habe noch nie zuvor einen toten

Menschen gesehen. Tote Augen sind anders, das ist schwer zu erklären. Außerdem war da so viel Blut. Ich bin hineingetreten. Sie haben mir bei der Polizei neue Schuhe gegeben, das Paar, das du weggeschmissen hast. Ich kann das Blut auch riechen. Es ist, als würde der Geruch das Innere meiner Nase und meinen Rachen auskleiden.«

»Das mit deiner Freundin tut mir sehr leid«, erklärte Frieda in sanftem Ton.

»Sie hat einen Namen. Jess. Jessica Colbeck.«

»Das mit Jess tut mir sehr leid.«

Lola schluckte und rang dann nach Luft, als wäre sie gerade mehrere Treppen hinaufgelaufen.

»Hätte ich nicht diese blöde Idee gehabt, über dich zu schreiben, und wäre ich am Kanal nicht Dean Reeve begegnet, dann …«

»Dann was? Du darfst dir nicht die Schuld daran geben.«

»Ich gebe mir nicht die Schuld. Ich wünschte nur, nichts davon wäre passiert. Wenn ich doch nur die Uhr zurückdrehen und das alles ungeschehen machen könnte! Ich möchte nicht hier sein.«

»Was du gesehen hast, war schrecklich. Du kannst mit mir darüber sprechen. Du kannst mir alles sagen, ich werde dir zuhören. Eines aber darfst du mir glauben: Es wird immer schmerzhaft bleiben, doch mit der Zeit verblasst die Erinnerung.«

»Ich möchte gar nicht, dass sie verblasst!«, entgegnete Lola in heftigem Ton. Während Frieda sie ansah, ging ihr durch den Kopf, wie erwachsen Lola im Verlauf eines einzigen schrecklichen Tages geworden war. »Das käme mir vor, als würde ich Jess vergessen.«

»Du wirst sie nicht vergessen. Du wirst dich aber auch nicht immer so an sie erinnern wie jetzt, voller Entsetzen und Schuldbewusstsein.«

Erneut ließ Lola den Kopf sinken. Ihre Schultern hingen nach vorne, und ihre Zopffrisur hatte sich in schlaffe Strähnen aufgelöst.

»Möchtest du mir genau erzählen, was geschehen ist?«

Lola schüttelte hektisch den Kopf. »Das kann ich nicht. Noch nicht.«

»Schon gut. Dann berichte mir, wie es auf dem Polizeirevier war.«

Lola schilderte stockend und unzusammenhängend ihre Befragung durch Dugdale – wie er ihre Aussage immer wieder mit ihr durchgegangen sei und es irgendwie fertiggebracht habe, dass sie sich am Ende schuldig fühlte. Ein junger Mann namens Dan Sowieso habe alles schriftlich festgehalten, und zum Schluss habe sie ihre Aussage unterschrieben, dabei aber so gezittert, dass es gar nicht wie ihre Unterschrift aussah. Sie habe Tee und ein Sandwich von ihnen bekommen, wenige Minuten später auf der Toilette aber alles wieder von sich gegeben. Als sie fragten, wo man sie erreichen könne, habe sie die Adresse einer Freundin genannt. Daraufhin sei sie gebeten worden, sich für weitere Befragungen bereitzuhalten. Schließlich habe man ihr angeboten, sie hinzufahren, doch sie habe geantwortet, sie fahre lieber allein. Das Angebot, ihre Eltern anzurufen, habe sie auch abgelehnt.

»Die werden das nicht verstehen«, erklärte sie. »Irgendwie werden sie mir die Schuld geben.« Sie stieß ein lautes Schniefen aus und wischte sich mit dem Handrücken einen Tropfen von der Nase. »Unsere dumme Lola, was hat sie bloß wieder angestellt! Was für ein schreckliches, schreckliches Schlamassel!« Die Stimme versagte ihr den Dienst. Ihre letzten Worte brachte sie nur noch stockend heraus, in harten, einzelnen Silben.

»Nein, Lola«, widersprach Frieda. »Niemand wird dir die Schuld geben.«

»Du kennst meine Eltern nicht.«

»Hattest du den Eindruck, dass die Polizei Fortschritte macht?«

»Sie haben mir bloß Fragen gestellt«, antwortete Lola. »Jede Menge Fragen, aber eigentlich immer wieder die gleichen. Gesagt haben sie mir nichts.«

»Und dann bist du zu Karlsson? Erzähl mir davon. Konnte er dir nicht helfen? Warum bist du hier?«

Lola brauchte sehr lange, um diese Frage zu beantworten, und als sie es schließlich tat, geschah es mit leiser Stimme. »Du darfst mir nicht böse sein. Ich ertrage es nicht, wenn du böse auf mich bist. Mir ist klar, dass ich alles falsch gemacht habe.«

»Ich bin dir auf keinen Fall böse.«

»Ich habe nicht nach ihm gefragt und auch nicht mit ihm gesprochen. Ich wollte es, aber dann habe ich es doch nicht getan. Ich kann keinem vertrauen, das hast du mir beigebracht, keinem Menschen außer dir. Daran musste ich die ganze Zeit denken. Ich musste mich mit dir in Verbindung setzen. Jemand anderer kam nicht infrage.«

»Verstehe.« Frieda betrachtete sie mit gerunzelter Stirn.

»Ich habe eine schreckliche Nacht verbracht, eine ganz fürchterliche Nacht. Es war wie ein schlimmer Traum, aber ich war wach. Die ganze Nacht war ich wach. Ich wollte nicht zu unserer Wohnung, bevor es hell wurde. Ich konnte nicht in der Dunkelheit am Kanal entlanggehen. Deswegen bin ich einfach so herumgewandert. Ich bin runter in die U-Bahn und die Northern Line hin- und hergefahren, dachte aber die ganze Zeit, dass er gleich reinkommen würde. Jedes Mal, wenn an einer Haltestelle die Türen aufgingen, habe ich mit ihm gerechnet. Mir war klar, dass ich eigentlich zurück zur Polizei sollte. Beim Barbican Centre gibt es ein italienisches Café, in dem ich ein paarmal war, da haben sie bis fünf Uhr morgens offen. Da bin ich hin und habe mir Tee und ein Gebäckstück bestellt, beides dann aber gar nicht angerührt. Als ich schließlich gehen wollte, hatte ich nicht genug Geld, um zu bezahlen.« Sie rang nach Luft. »Ein süßer Typ hat für mich bezahlt und mich dann mehr oder weniger um ein Date gebeten. Mein altes Ich hätte Ja gesagt – er war wirklich nett. Aber natürlich konnte ich nicht. Dann bin ich zur Haltestelle Liverpool Street gegangen, wo ich mich in diesen gruseligen Warteraum gesetzt habe, bis es hell wurde. Anschließend lief ich zu der Wohnung, wo ich dachte, dass du bist. Ich musste zu Fuß gehen, weil ich kein Geld mehr hatte. Ich fühlte mich so müde und war so voller Angst, dass ich die ganze Zeit stehen bleiben und mich irgendwo festhalten musste. Am liebsten hätte ich mich hingelegt und zu einer kleinen Kugel zusammengerollt, um mich nie wieder zu bewegen und auch nie wieder die Augen aufzumachen. Und dann warst du weg. Du warst einfach weg.«

Sie hob ihre Tasse und nahm einen großen Schluck von ihrem fast schon kalten Tee. Große Tränen liefen ihr über die Wangen.

»Du musst total erschöpft sein«, bemerkte Frieda.

Lola nickte. »Ja, bin ich. Aber wie soll ich jemals wieder schlafen? Ich werde immer davon träumen.«

»Vielleicht. Trotzdem musst du dich ausruhen.«

»Ich weiß, ich hätte Jess nicht besuchen dürfen. Das war dumm von mir. Aber ich hatte eine persönliche Nachricht von ihr bekommen, in der sie mir schrieb, ich müsse unbedingt kommen. Und dass es sehr, sehr dringend sei.«

»Warum hast du es nicht mit mir besprochen?«

»Sie hat geschrieben, dass ich es keinem sagen darf. Außerdem hättest du mich bestimmt nicht zu ihr gelassen.«

Frieda sah in Lolas verquollene, blutunterlaufene Augen. »Lass uns keine Zeit auf die Frage verwenden, was ich deiner Meinung nach getan hätte«, erwiderte sie. »Wir müssen an die Gegenwart denken. Von jetzt an wirst du kein Telefon mehr haben, und deinen Computer kassiere ich auch ein.«

»Traust du mir nicht?«

»Da geht es nicht um Vertrauen. Es ist sehr schwer, ständig auf der Hut zu sein – vor allem für jemanden wie dich.«

»Wie bin ich denn?«

»Von Natur aus gutgläubig. Wenn du kein Telefon und keinen Computer mehr hast, kannst du damit keinen Fehler machen. Außerdem spielt es sowieso keine Rolle, ob ich dir vertraue oder nicht. Hauptsache, du vertraust mir. Falls du der Meinung bist, dass ich unvernünftig oder unzuverlässig oder leichtsinnig bin, dann kannst du jetzt gehen und dir jemanden suchen, der dich beschützt. Aber wenn du dich dazu entscheidest zu bleiben, dann zu meinen Bedingungen. Kommst du damit klar?«

»Was soll ich denn dann die ganze Zeit machen?«

»Ein Buch lesen. Ein Buch verrät niemandem, wo wir sind. Im Wohnzimmer sind jede Menge Bücher. Bei den meisten handelt es sich um seltsame Selbsthilfebücher oder Bücher über Katzen, aber es sind auch ein paar Romane dabei. Außerdem finde ich, du solltest ein Bad nehmen. Das Wasser kommt hier siedend heiß aus dem Hahn. Und danach versuche ein Nickerchen zu machen. Morgen kaufe ich dir einen Schlafsack. Heute Nacht kannst du ausnahmsweise im Bettzeug dieser Leute schlafen.«

34

Dan Quarry war noch einmal bei den Garagen gewesen. Während er von dort wieder aufbrach, überlegte er, wie viele Stunden Schlaf er in den letzten drei Tagen bekommen hatte. Acht vielleicht? Mittlerweile war er über den toten Punkt hinweg und in einen Zustand überdrehter Wachheit verfallen. Alles schien schärfere Konturen zu haben als sonst, die Geräusche kamen ihm lauter vor, und seine Gedanken sprangen ihn an wie wilde Tiere, die ihm in irgendeinem Dickicht aufgelauert hatten. Ihm war klar, dass er eigentlich nach Hause fahren, duschen und eine Weile ins Bett kriechen sollte. Seine Haut juckte, als wuselten auf seinem ganzen Körper winzige Insekten herum. Er wünschte, er hätte sein Bett in letzter Zeit mal frisch bezogen. Einen Moment gestattete er sich, an sein altes Zuhause zu denken, an die Wohnung, aus der Maggie ihn rausgeworfen hatte, wo am Abend durch die hinteren Fenster Sonne in die Räume fiel und seine kleine Tochter auf seinen Schoß geklettert war, wenn er müde heimkam.

Er hielt am Straßenrand, stieg aus und zündete sich eine Zigarette an. Es war ein feuchter, grauer Nachmittag ohne Wind. Herbstliches Laub hing schlaff an den Zweigen der Platane, die in der Mitte eines kleinen Stücks Wiese stand. Er schloss für einen Moment die Augen, doch seine Müdigkeit ließ die Welt unter seinen Füßen schwanken, sodass er die Augen schnell wieder öffnete. Diese Ecke von London kannte er überhaupt nicht. Schon den ganzen Tag versteckte sich die Sonne hinter einer dicken grauen Dunstschicht, und wo der Fluss lag, konnte er auch nicht sagen. Die Straße wurde beidseitig von kleinen Läden gesäumt – von Buden, die Kebab oder Fish and Chips verkauften, Pfandleihern, Haushaltswaren, einem Bestattungsinstitut mit welkenden Lilien im Fenster. Darüber befanden sich Wohnungen. In welchen davon Leute wohnten und welche leer standen, war allerdings nicht zu erkennen. Vor ihm lag ein Wirrwarr aus flachen Leichtindustrieanlagen, Schrottplätzen und Lastwagendepots. Quarry entdeckte auch eine alte Sporthalle, bei der die Türen allerdings mit Brettern vernagelt und die meisten Fenster eingeschlagen waren.

Nachdem er seine Zigarette zu Ende geraucht hatte, ließ er sie zu Boden fallen und trat die Glut mit dem Absatz aus. Dann stieg er wieder in seinen Wagen. Wie erwartet war bei der forensischen Untersuchung der Garage so gut wie nichts herausgekommen. Man hatte dort keine relevanten menschlichen Spuren gefunden. Mit ziemlicher Sicherheit waren die Morde anderswo begangen worden. Fingerabdrücke hatte es jede Menge gegeben, aber keine Übereinstimmung mit denen von Dean Reeve. Die Straße war auch von Dutzenden anderer Leute benutzt worden. Die sichergestellten Spuren – Kondome, Chipstüten und Haarbüschel – hatten sie nicht weitergebracht. Wie sich herausstellte, stammten die Haarbüschel nicht einmal von einem Menschen, sondern von einem Hund.

Bei dem Besitzer der Garagen handelte es sich um einen gewissen George Pearsall, der in Swindon eine Baufirma betrieb. Die einzelnen Garagen waren an alle möglichen Leute vermietet und untervermietet worden, und zwar schwarz, gegen Barzahlung. Von wem Reeve die seine gemietet hatte, war noch nicht geklärt.

Phelps hatte unzählige Webseiten durchforstet, um herauszufinden, woher die Gefriertruhen stammten, jedoch ebenfalls ohne Erfolg. Es war unmöglich, Verkäufe von Gefriertruhen aus zweiter oder dritter Hand nachzuverfolgen.

Als Quarry gerade losfahren wollte, klingelte sein Telefon. Die Nummer des Anrufers war ihm nicht bekannt.

»Spreche ich mit Dan Quarry?«

»Wer sind Sie?«

»Mein Name ist Elli Hannan. Sie kennen mich nicht. Liz Barron war eine Kollegin von mir. Ich bin in ihren Unterlagen auf Ihren Namen gestoßen.«

Quarry überlegte krampfhaft, was er antworten sollte.

»Sind Sie noch dran?«

»Sie rufen zu einem ungünstigen Zeitpunkt an.«

»Wir sind alle entsetzt über das, was Liz passiert ist. Sie bestimmt auch. Ich habe mir gedacht, wir könnten darüber reden.«

»Wie gesagt, es passt gerade nicht.«

»Vielleicht später?«

»Ja«, antwortete Quarry, »später.« Alles, nur um sie wieder loszuwerden. Er beendete das Gespräch und startete den Wagen. Der graue Tag und die flachen Betonbauten deprimierten ihn. Eine verlassene Autowaschanlage. Eine Glaserei. Ein Reifenhändler, in dessen Halle etliche Männer herumhingen. Ein großes Gebäude, vollgestopft mit menschlichen Hinterlassenschaften, die niemand mehr wollte. Draußen standen rostende Kinderwagen, Schubkarren, Stapelstühle und zwei riesige Aktenschränke aus Metall.

Quarry fuhr seitlich ran. Nachdem er die paar Schritte zurückgegangen war, spähte er durch die Doppeltür. Direkt vor ihm befand sich ein tiefes Regal, in dem sich lauter alte Drucker stapelten. Wer um alles in der Welt kaufte gebrauchte Drucker? Er trat ein.

Der Raum war riesig, sowohl breit als auch tief, und voll mit Dingen, die auf den ersten Blick aussahen wie wertloser, in grobe Kategorien sortierter Müll. Neben den Druckern waren alte Computer mit staubigen Bildschirmen und heraushängenden Drähten aufgereiht. Dann folgten Fernseher, die Quarry teilweise an das Gerät erinnerten, das seine Großmutter in Betrieb gehabt hatte, als er noch ein Junge war. Außerdem gab es riesige Lautsprecher, DVD-Player, kistenweise Handys. Zu seiner Linken standen Fahrräder, dicht an dicht. Während er sie betrachtete, sah Quarry einen jungen Mann durch ein Tor an der Rückseite zwei weitere in die Halle schieben. Ein anderer Mann traf mit einer großen Kiste ein, die sehr schwer zu sein schien. Quarry wurde klar, dass in dieser Halle etliche Leute arbeiteten, halb verborgen hinter dem aufgetürmten Müll.

Er ging weiter hinein, vorbei an Teigmixern, Matratzen, künstlichen Weihnachtsbäumen, Liegestühlen, Heugabeln, Maurerkellen. Es gab zwei abgenutzte Kettensägen. Kisten in allen Formen und Größen. Staubsauger. Putzkübel und Wischer. Mikrowellen, Kochherde, Warmhalteplatten. Töpfe und Pfannen. Berge von angeschlagenem Geschirr. Alte Türen. Gummistiefel. Und ganzen hinten Kühlschränke. Und Gefriertruhen.

»Kann man Ihnen helfen?«

Quarry wandte sich um. Vor ihm stand ein glatzköpfiger Koloss von einem Mann mit rosigem Gesicht und blauen Augen, die aussahen, als könnten sie kein grelles Licht vertragen. Der Mann lächelte und entblößte dabei seine kleinen, gelblichen Zähne. Doch das Lächeln gefror, als Quarry seinen Dienstausweis aus der Tasche fischte.

»Ich versuche herauszufinden, wo ein paar Gefriertruhen herkamen.«

»Gefriertruhen?«

Quarry deutete über die Schulter des Mannes hinweg. »Ich bin mir sicher, dass Sie wissen, was eine Gefriertruhe ist.«

»Eine Gefriertruhe ist eine Gefriertruhe«, entgegnete der Mann eisig.

Quarry holte die Fotos heraus. »Kommen Ihnen die bekannt vor?«

»Nein.«

»Sie haben doch gar nicht richtig hingesehen.«

Der Mann warf einen raschen Blick auf die Fotos. Dann schob er seine feisten Hände in die Taschen seiner weiten Jogginghose und wartete.

»Wahrscheinlich wurden sie vor rund einem Monat gekauft«, erklärte Quarry. »Es kann aber auch schon zwei Monate her sein.«

»Ich mache hier nichts Falsches. Die Leute bringen uns Zeug, das sie nicht mehr brauchen. Oder wir holen es ab. Wir tun ihnen einen Gefallen.«

»Ich werfe Ihnen nichts vor.«

»Wie gesagt, eine Gefriertruhe ist eine Gefriertruhe.«

»Vielleicht erkennen Sie ja diesen Mann wieder.« Er zeigte ihm das Foto von Dean Reeve.

Wieder schaute der Mann kaum hin. »Tut mir leid«, sagte er.

»Das ist wichtig.« Über die Schulter des Mannes hinweg sah er sich bewegende Gestalten – lauter Männer, alle jung. Möglich, dass sie Müll sortierten, aber genauso gut konnte es sein, dass sie gestohlene Ware über den schmutzigen Boden schleiften. »Sie wollen doch nicht, dass ich Ihre Geschäfte störe, oder?«

»Ich mache hier nichts Falsches.«

»Dann schauen Sie sich dieses Foto an. Ich meine, richtig. Und sagen Sie mir, ob Sie den Mann schon mal gesehen haben. Und wenn Sie sich wie ein besorgter Bürger bemühen, mir zu helfen, werde ich auch keine weiteren Fragen stellen. Und damit meine ich Fragen, die Sie wirklich nicht gerne beantworten werden.«

Das rosige Gesicht des Mannes verfinsterte sich. Er nahm

das Foto und betrachtete es. Erst hielt er es auf Armlänge, dann ganz dicht vor sein Gesicht, wobei er es ein wenig schräg neigte, als könnte dadurch irgendetwas Verborgenes zum Vorschein kommen.

»Tut mir leid. Wir nehmen altes Zeug an, das die Leute nicht mehr haben wollen, und geben ihnen altes Zeug, das sie gebrauchen können. Danach verschwende ich keinen Gedanken mehr an sie.«

Seufzend reichte Quarry ihm seine Karte. »Für den Fall, dass Ihnen doch noch was einfällt«, sagte er.

Der Mann ließ sie in seine Gesäßtasche gleiten. »Ja«, antwortete er, drehte sich um und ging.

35

Frieda weckte Lola, die zusammengerollt auf dem Ledersofa im Wohnzimmer lag, um vier Uhr nachmittags. Die alte, blinde Katze hatte es sich an ihrer Schulter gemütlich gemacht.

»Wie lange habe ich geschlafen?«

»Nur eine gute Stunde. Ich dachte, ich sollte dich wecken, damit du heute Nacht richtig schlafen kannst. Wie fühlst du dich jetzt?«

»Gut.«

»Natürlich fühlst du dich nicht gut. Aber wir gehen jetzt einkaufen. Da kannst du so tun, als ginge es dir tatsächlich gut, indem du etwas ganz Normales machst.«

»Meinst du, dass mir das hilft?«

»Das weiß ich nicht, aber zumindest verhilft es uns zu einem Abendessen.«

Am Ende der Straße gab es einen Tante-Emma-Laden. Während Frieda die Regale inspizierte, blickte Lola ständig zur Seite und auch immer wieder zurück zum Eingang. Sie wirkte sehr nervös.

»Was möchtest du denn zu Abend essen?«, fragte Frieda.

Lola drehte sich mit einem Ausdruck von Benommenheit zu ihr um. »Keine Ahnung.«

Frieda kaufte einen Blumenkohl, etwas Cheddarkäse, Butter, Milch und ein Baguette zum Aufbacken. Zusätzlich legte sie noch ein kleines Glas Senf in den Korb, außerdem zwei Schokoriegel, ein paar Äpfel, ein Glas Marmelade und eine Packung Haferflocken.

»Wenn wir Mehl brauchen, nehmen wir uns ein bisschen was von dem, das im Haus ist.«

Mit diesen Worten ging sie zu den Regalen mit den Zeitungen. Nachdem sie sechs überregionale ausgesucht hatte, faltete sie diese so zusammen, dass die reißerischen Schlagzeilen und die Fotos der breit lächelnden Jess mit den netten Wangengrübchen nicht zu sehen waren. Als Frieda zahlte, blieb ihr Blick an etwas hängen, das hinter der Theke stand.

»Eine von denen nehmen wir auch noch.« Sie deutete auf eine Flasche Whisky.

»Ich habe es nicht so mit Whisky«, erklärte Lola. »Der riecht nach Desinfektionsmittel.«

»Er schmeckt, als würde man Schlamm und Feuer trinken.«

»Ist das gut?«

Nachdem sie in die Wohnung zurückgekehrt waren, setzte Lola sich mit einer Tasse Tee und einem Buch von Gerald Durrell in die Küche, und Frieda nahm sämtliche Zeitungen mit ins Wohnzimmer, wo sie eine nach der anderen aufschlug. Alle berichteten auf der Titelseite über den Mord an der einundzwanzigjährigen Jess Colbeck, die in ihrer Wohnung brutal ermordet worden war. Sämtliche Berichte brachten Jess' Tod mit der aktuellen Londoner Mordserie in Verbindung, die in mehreren Zeitungen als »Epidemie« bezeichnet wurde. Es waren Fotos von Dugdale und den Opfern abgedruckt. Es gab verschiedene Kommentare, außerdem Interviews mit Freundinnen von Jess, nicht aber mit ihren Eltern, weil diese noch zu verstört waren vom Tod ihres einzigen Kindes. Frieda las alles mit größter Konzentration. Sie brauchte dafür sehr lange, und als sie fertig war, trug sie sämtliche Zeitungen hinauf in ihr Schlafzimmer, damit Lola sie nicht in die Finger bekam.

Anschließend ging sie in die Küche, um das Abendessen für

sie beide zuzubereiten, überbackenen Blumenkohl mit viel würzigem Senf und Käse. Dazu gab es das Baguette. Es war ein Gericht, das tröstete und satt machte. Frieda freute sich, als Lola eine zweite Portion nahm.

Danach setzten sie sich ins Wohnzimmer, wo auf sämtlichen Regalen Porzellankatzen thronten. An der Wand hing ein großes Venedigfoto. Frieda machte die Whiskyflasche auf und goss jeweils einen Fingerbreit in zwei Gläser. Eines davon reichte sie Lola, die einen Schluck nahm und sofort zu husten begann.

»Man braucht nur ein bisschen Übung«, meinte Frieda.

Lola nickte, nahm einen zweiten vorsichtigen Schluck, verdrehte die Augen und zog die Nase kraus. »Das brennt ganz schön.« Sie stellte ihr Glas auf dem kleinen Couchtisch ab. »Du hast auch schlimme Sachen erlebt«, wandte sie sich an Frieda. »Brutale Sachen. Setzen die dir nicht mehr zu?«

»Du hast mich ja auf dem Friedhof gesehen. Alles, was passiert, wird ein Teil von einem. Das ist wie mit den Sachen, die man isst. Man verleibt sie sich ein.« Frieda nahm einen Schluck von ihrem Drink und schüttelte dann den Kopf. »Ich habe auch keine allgemeingültigen Antworten. Wir können uns nicht dazu zwingen, alles zu vergessen. Wir sollen es auch nicht vergessen. Aber es gibt Möglichkeiten, die helfen, sich zu erinnern, und andere, die weniger hilfreich sind. Wir sollten schlimme Dinge, die uns in der Vergangenheit passiert sind, nicht immer wieder in unserem Kopf ablaufen lassen, als wollten wir sie polieren und härten und konservieren.« Sie musterte Lola aufmerksam. »Was ich erlebt habe, war schrecklich. Wenn du glaubst, dass ich mir nicht vorstellen kann, wie fürchterlich deine Erfahrung war, dann irrst du dich. Ich kann es mir durchaus vorstellen. Deswegen weiß ich auch, wie wichtig es ist, das Erlebte nicht zu verdrängen. Du musst dich dem stellen. Aber gib ihm keine Macht über dich.«

Lola starrte sie mit großen Augen angsterfüllt an. »Macht über mich? Wie meinst du das?«

Frieda leerte ihr Glas. »Denk einfach mal darüber nach.«

Frieda wurde durch ein Geräusch geweckt. Natürlich gab es rund um dieses Haus Geräusche. Autos fuhren vorbei. In einiger Entfernung hörte man das Rattern eines Zuges. Ein Paar schrie sich an. Die beiden warfen einander schlimme Dinge an den Kopf, die sie am Morgen bestimmt bereuen würden. Das aber war etwas anderes: ein schrilles, klagendes Geräusch. Frieda zog den Reißverschluss des Schlafsacks auf, den sie sich besorgt hatte, und ging von ihrem Schlafzimmer in den kleineren Raum hinüber, in dem Lola schlief.

Sie saß zusammengekrümmt im Bett, die Arme um den Kopf geschlungen, und wiegte sich weinend vor und zurück. Frieda setzte sich neben sie und legte ihr eine Hand auf die Schulter. Lola fuhr zusammen, als hätte man ihr einen Schlag versetzt. Mit glasigen Augen starrte sie Frieda an.

»Nein!«, flüsterte sie. »Nein, nein, bitte nicht!«

»Ich bin da.«

»Frieda.«

»Sag mir, was du fühlst.«

»Das willst du nicht wissen.«

»Doch.«

Lola richtete sich auf und schlang sich die Bettdecke um den Körper. »Also gut. Ich wünschte, ich wäre tot. Bloß würde das auch nichts nützen.«

»Nein, das würde nichts nützen.«

»Du verstehst das nicht«, entgegnete Lola. »Du kannst es nicht verstehen. Ich weiß nichts mehr mit mir anzufangen. Was soll ich nur machen? Ich kann das nicht ertragen. Es ist, als würde es mich zerreißen.«

Eine Weile saßen sie schweigend da.

»Weißt du, es gibt da so eine Theorie über uns Menschen«, erklärte Frieda schließlich. »Wir sind nicht sehr schnell und auch nicht sehr stark. Trotzdem haben wir im Vergleich mit den Tieren einen Vorteil: Wir können sehr lange Zeit rennen oder gehen. Rehe oder Hirsche zum Beispiel können eine Weile schneller laufen als wir, aber wir sind in der Lage, sie stundenlang zu verfolgen, bis sie müde werden und schließlich aufgeben. So ein Tier bleibt dann einfach stehen, legt sich hin und lässt sich töten.«

»Ich weiß nicht recht, wer ich in dieser Geschichte sein soll, denn eigentlich fühle ich mich mehr wie das Wild.«

»Genau das möchte Dean Reeve. Er möchte, dass wir alle seine erbärmlichen Machtfantasien beflügeln, indem wir uns ihm ergeben.«

»Er hat eine Menge Leute getötet. Das klingt für mich nicht so erbärmlich. Hast du schon mal in Betracht gezogen, dass er tatsächlich Macht über uns hat und wir genau das tun, was er will?«

»Du bist nicht allein«, sagte Frieda. »Wir sind zu zweit. Das ist dir doch klar?«

Lola starrte sie mit bebender Unterlippe an.

»Du bist nicht allein, Lola.«

»Glaubst du wirklich, du kannst mich beschützen?« Lola zuckte, als hätte sie Schüttelfrost. »Konntest du Liz Barron beschützen? Vergiss nicht, dass ich von dir und Dean gelesen habe. Konntest du den Polizisten beschützen, der für dich gearbeitet hat? Oder Dean Reeves Bruder? Konntest du irgendjemanden von den anderen beschützen?«

»Sie haben alle Fehler gemacht«, entgegnete Frieda. »Es war nicht ihre Schuld, aber am Ende haben sie sich allesamt als verletzlich erwiesen. Wenn wir uns nicht als verletzlich erweisen, kann er uns nichts anhaben.«

Lola wandte sich von Frieda ab und murmelte etwas.

»Das habe ich jetzt nicht verstanden.«

»Ich habe gesagt, vielleicht ist es dafür schon zu spät.«

»Möchtest du, dass ich bei dir bleibe, bis du wieder einschläfst?«

»Ja.«

Lola ließ sich zurück aufs Sofa sinken, hielt die Augen aber weit offen. Ihre Schultern wirkten angespannt.

»Willst du nicht darüber sprechen, Lola?« Schweigen. »Du kannst mir alles erzählen, wirklich alles. Es gibt nichts, das mich schockieren würde oder das ich nicht verstehen könnte.«

»Da war so viel Blut«, sagte Lola. »Wie in einem Schlachthof. Und Jess hat mich angesehen. Sie hat mich angestarrt, und überall war Blut. Mein Gott!«

»Sie hat dich nicht gesehen.«

»Wenn ich die Augen schließe, taucht ihr Gesicht vor mir auf. Es war meine Schuld. Ich will das nicht.«

»Natürlich nicht.«

»Ich wollte, es wäre nie passiert. Ich möchte, dass alles wieder so wird, wie es war. Ich möchte Unitermine verpassen und mit meinen Freundinnen rumhängen und mir Gedanken darüber machen, ob Ben auf mich steht, und pleite sein.«

»Ich weiß«, antwortete Frieda.

»Ich werde nie darüber hinwegkommen.«

»Du wirst nie wieder dieselbe sein«, bestätigte Frieda. »Aber du wirst dich nicht ewig so schlimm fühlen.« Sie wartete ein paar Augenblicke, bis sie hinzufügte: »Wenn du mir irgendetwas sagen möchtest, dann wäre jetzt ein guter Zeitpunkt dafür. Es ist dunkel. Du brauchst mich nicht anzusehen. Du kannst einfach reden, als würdest du mit dir selbst sprechen.«

»Ich bin der letzte Mensch auf der Welt, mit dem ich gerne reden würde.«

Lola stieß ein Schluchzen aus, das wie ein Schluckauf klang, und schloss die Augen. Frieda blieb neben ihr sitzen und wartete, bis sie tief und gleichmäßig atmete. Dann stand sie auf und kehrte in ihr Zimmer zurück, wo sie jedoch selbst lange Zeit nicht einschlafen konnte.

36

Frieda hoffte, dass es Lola am nächsten Morgen besser gehen würde. Tatsächlich aber sah sie fast noch schlimmer aus: kreidebleich, mit dunklen Augenringen. Sie wirkte teilnahmslos, als hätte sie etwas eingenommen. Frieda machte für sie beide Tee und dann Porridge zum Frühstück. Lola schien es gar nicht wahrzunehmen. Frieda musste ihr gut zureden, etwas zu essen, was sie schließlich mit langsamen, mechanischen Kaubewegungen tat. Aber sie sagte nichts, und Frieda drängte sie nicht.

»Wir machen einen Ausflug«, erklärte Frieda schließlich.

»Wohin denn?«

»Du brauchst mehr Sachen zum Anziehen.«

»Das ist doch nicht wichtig.«

»Nur ein paar Dinge.«

Bevor sie aufbrachen, steckte Frieda ihren Laptop in eine Umhängetasche und legte sie auf den Küchentisch. Sie gingen nebeneinander in Richtung Commercial Road und traten von dort einen weiten Fußmarsch an, bis hinauf nach Spitalfields. Lola sprach kaum ein Wort. Es schien ihr immer schlechter zu gehen. Die ganze Zeit kaute sie auf ihrer Unterlippe und murmelte vor sich hin. Frieda musterte sie besorgt. Als sie den Markt erreichten, hatte Frieda das Gefühl, etwas sagen zu müssen.

»Manchmal ist es gut, über die Dinge zu reden«, erklärte sie. »Und manchmal ist es besser, gar nichts zu sagen. Du entscheidest. Aber ich bin für dich da, wenn du mich brauchst, ja?«

»Nicht jetzt.«

Sie betraten ein großes Bekleidungsgeschäft.

»Du benötigst nur etwas für die nächsten paar Tage. Was, ist egal.«

»Also gut«, meinte Lola. »Könntest du ein paar Unterhosen und Socken für mich aussuchen?«

»Klar.«

Nachdem Frieda einige Slips ausgewählt hatte, entdeckte sie Lola am anderen Ende des Ladens mit einem großen Stapel Kleidung und steuerte auf sie zu.

»Das alles?«, fragte sie.

»Nein, aber ich dachte, ich sollte ein paar von den Sachen anprobieren, zumindest die Hosen«, antwortete Lola. Sie blickte auf den Stapel Klamotten hinunter, den sie im Arm hielt: drei Jeans, ein Jeanskleid, ein Sweatshirt mit einem großen Stern auf der Brust, zwei einfache T-Shirts und ein graues Kapuzenshirt. »Ich habe total abgenommen, seit das Ganze angefangen hat, und keine Ahnung, was mir noch passt.« Sie hatte Tränen in den Augen. »Ich schrumpfe«, fügte sie hinzu.

»Soll ich dir die Sachen abnehmen, die du nicht anprobierst?«

Lola übergab ihr alles bis auf die drei Hosen und verschwand in der Kabine. Frieda wartete. Ihr war es in dem überfüllten Geschäft viel zu heiß. Lola kam erst nach etlichen Minuten wieder heraus und reichte ihr eine Jeans.

»Die meisten Teile sind reduziert, aber du brauchst mir nicht alles zu kaufen«, sagte sie mit einem Blick auf die Kleidungsstücke, die Frieda für sie hielt.

»Das ist schon in Ordnung«, entgegnete Frieda.

Als sie fertig waren, verließen sie das Kaufhaus. Draußen vor der großen Kirche blieb Frieda stehen. »Sollen wir den Heimweg antreten?«, fragte sie.

»Könnten wir vielleicht vorher noch einen Kaffee trinken? In dem Haus fühle ich mich irgendwie eingesperrt, wie in einem Gefängnis. Draußen geht es mir besser.«

Also ging Frieda mit ihr ein Stück die Straße entlang und in ein Café mit kunstvoll zusammengewürfelten Tischen und Stühlen. Dort bestellte sie für sich eine Tasse schwarzen Kaffee und für Lola einen Tee. Eine Weile saßen sie einander schweigend gegenüber. Frieda beobachtete, wie Lola an ihrer Tasse herumfummelte, mit dem Zeigefinger über den Rand fuhr, die Tasse anhob und wieder abstellte. Das Einzige, was sie nicht tat, war trinken.

Schließlich bemerkte sie Friedas Blick. »Ich weiß nicht, wie du das alles geschafft hast«, erklärte sie. »Alles, was du sehen und durchmachen musstest. Ich habe keine Ahnung, wie du das überleben konntest. Du bist stark, viel stärker als ich.«

»Es gibt keine einfachen Antworten«, entgegnete Frieda. »Manchmal glaube ich, es gibt auch keine schwierigen. Man macht einfach weiter, weil es immer noch besser ist als die Alternative. Vergiss nicht, dass ich für dich da bin. Du kannst mir alles sagen, und du kannst mich alles fragen. Du brauchst dich nicht vor den Dingen zu verstecken, die dir am meisten Angst machen. Verstecken kann das Schlimmste sein. Meistens geht es einem besser, wenn man sich dem Schrecken stellt.«

Lola bedachte sie mit einem verzweifelten Blick.

»Komm, lass uns aufbrechen«, sagte Frieda, nachdem sie gezahlt hatte.

Als sie schließlich wieder die belebte Commercial Street überquerten, nahm Frieda Lola am Arm. Lola machte den Eindruck, als könnte sie gleich vor einen Lastwagen laufen oder über den Randstein fallen.

»So wird das nicht funktionieren«, stellte Frieda fest. »So schaffst du das nicht.«

»Später«, erwiderte Lola. »Ich kann jetzt nicht denken, und reden erst recht nicht.«

»Ich glaube, du solltest dich an Karlsson wenden. Er findet ein sicheres Haus für dich. Das wäre besser, Lola. Du stehst das so nicht durch.«

»Ich weiß nicht«, antwortete Lola. »Ich weiß gar nichts mehr.«

»Dann werde ich für dich entscheiden.«

Sie machten sich auf den Heimweg, zurück in die Cable Street. Lola folgte Frieda gehorsam, ein paar Schritte hinter ihr. Ihre Beine fühlten sich wackelig an, als hätte sie in schnellem Tempo ein paar Treppen erklommen. Frieda schloss auf, und sie traten gemeinsam in die Diele.

Nachdem Frieda die Tür hinter sich zugezogen hatte, blickte sie erst zur einen Seite und dann zur anderen, um Ausschau nach den Katzen zu halten, aber es war keine zu sehen. Sie tippte Lola an die Schulter.

Lola schaute Frieda an. Schlagartig kam sie sich vor wie in einem Traum gefangen – in einer Welt, in der nichts mehr Sinn ergab und sie jegliche Kontrolle verloren hatte.

Friedas Gesichtsausdruck wirkte vollkommen ruhig, doch gleichzeitig hob sie einen Finger und legte ihn an die Lippen. Was hatte das zu bedeuten? Ja, natürlich. Sie sollte still sein. Frieda nahm Lola am Arm und führte sie in die Küche. Dabei sprach sie in einem Ton, der ein klein wenig seltsam und ein ganz klein wenig zu laut klang.

»Wir schnappen uns einfach eine Tasse Tee und nehmen sie mit nach oben, ja?«

Wie meinte sie das? Lola hatte doch gerade Tee gehabt. Und nicht mal ausgetrunken.

In der Küche griff Frieda im Vorbeigehen nach ihrer Umhängetasche, ohne Lolas Arm loszulassen, und eilte mit ihr ans hintere Ende der Küche, wo sie die Tür zur rückwärtig gelegenen Waschküche öffnete. Was sollte das? Hatte sie nicht eben davon gesprochen, nach oben zu gehen?

Dann war plötzlich alles anders.

Frieda stieß sie grob in den Waschraum, zog auf der Küchenseite den Schlüssel ab, knallte die Tür hinter ihnen zu, rammte den Schlüssel ins Schloss und fummelte daran herum. Er ließ sich nicht drehen.

Lola hörte jetzt nicht nur, dass jemand im Haus war, sondern spürte es auch. Stiefel auf der Treppe. Sie starrte Frieda an. Endlich ließ sich der Schlüssel bewegen. Frieda sprang zur Seite und schob mit einem schrecklichen schabenden Geräusch die schwere Waschmaschine vor die Tür.

»Raus!«, keuchte sie.

Lola versuchte den Türknauf der Außentür zu drehen, bekam sie aber nicht auf. War sie abgeschlossen? Mittlerweile schlug jemand an die andere Tür. Frieda schob Lola zur Seite, schaffte es, die Tür nach draußen zu öffnen, und zerrte Lola hinaus auf den Hof.

Plötzlich hielt Frieda mitten in der Bewegung inne und kehrte ins Haus zurück. Nun schien auf einmal alles in Zeitlupe abzulaufen, als ob man träumte, unter Wasser war oder in weichem Sand lief. Frieda tauchte mit einem Schlüssel in der Hand wieder auf. Sie rannte zu dem Tor in der rückwärtigen Mauer des Hofs und schloss es auf. Lola hatte das Gefühl, sich nicht mehr bewegen zu können. Frieda kam zurück und zerrte sie mit sich, durch das Tor hinaus auf die kleine Gasse. Sie deutete nach links.

»Lauf einfach los und bleib nicht stehen«, befahl sie.

Lola rannte ein paar Schritte und blickte sich dann um. Frieda stand über das Schloss gebeugt, sperrte das Tor wieder ab. Lola setzte sich erneut in Bewegung, bereits außer Atem, bevor sie richtig losgespurtet war, doch ehe sie wusste, wie ihr geschah, war Frieda an ihrer Seite, nahm sie an der Hand und zog sie weiter.

»Nicht denken, nur rennen!«

Lola fühlte sich erst nach rechts und dann nach links gezerrt, durch die Eisenbahnunterführung und dann durch eine Wohnanlage. Sie wagte nicht, sich umzublicken, aus Angst vor dem, was hinter ihnen sein könnte. Sie erreichten eine belebte Straße. Es war dieselbe Straße, die sie erst ein paar Minuten zuvor überquert hatten, doch Lola kam sich inzwischen vor wie in einer anderen Welt. Alles war nur noch verschwommene Bewegung, aber mitten in dem ganzen Chaos und dem Lärm sah Lola, wie Frieda den Arm hob und ein Taxi neben ihnen hielt. Frieda schob sie hinein, und plötzlich roch es nach Leder und Desinfektionsmittel.

»U-Bahn-Station Mile End«, sagte Frieda in scharfem Ton, woraufhin das Taxi losfuhr.

Frieda holte ihr Telefon heraus. »Er war im Haus«, erklärte sie. »Dean Reeve war im Haus. Er hat gewusst, wo wir sind.«

»Wo sind Sie jetzt?«, fragte Dugdale in dringlichem Ton.

»Wir sind ihm entwischt. Wir sitzen in einem Taxi.«

»Wir?«

»Lola ist bei mir.«

»Wie geht es ihr?«

»Was glauben Sie denn? Aber sie ist nicht verletzt.«

»Ich schicke ein paar Leute zu dem Haus.«

»Das wird nichts bringen.« Frieda blickte zu Lola hinüber, die benommen vor sich hin starrte. »Ich habe Ihnen gesagt, wo ich bin, und Sie haben mir versprochen, die Information für sich zu behalten. Trotzdem wusste er, wo wir sind.«

»Ich verstehe nicht, wie das passieren konnte. Ich finde es heraus.«

»Tun Sie das.« Sie verstaute das Telefon wieder in ihrer Tasche.

Als sie in Mile End ausstiegen, war Lola immer noch völlig benommen.

»Wie geht es dir?«, fragte Frieda.

Lola sah sich um. Dann wanderte ihr Blick hinunter zu der Tüte, die sie noch in der Hand hielt.

»Ich habe meine neuen Klamotten dabei.« Mit diesen Worten beugte sie sich vor und übergab sich mehrmals auf den Gehsteig, während sie sich gleichzeitig immer wieder entschuldigte.

»Es tut mir leid«, sagte sie. »Es tut mir leid.«

Frieda zückte ein Papiertaschentuch, wischte Lola den Mund ab und legte ihr einen Arm um die Schulter. »Ist schon gut«, sagte sie.

»Es ist nicht gut. Es wird nie wieder gut sein.«

»Es gibt ein Leck«, verkündete Dugdale und ließ dabei den Blick durch den Raum schweifen, über die Gesichter der vor ihm versammelten Männer und Frauen. Seine Stimme, die normalerweise immer so ruhig klang, zitterte vor Wut. Mit geballten Fäusten wiederholte er in noch lauterem Ton: »Ein Leck. Schon unter normalen Umständen wäre das völlig inakzeptabel. In diesem bestimmten Fall aber ist es eine Katastrophe. Habt ihr mich verstanden? Dean Reeve hat herausbekommen, wo sich Frieda Klein und Lola Hayes versteckt hielten. Wer kannte die Adresse? Nur wir, besser gesagt, nur ein paar von uns. Hat dazu irgendjemand etwas zu sagen?«

Im Raum herrschte bedrückendes Schweigen. Man hörte nicht einmal einen Atemzug.

»Wir sind Polizisten. Unsere Aufgabe ist es, für die Sicherheit der Leute zu sorgen und sie vor Schaden zu bewahren.« Er verschränkte die Arme vor der Brust. »Hat jemand mit der Presse gesprochen?«

Wieder herrschte Schweigen. Ein Stuhl knarrte.

»Oder hat jemand irgendetwas über diesen Fall verlauten lassen, das nicht für die Öffentlichkeit bestimmt war?«

»Das würden wir doch nicht tun«, antwortete Quarry, klang dabei aber nicht sehr überzeugend. Er wusste, dass manche das sehr wohl taten.

»Ich bleibe jetzt eine Stunde in meinem Büro. Wenn mir jemand etwas zu sagen hat, bin ich da anzutreffen.«

37

»Nimm meinen Arm«, sagte Frieda.

Lola schob ihren Arm unter den von Frieda, die sofort spürte, dass Lola am ganzen Leib zitterte. Sie gingen die Straße entlang und bogen dann seitlich ab, wo es eine Lücke in der Umzäunung gab. Der Trubel der Straße blieb hinter ihnen zurück, und sie waren nur noch von Gras und Grabsteinen umgeben. Vor ihnen lag eine graue Kirche.

»Das ist St Dunstan's«, erklärte Frieda, während sie Lola zum Eingang führte und mit ihr in die düstere Kühle trat, die erfüllt war vom Geruch nach Holz und Kerzen. »Die Glocken dieser Kirche sind die aus dem Kinderreim ›Oranges and Lemons‹. Hier befindet sich schon seit über tausend Jahren ein Ort der Anbetung. Setz dich.«

Lola ließ sich auf die Holzbank sinken. Frieda griff in die Einkaufstüte und zog das graue Kapuzenshirt heraus. Nachdem sie den Reißverschluss geöffnet hatte, legte sie es Lola um die Schultern. »Ich muss mal kurz telefonieren«, erklärte sie. »Du bleibst einfach hier sitzen.«

Lola nickte und legte den Kopf in die Hände, als wollte sie beten. Frieda ging zurück zum Eingang, zog ihr Handy aus der Tasche und tätigte ihren Anruf.

Eine halbe Stunde später standen sie und Lola am Bahnhof St Pancras, in der Nähe des Eurostar-Abfahrtbereichs. Eine endlos lange Schlange von Menschen bewegte sich an ihnen vorbei, darunter viele Anzug tragende Männer mit Aktentasche, aber auch Reisende mit Rollkoffern oder Rucksäcken.

Ein kleiner Junge stolperte über Friedas Füße und landete auf dem Rücken. Mit einem Ausdruck belustigter Überraschung starrte er zu Frieda hoch, bis seine Mutter ihn wieder auf die Beine stellte.

Frieda führte Lola in ein vegetarisches Café, wo sie zwei Tassen Tee, eine Schale Bohnensprossen, einen griechischen Salat und zwei Brötchen bestellte.

»Ich kann nichts essen«, erklärte Lola. »Mir ist der Appetit vergangen.«

»Normalerweise bin ich der Meinung, dass man niemanden zum Essen zwingen soll. Aber du brauchst dringend eine Stärkung. Also ran an die Schüsseln.«

Frieda verfolgte, wie Lola zögernd ein paar Gabeln Salat zu sich nahm.

»Ich kann nicht«, sagte sie schließlich.

»Du hast es zumindest versucht«, meinte Frieda. »Das ist ja schon mal was.«

»Sind wir aus einem bestimmten Grund hier?«, erkundigte sich Lola.

»Wir treffen uns mit jemandem.« Frieda warf einen Blick auf ihre Armbanduhr. »Aber es ist noch nicht ganz so weit.«

Sie saßen an einem Fenstertisch. Lola ließ den Blick über die Menschen schweifen, die draußen vorbeieilten, Gruppen von Schulkindern und nervöse Touristen mit ihren Rollkoffern. Frieda jedoch schenkte alledem keinerlei Aufmerksamkeit, schien nur die Wand vor sich anzustarren. Dann wandte sie sich in Lolas Richtung. Lola war nicht sicher, ob Frieda sie direkt ansah, vielleicht sogar musterte, oder auf etwas hinter ihrem Kopf schaute.

»Was machen wir jetzt?«, fragte sie. »Warten wir einfach ab, was Dean Reeve als Nächstes tun wird?«

»Hast du einen besseren Vorschlag?«, konterte Frieda.

»Irgendwann muss ihn die Polizei doch kriegen.«

»Darauf warte ich schon seit Jahren.« Frieda streckte eine Hand aus und legte sie auf die von Lola. »Du kannst gehen«, meinte sie. »Ich werde das für dich arrangieren.«

Lola schauderte. »Das könnte ich nicht«, widersprach sie. »Er würde mich finden.«

»Du willst dich wirklich weiter mit mir verstecken? Nach allem, was du durchgemacht hast? Was du mit ansehen musstest?«

»Gerade deswegen.«

Frieda nahm einen Stift aus der Tasche, faltete eine Papierserviette auseinander und begann darauf zu zeichnen.

»Ich fasse es nicht«, meinte Lola. »Wir werden von ihm fast erwischt, fast umgebracht, und du bist schon wieder völlig ruhig.« Sie betrachtete, was Frieda zeichnete. Die Form mit den in alle Richtungen weisenden Speichen kam ihr nur allzu bekannt vor. »Schon wieder deine Flüsse?«

»Du hast mich vorhin gefragt, was wir jetzt tun sollen. Die eigentliche Frage ist, was er tun wird. Er hat uns fast erwischt, aber nur fast. Ursprünglich hatte er einen genau ausgeklügelten Plan. Mittlerweile musste er schon ein paarmal improvisieren. Nichts davon hat so richtig geklappt. Deswegen stellt sich nun die Frage: Was macht er als Nächstes?«

Lola starrte sie ratlos an. Frieda nahm ihr Telefon zur Hand und rief eine Nummer auf.

»Ich hatte nicht damit gerechnet, so schnell wieder von Ihnen zu hören«, sagte Dugdale am anderen Ende. »Ist etwas passiert?«

»Mir ist etwas eingefallen. Kennen Sie Beverley Brook?«

»Sollte ich die kennen?«

»Das ist keine Frau, sondern ein Bach, der durch den Richmond Park fließt.«

»Das wusste ich nicht. Mein Revier ist eher der Londoner Osten. Und?«

»Reeve arbeitet die verborgenen Flüsse ab, wie die Speichen eines Rades. Ich glaube, als Nächstes könnte der Beverley Brook an der Reihe sein.«

»Er arbeitet sie ab«, wiederholte Dugdale. »So kann man es auch ausdrücken. Sie meinen, er legt dort Leichen ab.«

»Ja, genau das meine ich.«

»Was erwarten Sie jetzt von uns? Dass wir den Bach rund um die Uhr observieren?«

»Dafür ist er zu lang. Er fließt durch Wimbledon, Richmond und Putney.«

»Warum erzählen Sie mir das?«

»Damit Sie die Augen offen halten. Vielleicht entdecken Sie ja etwas, das es nicht bis in die Zeitungen schafft.«

»Morde schaffen es immer in die Zeitung.«

»Es muss sich nicht um einen Mord handeln. Vielleicht ist ja auch gar nichts dran. Ich bin nur am Raten.«

»Ich werde die Augen offen halten. Ach ja, noch was: Haben Sie eine neue Bleibe gefunden?«

»Ich kümmere mich gerade darum.«

»Werden Sie mir die Adresse verraten?«

Frieda sah zu Lola. Ihre Blicke trafen sich. »Mal sehen«, entgegnete sie. »Vorerst nicht. Beim letzten Mal ist sie durchgesickert.«

»Das wird nicht mehr passieren.«

»Vorerst nicht«, wiederholte sie. »Bitte lassen Sie es mich wissen, wenn Sie etwas herausfinden.« Sie beendete das Gespräch.

»Beverley Brook?«, hakte Lola nach.

»Ja.«

»Ist der Bach nach einer Frau namens Beverley benannt?«

»Du hast doch gehört, was ich vorhin zu Dugdale gesagt habe. Er ist nicht nach einer Frau benannt. Es gab da früher mal Biber. Vor langer Zeit.«

»Was wird die Polizei denn jetzt machen?«

»Das bleibt denen überlassen. Sie wissen über die Flüsse und die Namenstagstheorie Bescheid. Das Problem ist, dass man genauso gut versuchen könnte, Wasser in eine bestimmte Form zu bringen oder Nebel in der Hand aufzufangen.«

»Wie meinst du das?«

»Jeder Tag ist einem anderen Heiligen gewidmet oder sogar mehreren. Dean hat keinen bestimmten Typen im Visier. Er sucht sich die Leute aufgrund ihres Namens aus und wartet, bis ihr Tag an der Reihe ist. Es ist ein schrecklicher Gedanke, aber durchaus möglich, dass er bereits weitere Menschen getötet hat und nur eine Gelegenheit sucht, es bekannt zu machen.«

»Die Polizei kann sich also nicht am Beverley Brook auf die Lauer legen?«

»Die wissen doch gar nicht, wie lange sie dort bleiben müssten, und können nicht tage- oder gar wochenlang auf etwas warten, das womöglich nie passiert.«

»Und was machen *wir*?«

»Frieda«, sagte eine vertraute Stimme hinter ihr. Sie drehte sich um.

Walter Levin trug einen Nadelstreifenanzug und eine Krawatte, die wie eine gestrickte schmuddelige Schnur aussah. Dafür glänzten seine Schuhe wie polierte Kastanien. Er musterte Frieda eindringlich. Durch die dicken Brillengläser kamen ihr seine Augen immer vor wie nasse Kieselsteine.

»Danke, dass Sie gekommen sind«, sagte sie.

»In Anbetracht der Umstände ist ein persönliches Gespräch besser als telefonieren.«

»Da haben Sie bestimmt recht. Lola, das ist Walter Levin.«

Er drückte Lolas Hand so fest, dass sie leise aufstöhnte.

Frieda schaute sie an. »Ich muss etwas mit Mister Levin besprechen. Ist es für dich in Ordnung, wenn wir dich einen Moment allein lassen?«

Lola nickte.

»Ich muss sowieso auf die Toilette«, erklärte sie.

Frieda wies ihr die Richtung, indem sie nach hinten deutete. Anschließend nahm sie einen Zwanzig-Pfund-Schein aus ihrem Geldbeutel, legte ihn auf den Tisch und stand dann auf, um mit Walter Levin vor die Tür zu gehen, hinaus in die Bahnhofshalle. Dort legte er seine joviale Art sofort ab.

»Sind Sie verraten worden?«, fragte er.

»Dean Reeve wusste, wo wir waren.«

»Haben Sie eine Ahnung, wie er das herausgefunden hat?«

»Darüber denke ich schon die ganze Zeit nach. Auf jeden Fall ist mir jetzt klar, dass ich aufpassen muss, wer über meinen Aufenthaltsort Bescheid weiß.«

»Ich hoffe, Sie haben zumindest zu mir Vertrauen.«

»Was das betrifft, schon.«

Levin wirkte amüsiert. »Mussten Sie etwas zurücklassen?«

Frieda schüttelte den Kopf. »Nichts Wichtiges. Laptop, Telefon und Geldbörse konnte ich mitnehmen. In der Wohnung befinden sich nur noch ein paar Kleidungsstücke, Toilettenartikel und im Kühlschrank ein bisschen was zu essen. Außerdem warten vier Katzen auf ihr Futter.«

Er lächelte. »Diese kleine Aufgabe wird Jude gefallen. Sie beschwert sich ständig darüber, dass sie nicht genug rauskommt.«

Frieda übergab ihm die Schlüssel und nannte ihm die Adresse. »Sobald Sie unsere Sachen entfernt haben, müssten Sie den Haustürschlüssel meiner Nichte Chloë zukommen lassen, damit sie ihn ihrer Mitbewohnerin zurückgeben kann.«

»Das regeln wir schon.«

»Brauchen Sie ihre Adresse?«

»Die habe ich.«

»Chloës Adresse?«

»Vergessen Sie nicht, wie lange wir schon befreundet sind.«

»Befreundet«, wiederholte Frieda zweifelnd. »Also, wohin sollen wir?«

»Ich habe es Ihnen aufgeschrieben.« Er klopfte suchend seine vielen Taschen ab, bis er schließlich eine weiße Karte herauszog. »Jock Keegan wird um fünf mit den Schlüsseln da sein.«

»Wo sind die Besitzer?«

»Darüber brauchen Sie sich keine Gedanken zu machen.« Er warf einen Blick auf die große Bahnhofsuhr. »Und ich muss jetzt einen Zug erwischen.«

Er begleitete sie noch die paar Schritte zurück zum Café. Sie sahen Lola, bevor diese sie entdeckte.

»Ist mit ihr alles in Ordnung?«

»Haben Sie den Bericht gelesen?«

»Ich weiß, dass sie die Leiche ihrer Freundin gefunden hat. Sie selbst ist Dean Reeve nur knapp entkommen. Nicht jeder kann mit so etwas umgehen.«

»Was bleibt einem anderes übrig, als damit umzugehen?«

»Ich wollte damit nur sagen, dass sie zu einer Gefahr für Sie werden könnte.«

Frieda musterte ihn scharf. »Einer Gefahr? Was meinen Sie damit?«

»Ich meine damit, dass sich immer etwas arrangieren lässt. Um Ihnen zu helfen.«

»Und ihr auch?«

»Das versteht sich von selbst.«

»Im Moment weigert sie sich, mich zu verlassen. Vielleicht ändert sich das ja. Aber danke.«

Er bedachte Frieda mit einem besorgten Blick. »Dieses Mal hatten Sie Glück«, sagte er. »Natürlich waren Sie auch clever. Und gut vorbereitet. Aber er wird aus seinen Fehlern lernen.«

»Da haben Sie wohl recht.«

»Also geben Sie auf sich acht, Frieda. Auf Wiedersehen.« Levin streckte ihr die Hand hin, aber Frieda schüttelte den Kopf.

Levin sah sie fragend an.

»Das ist unser letztes Treffen«, erklärte sie.

»Sagen Sie das nicht«, widersprach er. »Das klingt so morbid.«

»Egal, wie die Sache ausgeht, ich bin mit alledem fertig.«

»Sie sprechen von der Polizeiarbeit?«

»Ja, ich spreche von der Polizeiarbeit. In dem Zusammenhang würde mich noch eines interessieren: Warum ich? Warum wollten Sie, dass ausgerechnet ich Ihnen helfe oder von Nutzen bin, oder wie auch immer Sie das nennen wollen?«

Levin blickte sich um. »Ich finde, über solche Dinge sollten wir lieber bei einem Whisky vor einem Kaminfeuer sprechen und nicht in einer überfüllten Bahnhofshalle.«

»Das stimmt. Ich habe auch nicht mit einer Antwort von Ihnen gerechnet.«

»Doch, Frieda, Sie kriegen Ihre Antwort.« Levins Gesicht nahm einen Ausdruck an, den sie von ihm kaum kannte: hart und gerissen, fast ein wenig abweisend. Sie bekam eine Ahnung von dem wahren Mann hinter der Maske. »Vor ein paar Jahren war ich mal bei einem Umtrunk in Whitehall.« Er lächelte. »Ich glaube, da saßen wir tatsächlich vor einem Kaminfeuer. Und der Mann, mit dem ich sprach – ein Mann, von dessen Meinung ich viel halte –, erklärte mir, es gebe da eine Person, die mich interessieren könnte. Damit waren natürlich Sie gemeint, und rein zufällig hing es mit Ihrer Rolle im Fall Dean Reeve zusammen. Wir haben uns Ihre Geschichte näher angesehen, den tragischen Selbstmord Ihres Vaters …«

»Falls Sie vorhaben, gleich so etwas zu sagen wie ›Was einen nicht umbringt, macht einen härter‹, dann …«

»In diesem Fall trifft das aber durchaus bis zu einem gewissen Grad zu«, fuhr Levin fort. »Da war ja auch noch die Sache, die Ihnen als Teenager zugestoßen ist und dazu geführt hat, dass Sie von zu Hause weg sind. Ich habe mit verschiedenen Leuten aus Ihrer Vergangenheit gesprochen. Das war ganz bemerkenswert. Als ich mir dann Ihre weitere Entwicklung angesehen habe, dachte ich mir, das ist genau die Art Person, die ich rekrutieren sollte.«

»Aber Sie haben mich nicht rekrutiert. Sie haben mich benutzt.«

»Das ist sehr hart ausgedrückt, Frieda. Ich hoffe, wir konnten uns gegenseitig helfen.«

Frieda hielt die Schlüssel hoch. »Ich möchte tatsächlich nicht undankbar klingen.«

Levin lächelte. »Das tun Sie nicht«, entgegnete er, »selbst wenn Sie es versuchen. Und jetzt ...« Er hielt einen Moment inne. »Ich bin nicht der Typ Mensch, der andere überschwänglich umarmt oder auf beide Wangen küsst. Deshalb werde ich Ihnen einfach nur die Hand geben, hoffe aber, Ihnen ist bewusst, was ich damit zum Ausdruck bringen oder zumindest mitschwingen lassen möchte, nämlich meine aufrichtige Wertschätzung.«

Mit ernster Miene streckte er ihr die Hand hin, und Frieda ergriff sie, doch Levin ließ sie nicht gleich wieder los. »Was das Thema Ihrer Rekrutierung betrifft ...«, begann er.

Frieda entzog ihm ihre Hand. »Nein«, sagte sie entschieden.

»Sie wären bestimmt gut dafür geeignet«, gab er zu bedenken. »Sie würden es als Herausforderung empfinden, als sehr stimulierende Tätigkeit.«

»Ja«, gab ihm Frieda recht. »Es ist wie eine Droge, und genau deswegen muss ich damit aufhören.«

Levin schüttelte bedauernd den Kopf. »Das dachte ich mir

schon. Aber ich habe das Gefühl, noch nicht genug für Sie getan zu haben.«

»Sie haben sehr viel getan«, widersprach Frieda. »Den letzten Rest muss ich allein schaffen.«

»Ich habe befürchtet, dass Sie so etwas sagen würden. Also gut. Ich habe eine Bleibe für Sie organisiert, ich habe es nicht geschafft, Sie zu rekrutieren, und wir haben uns die Hände geschüttelt. Es gibt nichts mehr zu bereden.«

Er klopfte ans Fenster des Cafés. Als sich Lola daraufhin zu ihm umdrehte, winkte Levin ihr kurz zu, ehe er sich abwandte und rasch von der Menschenmenge verschluckt wurde. Frieda ging wieder zu Lola hinein.

»Wer ist er?«

Frieda überlegte einen Moment. »Das ist eine schwierige Frage. Auf jeden Fall hat er mir mal einen Gefallen getan, und ich glaube, ich ihm auch einen oder zwei. Aber sei vorsichtig, wenn dir jemand einen Gefallen erweist. Man weiß nie, wohin das führt.«

»Warum hat er mich so angesehen?«

»Wie denn?«

»Als würde er mich am liebsten in einem Labor sezieren.«

»Das ist seine ganz normale Art. So, und jetzt hör zu, ich habe dir etwas zu sagen.«

Lola zuckte erschrocken zurück. »Was denn? Du klingst wütend.«

»Ich bin nicht wütend, nur sehr ernst. Meiner Meinung nach handelst du im Moment nicht rational, Lola. Du klammerst dich an mich, wie sich ein kleines Kind an seine Mutter klammert. Aber ich bin nicht deine Mutter, und du bist kein Kind mehr. Ich kann nicht länger dein sicherer Ort sein.«

»Nein!« Lola starrte Frieda tatsächlich an wie ein unglückliches Kind, mit großen Augen und offen stehendem Mund, während ihr wieder einmal Tränen über die Wangen liefen.

»Ich komme schon klar. Ich breche nicht zusammen. Ich helfe dir und tue alles, was du sagst, aber du darfst mich nicht wegschicken. Ich werde nicht gehen. Frieda?«

Frieda sah sie ein paar Sekunden lang an und nickte dann. »Du bist dir ganz sicher?«

»Ja.«

»Na schön, wenn du es so willst. Aber du musst tatsächlich tun, was ich sage.«

»Das werde ich.« Nach einem tiefen, immer noch leicht zittrigen Atemzug wischte sie sich mit dem Ärmel die Tränen aus dem Gesicht. »Wo gehen wir jetzt hin?«, fragte sie.

Frieda warf einen Blick auf die wie gestochen geschriebene Adresse auf der Karte, die Levin ihr in die Hand gedruckt hatte.

»Rivingdale Terrace Nummer 18a«, las sie vor, »NW1.« Sie runzelte die Stirn. »Ich weiß, wo das ist.«

»Wieso schaust du so? Ist es da so schrecklich?«

»Ich glaube, an einem solchen Ort hast du noch nie gewohnt.«

38

Frieda und Lola suchten als Erstes einen Campingladen in der Euston Road auf, wo sie zwei billige Schlafsäcke erstanden, weil sie nicht wussten, was sie in ihrer neuen Bleibe erwartete. Anschließend gingen sie den Kanal entlang in Richtung Regent's Park. Der Wind blies das Herbstlaub über den Boden. Die Luft war erfüllt von gelben, roten und braunen Blättern. Frieda musste an die Botschaft denken, die Dean ihr vor nicht allzu langer Zeit gesandt hatte: *Wir sind alle nur Blätter an einem Baum. Bald kommt der Herbst.*

Lola, der es schwerfiel, mit ihr Schritt zu halten, schwankte zwischen Schweige- und Redephasen.

»Jetzt könnte ich eine Zigarette vertragen«, verkündete sie plötzlich. »Eigentlich rauche ich gar nicht. Nur auf Partys, du weißt schon. Aber jetzt möchte ich auf einmal so richtig heftig rauchen, wie meine Freundin Lily. Die saugt derart gierig an ihren Zigaretten, dass es ihr die Wangen nach innen zieht. Das möchte ich auch.«

»Vielleicht weil Rauchen einem über die Zeit hinweghilft, wenn es einem mal so schlecht geht, dass man nicht mehr weiß, wie man es aushalten soll«, meinte Frieda. »Ein paar Minuten ist man dann einfach beschäftigt: Man raucht eine Zigarette.«

»Wahrscheinlich würde mir davon bloß schwindlig werden. Warum gehen wir eigentlich hier entlang?«

»Das da ist Rivingdale Terrace.«

»Das da? Wahnsinn!« Einen Moment klang sie wie die alte, arglose Lola.

Die stattlichen weißen Gebäude ragten ein Stück von der Straße zurückgesetzt hinter Eisenzäunen auf, viele mit hohen Säulen und großen Terrassen.

»Das sieht ja aus wie ein Palast«, sagte Lola. »Wer wohnt denn hier?«

»Allem Anschein nach keiner«, antwortete Frieda. »Wahrscheinlich hat es jemand, der weit weg lebt, irgendwann mal als Geldanlage erworben.«

»Manche von den Fenstern haben die Größe eines kleinen Hauses«, stellte Lola fest.

Jock Keegan kam aus der Gegenrichtung auf sie zu, bekleidet mit dem schäbigen Anzug, den er trug, seit Frieda ihn kannte. Er hatte kurz geschorenes Haar und breite Schultern. Frieda registrierte seinen schweren Gang. Während er an der vornehmen Fassade entlangstapfte, hielt er den Blick vor sich auf den Weg gerichtet.

»Frieda«, begrüßte er sie, als er sie erreichte. »Und das ist Ihre Freundin.«

»Das ist Lola.«

»Sie haben ja einiges hinter sich.« Er ließ die Hand in seine Jacke gleiten und zog zwei Schlüssel heraus, einen großen und einen kleineren.

Frieda nahm sie entgegen. »Haben wir Nachbarn?«, fragte sie.

»In Rivingdale Terrace hört einen niemand schreien«, antwortete er. »Ich weiß nicht, ob das gut ist oder schlecht. Die meisten dieser Häuser stehen leer. Wenn man nachts hier vorbeifährt, brennen keine Lichter. Die Besitzer sind irgendwo anders damit beschäftigt, ihr restliches Geld zu verstecken.«

Frieda lächelte. Sie mochte Keegans direkte Art.

»In eurer Wohnung lebt schon seit über fünf Jahren keiner mehr«, fuhr er fort. »Wollt ihr, dass ich mit euch reingehe?«

»Das ist nicht nötig, danke.«

»Hier habe ich noch etwas.« Er reichte Frieda einen kleinen Umschlag.

»Ist das der Ersatzschlüssel?«, fragte sie.

»Nur für den Fall, dass ihr überstürzt weg müsst, ist da noch ein anderer Schlüssel drin und eine weitere Adresse. Es ist immer gut, eine Alternative zu haben.«

»Das ist sehr aufmerksam«, sagte Frieda.

»Passt auf euch auf.« Er wandte sich zum Gehen.

Ihre Wohnung umfasste zwei Stockwerke, Erdgeschoss und erste Etage. Es gab eine Eingangshalle, die größer war als Lolas Wohnung, einen Raum für die Wäsche, einen Fitnessraum mit einem Sandsack und einer Rudermaschine sowie eine zusätzliche kleine Wohnung, die vermutlich für einen Bediensteten gedacht war. Auf beiden Stockwerken befand sich je ein Wohnzimmer, und im oberen zusätzlich eine halbrunde Bar und die Bronzestatue einer nackten Frau, während unten eine ganze Wand von einem Projektor und einer Leinwand eingenommen wurde. Es gab ein Esszimmer, in dem acht Stühle mit hoher Rückenlehne um eine lange Tafel gruppiert waren, eine große Küche, ein Bad mit goldenen Wasserhähnen und zwei daran anschließende Schlafzimmer, eines davon mit einem Himmelbett, umrahmt von dicken purpurroten Vorhängen. Zusätzlich existierte ein eigenes Ankleidezimmer. In beiden Schlafräumen stand ein am Boden festgeschraubter Safe. Von den Decken hingen große, protzige Lüster und an den Wänden Bilder von Sonnenuntergängen in reich verzierten Rahmen. An der Rückseite befand sich ein Garten mit riesigen Tonkübeln, die mit Zierbäumen bepflanzt waren, und an der Vorderseite eine Terrasse, so breit wie das ganze Erdgeschoss. Von dort hatte man einen schönen Blick direkt in den Park, der von der Nachmittagssonne golden angestrahlt wurde.

Die Wände waren allerdings feucht und voller Schimmel, und eine innere Wand war halb eingestürzt, sodass man die darunterliegenden Balken sehen konnte. Im Speisezimmer tropfte Wasser durch die Decke, weshalb sich der Boden dort schon auflöste und die Wände feucht und modrig waren. Die Samtsessel wirkten angenagt, das Ledersofa beherbergte offensichtlich Mäuse oder womöglich auch Ratten, während die Chaiselongue mit ihrem vergoldeten Rahmen auf eine Seite hing, weil dort die Beine abgebrochen waren. Die purpurroten Vorhänge rund um das Himmelbett waren verblasst und zerschlissen, die Matratzen in beiden Schlafzimmern feucht und fleckig. Die riesigen Spiegel in der Eingangshalle wiesen unzählige Risse auf, die ein verrücktes Netzwerk bildeten. Die Tapete im größeren Wohnzimmer schlug Blasen, als befände sich darunter etwas, das herauszukommen versuchte. Die Fenster waren von einer dicken Schmutzschicht überzogen. Einige hatten außerdem Sprünge. In der Küche wäre Lola beinahe in die verwesenden Überreste einer Taube getreten. Als sie von dort in den Garten hinausspähten, erblickten sie ein Durcheinander aus Unkraut und Müll, in dessen Mitte ein großer, vor sich hin rostender Grill thronte. Überall lag Mäusedreck, und in sämtlichen Räumen hing ein ranziger, schwerer Geruch in der Luft.

Lola zog ein Gesicht. »Das ist ja eklig hier.«

Frieda schwieg und ging in die Küche, wobei sie bei jedem Schritt die klebrigen Fliesen unter ihren Füßen spürte, und drehte einen Wasserhahn auf. Erst hörte man nur ein Blubbern, doch nach ein paar Sekunden kam stockend Wasser.

»Wir können putzen«, erklärte Frieda. »Nur den Bereich, in dem wir uns aufhalten wollen. Wir werden ja nicht lange bleiben.«

Sie begann, Schranktüren zu öffnen.

»Was suchst du?«

»Kübel und Schrubber. Na bitte, die hier tun's doch.« Sie warf einen Blick auf ihre Armbanduhr. »Wir haben noch jede Menge Zeit, um Putzmittel zu kaufen, und zum Abendessen können wir bei der Gelegenheit auch gleich was besorgen.«

»Soll ich gehen? Du müsstest mir nur das Geld mitgeben.«

»Wir gehen zusammen. Ich brauche auch ein bisschen frische Luft.«

Sie fanden heraus, wie sich die Fenster öffnen ließen, und rissen jedes einzelne auf. Sie fegten Schmutz und Staub auf, Mäusedreck, tote Spinnen und Fliegen, die verweste Taube, die Glasscherben und allerlei anderes, das sich nicht mal mehr identifizieren ließ. Sie polierten Oberflächen, putzten Toilette und Bad, wischten die Böden unter Verwendung von eimerweise Wasser. Schließlich zogen sie sämtliche Decken von dem großen Bett und stopften sie in Müllsäcke. Frieda warf immer mal wieder einen Blick auf Lola, während diese Desinfektionsmittel versprühte oder an verkrustetem Dreck herumschrubbte. Ihr Gesicht war gerötet. Es schien ihr wesentlich besser zu gehen als noch vor ein paar Stunden. Wahrscheinlich tat ihr diese Putzaktion gut.

Um neun Uhr abends waren ein Schlafzimmer, das dazugehörige Bad und die Küche so sauber, dass man zumindest hineingehen konnte, ohne gleich voller Grausen zurückzuschrecken.

»Das muss reichen«, meinte Frieda.

Dann packten sie das Essen aus, das sie besorgt hatten: Pitabrot, Hummus, Karotten, die bereits zu Stiften geschnitten waren, ein kleines Glas Oliven, ein Netz Satsumas, eine Packung Digestive-Biskuits. Neben dem polnischen Lebensmittelgeschäft hatten sie einen Laden gefunden, der alles verkaufte: Kinderschwimmbecken, Gehstöcke, Partyhüte, billige Teetassen und bunte Papiertischdecken, von denen Frieda nun eine auf dem Wohnzimmerboden ausbreitete, über die Flecken des schimmelnden Teppichs. Kein noch so intensives Schrubben würde den Tisch oder den Boden wieder sauber machen. Außerdem war der rote Samtbezug der Stühle ebenfalls hinüber.

»Ein Picknick«, verkündete sie.

»Glaubst du, hier drinnen sind Ratten?«

»Schon möglich.«

»Ich hasse Ratten. Sie haben so gruselig dicke Schwänze.«

»Es ist ja nur für ein paar Tage. Hauptsache, wir sind in Sicherheit.«

»Du warst gut vorbereitet«, bemerkte Lola. »Wie konntest du das wissen?«

»Ich wusste es nicht. Aber das ist wie beim Schach: Man muss immer ein paar Züge vorausdenken.«

Lola nickte. Sie riss ein Stück Pittabrot ab, tauchte es in den Hummus, aß es dann aber nicht. »Mir ist immer noch ein bisschen schlecht«, erklärte sie. »Ich habe Hunger, aber gleichzeitig Angst, dass ich mich wieder übergeben muss.«

»Iss ein wenig und schau, was passiert.«

Lola schob sich ein winziges Stückchen in den Mund und begann zu kauen. »Mum hat immer versucht, mich zu irgendwelchen Diäten zu bewegen, als ich noch zu Hause wohnte«, erzählte sie. »Ich war ein ziemlich rundlicher Teenager. Manchmal hat sie mich angesehen und gesagt: ›Ich glaube, da wartet eine schöne Lola darauf, zum Vorschein zu kommen.‹«

Frieda musterte sie eindringlich. »Wie hast du dich gefühlt, wenn sie das sagte?«

Lola zuckte mit den Achseln. »Sie wollte nur mein Bestes. Beide wollten das. Ich bin ihr einziges Kind, musst du wissen. Sie dachten, sie könnten keines bekommen, deswegen stellte ich so etwas wie ein Wunder für sie dar, als Mum schon fast zu alt war zum Kinderkriegen. Allerdings habe ich wohl nie ganz ihren Erwartungen entsprochen. Sie wechselten immer so einen vielsagenden Blick, wenn ich mal wieder etwas Dummes tat. Sie dachten, ich würde es nicht merken. Das war ihr Ach-Lola-Blick. Ich mag gar nicht daran denken, was sie von alledem hier halten würden.«

Sie stieß ein kleines Lachen aus und schob sich dann ein weiteres Stück Pittabrot in den Mund. »Ach, was soll's.«

Frieda bestand darauf, mit Lola im gleichen Raum zu schlafen. Er ging auf frühere Stallungen hinaus, die mittlerweile in unglaublich elegante Häuser umgebaut worden waren.

»Ich habe Albträume«, warnte Lola sie. »Bestimmt werde ich dich wach halten.«

»Ich neige dazu, mich selbst wach zu halten«, erwiderte Frieda. »Im Moment hängen wir am selben Seil, wie Bergsteiger.«

»Die Vorstellung hat mir noch nie gefallen. Vor meinem geistigen Auge sehe ich immer eine Person fallen und die andere mit sich reißen.«

»Das ist jetzt eine Premiere«, meinte Frieda, »weil ich nämlich ausnahmsweise mal die Optimistin gebe: eine Person fällt, und die andere rettet sie.«

Mitten in der Nacht lauschte Frieda Lolas ruhigen Atemzügen und ging davon aus, dass sie schlief, als plötzlich aus der Dunkelheit ihre Stimme kam.

»Bist du wach?«

»Ja.«

»Tut mir leid. Ich bin für dich ohnehin schon eine Belastung. Und zu allem Überfluss halte ich dich nun auch noch wach.«

»Du bist keine Belastung, und ich war sowieso wach. Aber auf die Gefahr hin, dass ich mich wiederhole: Ich könnte immer noch dafür sorgen, dass du an einen sicheren Ort gebracht wirst.«

»Den gibt es nicht.«

»Könntest du nicht zu deinen Eltern?«

»Nein!« Es klang wie ein Schmerzensschrei. »Auf keinen Fall! Sie wären nicht mehr sicher. Lass sie aus dem Spiel. Ich kann allein schon den Gedanken daran kaum ertragen.«

»Uns fällt schon eine Lösung ein«, meinte Frieda. Aber es kam keine Antwort mehr. Man hörte nur noch Lolas gleichmäßiges Atemgeräusch. Sie schlief oder tat zumindest, als würde sie schlafen.

Am nächsten Morgen standen sie früh auf. Frieda machte Kaffee und richtete ein bisschen Obst her. Sie bestand darauf, dass Lola etwas davon aß, und reichte ihr eine Orangen- oder Apfelspalte nach der anderen. Lola aber wirkte sehr bleich und reagierte kaum. Nach dem Frühstück musste Frieda sie fast gewaltsam in die Dusche verfrachten und legte ihr die Sachen bereit, die sie hinterher anziehen sollte.

»Kann ich nicht im Schlafanzug bleiben?«

»Wir machen einen Spaziergang.«

»Du kannst doch alleine gehen. Ich würde mich gerne wieder ins Bett legen.«

»Vergiss es. Wenn du hierbleibst, bleibe ich auch. Aber das möchte ich nicht.«

Lola sah aus, als wollte sie protestieren, fand jedoch nicht die Kraft dazu. Also zog sie langsam ihre Sachen an und darüber eine Jacke. Frieda ging mit ihr nach draußen und über die Straße in den Park. Dabei trafen sie auf die üblichen Jogger und Spaziergänger mit Hunden. Ein paar junge Amerikaner warfen einen Football hin und her.

»Sollten wir uns nicht verstecken?«, fragte Lola.

»Das tun wir doch gerade.«

»Treffen wir uns mit jemandem?«

»Nein.«

»Wandern wir wieder einen deiner Flüsse entlang?«

»Wir werden einen kreuzen, aber darum geht es jetzt nicht.«

»Worum geht es dann?«

»Vielleicht darum, dass man nicht ständig fragen muss, worum es geht.«

Lola betrachtete Frieda mit einem irritierten Stirnrunzeln. »Ich bin keine von deinen Patientinnen.«

»Wärst du gern eine?«

Lola wandte sich ab. Als sie schließlich antwortete, murmelte sie nur leise vor sich hin, als spräche sie mehr mit sich selbst. »Mich kann niemand heilen.«

Sie schwiegen beide eine Weile, während sie am südlichen Rand des Parks entlangspazierten und dann in Richtung Norden abbogen. Frieda wies Lola auf die Teiche zu ihrer Rechten hin.

»Das ist ein Teil des River Tyburn«, erklärte sie. »Falls du an einer Führung interessiert bist.«

»Bin ich nicht.«

Als sie sich der Moschee im Regent's Park näherten, deutete Frieda trotzdem zur anderen Straßenseite hinüber. »Da vorne verläuft der Kanal«, erklärte sie. »Aber die Strecke gehen wir heute nicht. Das ist zu sehr wie auf dem Präsentierteller. Wir marschieren einfach schnurstracks durch den Park.«

Lola schwieg. Sie gingen in östlicher Richtung querfeldein, bis Lola plötzlich stehen blieb.

»Was ist?«, fragte Frieda.

»Hast du Angst zu sterben?«

»Warum fragst du das?«

»Es erscheint mir im Moment gerade wichtig. Kannst du nicht einfach die Frage beantworten?«

»Nein.«

»Du willst sie nicht beantworten?«

»Mein Nein bezog sich auf deine ursprüngliche Frage: Ich habe keine Angst zu sterben.«

»Dachte ich mir. Das war die Frage, die ich mir heute Nacht die ganze Zeit gestellt habe.«

»Allerdings habe ich Angst davor, dass andere Leute sterben müssen. Falls dich das tröstet.«

»Nicht so richtig.«

Chloë traf sich mit Jack an der Stelle, wo man in die Saffron Mews einbog.

»Was ist los?«, fragte er. »Ist Frieda zurück?«

»Sei nicht albern. Wenn dem so wäre, wüsstest du es.«

Sie führte ihn durch die kleine Kopfsteinpflastergasse bis zu Friedas Haus und klopfte an die Holztür. Josef machte auf. Wortlos trat er zur Seite, um die beiden eintreten zu lassen.

»Nach oben«, sagte Chloë.

»Wo führt ihr mich denn hin?«, wollte Jack wissen.

»Wart's ab.«

Sie gingen hinauf, gefolgt von Josef. Als sie oben ankamen, blickte Chloë sich um. Josef hatte recht, man hatte tatsächlich das Gefühl, als wäre es schon immer so gewesen. An der Stelle des früheren Fensters befand sich nun eine Tür.

»Du lieber Himmel!«, stieß Jack aus.

»Ja, nicht wahr?«, sagte Chloë lachend. »Es ist wirklich erstaunlich. Mach die Tür auf.«

Ganz vorsichtig, als beträte er eine seltsame neue Welt, öffnete Jack die Tür und trat hinaus auf den neuen, tiefen Balkon, der eher wie eine Dachterrasse wirkte. Jack blickte auf seine Füße hinunter und verlagerte leicht das Gewicht, um zu testen, ob der Boden ihn trug. Chloë folgte ihm hinaus, dann Josef. Alle drei stellten sich vorne ans Geländer und stützten die Hände darauf.

»Was war denn dein Beitrag?«, wandte Jack sich an Chloë.

»Nur das Geländer. Und einen kleinen Tisch habe ich auch noch gemacht.«

Jack untersuchte die Brüstung. »Sehr schön.«

»Die Pfosten oben und unten in die Balustrade einzufügen und gerade auszurichten hat ewig gedauert«, erklärte sie. »Ich bin mir nicht sicher, ob ich es richtig gut hingekriegt habe. Ich glaube, Josef hat mich nur gebeten mitzumachen, um mir nicht das Gefühl zu geben, ausgeschlossen zu sein.«

»Nein, es ist wirklich gut«, widersprach Josef.

»Vielleicht wollte er aber auch nur dafür sorgen, dass es ihn nicht ganz alleine trifft, wenn Frieda wegen des Balkons einen Wutanfall bekommt«, fügte Chloë grinsend hinzu.

Chloë und Jack sahen sich an. Jack wurde rot und wandte sich ab.

»Ich weiß genau, was du jetzt denkst«, meinte Chloë.

»Nein, das weißt du nicht.«

»Du denkst, wenn Frieda jetzt einen Wutanfall bekäme, weil wir hinter ihrem Rücken diesen Balkon gebaut haben, dann wäre sie wenigstens hier.«

Jack drehte sich abrupt um und lehnte sich mit seinem ganzen Gewicht an das Geländer, sodass Chloë sich besorgt fragte, ob sie es wirklich stabil genug gebaut hatte.

»Nein, da liegst du nicht ganz richtig«, entgegnete er.

»Was hast du denn dann gedacht?«

»Dass es wie Wunschdenken ist. Du und Josef, ihr glaubt, wenn ihr hier diesen Balkon für Frieda baut, stellt ihr damit sicher, dass sie wieder nach Hause kommt.«

»Das klingt, als fändest du uns kindisch.«

Jack lächelte. »Das war nicht meine Absicht. Ich wünschte, ich hätte auch mithelfen können, aber wäre das der Fall gewesen, dann dürfte jetzt niemand den Balkon betreten, weil sich die Betreffenden sonst den Hals brechen würden.«

Lächelnd blickten alle drei auf die Lichter hinaus. So standen sie eine ganze Weile da, ohne etwas zu sagen.

»Was ist denn das da für ein großes Gebäude?«, brach Jack schließlich das Schweigen.

Chloë ignorierte seine Frage. »Warum glaubt ihr, macht Frieda das?«

Josef zuckte mit den Achseln.

»Zum Teil hat es mit uns zu tun«, erklärte Jack. »Sie hat gesehen, was mit den Leuten um sie herum passiert. Ich glaube, sie fühlt sich dafür verantwortlich.«

»Wenn du mich fragst, ist es mehr als das. Vielleicht hat sie einfach die Nase voll. Manchmal frage ich mich, ob sie womöglich sterben möchte.«

»Das ist doch verrückt«, widersprach Jack.

Chloë wandte sich an Josef. »Was meinst du, Josef. Glaubst du, Frieda möchte sterben?«

»Warum fragst du mich das?«

»Wenn es jemand weiß, dann du.«

Josef holte tief Luft. »Um jemanden zu retten, würde sie vielleicht … ich weiß es nicht. Ich kann es nicht sagen.«

»Und was ist mit ihr selbst? Glaubst du, sich selbst will sie nicht retten?«

Josef zuckte nur mit den Achseln.

»Wir sollten hier nicht nur herumstehen«, mischte Jack sich ein, »sondern auf Frieda anstoßen und einen Toast auf sie ausbringen.«

»Nein«, widersprach Chloë, »nicht hier. Das wäre falsch. Gott würde uns hören und bestrafen. Oder womöglich würde er Frieda dafür bestrafen.«

Wieder lächelte Jack. »Ich wusste gar nicht, dass du an Gott glaubst.«

»Im Moment glaube ich an alles.«

39

»Was meinst du? Eisen 5 oder Eisen 6?«

Paul Arrowsmith tat, als müsste er darüber erst nachdenken. In Wirklichkeit dachte er, dass es keine große Rolle spielte, ob Lee Denton ein Eisen 5 oder ein Eisen 6 benutzte, oder ein Holz, oder gar einen Putter. Mit anderen Freunden hätte er darüber gewitzelt, aber Denton nahm sein Golfspiel so hoffnungslos ernst, dass Arrowsmith sich ihm gegenüber ebenfalls um einen ernsten Ton bemühte.

»Ich würde mich für Eisen 5 entscheiden«, antwortete er. »Womöglich brauchst du die zusätzliche Länge.«

»Das Problem ist, dass der Ball dadurch zu weit gehen könnte«, gab Denton zu bedenken.

»In diesem Fall solltest du dich vielleicht doch für Eisen 6 entscheiden.«

»Nein, ich glaube, ich bleibe bei Eisen 5. Ich werde versuchen, in den vorderen Bereich des Grüns zu spielen.«

»Damit der Ball nicht zu weit geht.«

Denton musterte Arrowsmith argwöhnisch, doch Arrowsmith verzog keine Miene.

»Na, dann sollte ich wohl loslegen«, meinte Denton. Wieder musterte er seinen Partner, der sich nicht von der Stelle rührte. »Willst du da stehen bleiben und mir zusehen?«

»Das hatte ich eigentlich vor, ja. Wenn es dir recht ist.«

»Ja, natürlich ist mir das recht, kein Problem.«

Denton zog den Schläger aus dem Bag und wog ihn bedächtig mit beiden Händen, als würde er seine Entscheidung noch einmal überdenken. Dann stellte er seine Füße ein wenig weiter auseinander und führte den Schläger behutsam an den Ball heran, verharrte einen Moment dicht daneben, holte zweimal aus und schlug. Beide Männer wandten simultan den Kopf.

Denton seufzte. Der Ball war nicht im vorderen Bereich des Grüns gelandet, und auch nicht im hinteren oder sonst einem Bereich des Grüns, sondern am Rand des Fairways entlanggeschlittert und schließlich außer Sichtweite geraten.

»Glaubst du, er ist im Wasser gelandet?«

Ein kleiner Bach floss unter der Eisenbahnlinie hindurch, schlängelte sich von dort aus durch den Golfplatz und verschwand am anderen Ende zwischen ein paar Häusern. Es war schreckliches Pech, den Ball in diesen Bach zu schlagen. Die Chancen standen hundert zu eins, nein, tausend zu eins.

»Das kann ich mir nicht vorstellen.«

»Ich schätze, das würde wohl als verlorener Ball gelten.«

»So lauten die Regeln«, antwortete Arrowsmith heiter.

»Schon gut, schon gut, schlag du inzwischen deinen eigenen Ball, und ich suche den meinen.«

Arrowsmith ging zu seinem Ball und zog ein Eisen aus der Tasche, ohne auch nur einen Blick auf die Nummer zu werfen. Stattdessen fixierte er erst den Ball und dann das Grün, warf noch einmal einen Blick auf den Ball und schlug ihn gekonnt. Der Ball landete auf dem Grün, allerdings etwas seitlich, sodass noch ein langer Putt nötig war. Trotzdem eine gute Position, fand er, insbesondere nach Dentons verlorenem Ball.

Zufrieden hielt er nach seinem Gegner Ausschau. Er rechnete damit, Denton entweder wieder in Schlagposition zu sehen oder aber auf allen vieren, auf der Suche nach seinem Ball, doch er stand einfach nur da, mit gesenktem Kopf, den Schläger in der Hand. Arrowsmith rief zu ihm hinüber, aber Denton wandte sich nicht um. Auch auf seinen zweiten Zuruf reagierte er nicht. Arrowsmith setzte sich ungeduldig in Bewegung. »Was ist denn los?«, fragte er, als er seinen Freund fast erreicht hatte.

Denton gab ihm keine Antwort, sondern deutete nur ins Wasser. Auf den ersten Blick begriff Arrowsmith gar nicht, was er da sah. »Ach du heilige Scheiße!«, stieß er dann hervor.

In dem flachen Bach lag eine Leiche, mit dem Gesicht nach unten. Die Haut wirkte sehr bleich, fast weiß, und sehr glatt. Arrowsmith konnte nicht sehen, ob es ein Mann oder eine Frau war. »Heilige Scheiße!«, sagte er noch einmal.

»Es war weder Richmond Park noch Wimbledon Common«, erklärte Dugdale, »sondern ein Golfplatz gleich neben der Kingston-Umgehung.«

»Wovon sprechen Sie?«, fragte Frieda.

»Heute Morgen ist die Leiche eines Mannes aufgefunden worden, der mit dem Gesicht nach unten im Beverley Brook lag.«

»O nein!«

»Wieso sagen Sie das? Sie haben es doch prophezeit.«

Frieda legte eine Hand über das Handy und flüsterte Lola zu: »Sie haben eine Leiche gefunden. Im Beverley Brook.«

Lola wurde blass und sah aus, als würde sie gleich in Ohnmacht fallen. Frieda nahm die Hand vom Telefon. »Ja, stimmt, ich habe damit gerechnet. Aber das heißt auch, dass wieder ein Mensch sterben musste. Ich empfinde deswegen also kein Triumphgefühl. Wer ist das Opfer?«

»Der Mann ist noch nicht identifiziert. Die Leiche war nackt. Wie gesagt männlich, geschätztes Alter zwischen fünfundzwanzig und fünfunddreißig. Keine besonderen Merkmale.«

»Wissen Sie, wie er gestorben ist?«

»Die Leiche wies keine sichtbaren Verletzungen auf, nur ein

paar Blutergüsse im Gesicht und am Oberkörper, die aber auf den ersten Blick keine eindeutigen Rückschlüsse zuließen.«

»Hat jemand etwas mitbekommen? Gibt es irgendwelche Kameraaufzeichnungen?«

»Ihr Dean Reeve hat sich – falls er es denn war – einen guten Platz ausgesucht. Die Männer, die den Toten gefunden haben, spielten am frühen Morgen eine Runde Golf. Die Leiche muss mitten in der Nacht dort abgelegt worden sein. Das Gelände ist leicht zugänglich. Neben der Eisenbahnlinie führt ein Feldweg unter der Umgehung durch. Nicht einsehbar, keine Kameras.«

Frieda schwieg.

»Und jetzt?«, fragte Dugdale.

»Danke, dass Sie es mir gesagt haben.«

»Ich wollte keine Dankesworte hören, sondern wissen, wie Ihre weiteren Pläne aussehen. Wollen Sie warten, bis er sämtliche Flüsse abgehakt hat?«

»Nein«, entgegnete sie. »Dieser Fall fühlt sich anders an.«

»Inwiefern anders?«

»Die übrigen Morde waren spektakulärer. Sie wirkten inszeniert. Dieser kommt mir dezenter vor, weniger auffällig.«

»So unauffällig ist eine Leiche auf einem Golfplatz nun auch wieder nicht.«

»Er wusste, dass wir vorgewarnt waren und deswegen die Augen offen hielten, also brauchte er kein so großes Spektakel daraus zu machen.«

»Was war dann die Botschaft?«

»Die Botschaft war: Ich bin noch da.«

»Das wissen wir doch.« Zögernd fügte er hinzu: »Sie sollten noch etwas anderes wissen.«

»Was denn?«

»In ein paar Tagen werden wir die Öffentlichkeit darüber informieren, dass es sich bei unserem Verdächtigen um Dean

Reeve handelt. Meiner Meinung nach hätten wir das längst tun sollen.«

»Warum ausgerechnet jetzt?«

»Das hat die Polizeipräsidentin so entschieden.«

»Weil Ihnen die Spuren ausgehen?«

»Weil wir das Gefühl haben, dass die Öffentlichkeit in der Lage sein könnte, uns zu helfen, und weil wir wollen, dass die Leute wachsam sind.«

»Wachsam. Ja.«

»Es wird einen gewaltigen Medienrummel geben.«

»Das kann ich mir vorstellen«, antwortete Frieda trocken.

»Gut. Und jetzt geben Sie mir Ihre Adresse.«

»Nein.«

»Wie bitte?«

»Nein. Ich gebe sie Ihnen nicht. Ich möchte nicht, dass Sie wissen, wo wir sind.«

»Ist das Ihr Ernst?«

»Was glauben Sie denn? Er wusste, wo wir waren.«

»Frieda, hören Sie zu«, sagte Dugdale in drängendem Ton. »Sie sind in Gefahr, Sie und das Mädchen.«

»Das ist mir bekannt.«

»Wir können Ihnen helfen, aber nur, wenn Sie mir sagen, wo Sie sich aufhalten.«

»Meine Entscheidung ist gefallen«, erklärte Frieda. »Vielleicht ist es die falsche, aber ich übernehme die volle Verantwortung dafür. Ich sage es Ihnen nicht.«

»Es geht nicht nur um Ihr eigenes Leben, sondern auch um das von Lola. Das sollten Sie bedenken.«

»Glauben Sie wirklich, ich bedenke das nicht?«

»Ich werde die Adresse an niemanden weitergeben.«

»Dazu werden Sie auch gar nicht in der Lage sein, weil ich sie Ihnen nämlich nicht nennen werde. Ich melde mich.« Frieda beendete das Gespräch und legte das Telefon auf den Tisch.

Lola starrte sie an. »Er hat es wieder getan?«

»Ja.«

»Ein weiterer Mensch, der gestern noch am Leben war, musste wegen dieser Sache sterben.« Lola schlug die Hand vor den Mund. Sie schloss die Augen, doch einen Moment später waren sie bereits wieder auf Frieda gerichtet, groß und rund wie Kinderaugen. »Es geht immer weiter«, stellte sie fest. »Und du lässt nicht zu, dass die Polizei uns hilft, stimmt's?«

»Ich glaube nicht, dass von denen Hilfe käme – nicht die Art Hilfe, die wir brauchen.«

»Dann sind wir jetzt also auf uns allein gestellt?«

»Wir waren von Anfang an auf uns allein gestellt.«

40

Drei Tage nachdem die Gefriertruhen gefunden worden waren, fuhr Quarry noch einmal zu den Garagen. Er parkte seinen Wagen, stieg aus und ging die Straße entlang, wobei er sich ständig nervös umblickte. Er kam einfach nicht weiter. Jedes Mal, wenn er Dugdale Bericht erstattete, hatte er das Gefühl, ihn zu enttäuschen. Dabei war er zunächst so sicher gewesen, dass ihnen der Durchbruch gelungen war, als sie den Ort entdeckten, wo Dean Reeve die Leichen versteckt hielt. Quarry hatte sich ausgemalt, wie er Reeve aufspüren würde, und sich eine gewisse Vorfreude auf seinen zukünftigen Triumph gestattet, auf die öffentliche Anerkennung seiner Leistung. Dann sähe auch Maggie ihn wieder anders, und seine Tochter wäre stolz auf ihn.

Er zündete sich eine Zigarette an. Er rauchte zu viel, trank zu viel Cola Light und bitteren Kaffee. Während der letzten zwei Tage waren seine Kollegen damit beschäftigt gewesen, alle hier arbeitenden Leute zu befragen. Ein paar von ihnen erkannten Dean Reeve auf dem Foto, das man ihnen vorlegte. Reeve war monatelang hergekommen. Sie hatten ihn nur um wenige Tage verpasst.

Sie hatten den Radius ihrer Suche ausgeweitet und waren weiter von Tür zu Tür gegangen, aber ohne Erfolg. Natürlich konnte er inzwischen überall sein. Es gab keinen Grund für die Annahme, dass er die Leichen in der Nähe seines Wohnorts deponiert hatte. In London lebten zehn Millionen Menschen – und womöglich wohnte er ja gar nicht in London.

Quarry ging hinüber zur Garage. Die Scheinwerfer der Spurensicherung waren wieder entfernt worden, und der Raum wirkte nun leer und düster. Man konnte sich kaum vorstellen, dass hier in vier Gefriertruhen vier Leichen gelegen hatten, während rundherum die Leute an ihren Autos bastelten oder Waren auslieferten.

Nach ein paar Minuten kehrte Quarry zu seinem Wagen zurück, um frustriert die Heimfahrt anzutreten. Die Strecke war ihm inzwischen nur allzu vertraut: die heruntergekommenen Läden, die Leichtindustriebetriebe, die verlassenen Büros, die schmutzigen Scheiben. Es wurde allmählich dunkel. In vielen Fenstern brannte bereits Licht. Als er an dem Gebäude vorbeifuhr, in dem gebrauchte Haushaltswaren – unter anderem auch Gefriertruhen – verkauft wurden, sah er zwei Männer ein Sofa aus einem Lieferwagen hieven.

Er wusste selbst nicht recht, warum er anhielt. Instinkt, sagte Dugdale später, als er ihm auf die Schulter klopfte. Dieses Mal zückte Quarry seinen Dienstausweis nicht. Die Männer musterten ihn einen Moment misstrauisch, schleppten dann aber weiter das Sofa Richtung Tür.

»Sieht nach schwerer Arbeit aus«, bemerkte er.

Einer der beiden – der sehr jung aussah und so extrem dünn war, dass man hätte glauben können, er würde gleich unter dem Gewicht zusammenbrechen – machte einen ziemlich ratlosen Eindruck. Wahrscheinlich sprach er kein Englisch. Der Ältere nickte und grunzte dabei irgendetwas Unverständliches. Ein paar Meter vom Tor entfernt stellten sie das Sofa ab, richteten sich auf und starrten ihn an. Quarry zog sein Zigarettenpäckchen heraus und hielt es ihnen hin. Beide Männer nahmen eine.

»Ist der Chef auch da?«

Der ältere Mann schnaubte. »Er kommt und geht, wie es ihm passt. Heben oder Tragen ist nicht sein Ding. Aber im Geldeinnehmen ist er gut.«

Quarry nickte mitfühlend. »Wohnen Sie in der Nähe?«, fragte er.

Der Mann warf ihm erneut einen misstrauischen Blick zu. »Sie sind von der Polizei, stimmt's? Ich habe Sie gesehen, als Sie das letzte Mal hier waren.«

»Ich habe mit Ihnen kein Problem«, erklärte Quarry. Arbeiten Sie schon lange hier?«

»Ich zwei Jahre. Er …«, er machte mit der Schulter eine Bewegung zu dem jungen Mann hinüber, »… drei, vier Wochen. Er hat noch Heimweh.«

»Das tut mir leid«, antwortete Quarry. »Wohnen Sie hier in der Nähe?«

»Warum?«

»Ich würde es einfach gerne wissen. Wie gesagt, ich habe kein Interesse daran, Ihnen Probleme zu bereiten.«

»Nicht nur in der Nähe. Wir wohnen in diesem Rattenloch. Unten im Keller, ohne Fenster. Zu siebt.«

»Das ist hart.«

Quarry ließ sich auf dem Sofa nieder. Der ältere Mann hockte sich neben ihn. Der jüngere wandte ihnen den Rücken zu und rauchte mit tiefen Lungenzügen gierig seine Zigarette. Quarry fischte das Foto von Dean Reeve aus seiner Tasche. »Ihr Chef hat behauptet, diesen Mann nicht zu kennen.«

Der Mann stieß ein verächtliches Schnauben aus. »Der gottverdammte Lügner.«

Quarry spürte, wie das Adrenalin durch seinen Körper schoss. »Sie erkennen den Mann auf dem Foto?«

»Klar.«

»Er war hier?«

»Klar.«

»Er hat Ihnen Gefriertruhen abgekauft?«

»Drei oder vier. Er war zweimal da.«

»Wie lange ist das her?«

Der Mann zuckte mit den Achseln. »Einen Monat, schätze ich. Vielleicht auch zwei.«

»Hat er bar bezahlt?«

»Bei uns läuft alles bar.« Er breitete die Arme aus. »Und ohne Fragen.«

»Wie hat er sie abtransportiert?«

»Mit einem Lieferwagen. Wir haben beim Reinheben geholfen.«

»Wie hat der Lieferwagen ausgesehen?«

»Wie meinen Sie das?«

»Welche Farbe hatte er?«

»Weiß?« Es klang wie eine Frage.

»Das Kennzeichen haben Sie sich nicht zufällig gemerkt?« Der Mann starrte ihn nur mit großen Augen an. »Hat er Ihnen seinen Namen genannt?«, fuhr Quarry fort.

»Warum sollte er?«

»Nein, klar. Haben Sie eine Ahnung, wo er wohnt?«

Der Mann schüttelte langsam den Kopf. Der Jüngere hatte inzwischen seine Zigarette zu Ende geraucht und ließ die Kippe zu Boden fallen. Obwohl es kühl war, trug er nur ein dünnes T-Shirt. Er wirkte ausgefroren und hungrig.

»Es ist wichtig«, erklärte Quarry, »wirklich sehr wichtig. Können Sie mir sonst nichts über ihn sagen?«

»Tut mir leid. Vielleicht weiß der andere Mann etwas.«

»Welcher andere Mann?«

»Sein Freund.«

Quarry holte tief Luft und bemühte sich um einen ruhigen Tonfall. »Er hatte jemanden dabei?«

»Len.«

»Einen Freund, der Len heißt?«

»Ich glaube schon.«

»Wissen Sie auch den Nachnamen?«

Der Mann zuckte mit den Schultern. »Er kommt immer mit Fahrrädern. Ich sehe ihn oft.«

»Len verkauft Fahrräder?«

»Ja. Billig.«

»Gestohlen«, sagte Quarry, bereute die Bemerkung aber sofort. »Können Sie mir sonst noch etwas über diesen Len sagen? Wissen Sie, wo er wohnt?«

»Nein.«

»Kommt er mit einem Wagen?«

»Einem Lieferwagen. Grau. Oder weiß. Dreckig.«

»Wie sieht er aus?«

»Groß. Sehr groß, und breit. Und er hat lange Haare. Hinten zusammengebunden.«

»Also Pferdeschwanz.«

»Tätowierte Arme.«

»Was für Tätowierungen?«

»Alle möglichen. Ganz viele.«

»Verstehe.«

Der junge Mann beugte sich zu seinem Freund hinüber und murmelte leise und schnell etwas in einer Sprache, die Quarry nicht erkannte.

»Was sagt er?«

»Dass wir jetzt gehen sollten.«

»Warten Sie.« Quarry zückte seine Brieftasche und nahm eine Zwanzig-Pfund-Note heraus. Er reichte sie den beiden zusammen mit der Zigarettenschachtel. »Eins noch. Dieser Len, wann kommt er immer?«

»Unterschiedlich.«

»War er in letzter Zeit mal da?«

»Vor ein paar Tagen.«

»Weiß euer Chef, wo er wohnt?«

Der Mann seufzte. Dabei sah er Quarry an, als wäre der ein dummes Kind. »Er weiß nichts und sagt nichts.«

»Vielleicht kennt er den Namen trotzdem und hat sogar eine Adresse.«

Erneut zuckte der Mann mit den Achseln. Dann fiel ihm noch etwas ein. »Ich habe ihn im Pub gesehen.«

»Sie haben Len gesehen?«

»Ja.«

»In welchem Pub?«

»Im Three Feathers.«

»Wo ist das?«

»Hier ganz in der Nähe. An der großen Straße.«

»Sie haben ihn dort also mal gesehen.«

»Ein paarmal.«

Quarry stand auf. »Vielen Dank.« Er reichte dem Mann einen weiteren Geldschein.

»Sagen Sie meinem Chef nicht, dass ich Ihnen das erzählt habe.«

»Keine Sorge.« Er nickte den beiden zu.

Das Three Feathers erinnerte Quarry an die Pubs, in die ihn sein Großvater mitgenommen hatte, als er ein kleiner Junge war. Damals musste er immer draußen sitzen, mit einer Tüte Chips und einer Cola, aber jedes Mal, wenn die Tür aufschwang, konnte er einen Blick auf die faszinierende Welt drinnen werfen. Im Three Feathers sah es so aus wie in den Pubs damals. Das Einzige, was fehlte, war der Nebel aus Zigarettenqualm. Es gab kein frisch gekochtes Essen, keinen auf alt getrimmten Holzboden, sondern Linoleum, ein signiertes Foto von Bobby Moore, einen einarmigen Banditen und eine Kreidetafel, die für die Dienstagabende eine Stripperin ankündigte. An einem der Tische saßen ein Mann und eine Frau, beide so um die sechzig, mit einem Bier vor sich.

Quarry trat an den Tresen, hinter dem eine junge Frau über ihr Telefon gebeugt stand. Ihr blondes Haar war an den Seiten so kurz rasiert, dass man ihre rosige Kopfhaut sah. Sie hatte Piercings an beiden Ohren, an den Augenbrauen, an der Nase und an der Unterlippe. Außerdem war sie an beiden Armen und am Hals stark tätowiert. Sogar die Wangen zierten kleine Pünktchentätowierungen. Quarry bestellte eine Tasse Tee. Was er bekam, hatte die Farbe von Mahagoni.

»Schön ruhig hier drinnen«, bemerkte er.

Die Frau gab ihm keine Antwort.

»Ein Freund von mir kommt öfter her«, fuhr er fort. »Er heißt Len.«

»Man muss bei uns nicht seinen Namen nennen, wenn man sich einen Drink bestellt«, gab die Frau zurück.

»Der war gut«, antwortete Quarry. »Sie haben Sinn für Humor.«

Er zog seinen Dienstausweis heraus, klatschte ihn auf die Theke und legte ein Foto von Dean Reeve daneben.

»Ich möchte wissen, ob Sie diesen Mann schon mal hier gesehen haben, weiter nichts. Schauen Sie sich das Foto an.«

Die Frau beugte sich über die Theke und betrachtete die Aufnahme. Dabei kam sie ihm so nahe, dass ihm ihr Parfüm in die Nase stieg. Es roch nach verbranntem Gummi.

»Das soll Len sein?«, fragte sie.

»Nein. Len ist sein Freund. Haben Sie ihn schon mal gesehen?«

»Kann sein«, antwortete sie.

»Kann sein? Ist das jetzt ein Ja oder ein Nein?«

»Es ist ein Ich-weiß-es-Nicht. Der Typ sieht gewöhnlich aus. Von der Sorte gibt es jede Menge.«

»Verstehe. Kennen Sie einen Mann namens Len? Sehr groß und kräftig, stark tätowiert, mit Pferdeschwanz.«

»So einen kenne ich«, räumte sie widerwillig ein.

»Und heißt er Len?«

»Ja.«

»Kommt er oft her?«

»Hin und wieder, würde ich sagen. Ich bin aber nicht immer hier.«

»Wann war er das letzte Mal da?«

»Keine Ahnung.«

»Vor drei Tagen? Vor einer Woche?«

»Vor ein paar Tagen.«

Er steckte seinen Dienstausweis und das Foto wieder ein und reichte ihr seine Karte. »Wenn Sie ihn sehen, dann melden Sie sich bei mir.«

Draußen rief er Dugdale an und erzählte ihm, was passiert war. »Wir sollten jemanden im Pub postieren«, schlug er vor. »Für den Fall, dass Len auftaucht. Er ist leicht zu erkennen – ein großer, kräftiger Typ mit stark tätowierten Armen und einem Pferdeschwanz. Womöglich hat er sogar Reeve dabei.«

»Unsere Leute können sich draußen in ein Auto setzen. Aber gute Arbeit, Dan.«

41

Frieda schaute zu Lola hinüber, die auf dem großen Wohnzimmersofa lag und zur Decke starrte. Ihr Haar wirkte stumpf, ihre Haut blass, ihr Blick leer.

»Ich möchte nicht wie deine Mutter klingen«, begann Frieda.

»Dann lass es.«

»Aber wir haben Sportgeräte hier. Du könntest Gewichte stemmen oder dich auf den Heimtrainer setzen. Wenn du deinen Puls ein bisschen in die Höhe treibst, geht es dir bestimmt besser.«

»Das ist bloß ein Mythos«, entgegnete Lola dumpf. »Es gibt Studien, die das belegen. Sie haben eine Gruppe von Depressiven genommen und einen Teil der Leute trainieren lassen, während der Rest das nicht tat. Am Ende machte es keinen Unterschied.«

»Du könntest ein Buch lesen oder etwas zeichnen.«

»Du hast recht«, antwortete Lola.

»Inwiefern?«

»Du klingst wie meine Mutter.«

»Wenn du reden möchtest, kannst du mir alles sagen. Du hast Angst. Natürlich hast du Angst. Aber ich werde dich beschützen.«

»So, wie du deinen Lebensgefährten beschützt hast?« Lola wandte sich Frieda zu, um deren Reaktion zu sehen, aber Frieda verzog keine Miene.

»Es war nicht meine Aufgabe, ihn zu beschützen«, entgegnete Frieda ruhig. »Wir hatten uns schon eine Weile vorher getrennt.«

»Was glaubst du, wie viel es kosten würde, dieses ganze Haus zu kaufen? Fünf Millionen?«

»Mehr. Viel mehr.«

»Ich wohne in einem Haus, das fünf Millionen Pfund wert ist oder gar zehn Millionen. Es hat sogar einen eigenen Fitnessraum. Und trotzdem komme ich mir hier vor wie im Gefängnis. Jetzt kann ich plötzlich verstehen, warum Gefangene sich in ihren Zellen umbringen. Ich weiß, du findest, dass ich wie ein gelangweiltes Kind an einem Regentag klinge.«

»Das finde ich überhaupt nicht.«

»Jedenfalls hast du mir mein Telefon weggenommen, während du selber online gehst und auf Facebook mit deinen Freunden chattest.«

»Ich bin nicht auf Facebook, und ich chatte auch nicht mit meinen Freunden.«

»Was machst du denn dann?«

»Ich sehe mir eine Karte von den Londoner Flüssen an.«

»Ach, deine verdammten Londoner Flüsse.« Sie bemerkte, dass Frieda die Stirn runzelte. »Was ist?«

»Ich weiß nicht. Ich schaue auf die Karte und habe das Gefühl, da ist irgendwas.«

»Was soll das heißen, irgendwas?«

»Ich habe das Gefühl, mir ist ein Fehler unterlaufen.«

»Welcher Fehler denn? Du hast gesagt, dass er eine Leiche im Beverley Brook ablegen wird, und genau das hat er getan. Du hattest recht.«

»Ja«, entgegnete Frieda langsam. »Ich hatte recht.«

Lola ließ sich zurück auf das Sofa sinken. Frieda nahm ein Stück Papier und einen Stift, um ein weiteres Mal eine grobe Karte der Flüsse zu zeichnen. Wieder begann sie mit dem sich schlängelnden Verlauf der Themse, fügte im Nordwesten den River Fleet hinzu und wandte sich dann Richtung Westen.

Als Nächstes kam der Tyburn, gefolgt von Westbourne und Counter's Creek. Südlich der Themse zeichnete sie den ebenfalls im Westen gelegenen Beverley Brook ein. Von dort ging sie nach Osten und skizzierte den Wandle, einen Fluss, den sie nur allzu gut kannte. Nun zögerte sie. Statt sich weiter in Richtung Osten zu bewegen, zu Falcon und Effra, kehrte sie mit ihrem Stift zurück in den Bereich oberhalb der Themse und brachte westlich vom Counter's Creek einen feinen, zarten Strich hinunter zur Themse an, im Bereich des Stadtteils Hammersmith, Stamford Brook. Den hatte sie die ganze Zeit vergessen. Aber was bedeutete das? Konnte es sein, dass Dean Reeve den Stamford Brook für zu unbedeutend hielt, um sich damit zu befassen? Oder lag dort irgendwo eine Leiche, die noch nicht entdeckt worden war?

Frieda hörte eine Stimme. Es war nicht die von Lola, sondern eine, die aus dem Inneren ihres eigenen Kopfes kam. »Was spielt das für eine Rolle?«, fragte die Stimme. »Du hast vorhergesagt, was Dean Reeve tun würde, und du hattest recht. Also weswegen machst du dir Sorgen?«

Aber da fehlte etwas, und es bestand durchaus Grund zur Sorge. Allmählich nahm der Gedanke, den sie schon seit Tagen mit sich herumtrug, Gestalt an, wie ein verschwommenes Bild, das langsam klar wurde.

»Ich höre die Ratten«, sagte Lola.

»Wo hörst du sie?«

»Ich weiß nicht, wo. Ich höre sie einfach dahinwuseln und kratzen. Sie können überall sein, unter dem Boden oder in der Wand, oder in der Decke. Wenn ich nachts die Augen schließe, kann ich sie immer noch sehen, mit ihrem Fell, ihren Zähnen, den roten Augen und dem dicken Schwanz. Für Leute, die an diesem Haus vorbeifahren, sieht dieses Haus schön weiß und elegant aus, aber innen ist es am Verrotten, am Auseinanderfallen und von Ratten verseucht.«

Frieda ging zu Lola hinüber, nahm neben ihr auf dem Sofa Platz und legte ihr eine Hand auf die Stirn.

»Ich habe kein Fieber oder sonst was, falls du das denkst.«

Frieda musterte sie eingehend, als wäre sie eine ihrer Patientinnen. Schließlich war sie Therapeutin. Ihre Patienten redeten, und sie hörte ihnen zu. Sie versuchte, ihnen dabei zu helfen, sich einen Weg durch ihren Kummer zu bahnen, ihre destruktiven Gedanken und Gewohnheiten. Doch Frieda wusste auch, dass dem Reden Grenzen gesetzt waren. Manche Patienten waren wie ein brennendes Haus. Dann hatte es keinen Sinn, über die Dekoration oder die Aufteilung der Räume zu sprechen. Man musste erst das Feuer löschen. Solche Patienten brauchten unter Umständen antipsychotische Medikamente, um sie für ein paar Stunden oder Tage unempfindlich zu machen für den psychischen Schmerz. Manche benötigten sogar einen Aufenthalt in einer psychiatrischen Klinik, weil sie in der Welt draußen nicht mehr klarkamen. Frieda sah ganz deutlich, dass Lola durch Reden im Moment nicht mehr beizukommen war.

»Es dauert nur noch ein paar Tage«, erklärte sie in sanftem Ton. »Wir sind fast am Ende angekommen.«

Lola wandte den Kopf und sah sie an.

Frieda sprach weiter. »Ich könnte dir Medikamente besorgen. Damit du schlafen kannst.«

»Das ist es nicht. Es sind die Toten. Denkst du denn nicht an sie? Siehst du sie nicht, wenn du die Augen schließt? Und es wird noch mehr geben. Mehr, immer mehr.«

»Nein«, widersprach Frieda. »Es wird nicht mehr viele geben. Nur noch eine einzige Person wird sterben.«

»Noch eine? Wer wird das sein?«

»Ich natürlich.«

Ruckartig setzte Lola sich auf und starrte sie an. »Ist es das, was du willst? Dich ihm opfern?«

»Ich will das nicht. Er will es.«

»Und du glaubst, wenn…« Lola hielt einen Moment inne. Es fiel ihr offenbar schwer weiterzusprechen. »Du glaubst, nachdem er dich getötet hätte, würde er aufhören? Dieses ganze Morden beenden?«

Frieda beugte sich noch weiter zu Lola und streichelte ihr übers Haar, als wäre Lola ein kleines Kind, das gerade aus einem Albtraum erwacht war. »Ja, Lola, das glaube ich.« Sie erhob sich. »Ich mache uns jetzt Tee, was Gesundes, am besten Kräuter- oder Ingwertee. Magst du eine Tasse?«

»Ja.«

»Dann fühlst du dich bestimmt besser.«

»Ich habe schon Ja gesagt.«

Frieda ging hinüber ins Esszimmer, das sie bisher nicht benutzt hatten, weil der Tisch und sämtliche Stühle mit Tüchern abgedeckt waren, und von dort weiter in die rückwärtig gelegene Küche. Sie füllte den Wasserkocher und schaltete ihn ein. Während sie wartete, bis das Wasser sprudelte, ließ sie den Blick nach draußen schweifen. Durch das Fenster an der Rückseite des Hauses sah man auf eine Kopfsteinpflasterstraße. Die Gebäude entlang dieser Straße waren früher bestimmt einmal Stallungen gewesen, inzwischen aber in attraktive Wohnhäuser umgewandelt worden. Frieda richtete ihre Aufmerksamkeit erneut auf die Zubereitung des Tees. In der Spüle standen zwei große Tassen. Sie wusch sie ab, hängte jeweils einen Beutel Ingwertee hinein, schüttete das kochende Wasser darüber und rührte dann mit einem Teelöffel um, bis sich das Wasser bernsteingelb färbte. Allein schon das Ingweraroma wirkte auf sie beruhigend.

Sie trug die zwei Tassen ins Wohnzimmer. Lola war nicht da. Frieda rief ihren Namen, doch es kam keine Antwort. Nachdenklich nahm sie einen Schluck Tee aus einer der Tassen. Er war so heiß, dass sie sich die Lippen verbrannte.

Sie trat an das Fenster, das nach vorne hinausging. Da war sie. Lola stürmte in ihrer neuen Jacke über die Straße. Sie brauchte wohl einen kleinen Ausflug, um Luft zu schnappen, bewegte sich jedoch auffallend hektisch, als wäre sie betrunken. Einen Moment später verschwand sie hinter einer Hecke, durch einen der Eingänge in den Regent's Park.

Frieda betrachtete die Tassen, die sie in der Hand hielt, und verspürte plötzlich den Drang, sie auf den Boden zu schleudern. Doch dann fiel ihr ein, dass die Besitzer es nie erfahren würden und auch kein Interesse daran hätten, selbst wenn sie es wüssten. Aber andere Leute könnten später hier wohnen und müssten die Bescherung dann beseitigen, was sie nicht fair fand. Deswegen riss Frieda sich am Riemen und stellte die beiden Tassen einfach auf dem Boden ab.

Nachdem Lola den Park betreten hatte, blickte sie sich suchend um und steuerte dann schnellen Schrittes auf eine Frau mittleren Alters zu, die mit zwei Hunden unterwegs war und diese gerade zum Apportieren animierte, indem sie einen Tennisball warf. Als sie Lola auf sich zukommen sah, schaute sie ihr halb missbilligend, halb beunruhigt entgegen. Lola fragte sich einen Moment, warum, doch dann wurde ihr bewusst, wie sie mit ihrer schmuddeligen Kleidung, dem blassen Gesicht und dem ungewaschenen, verfilzten Haar wirken musste.

»Entschuldigen Sie«, wandte sie sich an die Frau. »Es tut mir leid, dass ich Sie belästige, aber ich habe mein Handy verloren und müsste dringend eine Freundin anrufen, damit sie mich abholt. Könnten Sie mir Ihres kurz leihen? Es dauert wirklich nur eine Minute. Allerhöchstens eine Minute.«

»Also gut, wenn es wirklich schnell geht.«

Sie reichte Lola das Telefon. Lola ging ein paar Schritte zur Seite und wandte der Frau den Rücken zu, damit sie nichts mitbekam. Dann tippte sie die Nummer ein, die sie auswendig gelernt hatte. Ihr ging durch den Kopf, dass sie diese Nummer bis an ihr Lebensende im Gedächtnis behalten würde.

Sie wartete. Vielleicht meldete er sich ja nicht. Tränen rannen ihr über die Wangen, erst nur wenige, dann immer mehr. Sie liefen ihr in den Mund, sodass sie das Salz schmecken konnte. Über ihrem Kopf schrieb ein Flugzeug seine Signatur in den Himmel. Ihr Herz schlug so heftig, dass sie befürchtete, es könnte jeden Moment aus ihrem Brustkorb springen.

Er meldete sich. Eine belegte, sanfte Stimme.

»Hier ist Lola«, sagte sie.

Am anderen Ende kam keine Reaktion, nur ein Atemgeräusch. Einen Moment dachte sie, sie könnte die Worte nicht aussprechen. Sie steckten in ihrem Mund fest wie Steine. Doch dann holte sie so tief Luft, dass ihr der Hals wehtat. »Wir sind in der Rivingdale Terrace Nummer 18. Ja, Rivingdale Terrace. Frieda hat gesagt, Sie würden nur noch eine einzige Person töten … Ja, natürlich meint sie damit sich selbst. Ich muss aufhören.«

Sie schaffte es kaum noch zu gehen. Vor ihrem geistigen Auge sah sie sich zusammengerollt im feuchten Gras liegen, umgeben von Herbstlaub, und warten, bis das alles vorbei war. Am liebsten hätte sie sich in Luft aufgelöst oder vom Erdboden verschlucken lassen. Ihr Körper erschien ihr seltsam, und sie kam wohl auch ihrem Körper seltsam vor, als bräche in ihrem Inneren gerade alles auseinander. Einen Augenblick blieb sie ganz still stehen, um ihr Gleichgewicht wiederzufinden. Dann machte sie sich auf den Weg zurück in Richtung Ausgang.

»Lola.«

Erschrocken fuhr sie zusammen. Vor ihr stand Frieda und streckte ihr eine Hand entgegen.

»Ach, tut mir leid!«, stieß sie hervor, auch wenn ihre

Stimme dabei schrill und undeutlich klang. Bestimmt merkte Frieda sofort, dass etwas nicht stimmte. »Ich musste kurz ein bisschen frische Luft schnappen.«

Lächelnd nahm Frieda sie am Arm. »Ich weiß«, sagte sie. »Es ist die teuerste Bleibe, in der ich je gewohnt habe, und zugleich die unangenehmste. Als ich dich über die Straße laufen sah, wurde mir klar, dass wir da sofort wieder rausmüssen.«

Erst jetzt fiel Lola auf, dass über Friedas Schultern je eine Umhängetasche hing. »Sofort wieder raus?«, wiederholte sie. »Du meinst, jetzt?«

»Auf der Stelle. Warum warten?«

»Ich muss noch meine Sachen holen.«

»Ich habe alles dabei.«

»Aber… ich bin mir nicht sicher, ob ich das packe, wenn wir noch mal umziehen, Frieda. Ich meine, hier ist es wirklich schlimm, aber wie wird erst unsere nächste Bleibe sein?«

»Lass uns das doch im Gehen diskutieren«, antwortete Frieda, während sie eine widerstrebende Lola zurück in den Park führte und sich mit ihr in Richtung Süden wandte. »Ich möchte ja nicht die Therapeutin herauskehren, aber wenn man anfängt, sich vorzustellen, wie die Ratten über einen hinwegkrabbeln, während man schläft, dann ist es Zeit für einen Umzug.«

»Aber mit einem Umzug löst man seine Probleme doch auch nicht. Man muss sie dort lösen, wo sie sind.« Lola blieb stehen. Ihr Blick wirkte panisch. »Wahrscheinlich werden überall dort, wo ich hingehe, Ratten sein. Wahrscheinlich sind sie in meinem Kopf. Lass uns zurückgehen. Bitte!«

»So was sage ich sonst zu meinen Patienten«, entgegnete Frieda. »Dass man umziehen kann, so oft man will, seine Probleme aber immer mitnimmt. In diesem Fall jedoch mache ich eine Ausnahme. Die Ratten waren real. Wahrscheinlich gab es da auch Kakerlaken.«

Sie ging weiter. Lola ließ sich von Frieda führen, wirkte dabei aber völlig kraftlos.

»Wohin gehen wir?«, fragte sie. »Müssen wir uns jetzt wieder mit einem von deinen Freunden in Verbindung setzen?«

»Keegan hat schon mit so was gerechnet und mir noch einen anderen Schlüssel gegeben. Für eine Wohnung gar nicht weit von hier. Zu Fuß sind es nur ein paar Minuten. Ich glaube, wir brauchen beide ein bisschen Bewegung.« Sie legte den Kopf in den Nacken. »Später wird es bestimmt regnen«, sagte sie mehr zu sich selbst als zu Lola. »Manchmal ist ein Wolkenbruch nötig, um die Luft zu reinigen.«

Sie erreichten die südöstliche Ecke des Parks und traten hinaus auf die Euston Road. Nun befanden sie sich ziemlich nah an Friedas Haus, fast schon gefährlich nah, denn es bestand das Risiko, dass jemand Frieda erkannte. Rasch ließen sie die Hauptstraße und den dichten Verkehr hinter sich und wechselten zu ruhigeren Straßen, die an den Universitätsgebäuden vorbeiführten. Es war eine Strecke, die Frieda von ihren rastlosen Nachtwanderungen wie ihre Westentasche kannte. Sie führte Lola weiter, vorbei an den Reihenhäusern, den massigen Wohnblöcken und den kleinen Hotels, bis sie schließlich ein unscheinbares Häuschen an der Ecke eines kleinen Platzes erreichten. Frieda schloss die Haustür auf, und sie traten ein.

Es war wie die Imitation eines Familienhauses. In der Diele hingen Radierungen. Vorne ging es in ein Wohnzimmer mit einem Sofa und ein paar Stühlen, nach hinten in die Küche und von dort in einen kleinen Garten, der durch die Mauern eines großen Gebäudes begrenzt wurde. Aber es gab nichts Persönliches. Keine Post auf der Türmatte. Kein Fernsehgerät und kein Telefon.

»Was ist denn das für ein Haus?«, fragte Lola. »Es kommt mir vor wie eine reine Fassade oder eine Filmkulisse oder so was in der Art.«

»Ich glaube, mein Freund benutzt es für Leute wie uns.«

»Was sind denn Leute wie wir?«

»Solche, die eine Weile verschwinden müssen. Von denen gibt es mehr, als du denkst.«

»Was macht dein Freund eigentlich beruflich?«

»Er hat definitiv einen von diesen Berufen, die sich äußerst schwer beschreiben lassen. Man könnte ihn vielleicht einen Managementberater nennen. Aber die Wohnung ist viel besser, nicht wahr?«

Lola blickte sich um. »Du hast recht«, räumte sie ein, »hier ist es besser. Ich bin froh, dass wir diesen schrecklichen Ort hinter uns gelassen haben. Ich wünschte nur, ich hätte mich selbst auch hinter mir lassen können.«

42

An diesem Abend kochte Frieda Butternut-Kürbissuppe. Die Küche war sauber und asketisch ausgestattet: mit zwei Kochtöpfen – einem großen und einem kleinen –, einer Bratpfanne und einer Bratenform. Vom Geschirr, das in Blassgrün gehalten war, gab es jeweils Vierersets: vier große und vier kleine Teller, vier Schalen. Dasselbe galt fürs Besteck und die Gläser.

Frieda hatte Whiskynachschub besorgt. Sie schenkte ihnen beiden je einen Schuss ein und stellte Lolas Glas wortlos vor sie hin. Von ihrem eigenen nahm sie immer wieder mal einen Schluck, während sie den Kürbis aufschnitt. Nachdem sie die Würfel zum Anbraten in die Pfanne gegeben hatte, deckte sie den Tisch und schaltete dann ihren Laptop ein. Während der ganzen Zeit saß Lola mit hängenden Schultern da, ohne ein Wort zu sagen. Sie starrte nur vor sich hin.

Während Frieda auf ihrem Computer die neuesten Pressenachrichten überflog, erklärte sie ohne hochzublicken: »Wenn es beim Schach zum Endspiel kommt, ändert sich alles. Dann sind nur noch ein paar Figuren übrig. In dieser Phase kann ein Bauer genauso mächtig sein wie eine Königin. Sie umkreisen sich, blockieren oder beschützen einander. Manchmal bluffen sie sogar, um eine Öffnung zu finden, einen Durchgang.«

»Und das ist jetzt das Endspiel?«

»Ja, genau.«

»Was hast du vor?«

Frieda gab ihr keine Antwort, stand stattdessen auf und

stocherte mit einer Gabel im Kürbis herum, um sich zu vergewissern, dass er weich war.

»Es gibt hier keinen Mixer«, bemerkte sie. »Wir müssen ihn mit einer Gabel zerquetschen und dann die Brühe hinzufügen. Schaffst du das?«

»Was?«

»Kannst du den Kürbis mit einer Gabel zermantschen? Lola?«

»Ich schätze schon.«

»Trink ein bisschen Whisky.«

»Dann muss ich bloß wieder weinen.«

»Weinen ist nicht so schlecht.«

»Nein, ich darf nicht. Ich habe das Gefühl, mich aufzulösen.« Sie sah Frieda mit ihren großen Kinderaugen an. »Ich meine, im wahrsten Sinn des Wortes. Mein Magen verflüssigt sich irgendwie.«

»Du hast Angst«, sagte Frieda.

»Ja.«

»Hier. Nur grob zermantschen.«

Frieda kippte die Kürbiswürfel auf einen Teller und schob Lola eine Gabel in die Hand. Sie verfolgte, wie Lola gehorsam die Gabel in die gelben Brocken drückte. Frieda musste an ihre erste Begegnung mit Lola denken – wie arglos sie gewesen war, wie fröhlich sie vor sich hin geplappert hatte. Sie musste auch daran denken, wie die junge Frau spontan die Arme um sie geschlungen und zu ihr gesagt hatte, wie leid es ihr tue, dass sie, Frieda, schon so viel habe durchmachen müssen. Jetzt saß diese junge Frau stumm und niedergeschlagen am Tisch. Sie hatte stark abgenommen. Ihre Haut wirkte blass, und im Mundwinkel hatte sich eine Entzündung gebildet. Ihr Haar musste dringend gewaschen und geschnitten werden. Ihre Kleidung sah schmuddelig aus, und ihre Nägel waren bis aufs Fleisch heruntergekaut. Entschlossen nahm sie ihr die Gabel aus der Hand und zog den Teller weg. »Das reicht«, sagte sie in sanftem Ton. »Danke.«

Sie goss die Suppe auf, fügte am Ende Joghurt hinzu und gab dann eine große Portion in Lolas Schale.

»Iss.«

Lola tauchte ihren Löffel in die dicke Flüssigkeit, hob ihn an den Mund, probierte zögernd, ließ den Löffel aber gleich wieder zurück in die Schale sinken.

»Wenn du dich zu Tode hungerst, ist niemandem geholfen«, sagte Frieda, jetzt in strengerem Ton. »Nimm ein bisschen Brot dazu.«

Nach ein paar weiteren Löffeln schob Lola die Schale von sich weg. »Mir ist irgendwie schlecht«, erklärte sie. »Ich fühle mich wirklich nicht gut. Ich glaube, ich gehe wieder ins Bett.«

»Du kannst ja morgen Mittag noch mal eine Portion essen. Ich mache dir Tee.«

»Danke.« Sie verließ den Raum.

Nachdem Frieda die Küche aufgeräumt hatte, trat sie mit ihrem Whisky in den kleinen Garten hinaus. Es fing gerade zu regnen an. Große Tropfen fielen vom dunklen Himmel. Sie blieb ein paar Minuten draußen stehen und genoss den Regen auf ihrem Gesicht und den Geruch nach Herbst. Schließlich ging sie wieder hinein, brühte Tee auf und bot eine Tasse Lola an, die sich auf ihrem Bett wie ein Fötus zusammengerollt und die Decke über den Kopf gezogen hatte.

»Geht's dir schon ein bisschen besser?«, fragte sie, während sie die Tasse auf dem Nachttisch abstellte.

Von der Gestalt unter der Bettdecke kam nur ein leises, undefinierbares Geräusch.

»Dann bis morgen früh. Aber wenn du etwas brauchst, ich bin gleich nebenan.«

Lola lag ganz still da. Sie hörte, wie sich die Tür hinter Frieda mit einem leisen Klacken schloss. Das Licht auf dem Gang erlosch. Lola zog die Knie noch näher an den Körper und legte beide Hände, zu lockeren Fäusten geballt, ans Gesicht. Als sie die Augen zumachte, empfand sie die Dunkelheit als beklemmend. Sie schlug sie wieder auf, doch es war immer noch dunkel. Draußen hörte sie den Regen an die Fenster klatschen.

Sie war kurz davor gewesen, Frieda davon zu erzählen. Es hatte sich angefühlt, als lauerten die Worte bereits dicht hinter ihren Lippen, sodass jedes Mal, wenn sie den Mund öffnete, die Gefahr bestand, dass sie ihr entwischten. Vor ihrem geistigen Auge sah sie die Worte auch jetzt wieder auf der Lauer liegen. Sie konnte sich genau vorstellen, welche Welle der Erleichterung sie durchfluten würde, sobald sie gesprochen hatte, und wie Frieda ihr zuhören und das Gesagte in sich aufnehmen würde. Dann wäre sie, Lola, endlich von ihrer schrecklichen Last befreit. Doch sie hatte nichts gesagt, und sie durfte auch nichts sagen. Sie durfte einfach nicht.

Doch wie jeden Abend, wenn sie in der Dunkelheit die Augen schloss und dem Geräusch ihres eigenen Atems lauschte, ließ Lola nun zu, dass die Erinnerungen kamen.

Daran, wie sie jene Nachricht von Jess erhalten und beschlossen hatte, sie aufzusuchen, ohne Frieda darüber zu informieren – denn natürlich hätte Frieda sie davon abgehalten. Unter ihrer Decke stieß Lola ein leises Stöhnen aus, während sie daran dachte, wie anders vielleicht alles gekommen wäre, wenn sie nur … wenn sie doch nur …

Als sie die Tür der Wohnung, die sie sich mit Jess teilte, geöffnete hatte, war ihr sofort ein ungewohnter Geruch aufgefallen. Wahrscheinlich hatte Jess geraucht, hatte sie überlegt, obwohl es gegen ihre Hausregeln verstieß, in der Wohnung zu rauchen. Aber sie hatte sich nicht weiter den Kopf darüber zerbrochen, sondern nach Jess gerufen, während sie die Treppe hinaufstieg, und sich gefragt, warum sie nicht gleich eine Antwort bekam, obwohl es doch angeblich so dringend war.

Im Hauptraum war niemand gewesen, und als sie durch Jess' geschlossene Tür rief, hatte niemand geantwortet, weshalb sie erst einmal in ihr eigenes Zimmer gegangen war, um ein paar von ihren Sachen zu holen. Gerade als sie nach der Armbanduhr griff, die ihre Großmutter ihr zum achtzehnten Geburtstag geschenkt hatte, und sie sich über die Hand schieben wollte, hörte sie ein Geräusch. Er war nur ein ganz leises Geräusch, doch es ließ sie herumfahren.

»Jess«, hatte sie ein weiteres Mal gerufen, »bist du das?«

Daraufhin hatte sie ihr Zimmer verlassen und war ins Wohnzimmer getreten.

In dem Moment war ihre Welt mit einem Ruck gekippt und zu etwas völlig anderem geworden. Selbst jetzt, während sie zusammengerollt im Bett lag, spürte sie wieder jene Angst, die wie eine giftige Chemikalie durch ihren Körper schoss.

Da stand Jess, im Griff eines Mannes fixiert. Lola sah ihren Blick, ihre Augen, die sie voller Entsetzen anstarrten. Der Mann hielt ihr mit einer Hand den Mund zu. Ihr dunkles Haar fiel über seine Finger. Im Raum war kein Laut zu hören. Mit der anderen Hand drückte er Jess eine Messerklinge an die Kehle. Während Lola wie gebannt auf diese Klinge stierte, sah sie an der Spitze einen winzigen Tropfen Blut austreten.

Niemand sagte etwas, niemand bewegte sich. Lola registrierte, dass ihr der Mann direkt in die Augen sah und sie dabei fast freundlich anlächelte. Irgendein Winkel ihres Bewusstseins erkannte ihn als den Mann am Kanal, den sie mit ihrem Handy fotografiert hatte. Da fiel ihr sein Name ein: Dean Reeve. Sie stand mit Dean Reeve in ihrem Wohnzimmer, er hielt ihrer Freundin ein Messer an die Kehle und lächelte sie dabei an, als wäre es eine nette Überraschung, sich hier wiederzubegegnen.

»Hallo, Lola«, sagte er schließlich. Jess zuckte leicht, doch er machte sich nicht die Mühe, zu ihr hinunterzublicken, sondern drückte einfach noch fester zu. Ein Tropfen Blut lief ihr langsam den Hals hinunter. »Es freut mich, dass du die Nachricht erhalten hast.«

Lola verspürte das Bedürfnis, sich irgendwo abzustützen, blieb jedoch wie angewurzelt in der Mitte des Raums stehen. Am liebsten hätte sie laut geschrien, aber vor Angst brachte sie keinen Ton heraus.

»Du wirst etwas für mich tun«, erklärte Dean. »Nicht wahr?«

Sie zwang sich zu nicken, den Kopf auf und ab zu bewegen – auf und ab, auf und ab –, wie den runden Holzkopf einer Marionette, ruckartig gezogen von einem Faden.

»Braves Mädchen. Aber ich werde es dir leichter machen. Deine Mum und dein Dad, Dave und Carol. In dem kleinen Dorf bei Málaga. Du willst doch nicht, dass ihnen etwas zustößt, oder?«

Jetzt schüttelte sie den Kopf heftiger. Sie spürte ihre Haare an der Wange. Jess' Augen waren immer noch starr auf sie gerichtet.

»Ich dachte mir schon, dass du das nicht willst. Ihnen wird nichts passieren, wenn du mir hilfst. Aber wenn nicht, weißt du, was dann geschieht?«

Er lächelte immer noch. Seine braunen Augen wirkten freundlich.

»Nein, natürlich nicht«, fuhr er fort. »Du wirst es erst wissen, wenn ich es dir gezeigt habe. Pass gut auf.«

Dann hatte er fast wie nebenbei, ohne lang nach unten zu schauen, das Messer durch Jess' Hals gezogen. Einen Moment passierte gar nichts. Dann klaffte der Hals plötzlich weit auf, und dunkles Blut schoss in Fontänen heraus, während er Jess' Körper zu Boden sinken ließ.

Lola rührte sich noch immer nicht von der Stelle. Sie half ihrer Freundin nicht, lief nicht zu ihr hin, um zu versuchen, ihr das Leben zu retten. Mittlerweile hatte sie sich eingeredet, dass es keinen Unterschied gemacht hätte. Es hätte tatsächlich keinen gemacht. Trotzdem. Sie hatte sich nicht von der Stelle gerührt, sondern einfach nur zugesehen, wie Jess dort am Boden lag und sich zuckend wand wie ein Fisch auf dem Trockenen.

»Es hat keinen Sinn, wenn du mir jetzt sagst, wo ihr euch gerade aufhaltet, du und Frieda«, erklärte Dean und trat dabei einen Schritt zurück, damit kein Blut auf seine Schuhe spritzte. »Ich habe vorher noch einiges zu erledigen. Ihre Zeit ist noch nicht gekommen. Aber wenn ihr beide das nächste Mal umzieht, wirst du mich anrufen.«

Lola konnte nichts antworten. Sie beobachtete, wie Jess' Augen sich eintrübten. Sie sah ihr beim Sterben zu.

»Ich nenne dir jetzt eine Nummer«, erklärte Dean. »Die lernst du auswendig.«

Er hatte ihr die Nummer genannt und sie aufgefordert, sie zu wiederholen. Lola hatte sie viele Male wiederholt, bis er schließlich zufrieden war. Diese Nummer hatte sie von der Umkleidekabine aus angerufen, als Frieda und sie noch in dem Haus mit den Katzen wohnten. Auch auf der Toilette im Bahnhof von St Pancras hatte sie die Nummer gewählt, während Frieda mit dem Mann mit den kalten Augen sprach, und zuletzt noch einmal an diesem Morgen im Regent's Park. Diese Nummer würde ihr bestimmt bis an ihr Lebensende im Gedächtnis bleiben: die Zahlenpaare, die sie so viele Male wiederholte hatte, während Jess mit blicklosen Augen zu ihr emporstarrte.

Nun traute sie sich kaum noch zu reden vor lauter Angst, die Worte herauszulassen. Manchmal schlug sie tatsächlich eine Hand vor den Mund. Wenn sie spürte, dass der Blick von

Friedas dunklen Augen auf ihr ruhte, musste sie sich abwenden oder den Raum verlassen, denn jedes Mal, wenn sie kurz davor stand, die Worte auszusprechen, hörte sie seine leise, bedächtige Stimme: *Deine Mum und dein Dad, Dave und Carol. In dem kleinen Dorf bei Málaga*.

Frieda hatte gesagt, sie seien jetzt beim Endspiel angekommen. Lola wollte einfach nur, dass es vorbei war. Aber wenn es vorbei war, was dann? Wer würde sie dann sein? Was würde sie getan haben?

43

Dolan hatte zwei Red Bulls getrunken, eine Tüte gesalzene Erdnüsse verspeist und vier Zigaretten geraucht. Jetzt fühlte er sich zugleich aufgedreht und schläfrig. Nächstes Mal würde er sich ein Sandwich, eine Thermoskanne mit Kaffee und eine große Flasche Wasser mitnehmen und die Beine öfter strecken. Dafür war es nun zu spät, denn mittlerweile goss es draußen in Strömen, sodass er binnen weniger Sekunden völlig durchnässt wäre. Doch die Luft im Wagen erschien ihm so stickig, dass er das Fenster einen Spalt öffnete, und genau in dem Moment marschierte eine kleine Gruppe von Männern an ihm vorbei auf den Eingang des Three Feathers zu. Alle hielten die Köpfe gesenkt. In der Mitte reckte einer einen nutzlosen kleinen Schirm in die Höhe.

Sie waren zu viert, aber Dolans Blick blieb an der Person ganz links hängen. Laut Quarry war der Mann, nach dem sie Ausschau hielten, sehr groß und kräftig. Dieser hier wirkte sehr groß und auch breit. Außerdem hatte Quarry gesagt, er habe langes dunkles Haar, eventuell zu einem Pferdeschwanz gebunden. In dem Licht, das aus dem Pub fiel, als die Männer die Tür öffneten und das Lokal betraten, sah Dolan, dass das lange dunkle Haar des Mannes zu einem schlampigen Pferdeschwanz zusammengefasst war. Quarry hatte außerdem Tätowierungen erwähnt, doch was das betraf, würde Dolan hineingehen und sich den Kerl genauer ansehen müssen.

Er stieg aus und steuerte im Laufschritt auf den Eingang zu. Obwohl es nur ein paar Meter waren, spürte er das Regenwasser bereits unter seinem Hemdkragen. Das Three Feathers war überfüllt, sämtliche Tische waren besetzt, und auch an der Theke drängten sich die Leute. Trotzdem fiel es Dolan nicht schwer, den Mann zu entdecken, bei dem es sich möglicherweise um Len handelte, denn er überragte alle anderen um gut einen Kopf. Dolan schob sich näher an ihn heran. Ja, er hatte Tätowierungen, die sich unter den langen Ärmeln seines Hemds hervorschlängelten.

Dolan kehrte in den Eingangsbereich zurück und zückte sein Telefon. »Ich glaube, er ist da«, informierte er Quarry mit leiser Stimme.

»Bestellen Sie sich ein Bier und behalten Sie ihn im Auge, aber unternehmen Sie nichts, bis ich da bin. Reeve ist nicht dabei, oder?«

Dolan empfand einen Anflug von Panik. Er war gar nicht auf die Idee gekommen, dass womöglich einer von Lens Begleitern Dean Reeve sein könnte.

»Er ist mit einer Gruppe da. Ich sehe mir die anderen noch einmal genauer an.«

»Nehmen Sie sie unter die Lupe, aber halten Sie sich ansonsten zurück. Ich komme, so schnell ich kann.«

Quarry brauchte eine halbe Stunde. Der Verkehr staute sich wegen eines Unfalls, sodass er nur quälend langsam vorankam. Als er schließlich das Three Feathers erreichte, sah er Dolan mit einem Bier in der Hand in Thekennähe stehen.

»Ist er noch da?«

»Im anderen Raum. Sie spielen Darts. Von Reeve keine Spur.«

Quarry ging hinüber in den Nebenraum, ließ sich an der Seite nieder und verfolgte die Dartpartie, bis sie zu Ende war. Dann steuerte er auf den Mann zu. Obwohl er selbst auch eine stattliche Größe aufwies, kam er sich neben ihm klein und schmächtig vor.

»Len?«, fragte er.

Der Mann blickte auf ihn hinunter. »Was gibt's?«

Quarry wies sich aus. Die meisten Leute reagierten erschrocken oder defensiv, wenn sie plötzlich mit der Polizei konfrontiert waren. Len schien das völlig kalt zu lassen.

»Ich habe gehört, Sie könnten uns vielleicht helfen«, erklärte Quarry.

»Wer sagt das?«

»Sie sind also Len?«

»Schon möglich.«

»Verraten Sie mir Ihren Nachnamen?«

Len verzog keine Miene. »Smith.«

»Smith?«

»Das ist ein häufiger Name.«

Quarry warf einen Blick in die Runde und stellte fest, dass ihn alle anstarrten. Ihm wurde leicht mulmig zumute. »Können wir irgendwo unter vier Augen reden?«

»Warum?«

»Bitte kommen Sie mit nach draußen.«

Len zögerte einen Moment. Auch die Männer um ihn herum rührten sich nicht von der Stelle. Dann zuckte er mit den Achseln und begleitete Quarry in Richtung Ausgang. Dolan folgte ihnen mit etwas Abstand nach draußen. Inzwischen hatte es zu regnen aufgehört, auch wenn es immer noch feucht und windig war. An der Seite des Pubs blieben sie stehen, nicht weit vom Personaleingang und den großen metallenen Mülltonnen entfernt. Len musterte Quarry gleichmütig.

Quarry beugte sich ein wenig vor, damit er das Gesicht seines Gegenübers besser sehen konnte. Er hielt ihm das Foto von Dean Reeve hin. »Kennen Sie diesen Mann?«

»Kann schon sein.«

»Das ist kein Witz. Kennen Sie ihn?«

Len seufzte. »Das ist Barry.«

Quarry bemühte sich um einen neutralen Gesichtsausdruck. Barry war der Name, den Dean Reeve bei Geoffrey Kernan benutzte, als der ihn engagiert hatte, die Terrasse für ihn anzulegen.

»Wissen Sie, wo er wohnt?«

»Warum?«

»Haben Sie eine Adresse von ihm?«

»Nein.«

»Schluss jetzt!«, befahl Quarry. »Hören Sie damit auf, und zwar sofort. Sie langweilen mich und verschwenden meine Zeit. Es gibt jetzt zwei Möglichkeiten: Entweder Sie nennen mir eine Adresse, und wir verabschieden uns. Oder Sie nennen mir keine Adresse, dann nehme ich Sie mit und verspreche Ihnen, dass ich alles in meiner Macht Stehende tun werde, um Ihnen das Leben schwer zu machen. Ich werde damit anfangen, dass Sie mir einen falschen Namen genannt haben, und dann sehen wir weiter.«

»Man kann sich nennen, wie man mag«, erklärte Len, plötzlich nicht mehr ganz so selbstsicher.

»Wenn Sie sich da bloß nicht irren«, entgegnete Quarry.

Len zuckte lässig mit den Schultern. »Er hat ein Zimmer über der Döner-Kebab-Bude an der Hauptstraße. Falls er noch da ist.« Er stieß ein kurzes, abgehacktes Lachen aus. »Barry bleibt nicht gern lange am selben Ort. Er ist ein rastloser Typ.«

»An welcher Hauptstraße?«

»East Ham. Sie beginnt am Park.«

»Eine Hausnummer haben Sie nicht?«

»Das Zimmer liegt über der Kebab-Bude. Es gibt da eine Reihe von kleinen Läden, die alles Mögliche verkaufen. Neben der Kebab-Bude ist ein Plüschtierladen mit einem großen Eichhörnchen im Schaufenster.«

»Haben Sie eine Handynummer von ihm?«

»So gut kennen wir uns auch wieder nicht.«

»Sonst haben Sie mir nichts zu sagen?«

»Nein.«

Quarry deutete auf Dolan. »Der junge Kollege nimmt Ihre Daten auf. Wir brauchen eine Telefonnummer und eine Adresse. Außerdem wird er Ihnen eine Weile Gesellschaft leisten.«

»Warum?«

»Sie könnten den plötzlichen Drang verspüren, Verbindung mit Barry aufzunehmen.«

»Ich habe es Ihnen doch gesagt. Ich weiß seine Telefonnummer nicht.«

»Ja, genau. Trotzdem. Bleiben Sie bei Dolan, Len.«

Quarry rief Dugdale an. »Wir haben eventuell eine Adresse.« Er berichtete ihm, was Len gesagt hatte. Dabei hörte er selbst, dass seine Stimme vor Aufregung heiser klang. Dugdale dagegen blieb wie üblich ruhig.

»Parken Sie vor der Tür und rühren Sie sich nicht von der Stelle. Warten Sie auf Verstärkung.«

Frieda lag im Bett. Sie wusste, dass sie keinen Schlaf finden würde. Von draußen drangen gedämpfte Motorengeräusche herein, und später hörte sie einen Fuchs. Es regnete immer noch, wenn auch nicht mehr so heftig. Normalerweise mochte sie das Geräusch von Wind und Regen – vor allem, wenn sie in ihrem eigenen kleinen Haus in der Dunkelheit wach lag. Es befand sich gar nicht weit entfernt, nur ein paar Gehminuten. Sie schloss die Augen und stellte sich vor, wie sie die blaue Tür öffnete und durch die Diele, die so sauber nach Bienenwachspolitur roch, ins Wohnzimmer ging, wo die Scheite für das Kaminfeuer bereits aufgeschichtet wären und die Jalousien heruntergelassen, um die Nacht auszusperren. Auch im restlichen Haus wäre alles genau dort, wo es hingehörte: auf dem Fensterbrett in der Küche ein Töpfchen Basilikum und in ihrem Dachstübchen der Zeichenblock mit dem körnigen Papier, darauf ein gespitzter Bleistift. Die Katze läge zusammengerollt auf einem Stuhl oder am Fußende ihres Betts und würde kurz ein gelbes Auge öffnen, um es gleich wieder zu schließen. Das Gefühl von Heimweh überkam sie plötzlich so stark, dass es schmerzte.

Nebenan hörte Frieda ein Geräusch, eine Art Stöhnen. Das kam von Lola, auf der anderen Seite der Wand. Sie konnte wohl auch nicht schlafen. Die arme Lola, hineingezogen in diesen Mahlstrom, dachte Frieda. Aber bald war es vorbei. *Wir sind alle nur Blätter an einem Baum … und bald kommt der Herbst.*

Quarry fand die Kebab-Bude ohne Probleme. Es war alles genau so, wie Len es beschrieben hatte. Aber es war schwierig, vor der Tür zu parken. Es gab dort eine Bushaltestelle, eine gelbe Doppellinie, eine Ampel. Als Kriminalbeamter konnte er zwar seinen Dienstausweis zücken und parken, wo er wollte, aber dann müsste er sich erklären. Er würde auffallen.

Deshalb parkte er in einer Seitenstraße, ging die paar Schritte zurück und bezog gegenüber der Kebab-Bude Stellung. Dort herrschte gerade ziemlich viel Betrieb. Teenager scharten sich um die Theke. Quarry ließ den Blick nach oben schweifen. Die Fenster der darüberliegenden Wohnung waren dunkel. Rechts neben der Kebab-Bude schloss sich ein Wohltätigkeitsladen an, der um diese Zeit nicht geöffnet war, aber ein gut sichtbares Plüscheichhörnchen im Fenster sitzen hatte. Der kleine Lebensmittelladen auf der linken Seite war noch offen, zumindest standen Kisten mit Obst und Gemüse vor der Tür. Die beiden daran angrenzenden Geschäfte – Sportbekleidung und Haushaltswaren – hatten bereits zu. Dann folgte eine schmale Kopfsteinpflastergasse. Quarry überquerte die Straße und zeigte den Leuten in der Kebab-Bude und in dem kleinen Lebensmittelladen Reeves Foto. Alle schüttelten nur den Kopf.

Als Quarry wieder auf den Gehsteig trat, entdeckte er auf der anderen Seite Dugdale, überquerte die Straße und steuerte auf seinen Chef zu, dessen Hände in den Taschen seines dunklen Mantels steckten. Gemeinsam gingen sie ein paar Schritte den Gehweg entlang und blieben dann in einem Hauseingang stehen.

»Und?«, fragte Dugdale.

»Möglicherweise sind wir hier richtig«, antwortete Quarry.

»Sie vertrauen Ihrer Quelle?«

»Er hat Reeve identifiziert und mir die Lage der Wohnung genau beschrieben.«

»Jemand zu Hause?«

»Licht brennt jedenfalls nicht.«

»Was schlagen Sie vor?«

»Wir könnten die Wohnung observieren lassen. Warten, bis er kommt.«

Dugdale runzelte die Stirn. Er wirkte nicht begeistert. »Ich weiß nicht recht«, sagte er. »Womöglich ist er längst weitergezogen. Es könnte eine Sackgasse sein.« Quarry sah, wie Dugdale auf seiner Unterlippe herumkaute, während er nachdachte. »Es tut mir leid, aber die Zeit haben wir nicht. Ich fordere ein Einsatzkommando an. Wir brechen die Tür auf. Vielleicht finden wir was. Womöglich ist er sogar zu Hause.« Er griff in seine Tasche. »Gibt es einen Hinterausgang?«

»Das weiß ich noch nicht.«

»Dann werfen Sie mal einen Blick um die Ecke. Es wäre doch schade, wenn wir ihn einfach so davonspazieren lassen. Falls es tatsächlich eine Hintertür gibt, können wir dort ein paar Jungs abstellen, nur für den Fall der Fälle.«

Quarry überquerte erneut die Straße und ging auf die schmale Seitengasse zu, die er zuvor gesehen hatte. Dort parkte ein kleiner Lieferwagen, und dahinter standen zwei große Metalltonnen. Als er an denen vorbei war, stellte er fest, dass an der Rückseite der Läden tatsächlich eine schmale, unbeleuchtete Straße verlief. Quarry vermutete, dass sie in der Vergangenheit Platz für Pferde oder Kohlenlieferungen geboten hatte. Inzwischen wurde sie wohl kaum noch genutzt. Anfangs gab es Reste von rissigem Asphalt, doch dann folgte grober Erdboden. Quarry zählte im Vorbeigehen die Geschäfte: Zuerst kamen die Haushaltswaren und die Sportbekleidung, dann der Lebensmittelladen, hinter dem sich überquellende Mülltüten türmten. Es roch nach fauligem Gemüse. Danach folgte die Kebab-Bude.

Ja, ging Quarry durch den Kopf, hier hinten würden sie ein paar Männer brauchen. Er griff nach seinem Telefon. Erst als es schon viel zu spät war, nahm er am Rand seines Gesichtsfeldes eine Bewegung wahr. Den ersten Schlag spürte er mehr als er ihn sah. Alles wurde weiß, und zugleich war da ein rotes Blitzen und Pulsieren. Er hatte gar nicht das Gefühl zu fallen. Stattdessen kam ihm der Boden entgegen. Er spürte die raue Erde an Wange und Nase. Er konnte sie sogar schmecken: Erde in seinem Mund, auf seiner Zunge. Es folgte ein weiterer Schlag, auch wenn ihm nicht einmal klar war, wo an seinem Körper das alles passierte. Während er so dalag und das Blut in seinem Mund schmeckte, wurde ihm erst richtig bewusst, dass er es mit Dean Reeve zu tun hatte. Dean Reeve stand hier bei ihm, über ihm, und trat auf ihn ein. Er, Quarry, hätte ihn schnappen und ein Held werden können, doch nun würde Reeve entwischen und das Morden weitergehen. Er war nur der Narr, der es nicht hatte kommen sehen, und konnte absolut nichts dagegen tun. Er hörte sich selbst stöhnen. War's das jetzt?, fragte er sich. Fühlte es sich so an, wenn man starb? Es kam ihm nicht allzu beängstigend vor. Er wusste, dass er nichts machen konnte, um sich zu schützen. Sein Körper schien ihm nicht mehr zu gehören. Es stand nicht in seiner Macht. Er musste einfach warten, bis alles vorbei war. Nichts davon fühlte sich real an.

Allmählich aber änderte sich das. Auf einmal empfand er Schmerz, und dieser Schmerz baute sich systematisch auf. Er war immer deutlicher zu spüren, und zwar in ganz bestimmten Teilen seines Körpers: der rechten Gesichtshälfte, der Brust und dem rechten Bein. Die Erde in seinem Mund ließ ihn husten und spucken. Trotzdem konnte er sich noch immer nicht richtig bewegen und auch noch kaum einen klaren Gedanken fassen. Er versuchte, an sein Telefon heranzukommen, doch es war unmöglich, sodass er sich schließlich wieder zurücksinken ließ. Nach einer Weile registrierte er Lichter in der Dunkelheit und spürte, dass ihn jemand berührte, ihn anstupste. Er versuchte zu reagieren, brachte aber nur ein Stöhnen zustande.

Zehn Minuten später war schon alles klarer. Er saß im grellen Licht eines Krankenwagens auf einer Trage, geplagt von unterschiedlichsten Schmerzen: pochenden, stechenden und krampfenden. Die Notärztin tupfte ihm eine Tinktur auf die Wange, die derart brannte, dass er am liebsten laut geschrien hätte. Als er sich danach verstohlen die Tränen aus den Augen wischte, sah er, dass ihm Dugdale gegenübersaß.

»Tut mir leid«, stammelte Quarry mit belegter Stimme. Das Sprechen fiel ihm schwer. Seine Zunge fühlte sich geschwollen an, viel zu groß für seinen Mund. »So leid. Hab ihn nicht gesehen.«

Dugdale schüttelte hilflos den Kopf. »Nein, Dan. Es war mein Fehler. Meine Schuld. Ich hatte ihn«, sagte er. »Ich hatte ihn, und ich habe ihn laufen lassen.«

44

Ist Reuben McGill da?«, fragte Karlsson.

Die Frau blickte von ihrem Schreibtisch hoch, der mehr wie ein Schrein wirkte, überhäuft mit getrockneten Blumen und seltsamen Ornamenten. Zu ihrer wild hochgesteckten dunklen Lockenpracht trug sie lange baumelnde Ohrringe und knallroten Lippenstift. »Reuben«, wiederholte sie. »Er ist da, aber wenn Sie mit ihm einen Termin vereinbaren wollen, müssen Sie …« Abrupt brach sie ab. »Ich kenne Sie.«

»Stimmt. Und Sie sind Paz.«

Sie betrachtete ihn mit gerunzelter Stirn. »Erwartet er Sie?«

»Nein.«

Karlsson war an diesem Morgen sehr früh aufgewacht, noch ehe es hell war. Er hatte sich angezogen und dann mit einer Tasse Kaffee in seine Küche gesetzt und in den Garten hinausgestarrt, wo die Bäume bereits ihr Laub abwarfen. Es war sein freier Tag, doch er wusste nichts mit sich anzufangen. Er fühlte sich rastlos und nervös. In der Brust spürte er jenen vertrauten, schmerzhaften Druck, der einfach nicht nachließ, sodass er sich während der vergangenen Wochen fast schon daran gewöhnt hatte. Seine Gedanken kreisten um Frieda. Er ging davon aus, dass sie sich in großer Gefahr befand, und es quälte ihn, dass er nichts tun konnte, um ihr zu helfen. Deswegen war er aus einem spontanen Impuls heraus zum Warehouse marschiert, um mit Reuben zu sprechen, auch wenn er schon vorher wusste, dass es vermutlich nichts bringen würde.

»Warten Sie hier«, sagte Paz, ehe sie sich erhob und den

Gang entlangeilte, wobei ihre hohen Absätze laut über den Dielenboden klackten. Als sie zurückkehrte, nickte sie ihm zu. »Er wartet«, erklärte sie.

Reuben stand auf, als Karlsson eintrat. Sie schüttelten sich über seinen Schreibtisch hinweg die Hände.

»Irgendwelche Neuigkeiten?«, fragte Reuben, bevor Karlsson überhaupt Gelegenheit hatte, etwas zu sagen.

»Nein.«

»Dann lass mich raten.« Reuben deutete auf einen Stuhl und nahm ebenfalls Platz. »Du möchtest wissen, ob ich etwas weiß, genau wie bei deinem letzten Besuch.«

»Ja.« Karlsson sah ihn nicht an, sondern ließ den Blick über das hohe, mit Lehrbüchern vollgestopfte Bücherregal wandern. An einem Band mit dem Titel *Antizipatorische Trauer* blieb er hängen. »Bitte entschuldige die Störung«, fügte er hinzu. Zu seiner eigenen Überraschung empfand er schlagartig eine so abgrundtiefe Traurigkeit, dass ihm sogar das Sprechen schwerfiel.

»Ich weiß nichts.« Reuben fuhr sich mit einer Hand durch sein allmählich nachwachsendes Haar.

Im Lauf des vergangenen Jahres war er stark gealtert, fand Karlsson. Auf jeden Fall hatte er viele neue Falten im Gesicht. »Würdest du es mir sagen, wenn du etwas wüsstest?«

Reuben musterte ihn mit zusammengekniffenen Augen. Als er ihm schließlich antwortete, verzichtete er auf seinen üblichen ironischen Unterton. »Ja, wenn ich der Meinung wäre, es könnte hilfreich sein. Denn im Grunde empfindest du ja nur, was wir alle fühlen: Sie ist da draußen in Gefahr, und wir können sie nicht davor beschützen, sondern müssen einfach abwarten.«

»Was ist mit Josef?«, fragte Karlsson, während er sich wieder erhob.

»Du meinst, ob Josef etwas weiß? Das hast du mich letztes Mal auch schon gefragt.«

»Zumindest hat Frieda sich ihm damals anvertraut, als sie sich vor der Polizei versteckte.«

»Das stimmt, und er hat kein Wort verraten«, erwiderte Reuben. »Josef bewahrt Friedas Geheimnisse sogar noch nach einer Flasche Wodka.«

»Glaubst du, er weiß etwas?«

»Zu mir hat er nichts gesagt.«

»Vielleicht sollte ich mit ihm reden.«

»Na dann viel Glück. Du findest ihn in Friedas Haus.«

»Wieso denn das?«

»Er hat ihr eine Dachterrasse gebaut, oder vielleicht ist es eher ein großer Balkon.«

»Eine Dachterrasse?«

»Er und Chloë. Heute Morgen hat er ein paar Blumentöpfe mitgenommen. Wer weiß, was Frieda davon halten würde.«

»Wird«, korrigierte ihn Karlsson.

»Wie bitte?«

»Was Frieda davon halten *wird*.«

»So habe ich es gemeint.«

Zum Abschied schüttelten sie sich erneut die Hände. Reuben nickte Karlsson zu. »Es ist hart«, bemerkte er.

Vor Friedas Haustür zögerte Karlsson ein paar Augenblicke, ehe er klopfte. Es fühlte sich äußerst seltsam an, hier zu stehen. Gegen seinen Willen begann sein Herz schneller zu schlagen, als die Tür aufschwang, und er empfand einen absurden Anflug von Enttäuschung, als er Josefs Gesicht erblickte und nicht das von Frieda.

»Was ist los?«, fragte Josef.

»Nichts. Reuben hat mir gesagt, dass ich dich hier finde. Darf ich reinkommen?«

Josef machte die Tür weiter auf, und Karlsson schlug der vertraute Geruch der Diele entgegen, während er eintrat. Als er einen Blick ins Wohnzimmer warf, stellte er fest, dass im Kamin Holz aufgeschichtet war und auf dem Sims eine Vase mit purpurroten Dahlien stand. Alles war bereit für Friedas Rückkehr.

»Reuben hat mir erzählt, dass ihr eine Dachterrasse gebaut habt.«

Josefs Miene hellte sich auf. »Ja, als Überraschung. Möchtest du sie sehen? Komm mit.«

Sie gingen zusammen nach oben und traten hinaus auf den Balkon, wo auf einer Seite mehrere große Tontöpfe und zwei dicke Säcke Komposterde standen.

»Was hältst du davon?«

Nachdem Karlsson zunächst die neue Konstruktion und dann die Aussicht auf London begutachtet hatte, blickte er in Josefs braune Augen. Er versuchte sich auszumalen, wie Frieda, wenn sie endlich nach Hause kam, darauf reagieren würde, dass ihre kostbare Privatsphäre während ihrer Abwesenheit derart verändert worden war. »Bestimmt wird sie begeistert sein«, antwortete er schließlich zögernd.

»Ja?«

»Ja.«

»Chloë schreinerte ihr gerade einen Stuhl, der genau hierher soll.« Er deutete mit seinen breiten Händen auf die entsprechende Stelle. »Und einen kleinen Tisch. Bald fahren wir ins Gartencenter und kaufen Pflanzen.«

»Gut.«

»Viele Pflanzen.« Josef lächelte. »Dann kann Frieda zurückkommen.«

Karlsson wartete einen Moment, bevor er weitersprach. »Josef«, sagte er, »wo ist sie?«

»Was?«

»Wo ist Frieda?«

»Ich weiß es nicht.« Josef riss die Augen auf, krampfhaft um einen besonders ehrlichen Gesichtsausdruck bemüht. »Wirklich, keine Ahnung«, fügte er hinzu.

»Ich muss sie finden.« Er wartete, doch Josef sagte nichts, sondern starrte ihn nur mit seinen traurigen braunen Augen an. »Ich bin der festen Überzeugung, dass sie in Gefahr ist und ich ihr helfen kann«, fuhr Karlsson fort.

»Keine Ahnung.«

Auf dem Weg nach draußen begegnete Karlsson Chloë. Sie trug einen Plastiktopf mit einem zarten Pflänzchen, das nicht sehr vielversprechend aussah, eher wie ein mickriger Zweig mit drei oder vier Blättern dran.

»Das ist ein Miniapfelbaum«, erklärte sie.

»Für die Dachterrasse.«

»Genau.«

»Ich war gerade mit Josef oben.«

»Vielleicht hätten wir das Ganze lieber lassen sollen.« Chloë zog die Nase kraus. »Frieda hasst Überraschungen. Es war nur … na ja, eine Aufgabe. Während wir auf sie warten.«

»Verstehe«, antwortete Karlsson sanft. Aus einem spontanen Impuls heraus fügte er hinzu: »Du hast sie auch nicht zu Gesicht bekommen, oder?«

Er rechnete damit, dass sie den Kopf schütteln würde, doch zu seiner Überraschung wandte sie sich ab, während auf ihren Wangen zwei rote Flecken zu leuchten begannen.

»Chloë?« Er trat einen Schritt auf sie zu. »Du hast sie getroffen?«

»Sie würde mich umbringen, wenn sie wüsste, dass ich mit dir darüber rede.«

»Ich möchte ihr so gerne helfen, aber solange ich nicht weiß, wo sie ist, kann ich das nicht.«

»Ich habe sie tatsächlich getroffen, aber nur ein einziges Mal. Sie hat mich abgepasst, als ich gerade Feierabend machte, und wir sind ein paar Minuten nebeneinanderher gegangen. Ihr Haar war kurz geschnitten und grau gefärbt. Sie wollte, dass ich ihr helfe, eine Bleibe zu finden.«

»Und konntest du ihr helfen?«

»Ja. Das Elternhaus einer Freundin von mir stand gerade leer, weil die Eltern in Urlaub waren. Ich habe Frieda den Schlüssel hinterlegt.«

»Wo ist das Haus?«, fragte Karlsson.

»Sie ist nicht mehr dort.« Chloë starrte zu ihm hoch. Ihre Augen schwammen in Tränen. »Die Eltern sind längst zurück aus dem Urlaub.«

»Du weißt nicht, wo sie danach hin ist?«

»Nein, keine Ahnung.«

»Du würdest es mir aber sagen.«

Chloë nickte. »Eine wütende Frieda ist mir tausendmal lieber als eine tote«, erklärte sie. Mittlerweile liefen ihr Tränen über die Wangen.

»Sie hat dir keinen Hinweis gegeben, wohin sie als Nächstes wollte?«

»Nein.«

»Also keinerlei Hinweis. Keine noch so kleine Andeutung.«

»Ich erinnere mich, dass sie gesagt hat, sie werde nicht allzu lang in dem Haus bleiben, das ich für sie gefunden habe.«

»Warum nicht?«

»Weil …«, antwortete Chloë langsam, während sie vor lauter Konzentration die Stirn runzelte und auf ihrer Unterlippe herumkaute, »… ich glaube, sie hat gesagt, jemand anderer könnte eine Bleibe für sie organisieren.«

»Wer?«

»Das weiß ich nicht. Sie hat keinen Namen genannt.«

»Bist du sicher?«

»Ja. Aber sie hat gesagt, der Betreffende habe Freunde ganz oben.«

»Freunde ganz oben.«

»Oder so was in der Art. Kannst du damit was anfangen?«

»Ja.«

Walter Levin saß in einem dreiteiligen Anzug mit Weste und Jackett an seinem Schreibtisch. Die Deckenbeleuchtung ließ seine Brillengläser funkeln. Wie aufs Stichwort nahm er die Brille ab und polierte sie mit einem weißen Taschentuch.

»Ich muss wissen, wo sie ist«, erklärte Karlsson.

»Sie müssen?« Levin bedachte ihn mit einem liebenswürdigen Lächeln.

»Ich weiß, dass Sie über ihren Aufenthaltsort informiert sind.«

»Ach, tatsächlich?« Er klang leicht überrascht.

»Chloë hat mir erzählt, dass Frieda sich wegen einer Wohnmöglichkeit an Sie wenden wollte. Oder zumindest an jemanden mit Freunden ganz oben.«

Levin legte seine Brille auf den Schreibtisch. »Damit könnte sie auch jemand anderen gemeint haben.«

»Bitte«, sagte Karlsson ungeduldig, »ich habe keine Zeit für Spielchen.«

Levins Miene wurde kühler. »Frieda hat den Verdacht, dass jemand von der Polizei Informationen über sie durchsickern lässt. Ich will Sie nicht beleidigen, aber mir sind die Hände gebunden.«

»Ich bin nicht als Kriminalbeamter hier, sondern als Freund, der zufällig auch Kriminalbeamter ist und ihr helfen kann.«

Levin setzte die Brille wieder auf und rückte sie zurecht.

»Ich muss ihr helfen«, insistierte Karlsson.

»Natürlich betrachte ich das Ganze mehr von außen, aber gehe ich recht in der Annahme, dass Frieda sich genau aus diesem Grund versteckt: damit ihre Freunde nicht versuchen, ihr zu helfen?«

Karlsson stützte die Handflächen auf die Schreibtischplatte, lehnte sich vor und sah direkt in Levins kühle Augen. »Dean Reeve wird sie töten.«

»Fakt ist, dass ich nicht weiß, wo sie ist.«

»Ich glaube Ihnen nicht.«

Levin lächelte ihn an. »Das ist natürlich Ihr gutes Recht.«

»Lieber Himmel, ist es Ihnen denn völlig egal, was mit ihr passiert?«

»Mein lieber Karlsson, Sie können hier so pathetisch werden, wie Sie wollen. Tatsache ist, dass ich Ihnen Friedas Aufenthaltsort nicht verraten werde. Gesetzt den Fall, dass ich ihn in Erfahrung bringe.«

»Obwohl Sie wissen, dass sie in Gefahr ist.«

»Genau *weil* ich weiß, dass sie in Gefahr ist.«

An der Tür wandte Karlsson sich noch einmal um. »Haben Sie sie seitdem getroffen?«

»Nur das eine Mal.«

»Ging es ihr gut?«

»Das weiß ich nicht.« Levin lächelte ihn an. »Sie ist ein Code, den ich nie ganz knacken konnte.«

Karlsson marschierte los, weg von dem kleinen Haus. Er hatte keine Ahnung, was er als Nächstes tun wollte. Da hörte er hinter sich schnelle Schritte. Als er sich umdrehte, sah er sich der jungen Frau gegenüber, die als Assistentin für Levin arbeitete.

»Jude, nicht wahr?«, sprach er sie an.

»Fragen Sie Jock Keegan«, sagte sie. »Er weiß Bescheid.« Mit diesen Worten drückte sie ihm eine Visitenkarte in die Hand.

45

Josef und Alexei saßen nah beieinander auf dem Balkon, warm verpackt in ihre wasserdichten Jacken. Es wehte ein eisiger Wind, und die ersten Regentropfen fielen. Die beiden verspeisten große Burger, und Josef hatte eine Bierflasche neben sich stehen, aus der er nach jedem großen Bissen einen Schluck nahm. Alexei trank Ingwerbier, dessen Schärfe ihn in der Nase kitzelte und zum Niesen reizte.

»Bald sitzen wir hier mit Frieda«, sagte Josef in aufmunterndem Ton zu seinem Sohn. Er sprach jetzt immer Englisch mit ihm, weil er wollte, dass es Alexeis Hauptsprache wurde. Bald, so glaubte er, würde sein Sohn sich kaum noch an seine Muttersprache erinnern, und seine Kindheit in der Ukraine würde ihm vorkommen wie ein Traum.

Alexei warf ihm einen schnellen Seitenblick zu, sagte aber nichts.

»Habe ich dir schon die Geschichte von unserer ersten Begegnung erzählt?«, fuhr Josef fort.

Natürlich hatte er das, und zwar schon viele Male, aber Alexei schüttelte den Kopf. Er wusste, dass sein Vater das Bedürfnis hatte, über Frieda zu sprechen. Außerdem saß er gerne hier auf diesem Balkon, hoch oben zwischen den Hausdächern, mit Blick auf London in der Abenddämmerung. Es fühlte sich gleichzeitig abenteuerlich und sicher an.

»Ich bin durch die Zimmerdecke gekracht«, erklärte Josef. Er musste laut lachen und nahm einen weiteren Schluck Bier. »Einfach so. Wusch, und schon hockte ich bei ihr auf dem Boden und starrte durch Staubwolken zu ihr auf. Sie saß da mit einem traurigen Mann, der ihr gerade seine Geschichte erzählte.«

Der traurige Mann war Dean Reeves Zwillingsbruder gewesen, der bald darauf von Dean getötet wurde. Das lag inzwischen schon viele Jahre zurück.

»Sie haben mich beide mit großen Augen angesehen«, fuhr Josef fort. Er wischte sich mit der Hand über den Mund. »Ungefähr so.« Er riss die Augen weit auf und starrte Alexei an. »Frieda war sehr böse auf mich. Nicht laut, aber streng. So hat das mit uns angefangen: Ich bin durch ein Loch in ihrer Decke gefallen. Jetzt sind wir schon seit acht Jahren befreundet. Sie hilft mir, ich helfe ihr. Es gibt nichts, das ich nicht für sie tun würde. Nichts. Das ist Freundschaft, Alexei. Das ist immer hier.« Er klopfte an seine Brust, als wäre sie eine Tür, die jederzeit aufgehen könnte.

Wieder nickte Alexei. Josefs Augen leuchteten im Dämmerlicht.

»Bald kommt sie zurück, du wirst schon sehen. Morgen bringe ich ihre Katze wieder her. Alles ist bereit. Sie wird kommen und hier mit uns sitzen. Wir brauchen nicht zu sprechen. Wir schauen zusammen hinaus auf die Lichter. Die schlimmen Tage sind vorbei, und wir sind wieder sicher.«

Nachdem sie eine einfache Mahlzeit zu sich genommen hatten – wobei Lola kaum etwas angerührt, sondern nur mit ihrer Gabel darin herumgestochert hatte –, legte Frieda das Schachbrett für sie zurecht. »Komm und setz dich«, sagte sie.

»Ich kann mich nicht konzentrieren.«

»Es dauert nicht lang.«

Lola ließ sich am Tisch nieder. Sie war müde und gleichzeitig nervös.

»Warum hast du nur so wenige Figuren aufgestellt?«, fragte sie.

»Das ist das Endspiel«, erklärte Frieda. »Ich zeige es dir. Dieses stammt aus einer Partie, die vor fast hundert Jahren von zwei Russen gespielt wurde.«

»Wie kannst du das bloß im Gedächtnis behalten?«

»Es gibt ein paar Partien, die ich nicht vergesse. Ich spiele sie immer wieder, vor allem im Winter.« Sie wirkte plötzlich abwesend und fuhr leise fort, als spräche sie mit sich selbst: »Ich habe einen kleinen hölzernen Schachtisch, und wenn es dunkel wird, schließe ich die Jalousien und zünde im Wohnzimmer das Kaminfeuer an. Dann spiele ich die Züge durch. Das ist wie Meditation.«

»Schachspielen und Marschieren.«

Frieda nickte. »Ja. Jeder entwickelt seine eigene Art, die Welt loszulassen.«

»Ich habe früher immer gebacken«, antwortete Lola. »Und gegessen. Und ich bin mit meinen Freunden herumgesessen. Wir haben gescherzt und gelacht und uns irgendwelche Realitysendungen angesehen.«

»Das wirst du wieder machen.«

Lola sah Frieda an. »Glaubst du wirklich?«

»Klar.«

»Wer hat gewonnen?«

»Der Spieler mit den weißen Figuren war fast die ganze Partie über am Gewinnen. Er hat eine Figur nach der anderen abgeräumt, die Position vereinfacht. Dann tat er das hier.«

Sie bewegte einen Läufer. Lolas Blick war nicht aufs Schachbrett, sondern auf Friedas Gesicht gerichtet. Sie biss sich auf die Unterlippe. »War das gut?«

»Nein, es war nicht gut. Er hatte seinen Läufer ein Feld zu weit bewegt. Er verlor das Spiel, er verlor die Partie, und bestimmt musste er den Rest seines Lebens daran denken.«

»Was wirst du tun?«, fragte Lola.

»Darüber denke ich noch nach.«

»Was ist der nächste Fluss?«

»Hmm?« Frieda machte wieder einen Zug. »Tja, nach dem Counter's Creek kommt der Falcon und dann der Wandle.«

»Du glaubst also, er hat als Nächstes den Falcon ausgewählt.«

»Ich denke schon.« Sie griff nach einer weiteren Figur, stellte sie auf ein anderes Feld und starrte dann mit zusammengekniffenen Augen auf das Schachbrett. »Die Frage ist, wann und wo. Ich glaube, ich bin fast schon am Ziel angekommen. Aber ich möchte ihm einen Zug voraus sein.«

»Wie willst du das anstellen?«

Frieda blickte über das Brett zu Lola. »Du kennst mich ja inzwischen. Wenn ich nachdenken will, richtig nachdenken, dann marschiere ich. Beim Gehen sehe ich die Dinge klarer.«

»Jetzt? Es ist kalt draußen, außerdem regnet es.«

»Nein, morgen.«

»Wohin werden wir gehen?«

»Nicht wir, ich. Ich muss allein sein, Lola, wenigstens für ein paar Stunden. Du kannst ausnahmsweise mal hierbleiben. Hier bist du sicher, zumindest vorerst. Ich habe der Polizei nicht gesagt, wo wir sind. Nur ein einziger Mensch auf der Welt weiß es außer uns. Und dem vertraue ich.«

»Wohin wirst du gehen?«

»Das entscheide ich morgen. Vielleicht zu dem Ort, wo vor acht Jahren alles angefangen hat.«

»Ich weiß nicht, wo das ist.«

»Das brauchst du auch nicht zu wissen.«

Lola stand so abrupt auf, dass ihr Stuhl laut über die Holzdielen des Bodens scharrte. »Ich bin müde. Ich gehe ins Bett«, verkündete sie.

»Natürlich, geh nur.«

»Wann wirst du denn zu deinem Fußmarsch aufbrechen?«

»Früh.«

»Wie früh?«

»Das weiß ich noch nicht.« Frieda lächelte sie an. »Mach dir keine Sorgen. Dir passiert hier nichts, das verspreche ich dir. Bevor ich gehe, bringe ich dir eine Tasse Kaffee, in Ordnung?«

»Ja, bitte.«

»Dann gute Nacht.«

Lola verließ den Raum. Frieda hörte oben das Wasser rauschen, eine Tür zugehen. Sie stellte sich vor, wie Lola mit offenen Augen im Bett lag, voller Angst, bis sie schließlich doch irgendwann in den Schlaf hinüberglitt.

Sie selbst aber blieb noch stundenlang am Tisch sitzen. Das Kinn auf die Hand gestützt, lauschte sie dem Wind und wartete auf den Morgen.

46

Frieda gab Kaffeepulver in einen Krug, goss aus dem Kessel kochendes Wasser darüber und rührte um. Während sie den Kaffee einen Moment ziehen ließ, schnippelte sie einen Apfel, eine Nektarine und ein paar Trauben in eine Schüssel. Lola saß am Küchentisch, das Gesicht noch aufgedunsen vom Schlaf.

»Das reicht für zwei«, sagte Frieda.

»Ich hab keinen Hunger«, entgegnete Lola dumpf.

Frieda füllte das Obst in zwei kleinere Schüsseln, nahm einen Becher Joghurt aus dem Kühlschrank und verteilte ihn mit einem Löffel über die beiden Schalen. Nachdem sie eine davon vor Lola gestellt und einen Löffel danebengelegt hatte, nahm sie das Teesieb aus der Spüle und filterte damit den Kaffee in zwei Tassen. In eine gab sie einen Schuss Milch und stellte sie dann vor Lola, die nur wortlos den Kopf schüttelte.

Auch Frieda sagte nichts, während sie die Portion Obst in ihrer Schale verspeiste, ihren Kaffee dazu trank und sich dann eine zweite Tasse einschenkte.

»Hast du immer noch vor, deinen Fußmarsch zu machen?«, brach Lola schließlich das Schweigen.

»Ja.«

»Wo willst du hin? Nicht zum nächsten Fluss?«

»Nein, noch nicht.«

»Gestern Abend hast du was von dem Ort gesagt, wo alles anfing. Was hast du damit gemeint?«

Frieda betrachtete sie nachdenklich, mit gerunzelter Stirn. »Die Stelle, wo Dean Reeve damals seinen Bruder getötet hat«, antwortete sie schließlich. »Da möchte ich hin.«

Lola schwieg erst einmal. Nach einer ganzen Weile sagte sie dann: »Das hört sich an, als wärst du der Meinung, dass dort ein Geist umgeht. Das klingt gar nicht nach dir.«

Frieda nahm einen Schluck von ihrem Kaffee. »Ich glaube tatsächlich, dass dort ein Geist umgeht. Wir werden doch alle von den Geistern unserer Vergangenheit heimgesucht, von den Dingen, die wir nicht vergessen können. Ich mache meine Fußmärsche aus verschiedenen Gründen. Manchmal ist es für mich eine Methode, meinen Kopf leer und Abstand zu den Dingen zu bekommen. Manchmal will ich aber auch das genaue Gegenteil erreichen. Wenn ich dann durch London laufe, denke ich an alles, was darunter liegt, darunter begraben ist – an all die Stimmen der Menschen, die gestorben sind.«

»Und was bezweckst du dieses Mal damit?«

»Beides. Wie gesagt, wir sind fast am Ende angekommen. Und da ich auf das Ende zugehe, muss ich zu dem Ort, wo es angefangen hat, und sagen, wie leid es mir tut.«

»Du willst dich entschuldigen? Bei wem?«

»Bei vielen Menschen. Aber erst einmal bei Alan, Deans Bruder. Er ist meinetwegen gestorben.«

»Du willst dich bei einem Toten entschuldigen? Was soll das bringen?«

»Hast du schon mal was von Samuel Johnson gehört?«

»Wer ist das?«

»Er war ein Schriftsteller, ein Dichter, der vor dreihundert Jahren lebte. Er hatte das Gefühl, seinem Vater nicht genug Aufmerksamkeit geschenkt zu haben, deswegen kehrte er als Erwachsener zurück in seinen Heimatort Lichfield, stellte sich dort auf den Marktplatz, nahm seinen Hut ab und blieb im strömenden Regen eine Stunde lang stehen.«

»Das klingt für mich nach kompletter Zeitverschwendung.«

»Da bin ich nicht deiner Meinung«, entgegnete Frieda. Sie

trank ihren Kaffee aus. »Von manchen Menschen sind wir niemals frei, auch wenn sie schon tot sind.«

»Du hast mich gar nicht gefragt, ob ich mitkommen möchte.«

»Möchtest du mitkommen?«

»Nein. Ich kann das nicht mehr.«

»Das dachte ich mir. Außerdem habe ich dir ja gestern schon gesagt, dass ich heute allein sein muss. Ich möchte darüber nachdenken, wie ich jetzt weitermachen will.« Frieda griff nach ihrer Jacke.

»Darf ich dich etwas fragen?«, meldete sich Lola erneut zu Wort.

»Klar.«

»Dean Reeve will dich töten.«

»Das ist keine Frage.«

»Hast du denn gar nichts, womit du dich schützen kannst?«

»Wie zum Beispiel?«

»Zum Beispiel eine Pistole?«

Frieda schüttelte den Kopf. »Du weißt doch, dass ich keine Pistole habe. Wo sollte ich die denn herhaben?«

»Du kennst ein paar seltsame Leute.«

»Stimmt, ich kenne tatsächlich ein paar seltsame Leute. Ich bin mir allerdings nicht sicher, ob sie mir eine Schusswaffe anvertrauen würden. Außerdem bezweifle ich sowieso, dass mir eine solche Waffe in diesem Fall etwas nützen würde.«

»Dann eben ein Messer. Du hast doch schon mal ein Messer benutzt. Das habe ich gelesen.«

Die Vorstellung, mit einer Schusswaffe herumzufuchteln, hatte Frieda ein kleines Lächeln entlockt, doch beim Stichwort Messer verfinsterte sich ihre Miene. »Stimmt, ich habe mal ein Messer benutzt. Aber wenn ich bei Dean Reeve ein Messer ziehe, führt das wahrscheinlich nur dazu, dass er es am Ende gegen *mich* verwendet. Wie auch immer, heute kann mir nichts passieren. Ich weiß nicht, wo er ist, und genauso wenig weiß er, wo ich bin.«

Frieda verließ den Raum. Kurz darauf kehrte sie mit ihrer Tasche über der Schulter zurück und stellte sich vor Lola hin.

»Was soll das werden?«, fragte diese.

»Steh auf.«

»Wozu?«

»Wenn schon aus keinem anderen Grund, dann wenigstens, damit du dich mal bewegst und dein Kreislauf ein bisschen in Schwung kommt.«

Lola stand auf.

»Hier, nimm das.« Frieda hielt ihr mehrere Zwanzig-Pfund-Noten hin.

»Warum?«

»Nur zur Überbrückung.«

»Das verstehe ich jetzt nicht.«

»Ich komme nicht zurück«, erklärte Frieda.

»Warum nicht? Wie meinst du das?«

»Ich kann dich nicht mehr beschützen. Vermutlich bist du jetzt auch gar nicht mehr in Gefahr. Aber falls doch …« Frieda nahm einen kleinen Zettel aus ihrer Tasche und reichte ihn Lola. »Da steht die Nummer von Malcolm Karlsson drauf. Du hast sie schon mal von mir bekommen, aber keinen Gebrauch davon gemacht. Jetzt musst du. Er wird dich besser beschützen als jeder andere. Besser als ich.«

Frieda strich Lola sanft über die Wange. Sie war so blass.

»Ich sollte mich bei dir bedanken.« Lolas Stimme klang schwach, fast wie ein Flüstern. Dicke Tränen liefen ihr über die Wangen, während sie Frieda mit großen Augen ansah.

»Vielleicht solltest du das, vielleicht auch nicht«, entgegnete Frieda. »Über solche Dinge können wir ein andermal sprechen. Zumindest hoffe ich, dass wir das können. Wenn nicht …« Sie nickte Lola zu. »Sag Karlsson, dass ich mich auf ihn verlasse. Er soll gut auf dich aufpassen.«

Frieda wandte sich zum Gehen, doch Lola hielt sie am Ärmel fest. »Hast du irgendeinen klugen Geheimplan, von dem du mir nichts erzählst?«

Frieda legte ihre Hand auf die von Lola und tätschelte sie. »Deswegen mache ich doch jetzt diesen Fußmarsch.«

»Geh nicht!«, stieß Lola hervor. Sie klammerte sich an Friedas Ärmel. Ihre Lippen wirkten blutleer, ihre Stimme klang brüchig. »Bitte geh nicht!«

»Ich muss.«

»Frieda, bitte! Bitte geh nicht. Das kannst du nicht bringen.«

»Kann ich nicht?«

»Du darfst nicht.«

»Warum?«

»Ich ertrage es nicht.«

»Doch, Lola. Du schaffst das schon.«

Nachdem Frieda das Haus verlassen hatte, wandte sie sich zunächst in Richtung King's Cross, bog dann jedoch links ab und lief durch ein kleines Netzwerk aus Straßen, vorbei an den Wohnblöcken aus rotem Ziegelstein, die sich an der Südseite der Euston Road entlangzogen. Sie wanderte an den Universitätsgebäuden und am Krankenhaus vorbei, überquerte die Tottenham Court Road und den Fitzroy Square, bis sie schließlich – mit einem immer stärkeren Ziehen in der Brust – die Saffron Mews und ihre eigene Haustür erreichte.

Sie schloss auf, und als sie dann eintrat, empfand sie einen solchen Ansturm von Emotionen, dass sie es kaum ertragen konnte. Sie kam sich vor wie ein Geist, der nur für ein paar Sekunden von den Toten zurückkehrte. Benommen legte sie ihre Tasche ab und blickte sich um. Ein ungewohnter Geruch hing in der Luft, nach Sägemehl und etwas anderem, etwas Industriellem. Aber darum konnte sie sich jetzt nicht kümmern. Stattdessen warf sie einen Blick in die Küche, wo eine Vase mit roten Dahlien auf dem Tisch stand und ein Töpfchen Basilikum auf dem Fensterbrett. Sie ging hinüber ins Wohnzimmer. Das Kaminfeuer war ordentlich aufgeschichtet, dünne Späne über zusammengeknülltem Zeitungspapier und darüber größere Scheite. Auf dem Schachtisch standen die Figuren aufgereiht. Alles war bereit.

Sie hörte ein Geräusch, ein vertrautes Geräusch. Eine Schildpattkatze steuerte auf sie zu. Dabei klackten ihre Krallen ganz leicht über den Holzboden. Frieda ging in die Knie, um die Katze am Kopf und am Rücken zu streicheln. »Hallo, du«, sagte sie. »Dann bist du also endlich wieder daheim. Du hast in deinem Leben auch schon so einiges erlebt, nicht wahr? Was für Geschichten du erzählen könntest, wenn du des Sprechens mächtig wärst!«

Das Tier blickte sie mit seinen gelben Augen an. Frieda spürte, wie sein Körper vibrierte.

»Ich hätte dir einen Namen geben sollen«, sagte sie. »Aber dafür ist es jetzt wohl zu spät. Es macht dir nichts aus, oder?«

Schnurrend wölbte die Katze den Rücken. Allem Anschein nach machte es ihr tatsächlich nichts aus. Frieda erhob sich. Es reichte. Wenn sie noch länger blieb, würde sich der tröstliche Moment in schreckliches Heimweh verwandeln. Sie öffnete die Haustür, trat hinaus, schloss ab und ging davon, ohne sich noch einmal umzuschauen.

47

Nachdem Frieda die Haustür hinter sich geschlossen hatte, legte Lola sich auf den beigefarbenen Teppich, zog die Knie bis unters Kinn und schlang beide Arme fest um ihren Körper. Derart zusammengerollt, verharrte sie minutenlang, wobei sie sich die ganze Zeit leicht wiegte. Hin und wieder stöhnte sie leise. Alles tat ihr weh: der Kopf, das Herz, der Magen, die Augen. Es kam ihr vor, als kehrte sich ihr Innerstes nach außen – als wären all ihre weichen, verborgenen Stellen auf einmal entblößt.

Schließlich erhob sie sich, obwohl es ihr eigentlich unmöglich erschien, dass sie es noch einmal schaffen könnte, auf ihren zwei Beinen zu stehen. Benommen sah sie sich einen Moment um, dann fiel ihr Blick auf das zusammengeknüllte Geld, das sie immer noch in der Hand hielt. Sie schlüpfte in ihre Jacke, schob den Schlüssel ein und verließ das Haus. Die Sonne verschwand immer wieder hinter den Wolken, und ein böiger Wind wehte ihr trockenes Laub um die Füße. Sie ging quer über den kleinen Platz zur Euston Road, wo sie in einem winzigen Laden – eigentlich war es eher ein Kiosk als ein Laden – ein Kartenhandy erstand. Sie bezahlte es mit einem der Zwanzig-Pfund-Scheine, die Frieda ihr gegeben hatte.

Sie wusste selbst nicht so recht, warum, aber sie wollte den Anruf nicht gleich dort auf der Straße tätigen, umgeben von Menschen, die alle hören würden, was sie sagte, auch wenn sie damit natürlich nichts anfangen konnten.

Deswegen ging sie zurück zu dem kleinen Platz und blieb unter den Platanen neben dem Tennisplatz stehen. Trotz der

Kälte spielten dort zwei Frauen den Ball in hohen Bogen hin und her, wobei sie immer wieder in fröhliches Gelächter ausbrachen. Lola sah ihnen kurz zu. Sie konnte sich kaum noch daran erinnern, wie es sich anfühlte, so sorglos zu sein.

Schließlich nahm sie ihr neues Handy und wählte die Nummer, die sie auswendig kannte. Ein Klicken sagte ihr, dass er den Anruf angenommen hatte. Lola verdrehte vor Anspannung die Augen. Sie hörte ein Atemgeräusch, wenn auch nur ganz leise. Trotzdem sah sie sein Gesicht und die Art, wie er gelächelt hatte, so deutlich vor sich, dass es sich anfühlte, als könnte er sie ebenfalls sehen. Einen Moment dachte sie, sie müsste sich übergeben. Ihr Körper kam ihr vor wie verseucht, vergiftet von dem Verrat, den sie beging.

»Sie ist zu einem Fußmarsch aufgebrochen … Gerade eben, vor ein paar Minuten … Zu der Stelle, wo Ihr Bruder gefunden wurde … Ich meine, die Leiche Ihres Bruders … Da hat alles angefangen, hat sie gesagt … Ja.« Lola wartete. »Ich habe getan, was ich konnte. Lassen Sie mich jetzt in Ruhe? Lassen Sie meine Familie in Ruhe? Hallo? Hallo?«

Es war niemand mehr dran. Lola warf das Telefon in eine Mülltonne und kehrte auf wackeligen Beinen zum Haus zurück. Dort zog sie zwar die Tür hinter sich zu, machte sich aber nicht die Mühe, die Sicherheitsriegel vorzuschieben, sondern ging gleich ins Wohnzimmer und ließ sich aufs Sofa sinken.

Sie fischte den Zettel, den Frieda ihr gegeben hatte, aus ihrer Hosentasche. DCI Karlsson, stand da, und eine Telefonnummer. Frieda hatte gesagt, er werde ihr helfen – aber nur, weil Frieda nicht wusste, was sie getan hatte. Deswegen konnte sie ihn auf keinen Fall um Hilfe bitten.

Nachdem sie den Zettel auf den Boden geworfen hatte, ließ sie den Kopf in die Hände sinken und kniff die Augen zu, so fest sie konnte, sah aber immer noch Deans Gesicht, sein

Lächeln. Und Jess, die zu ihr hochstarrte, während das Leben aus ihrem Körper wich. Dann sah sie plötzlich Frieda vor sich, ihre dunklen, wachen Augen. Das war fast noch schlimmer als alles andere. Sie konnte beinahe spüren, wie sie ihr mit der Hand über die Wange streichelte, und ihre sanfte, klare Stimme hören. Verzweifelt presste sie die Fingerspitzen auf ihre schmerzenden Augen. Was sollte sie bloß machen? Wie sollte es jetzt weitergehen?

»Was habe ich getan?«, flüsterte sie.

Einen Moment malte sie sich aus, wie sie zu der Stelle stürmte, um Frieda zu sagen, dass es sich um eine Falle handelte – aber sie wusste ja nicht mal, wo die war, sondern nur, dass Dean dort seinen Bruder Alan getötet hatte. Außerdem musste sie sofort wieder an seine Worte denken: *Deine Mum und dein Dad, Dave und Carol. Du willst doch nicht, dass ihnen etwas zustößt, oder? Wenn du mir nicht hilfst, weißt du, was dann passiert? Nein, natürlich nicht. Erst wenn ich es dir zeige. Pass gut auf.* Nacht für Nacht – in ihren Wachträumen ebenso wie in ihren Albträumen – hatte sie von Neuem erlebt, wie er Jess die Kehle durchtrennte. Sie beugte sich weiter nach vorne, presste die Finger fester auf die Augenlider, doch noch immer sah sie Deans Lächeln und dann wieder Friedas dunkle, wachsame Augen. Die Sekunden rannen dahin, wurden zu Minuten.

Endlich ging Keegan ran.

»Ich versuche schon die ganze Zeit, Sie zu erreichen.«

»Ich weiß. Ich habe zweiundzwanzig verpasste Anrufe von Ihnen. Ich bin im Urlaub. Sie haben Glück, dass ich dieses Mal rangegangen bin.«

»Sie wissen, wo Frieda Klein ist.«

»Und deswegen rufen Sie mich an? Um mir das zu sagen?«

»Ich muss mit ihr sprechen.«

Keegan ließ sich mit seiner Antwort einen Moment Zeit. Karlsson konnte hören, dass er zu Fuß unterwegs war.

»Gesetzt den Fall, ich wüsste, wo sie ist«, meinte er schließlich, »ich dürfte es Ihnen trotzdem nicht verraten.«

»Sie ist in Gefahr.«

»Wenn Frieda sich an mich wendet, dann deswegen, weil ich der einzige Mensch bin, dem sie vertrauen kann.«

»Herrgott noch mal!«, fluchte Karlsson. »Sie wird umgebracht, wenn wir nichts unternehmen!«

»Sie wissen, dass es eine undichte Stelle gab.«

»Vielleicht gab es eine, vielleicht auch nicht. Keine Ahnung. Ich spreche mit Ihnen als Friedas Freund. Sie müssen es mir sagen. Bitte.«

Wieder folgte eine lange Pause. Im Hintergrund waren Stimmen zu hören.

»Also gut.«

Quarry spürte den prüfenden Blick seines Chefs, während er Dugdales Büro betrat und ihm gegenüber Platz nahm. Quarrys linke Gesichtshälfte war blau, und an der Wange prangte ein Pflaster. Seine Rippen fühlten sich noch schlimmer an. Sie schmerzten, sobald er sich drehte oder die Arme bewegte – oder sich setzte.

»Fühlen Sie sich wirklich fit für die Arbeit?«

»In einem Kampf werde ich Ihnen nicht viel nützen«, antwortete Quarry, »aber ich tue, was ich kann.«

»Vielleicht wollen Sie irgendwann doch mit jemandem darüber sprechen. Ein solcher Angriff bleibt nicht folgenlos.«

»Es geht mir gut.«

»Ich meine es ernst.«

»Und mir geht es gut«, wiederholte Quarry etwas lauter.

»Na schön. Damit hätte ich den kuscheligen Teil erledigt.«

Quarry bekam schlagartig ein flaues Gefühl im Magen.

»Dean Reeve wusste, wo Frieda Klein sich versteckte«, fuhr Dugdale fort. »Nur wir beide kannten die Adresse, abgesehen von Frieda Klein, und die hat sie ihm bestimmt nicht verraten.«

Quarry schüttelte langsam den Kopf. »Ich habe mit niemandem darüber gesprochen«, entgegnete er.

»Ich zermartere mir schon die ganze Zeit das Gehirn«, erklärte Dugdale. »Ich bin alle Möglichkeiten durchgegangen. Erst war ich mir sicher, dass die Information nicht von uns kommen konnte. Nicht aus meiner Abteilung. Nicht in diesem Fall – im Fall von Dean Reeve, während die Augen der ganzen Welt auf uns gerichtet sind. Doch dann musste ich an Sie und Liz Barron denken, und mir ist eingefallen, dass Sie sich mit ihr getroffen haben.«

»Sir, ich würde nie …«

»Halten Sie den Mund«, sagte Dugdale mit so ruhiger, leiser Stimme, dass es Quarry eiskalt den Rücken hinunterlief. »Ich sage Ihnen nur das eine: Sie erzählen mir jetzt bis ins kleinste Detail, was Sie im Verlauf dieses gesamten Falls mit der Presse zu schaffen hatten. Sollte ich zu dem Schluss gelangen, dass Sie mir etwas verheimlichen, suspendiere ich Sie und leite eine interne Ermittlung gegen Sie ein. Dann überprüfen wir Ihre Telefongespräche und finden heraus, mit wem Sie geredet haben.«

Quarry trat der Schweiß auf die Stirn. »Ich habe Ihnen ja schon gesagt, dass ich bei meinem Gespräch mit Karlsson auf Liz Barron getroffen bin.«

»Nein, das habe ich *Ihnen* gesagt. Sie haben es bloß bestätigt. Und?«

»Sie hat gemeint, sie sei an allen Informationen interessiert, die ich ihr geben könne. Ich habe darüber nachgedacht. Wahrscheinlich hätte ich sogar mit ihr gesprochen, aber dann wurde sie ermordet.«

»Ist Geld geflossen?«

»Nein.«

Das stimmte – allerdings nur, weil sie vorher gestorben war. Sie hatte ihm Geld in Aussicht gestellt, und er hatte vorgehabt, es anzunehmen. Ein Gefühl von Schuld und Scham durchflutete ihn. Sein Mund fühlte sich trocken an. Er schaffte es nur mit Mühe, Dugdales Blick standzuhalten, während er fortfuhr: »Dann stieß eine andere Journalistin auf Barrons Notizen und rief mich an. Sie wollte sich mit mir treffen. Ich habe nicht direkt Nein gesagt, aber das Treffen kam nicht zustande. Ich habe nicht mit ihr geredet.«

Während der langen Pause, die nun folgte, wandte Dugdale den Blick ab, richtete ihn aber schließlich wieder auf Quarry.

»Ihnen ist sicher klar, wie das aussieht«, sagte er.

»Ich habe ihr nichts verraten. Das müssen Sie mir glauben.«

»Damals konnte ich Ihnen nicht trauen, aber jetzt kann ich es. Ist es das, was Sie mir sagen wollen?«

»Ich war es nicht.«

»Wer dann? Frieda war es nicht, Sie waren es nicht. Aber Sie hatten Kontakt mit einer Journalistin.«

Quarry überlegte fieberhaft. Es kam ihm vor, als kämpfte er um sein Leben. »Klein könnte es ihren Freunden gesagt haben.«

»Sie hat sich versteckt, um ihre Freunde zu schützen«, entgegnete Dugdale. »Es ging ihr doch gerade darum, sie aus der ganzen Sache rauszuhalten.«

Die beiden Männer starrten sich an.

»Da ist noch jemand«, meinte Quarry zögernd.

»Wer?«

»Das Mädchen. Lola Hayes.«

Dugdale hob eine Hand und rieb sich damit ganz langsam übers Gesicht. »Könnte sie es gewesen sein?«, fragte er. »Ist das denkbar?«

»Sie ist die einzige noch infrage kommende Person.«

»Aber warum? Warum sollte sie das tun?«

»Vielleicht hat Reeve sie irgendwie in der Hand. Klein nahm sie mit, um sie zu beschützen. Vielleicht hat sie das Mädchen falsch eingeschätzt.«

Dugdale deutete mit dem Zeigefinger auf Quarry. »Wenn Sie mich verarschen, Dan ... wenn Sie die Schuld auf dieses Mädchen schieben, um sich selbst zu schützen ...«

»Nein. Das schwöre ich Ihnen. Ich schwöre es auf alles, was mir heilig ist.«

»Hören Sie auf. Ich denke darüber nach. Mir bleibt ja sowieso nichts anderes übrig. Aber wenn Sie recht haben und Lola Hayes tatsächlich die undichte Stelle ist, dann weiß Dean Reeve im Gegensatz zu uns, was Frieda vorhat. Haben Sie für diesen Fall irgendeinen Plan?«

Wieder sahen die beiden Männer sich an. Sie hatten keinen Plan.

»Also gut«, sagte die Polizeipräsidentin müde zu Dugdale. »Ich glaube, nun ist es an der Zeit.«

»An die Öffentlichkeit zu gehen?«

»Ja.«

Sie griff nach dem Telefon.

Karlsson und Yvette eilten wortlos die Straßen entlang, bis sie endlich das Haus erreichten. Dort nickte Karlsson ihr zu.

»Das ist es«, sagte er.

»Oben sind die Vorhänge zugezogen.«

Karlsson klopfte. Als sich nichts rührte, klopfte er erneut. Wieder nichts.

»Was jetzt?«, fragte Yvette.

Statt einer Antwort stemmte er einfach die Schulter gegen die Tür und verpasste ihr einen heftigen Stoß, dann gleich noch einen. Die Tür gab nicht nach. Er hob einen Fuß und trat mit seinem eleganten Schuh gegen das Schloss. Yvette hörte etwas splittern. Die Tür schwang auf, und sie stürmten hinein.

»Du gehst nach oben«, rief Karlsson, »und ich übernehme das Erdgeschoss.«

Er eilte als Erstes ins Wohnzimmer, wo er sie beinahe übersah und schon im Begriff war, in die Küche zu gehen, als er am Boden einen Zettel entdeckte. Er hob ihn auf und stellte fest, dass darauf sein Name stand, und zwar in Friedas unverwechselbarer Handschrift. Während er noch darauf hinunterstarrte, hörte er in seinem Rücken plötzlich ein leises Geräusch. Er drehte sich um. Hinter dem Sessel kauerte – fast verdeckt – eine Gestalt. Er erhaschte einen Blick auf ein bleiches Gesicht und panisch geweitete Augen. Die junge Frau hielt beide Fäuste an den Mund gepresst, als versuchte sie sich selbst am Schreien zu hindern. Als er den Sessel wegrückte, schob sie sich noch weiter nach hinten gegen die Mauer, als hoffte sie, die Wand würde sich auftun und sie verschlucken.

»Lola«, sagte er sanft, wie zu einem verschreckten Pferd. »Keine Angst, Sie sind jetzt in Sicherheit.«

»Wer sind Sie?«, stieß sie krächzend hervor.

Er streckte ihr eine Hand hin, um ihr aufzuhelfen. »Ich bin Chief Inspector Karlsson und ein Freund von Frieda.«

»Ich weiß. Sie hat gesagt, Sie würden mir helfen.«

Die junge Frau begann so heftig zu schluchzen, dass davon ihr ganzer Körper bebte. Yvette, die gerade hereinkam, legte ihr einen Arm um die Schulter, um sie zu stützen.

»Ich muss wissen, wo sie ist«, wandte Karlsson sich erneut an die junge Frau. »War sie hier?«

»Ja.«

»Wo ist sie jetzt?«

»Weg.« Das Schluchzen verstärkte sich noch. Yvette lotste sie hinüber zum Sofa und ließ sie Platz nehmen.

»Wann ist sie weg?« Karlsson ging neben Lola in die Knie. »Das ist wichtig. Sie müssen mir das sofort sagen.«

Sie hob ihr tränenüberströmtes, vom vielen Weinen verquollenes Gesicht. »Vor etwa einer halben Stunde«, stieß sie hervor.

»Wann kommt sie zurück?«

»Das weiß ich nicht. Nie.«

»Nie?«

»Ich weiß es nicht.«

»Wo ist sie hin?«

Lola schüttelte den Kopf und ließ ihn dann wieder auf ihre Hände sinken.

»Sie verstehen das nicht«, stammelte sie. »Sie verstehen das alles nicht.«

»Später können Sie mir alles erzählen. Versprochen. Aber jetzt müssen Sie mir erst einmal sagen, was Sie über Frieda wissen. Ich bin hier, um ihr zu helfen. Hat sie Ihnen gesagt, wo sie hinwollte?«

»Nicht genau.«

»Was hat sie gesagt?«

Lola richtete sich auf, schob sich die Haare hinter die Ohren und holte tief Luft. Ein neuer Ausdruck trat in ihr Gesicht, als hätte sie gerade eine Entscheidung gefällt. »Also gut«, flüsterte sie. »Ich sage es Ihnen.«

48

Laut Lola war Frieda zu Fuß unterwegs. Karlsson wusste zwar, wie schnell sie ging, aber es verschaffte ihm trotzdem Zeit. Sie hatte nur rund vierzig Minuten Vorsprung. Lola ließ er in Yvettes Obhut zurück, auch wenn Letztere protestierte, weil sie ihn begleiten wollte. Gehetzt rannte er zur nächsten Hauptstraße und winkte mehreren Taxis, bis endlich eines hielt.

Nun, da er wusste, wohin Frieda wollte, hatte er das Gefühl, dass jede Sekunde zählte, auch wenn sie im Moment wahrscheinlich nur ihren Gedanken nachhing und unbehelligt dahinmarschierte, während die Gefahr noch ein ganzes Stück entfernt war. Was ihm zu schaffen machte, war das Bewusstsein, ihr bereits nahe, aber doch noch nicht ganz da zu sein – jene kleine Lücke zwischen dem Hier und dem Dort. Zum ersten Mal in all den Wochen des Wartens und Wünschens wusste er, wo sie sich befand. Die plötzliche Hoffnung machte die Zeit zu etwas Qualvollem und das Gefühl von Dringlichkeit zu etwas fast Körperlichem, das ihn niederdrückte und seine Brust schmerzen ließ. Aus dem Stadtzentrum von London herauszukommen, ging mit dem Taxi quälend langsam, weil gerade sämtliche Straßen mit Autos, Lieferwagen und Bussen verstopft waren. Vielleicht hätte er die U-Bahn nehmen sollen oder Verstärkung anfordern und mit Blaulicht durch die Stadt rasen. Doch er wusste, dass er sich anschleichen und unbemerkt eintreffen musste. Angespannt und schweigend saß er auf dem Rücksitz des Taxis. Hin und wieder musste er an Lolas fleckiges, zuckendes Gesicht denken. Er hatte das

Entsetzen in ihrem Blick gesehen, und noch etwas anderes – aber was? Er schob den Gedanken beiseite und beugte sich vor, um erneut zu versuchen, das Taxi mit purer Willenskraft durch den stockenden Verkehr zu lenken.

Endlich hatten sie das Schlimmste hinter sich und kamen etwas schneller voran. Er warf einen Blick auf seine Armbanduhr, krampfhaft bemüht, nicht an das bevorstehende Wiedersehen mit Frieda zu denken, weil es sonst noch schmerzhafter für ihn wäre, wenn es nicht dazu käme. Genauso krampfhaft versuchte er zu verdrängen, in welcher Gefahr sie sich befand. Da es nichts brachte, wenn er sich quälte, konzentrierte er sich auf den Augenblick: die Zwanzig-Pfund-Note in seiner Faust, die er dem Fahrer rasch in die Hand drücken würde, ehe er aus dem Wagen sprang, und den Plan in seinem Kopf, den er sich für den Moment der Ankunft zurechtgelegt hatte. Er würde dafür sorgen, dass das Taxi rechtzeitig anhielt, bevor sie die eigentliche Stelle erreichten. Er wollte nicht auf sich aufmerksam machen. Schließlich rechnete niemand mit ihm.

Frieda wanderte in gleichmäßigem Tempo durch die vertrauten Straßen. Sie brauchte nicht über die Strecke nachzudenken: Ihre Füße kannten den Weg. Es war ein trüber Tag. Zwar ragten Dächer, Türme und Kräne aus dem Dunst hervor, doch die oberen Bereiche der Gebäude schienen dennoch in der schweren grauen Luft zu verschwimmen. Die Platanen hatten bereits den Großteil ihres Laubs abgeworfen, und aus etlichen Schornsteinen stieg Rauch auf. Es war der erste November. Der Tag der Toten, ging ihr durch den Kopf. Ein Tag, an dem man der Verstorbenen gedachte, ein Stück mit ihnen ging, sich dann von ihnen verabschiedete und sie wieder ziehen ließ.

Während sie weitermarschierte, fühlte sie, dass sie an ihrer Seite waren: all jene Schatten. Menschen, die sie geliebt hatte.

Menschen, denen sie geschadet hatte. Menschen, die ihr geschadet hatten. Ihre Mutter, die nie eine Mutter hatte sein wollen. Ihr Vater, der sein Leben lang die Last einer tödlichen Traurigkeit getragen hatte und eines Tages nicht mehr in der Lage gewesen war, sie weiter zu schultern, sodass er sich schließlich umbrachte. Sandy, der Mann, den sie einmal geliebt und der sie einmal geliebt hatte und dessen Leiche man später in der Themse fand. Im Lauf der Jahre waren ihm andere Menschen gefolgt, so viele andere, die in das schwarze Loch namens Dean Reeve gesaugt worden waren. Sie sah ihre Gesichter, junge und alte, und sie spürte sie neben sich, in sich. Manche waren wütend, andere traurig. Einige riefen um Hilfe, andere hatten ihren Frieden gefunden. So viele Geister trug sie mit sich herum, auch denjenigen ihres jüngeren Selbst, neugierig auf die Welt und gerade erst am Anfang. Doch der Weg hatte ins Hier geführt, ins Jetzt. So viele Tote. Eine ganze Schar wanderte mit ihr, und sie wanderte mit ihnen. Wäre es so schlimm, sich ihnen anzuschließen? Mit ihnen tot zu sein?

Man muss sich selbst verzeihen. Wer hatte das zu ihr gesagt? Wahrscheinlich Reuben, dachte sie. Möglicherweise hatte sie es auch selbst hin und wieder gesagt, im Lauf der Jahre, zu ihren Patienten. *Man muss sich selbst verzeihen.*

Konnte sie das? Vielleicht gab es später Zeit für solche Fragen, wenn das Ganze vorbei war. Sie wusste, dass es bald vorbei sein würde. Endlich war der Tag des Endspiels gekommen, der Tag der Toten. Sie dachte über diesen Ausdruck nach. Die Leute verstanden ihn oft falsch, als etwas Beängstigendes, Gruseliges, das mit Totenköpfen und Zombies zu tun hatte. Im Grunde aber ging es dabei um die Toten als unsere Begleiter, unsere Freunde, die in unseren Erinnerungen und unseren Herzen weiterlebten. Frieda hatte die Angst vor dem Sterben nie so richtig verstanden, und erst recht nicht die Angst vor dem Totsein. Es war nur eine Abwesenheit, ein Nichtsein, vergleichbar der Phase des Schlafs, in der man nicht träumte.

Wir sollten uns eher vor den Lebenden fürchten, fand sie. Frieda war der Meinung, dass uns die Toten nicht mehr schaden konnten, außer vielleicht in unseren Gedanken. Wir sollten mit Liebe oder Bedauern an sie denken, mit Reue oder einfach Traurigkeit, aber wir sollten sie nicht fürchten oder uns von ihnen beeinträchtigen lassen. Immer wieder hatte sie versucht, ihre Patienten davon zu überzeugen. Mit den Lebenden aber verhielt es sich anders. Seit sieben Jahren wusste sie nun – egal, was sie sonst noch wusste, wo sie war oder was sie tat –, dass Dean Reeve an sie dachte. Er hatte schlimme Pläne geschmiedet und eine Spur von Gewalttaten und Morden hinterlassen, die zu ihr führte, und nun brachte sie jeder Schritt näher ans Ende dieser Spur. Zu ihm.

Karlsson stieg aus und reichte dem Fahrer das Geld. Als dieser ihm herausgeben wollte, winkte er ab. Suchend blickte er sich um. Es begann gerade leicht zu nieseln, kaum jemand war zu Fuß unterwegs. Bestimmt würde Frieda noch eine Weile brauchen. Er hatte Zeit. Langsam trat er an den Rand des Wassers, das still vor ihm lag, weil kein Wind wehte.

Er wusste, was Frieda hierherführte. Er betrachtete die Eisenglocke, das braune Wasser und die Reihe hoher Kräne, die zum Teil vom Nebel verschluckt wurden. Schließlich suchte er sich einen Platz, wo er nicht zu sehen war, und wickelte sich noch fester in seinen Mantel. Den Blick in die Richtung gewandt, aus der sie kommen würde, lehnte er sich zurück, um zu warten.

Chloë und Jack saßen auf Friedas neuem Balkon und tranken Kaffee. Sie hatten gerade mehrere kleine Lavendelbüsche in Tontöpfe gepflanzt.

»Es fühlt sich an, als läge Regen in der Luft«, stellte Chloë fest.

»Stimmt. Heute ist einer von den Tagen, an denen es gar nicht richtig hell wird.« Schaudernd knöpfte Jack seine Jacke zu.

Die Katze gesellte sich zu ihnen, schmiegte sich zwischen sie und forderte Aufmerksamkeit, indem sie den Kopf an ihre Beine drückte und dabei leise schnurrte. Chloë ließ die Hand über ihr Fell gleiten.

»Ich frage mich, wo Frieda gerade ist«, sagte sie.

Karlsson war nass und fror. Er warf einen Blick auf seine Armbanduhr: Nun stand er schon über eine Stunde hier herum, doch von Frieda noch immer keine Spur. Er rief sich genau ins Gedächtnis, was Lola ihm gesagt hatte, war jedoch sicher, an der richtigen Stelle zu sein. In dem Moment begann das Handy in seiner Tasche zu vibrieren. Er fischte es heraus. Es war Bill Dugdale.

»Bill?«, fragte er leise.

»Ich habe es bei Ihnen in der Arbeit versucht, aber man sagte mir, Sie hätten sich eine Auszeit genommen.«

»Ja, das stimmt. Was gibt's? Irgendwelche Neuigkeiten?«

»Nicht direkt. Wo sind Sie?«

Karlsson blickte sich um. Gegenüber sah er einen Reiher reglos auf einem Baum sitzen. »Am Fluss.«

»Ich dachte bloß, ich sollte Sie auf dem Laufenden halten.«

»Danke.«

»Wahrscheinlich ist gar nichts dran, aber wir haben wegen der undichten Stelle ermittelt, die dazu führte, dass Dean Reeve wusste, wo Frieda sich aufhielt.«

»Sprechen Sie weiter.«

»Wir vermuten – wissen es aber nicht mit Sicherheit, wahrscheinlich ist es nur eine falsche Fährte, würde aber erklären, was wir uns anders nicht erklären können –, dass es vielleicht das Mädchen gewesen sein könnte.«

Einen Moment stand Karlsson völlig auf der Leitung. »Welches Mädchen?«

»Lola Hayes.«

»Oh, verdammt. Verdammt, verdammt, verdammt.«

»Was ist los?«

Doch Karlsson hatte das Gespräch bereits beendet. Er wählte Yvettes Nummer. »Gib mir Lola!«, bellte er.

»Was? Wo bist du?«

»An der Mündung des Wandle, wie sie gesagt hat. Aber womöglich hat sie mich an den falschen Ort geschickt. Yvette, du musst aus ihr herausbekommen, wo ich eigentlich sein sollte.« Er merkte selbst, wie verzweifelt er klang.

»Warte.«

Er hörte Yvette durchs Haus stürmen und Lolas Namen rufen.

»Sie ist weg«, meldete Yvette sich kurz darauf atemlos. »Abgehauen. Wieso tut sie das, wenn sie doch so Angst hat?«

»Du musst sie finden. Aber ruf vorher Dugdale an und informiere ihn.«

»Mache ich. Was hast du vor?«

»Keine Ahnung. Sie könnte überall sein. Und wo ist Dean? Ob Lola ihm wohl gesagt hat, wo er sie finden kann?«

Frieda näherte sich der Stelle. Dass ihr Haar vom Nieselregen inzwischen ganz feucht war, störte sie nicht. Sie war immer gerne bei kaltem, feuchtem Wetter unterwegs. Es löste die Knoten in ihren Gedanken und beruhigte sie. Manchmal hatte sie das Gefühl, dass all die Kilometer, die sie schon zu Fuß zurückgelegt hatte, wie eine Art erworbenes Wissen in ihren Knochen steckten. All die Nächte, in denen sie nicht schlafen konnte und sich wieder anzog, um in die menschenleere Dunkelheit einzutauchen. Die verborgenen Flüsse, deren Lauf sie gefolgt war und deren Form sie unter ihren Füßen spürte, wenn sie hin und wieder stehen blieb, um sie durch ein Metallgitter in der Straße murmeln zu hören. All die Dinge, die nicht zu sehen waren, aber dennoch eine starke Wirkung ausübten: die geheime Geschichte einer Stadt, die sie gleichzeitig ängstigte und faszinierte.

Hier in der Nähe war Alan von seinem Zwillingsbruder Dean getötet worden. So hatte das Ganze angefangen. Deswegen war sie an diesen Ort zurückgekehrt: zurück zum Anfang. Braune Blätter segelten durch die stille Luft auf den Asphalt. Frieda streckte die Hand aus und fing eines auf. Angeblich brachte das Glück. Sie glaubte zwar nicht an diese Art von Glück, steckte es aber trotzdem in ihre Manteltasche. Und ging weiter.

Während Dutzende von Polizeibeamten losgeschickt wurden, um nach Lola Hayes zu suchen, saß Dugdale mit Dan Quarry in seinem Büro.

»Vielleicht ist sie zum nächsten verborgenen Fluss gegangen«, meinte er. »Sie kennen ja Friedas Theorie – dass Reeve an verborgenen Flüssen Menschen tötet, um ihr dadurch eine Botschaft zukommen zu lassen. Welcher ist eigentlich der Nächste nach dem Counter's Creek?«

Gemeinsam studierten sie die Landkarte, die er auf dem Computer hochgeladen hatte. Quarry deutete auf den entsprechenden Bereich. »Der Falcon und dann der Wandle.«

»Beide sind mehrere Kilometer lang«, stellte Dugdale fest. »Wir würden jede Menge Beamte brauchen – und selbst dann wäre es nur ein Ratespiel.« Er traf eine Entscheidung. »Ich schicke ein paar Leute los, die entlang beider Flussläufe Streife gehen sollen. Irgendetwas müssen wir schließlich unternehmen.«

»Wir sollten nicht grundlos in Panik geraten«, gab Quarry zu bedenken. »Wir wissen ja nicht mal mit Sicherheit, ob Lola die Quelle ist, die Informationen weitergegeben hat. Es ist nur eine Möglichkeit. Und selbst wenn sie es war, wissen wir nicht, was sie Reeve erzählt hat und wohin Frieda tatsächlich unterwegs ist.«

»Wir finden es bestimmt bald heraus«, entgegnete Dugdale. »So oder so.«

Karlsson presste die Finger gegen die Schläfen und schloss die Augen. Wo wollte Frieda hin? London war so riesig, so chaotisch und komplex. Es streckte seine Tentakel aus wie ein Monster, verschluckte kleine Dörfer und fiel in seine eigenen Randbezirke ein, immer bestrebt, sich auszubreiten, immer am Mutieren. Frieda konnte überall sein.

»Denk nach«, ermahnte er sich selbst. »*Denk nach!*«

In der Vergangenheit war es ihm bereits einmal gelungen, sie zu finden. Am Tag von Sandys Beerdigung. Damals hatte er versucht, so zu denken wie sie. Er rief sich jenen kurzen Moment ins Gedächtnis, als sie zusammen am Parliament Hill gesessen hatten, während sie sich still verabschiedete. Wo konnte sie jetzt sein? An Sandys Grab? Zu Fuß unterwegs an einem ihrer Flüsse? Wohin wandte sie sich, wenn sie nachdenken musste, weil sie in Schwierigkeiten steckte? Warum, so fragte er sich, kam sie dann nie zu ihm?

Mittlerweile war die Ebbe eingetreten, sodass vom Wandle nur noch ein Rinnsal übrig war, das sich durch die Schlammbänke schlängelte. Karlsson setzte sich in Bewegung, langsam und zögernd, weil er nicht wusste, in welche Richtung er gehen sollte. Es kam ihm vor, als drehte er sich im Kreis.

In dem Moment kam ihm plötzlich eine Idee. Einen Augenblick später war er bereits am Rennen, während Hoffnung und Furcht ihm fast die Brust zerrissen.

49

Reuben McGill wurde mitten aus einer Therapiestunde geholt, wo er eine weinende junge Frau sitzen ließ, der Paz daraufhin Papiertaschentücher und einen Kaffee anbot.

Als Chloës Telefon klingelte, stand sie gerade mit Kopfhörern gegen den Lärm in der Werkstatt, sodass ein Kollege wild vor ihr herumfuchteln musste, um ihre Aufmerksamkeit zu erregen.

Bei Reuben im Haus ging Alexei ans Telefon. Er sagte, sein Vater sei irgendwo auf einer Baustelle. Nein, er habe keine Ahnung, wo. Sonst wusste auch niemand etwas.

Professor Hal Bradshaw nahm die Brille ab und trat einen Schritt vom Pult zurück, auf dem sein Skript lag. Er kam zum Höhepunkt der Vorlesung. Im Lauf der Jahre war er zu dem Ergebnis gelangt, dass es besser wirkte, wenn er am Schluss scheinbar frei sprach, als folgte er einer spontanen Inspiration.

»Es ist ja schön und gut, sich hier drinnen Gedanken über Kriminalität zu machen, in der Sicherheit unseres Hörsaals, unserer Bibliotheken, unserer Laboratorien. Aber ab einem gewissen Punkt ist es für den Psychologen des Verbrechens – den Philosophen des Verbrechens – dringend erforderlich, hinauszugehen in die Welt und zu lernen, was ein Tatort wirklich ist: ihn zu sehen, zu riechen, ja fast zu schmecken.« Er legte eine Pause ein, um die Spannung zu erhöhen. Ein Mädchen in der ersten Reihe war sehr blass geworden. Die jungen Leute heutzutage, dachte Bradshaw. »Wir sollten uns den Verbrecher als eine Art Künstler vorstellen und den Tatort als sein Kunstwerk.« Er wartete einen Moment. »Oder *ihr* Kunstwerk. Jedes Verbrechen ist ein Text. Unsere Aufgabe besteht darin, ihn zu entziffern.« Er legte eine weitere Pause ein, um den Studenten Zeit zu geben, seine Worte zu verdauen. »So viel für diese Woche.«

Es folgte das übliche Geklapper, Geraschel und Geplapper, während die Studenten aufstanden, ihre Taschen einsammelten und in Grüppchen den Hörsaal verließen. Bradshaw nahm seine Unterlagen und verstaute sie in seiner Umhängetasche. Bereits im Gehen begriffen, sah er, dass im hinteren Teil des Hörsaals, nicht weit von der Tür entfernt, noch eine Gestalt saß, vornübergebeugt und mit angezogenen Knien. Er konnte nicht sagen, ob es sich um eine männliche oder weibliche Person handelte und ob sie überhaupt bei Bewusstsein war. Als er sie schließlich sanft berührte, blickte das fleckige Gesicht einer jungen Frau zu ihm auf. Ihre Augen wirkten glasig, als starrte sie durch ihn hindurch. Es fiel ihm von Jahr zu Jahr schwerer, die vielen jungen Leute auseinanderzuhalten, doch dieses Gesicht kam ihm bekannt vor.

»Sie sind …«, begann er, aber der Name wollte ihm nicht einfallen.

»Lola«, sagte sie mit krächzender Stimme. »Lola Hayes. Ich war mal bei Ihnen in der Sprechstunde.«

»Ist mit Ihnen alles in Ordnung? Sie sehen nicht gut aus.«

»Mir geht es auch nicht gut.«

Bradshaw wusste nicht recht, was er tun sollte. Als Psychologe erkannte er, dass die junge Frau großen Kummer hatte. Allerdings war er nicht ihr Arzt, ja nicht einmal ihr Dozent. Zögernd ließ er sich neben ihr nieder. »Sollen wir Hilfe für Sie organisieren?«

Sie zitterte, als wäre ihr kalt. Entschlossen umfasste er ihren Arm, um ihr aufzuhelfen, doch sie schüttelte ihn ab.

»Ich bringe Sie zu unserer Krankenschwester«, erklärte er. »Wenn Sie nicht mitkommen, muss ich einen Krankenwagen rufen.«

Lola stand auf und begann zu schwanken, sodass Bradshaw sie stützen musste.

»Lassen Sie sich Zeit«, sagte er. »Bereit?« Er legte einen Arm um sie und führte sie unbeholfen aus dem Hörsaal hinaus auf den Gang. Verlegen eskortierte er Lola durch die Gruppen von Studenten, die vor dem Hörsaal plauderten oder auf ihren Handys herumtippten. Einige wandten den Kopf und starrten sie an. Ein Mädchen fragte, ob alles in Ordnung sei, doch er machte nur eine abwehrende Handbewegung. Er musste Lola lediglich nach unten schaffen, ins Krankenzimmer, dann hatte er seine Pflicht getan. Heutzutage reichte es nicht mehr, Lehrer zu sein. Man musste auch noch den Elternersatz, das Kindermädchen und den Therapeuten spielen, alles in einer Person. Lola selbst schien ihre Umgebung überhaupt nicht wahrzunehmen.

Sie die Treppe hinunterzubekommen war ein mühsames Unterfangen. Einmal stolperte sie, sodass Bradshaw sie festhalten musste, doch sie versuchte sich aus seinem Griff zu befreien, und einen Moment lang befürchtete er, sie würden beide die restlichen Stufen hinabstürzen.

Am Ende schafften sie es doch, unbeschadet die kleine Krankenstation zu erreichen. Bradshaw öffnete die Tür und führte Lola in das leere Wartezimmer. Er war versucht, sie einfach dort zurückzulassen, entschied sich aber dagegen. Für so etwas konnte man heutzutage angezeigt werden. Zu viele Leute waren Zeuge gewesen, wie er sie nach unten geführt hatte. Ziemlich genervt ließ er den Blick über die Werbeplakate der diversen Hilfsdienste für geistige Gesundheit, sexuelle Gesundheit und geschlechterspezifische Probleme schweifen. Er setzte Lola auf einen der Plastikstühle, die entlang der Wand aufgereiht standen. Dann klopfte er an die Tür des Behandlungsraums. Es dauerte einen Moment, bis sie aufging und die Schwester den Kopf herausstreckte. Obwohl Bradshaw schon öfter mit ihr zu tun gehabt hatte, fiel ihm ihr Name nicht ein.

Sie betrachtete ihn mit gerunzelter Stirn. »Ich behandle gerade jemanden«, erklärte sie, »mit heftigem Nasenbluten.« Ihr Blick wanderte an Bradshaw vorbei zu Lola. »Ist es ein Notfall?«

»Sie ist völlig verstört.«

»Ich komme, so schnell ich kann. Bleiben Sie bitte so lange bei ihr.«

»Eigentlich …«, begann er, doch sie fiel ihm ins Wort.

»Sie sind doch Arzt.«

»Gewissermaßen, ja, wenn auch nicht dieser Art.«

»Ich komme, so schnell ich kann«, wiederholte sie und knallte die Tür zu.

Bradshaw seufzte. Die Schwester wusste doch jetzt, dass Lola da war. Konnte er sie nicht einfach hier sitzen lassen? Aber die Frau hatte ihn ausdrücklich gebeten, auf sie aufzupassen. Verstohlen musterte er Lola. Er konnte sich durchaus vorstellen, dass sie losmarschierte und irgendwo hinuntersprang oder sich vor irgendeine Bahn warf. Er konnte sich auch die Ermittlungen vorstellen, die Artikel in den Zeitungen. Er hatte selbst schon ein paar solche Artikel geschrieben. Dieses Mal wäre er der Betroffene. Frustriert ließ er sich auf den Stuhl neben ihr sinken.

»Wie es aussieht, müssen wir noch eine Weile miteinander auskommen«, meinte er. Sie gab ihm keine Antwort, sondern fing an, den Hinterkopf leicht gegen ein Plakat zu schlagen, das für eine Telefonberatung zu den Rechten von Lesben, Schwulen, Bisexuellen und Transgender warb. Dong. Dong. Dong.

»Könnten Sie das bitte bleiben lassen?«, bat er. »Ich halte das nicht für hilfreich.«

Sie hörte auf und beugte sich nach vorn. Einen Moment dachte er, sie würde sich gleich übergeben. Obwohl er die Einzelheiten ihrer ersten Begegnung längst nicht mehr wusste, glaubte er sich vage daran zu erinnern, dass er es damals mit einer lebhaften und umgänglichen jungen Frau zu tun gehabt hatte. Was mochte da passiert sein? Wahrscheinlich hatte sie Probleme mit ihrem Freund. Oder ihrer Freundin. So etwas kam häufiger vor, auch wenn ihm dieser Fall schon ein bisschen extrem erschien. Er war schon im Begriff, ihr über den Hinterkopf zu streichen, hielt jedoch mitten in der Bewegung inne. Man konnte nie wissen. So etwas wurde heutzutage leicht missverstanden.

»Gibt es etwas, worüber Sie mit mir sprechen wollen?«, fragte er.

Sie reagierte nicht, sodass er nicht sicher war, ob sie seine Frage überhaupt verstanden hatte.

»Ich bin Psychologe«, versuchte er es erneut. »Sie können mir alles sagen. Ich habe das alles schon mal gehört. Manchmal hilft es bereits, etwas laut auszusprechen.«

Seine Worte waren ihm fast ein wenig peinlich. Er wusste, dass es tatsächlich manchmal half, etwas laut auszusprechen, aber manchmal bewirkte es auch das Gegenteil und machte alles nur noch schlimmer. Trotzdem empfand er es als quälend, bloß schweigend dazusitzen. Brauchte dieses Mädchen einen Krankenwagen? Befand sie sich in einem Zustand der Psychose? Seiner Meinung nach nicht. Es ging ihr schlecht, sehr schlecht, aber ihre Umgebung schien sie noch wahrzunehmen. Sie wirkte nicht völlig teilnahmslos. Immerhin war sie in der Lage gewesen zu gehen, wenn auch mit seiner Hilfe. Nur diese Stille machte ihm zu schaffen. Er empfand das dringende Bedürfnis, sie mit etwas zu füllen.

»Wenn ich mich richtig erinnere, schreiben Sie an einer Seminararbeit über Frieda Klein«, begann er, um einen munteren Ton bemüht. »Wie läuft das?« Sie schüttelte den Kopf. Das war ja zumindest eine Art von Reaktion, auch wenn es mehr von einem krampfhaften Zucken als von einem Kommunikationsversuch hatte. »Sie wollten sie dekonstruieren, nicht wahr? Ihre Fassade einreißen. Für mich klang das nach einer vielversprechenden Idee. Ist es Ihnen gelungen? Konnten Sie hinter den Frieda-Klein-Mythos kommen?«

Schlagartig richtete Lola sich auf und sah ihm direkt ins Gesicht. »Ich habe sie zerstört«, erklärte sie.

Er stieß ein nervöses kleines Lachen aus. »Wie meinen Sie das?«

»Ich habe sie umgebracht.«

Hüstelnd blickte er sich um. Wann kam endlich diese Krankenschwester?

»Aber doch nicht im wörtlichen Sinn?«, hakte er nach, ohne eine Antwort zu bekommen. »Was meinen Sie mit umgebracht? Ist sie wirklich tot?«

»Ich weiß es nicht.«

»Ist sie verletzt?«

»Keine Ahnung.«

»Was meinen Sie dann damit?« Er sprach jetzt lauter. »Nun sagen Sie schon. Wenn Sie behaupten, Sie hätten sie umgebracht, wie meinen Sie das?«

Noch immer erschien ihm ihr Blick sehr starr, als würde sie ihn gar nicht richtig wahrnehmen. Dann blinzelte sie plötzlich und rieb sich die blutunterlaufenen Augen. »Ich glaube, man wird sie ermorden.«

Das gab den Ausschlag. Bradshaw zückte sein Telefon und wählte die Notrufnummer. Sofort fragte ihn die Stimme, welchen Dienst er benötige. Eigentlich hatte er einen Krankenwagen anfordern wollen. Es handelte sich um einen klaren

Fall von Psychose, da war er sich inzwischen fast sicher. Er kannte reihenweise Fälle von Studenten, die zunächst Liebe und dann Hass für ihre Dozenten empfanden. Sowohl Lehrer als auch Therapeuten zogen diese Art von Aufmerksamkeit auf sich. Wie er nur allzu gut wusste, galt das für Frieda noch mehr als für alle anderen Personen, denen er im Lauf seines Berufslebens begegnet war. Sie hatte ja sogar *seine* Aufmerksamkeit erregt. Eine solche Anziehungskraft konnte bei sensiblen Personen regelrechte Wahnvorstellungen auslösen. Studenten waren oft so überdreht. Manche standen massiv unter Druck. Sie konnten entweder manisch werden oder in lähmende Depressionen verfallen. Während er Lola betrachtete, überlegte Bradshaw – ähnlich wie viele andere Ärzte, die zu derartigen Überlegungen gezwungen waren –, wie er sein Handeln vor einem Untersuchungsausschuss rechtfertigen würde, falls alles schiefging. Es würde keine Probleme geben. Die Symptome waren klassisch. Es bestand kein Grund zu der Annahme, dass dieses Gerede von einer drohenden Ermordung Frieda Kleins mehr war als die Wahnvorstellung eines gestörten Geistes. Trotzdem zögerte er.

»Die Polizei«, sagte er. »Ich brauche die Polizei.«

50

Als Frieda Jahre zuvor mit ihren Fußmärschen entlang der Kanäle begonnen hatte, war dort kaum jemand unterwegs gewesen, abgesehen von vereinzelten Radfahrern, ein paar exzentrischen Anglern und gelegentlichen Grüppchen junger Männer, die jeden Blickkontakt vermieden, wenn sie sich an einem vorbeischoben. Heute war sie an den neuen Bürogebäuden vorübergewandert, an etlichen Cafés, an Joggern, Au-pair-Mädchen und jungen Müttern mit Kinderwagen, ganz zu schweigen von den in Doppelreihe parkenden Hausbooten, deren rauchende Schornsteine nach Kohle und würzigem Holz rochen. Sie war seitlich am Victoria Park entlanggegangen und hatte dort Reihen von kleinen Schulkindern in ihren neongelben Sicherheitswesten gesehen, außerdem etliche Sportgruppen. Doch als sie anschließend in Richtung des River Lea abbog, wurde es auf dem Treidelpfad gleich viel ruhiger, und wenig später lag er ganz verlassen vor ihr.

Das war die Stelle. Nicht weit vom Kanal entfernt gab es dort einen alten Kai, wo man früher wohl Waren für ein Lager entladen hatte, das inzwischen nicht mehr existierte. Sobald man vom Kanal abbog – wie Frieda es gerade getan hatte –, war man vom Hauptweg aus überhaupt nicht mehr zu sehen, verborgen unter einer alten Brücke. Das war die Stelle. Hier wurde Deans Bruder ermordet. Früher hatte Frieda gedacht, dass die Stelle das Ende von etwas markierte, doch in Wirklichkeit war es der Anfang von allem.

Sie lehnte sich an ein Geländer und blickte auf das Wasser hinunter. Normalerweise schaute sie gerne auf fließende

Gewässer, auf Flüsse oder die Strömungen der Gezeiten. Dieses Wasser aber stand, es bewegte sich nicht, weil es abgeschnitten war vom Hauptkanal, der seinerseits auch nicht richtig floss, sondern eher unruhig vor sich hin schwappte. Frieda holte tief Luft. Ein Gefühl von ungeheurer Ruhe und Akzeptanz durchströmte sie. Dabei dachte sie gar nicht so sehr an Dean Reeve, sondern mehr an ihren Vater, den sie sehr geliebt und der sich das Leben genommen hatte, als sie noch ein Teenager war. Sie hatte seine Leiche gefunden. Seitdem war kein Tag vergangen, an dem sie nicht an jenen Moment dachte, den Anblick seines toten Gesichts mit den leeren Augen. Damals hatte sie das letzte Mal gebetet – zu einem Gott, an den sie nicht glaubte, den sie aber trotzdem um Hilfe anflehte. Sie wusste, dass der ganze weitere Verlauf ihres Lebens von jenen paar Sekunden geprägt worden war. Die Erkenntnis, dass sie keine Chance gehabt hatte, ihren Vater zu retten oder zumindest das Ausmaß seines Schmerzes zu erkennen, bevor es zu spät war, trieb sie seitdem immer wieder dazu, den Schmerz anderer zu erkennen und zumindest zu versuchen, sie zu retten – als könnte sie, indem sie diese anderen rettete, im Nachhinein auch noch ihn retten – und sich selbst. Während sie nun in das braune Wasser hinunterstarrte, rief sie sich ins Gedächtnis, wie ihr Vater Jahre vor seinem Tod gewesen war: nicht traurig und verzweifelt, sondern quicklebendig, voller Energie und Hoffnung. So sah sie ihn nun vor ihrem geistigen Auge. Sie lächelte ihm zu. Was für eine Reise sie beide hinter sich hatten!

Als sie dicht hinter sich ein Geräusch hörte, drehte sie sich nicht um. Sie zuckte nicht einmal zusammen.

Es lief nicht so, wie Bradshaw erwartet hatte. Er war davon ausgegangen, dass in ein, zwei Stunden ein Polizeibeamter auftauchen, ein paar Fragen stellen und vielleicht seine Aussage aufnehmen würde. Stattdessen wurde er sofort mit einem Beamten verbunden und dann mit einem weiteren, der ihn zu einer knisternden Handyverbindung durchstellte. Er bekam die Anweisung zu bleiben, wo er war, und Lola Hayes nicht aus den Augen zu lassen, keine Sekunde.

»Gehen Sie in Gottes Namen mit ihr auf die Toilette, wenn es sein muss!«, bellte eine Stimme am anderen Ende.

»Wie bitte?«, fragte Bradshaw, doch sein Gesprächspartner hatte bereits aufgelegt.

Während er noch damit beschäftigt war, sich wieder zu sammeln, hörte er eine Sirene, in die kurz darauf eine zweite einstimmte. Er vermutete, dass es wohl irgendwo brannte. Dann hörte er draußen bereits schwere Schritte. Die Tür flog auf. Er sah sich dem Pförtner gegenüber, der normalerweise in einem kleinen Holzhäuschen am Haupteingang saß. Bradshaw hatte ihn noch nie außerhalb dieser Behausung gesehen. Hinter dem Mann tauchte eine zweite Person auf, deren Name ihm nicht einfiel.

»Hier ist es«, erklärte der Pförtner, woraufhin sich zwei männliche und zwei weibliche Uniformierte an ihm vorbeischoben. Eine der beiden Frauen trat vor.

»Sind Sie Doktor Bradshaw?«

»Ja.«

»Und das ist Lola Hayes?«

»Ja.«

Die Frau machte wieder einen Schritt zurück, löste das Funkgerät von ihrem Gürtel und sprach hinein. Es folgte eine Antwort, begleitet von lautem Knistern. Die Frau wandte sich an Lola.

»Wo ist Frieda Klein?«

Lola starrte mit glasigem Blick zu ihr hoch, schüttelte den Kopf und wand sich gleichzeitig, als hätte sie Schmerzen, sagte jedoch kein Wort.

»Ich glaube nicht, dass sie in der Verfassung ist zu antworten«, mischte Bradshaw sich ein.

Die Beamtin trat noch einmal einen Schritt zurück und sprach in ihr Funkgerät. »Sie weigert sich, etwas zu sagen … Ja, in Ordnung.«

Sie sah Bradshaw an. »Sie sollen hierbleiben. Beide.«

»Ich glaube, sie muss in eine Klinik. Wahrscheinlich hätte ich besser einen Krankenwagen gerufen.«

»Vielleicht später. Jetzt müssen Sie erst einmal hierbleiben. Die sind bereits unterwegs.«

»Der Krankenwagen?«

»Nein.«

Er stand in einer kleinen Mauernische unter der Brücke. Als er sich langsam nach vorne bewegte, sah er sie am Geländer lehnen, in Gedanken versunken. Er wollte diesen Moment festhalten, sie sich ansehen, bevor sie ihn sah – bevor sie überhaupt wusste, dass er da war. Bevor es passierte. Woran sie wohl dachte? War sie bereit? Denn nun war ihre Zeit endlich gekommen. All die Jahre des Wartens, und nun befanden sie sich hier. Wieder am Anfang, am Ende.

Er trat aus der Nische. Da er zwischen ihr und dem Hauptweg stand, war ihr jeder Fluchtweg abgeschnitten. Sie warf erst einen Blick über die Schulter, ehe sie sich schließlich aufrichtete und ihm zuwandte.

Während er sie anstarrte, kam es ihm vor, als würde eine Welle durch seinen Körper laufen – als hätte er sich schlagartig verflüssigt. Er hatte sie schon so oft gesehen, aber immer von Weitem, aus der Ferne. Es war acht Jahre her, dass sie richtigen Blickkontakt gehabt hatten, von Angesicht zu Angesicht. Ihr Haar kam ihm anders vor, sie hatte es wohl gefärbt. Ansonsten wirkte sie kaum verändert. Vielleicht waren die Fältchen an ihren Augen und ihren Mundwinkeln ein bisschen tiefer geworden, vielleicht spannte die Haut über ihren Wangenknochen ein wenig mehr, aber es war nach wie vor das Gesicht, das ihn all die Jahre heimgesucht hatte. Jetzt sah er es aus der Nähe: die dunklen, beinahe schwarzen, aber dennoch leuchtenden Augen, deren eindringlichen Blick er fast körperlich spürte, die markante Nase, die vollen, leicht geöffneten Lippen.

Sie stand sehr aufrecht und kam ihm größer vor, als er sie in Erinnerung gehabt hatte. Er ließ den Blick über ihren Körper gleiten, die Form ihrer Schultern, die Rundungen ihrer Brüste in der blauen Bluse, ihrer Hüften in der engen schwarzen Jeans. Sie war nicht wie die anderen. Sie hatte nichts Flehendes an sich. Bei ihr gab es kein verräterisches Keuchen, keine aufgerissenen Augen, die Angst signalisierten.

Er wünschte, dieser Moment könnte ewig dauern. Aber es war an der Zeit.

Er zog das Messer aus der Tasche. Noch holte er nicht damit aus, sondern genoss erst einmal, wie gut es in der Hand lag. Die Klinge war gut zwanzig Zentimeter lang. Deutscher Stahl. Der dunkle, schwere Griff fühlte sich angenehm kühl an. Die Klinge war durch den Hals von Jessica Colbeck geglitten wie Scherenblätter durch Seide.

Die Leute starrten immer auf diese Klinge, wie hypnotisiert von dem schimmernden Stahl. Aber nicht sie. Er sah, dass sie ihm in die Augen schaute, und glaubte, in ihrem Blick fast so etwas wie Mitgefühl zu erkennen.

Er überlegte, was er sagen könnte, doch es gab nichts zu sagen. Das wussten sie beide. Letztendlich würde sie ihm dankbar sein. Ihn willkommen heißen. Sie hatte immer gewusst, dass es eines Tages so weit sein würde.

Hal Bradshaw hob den Blick, als plötzlich die Tür aufflog und zwei atemlose Männer in den Raum polterten: Dugdale und Quarry. Dugdales Blick wanderte von Bradshaw zu Lola.

»Erinnern Sie sich an mich?«

Lola ließ den Kopf nach vorne sinken, doch Dugdale packte sie an den Haaren und zwang sie grob, ihn anzusehen.

»Sie stecken so richtig in Schwierigkeiten«, sagte er.

»Das können Sie nicht machen«, mischte Bradshaw sich ein.

Dugdale wandte sich langsam zu ihm um, ohne Lola loszulassen. »Was hat sie Ihnen erzählt?«

»Das habe ich doch schon am Telefon gesagt.«

»Sagen Sie es *mir*.«

»Sie hat behauptet, Frieda Klein umgebracht zu haben. Ich schätze, damit wollte sie sagen, dass sie sich dafür verantwortlich fühlt, und nicht, dass sie tatsächlich …« Bradshaws Stimme verlor sich in Gemurmel.

Dugdale schob sein Gesicht ganz dicht vor das von Lola. »Sie haben Karlsson zur falschen Stelle geschickt. Das war Absicht, stimmt's?«

Lola stammelte irgendetwas.

»Was?«

»Ich konnte nicht anders.«

»Hören Sie zu«, sagte Dugdale. »Wir haben keine Zeit. Die Polizei von ganz London befindet sich in Alarmbereitschaft. Wir haben drei Hubschrauber in der Luft.«

Lola schüttelte den Kopf, woraufhin Dugdale die Hand wegzog. »Lola«, sagte er, um einen sanfteren Ton bemüht, »wenn Sie glauben, mit Reeve einen Handel abgeschlossen zu haben, dann können Sie das vergessen. Er wird sich nicht daran halten. Wenn er jemanden umbringen will, dann tut er es einfach. Ihm ist völlig egal, was Sie machen.«

Lola begannen Tränen über die Wangen zu laufen.

»Wahrscheinlich ist es ohnehin zu spät. Sie haben bereits getan, was er von Ihnen verlangt hat. Sagen Sie uns bloß, wohin Frieda wollte.«

Lolas Blick wanderte von Dugdale zu Quarry und dann weiter zu Bradshaw und der Krankenschwester, die inzwischen am hinteren Ende des Raums stand. Sie schluckte, zögerte noch einen Moment und sagte dann langsam und mit krächzender Stimme: »Dahin, wo sein Bruder gestorben ist.«

Dugdale sah Quarry an, dann wieder Lola. »Wenn Sie lügen, Lola, dann lasse ich Sie irgendwo einsperren, wo Sie nie wieder rauskommen, das schwöre ich bei Gott.«

»Es stimmt.«

Die beiden Männer rannten aus dem Raum. Während sie die Treppe hinauf- und zu ihrem wartenden Wagen hinausstürmten, bellte Dugdale seine Anweisungen. »Und verständigen Sie Karlsson!«, fügte er hinzu.

51

Habt ihr was gehört?« Chloë war am Telefon, und sie weinte so heftig, dass Reuben sie kaum verstand. Er stellte sich ihr Gesicht vor, jung und tragisch, mit verschmierter Wimperntusche. »Habt ihr was gehört?«, schluchzte sie noch einmal.

»Nein, nichts Neues.«

»O Gott! O Reuben!«

Karlsson hatte mittlerweile zu rennen begonnen, getrieben von einer schrecklichen Angst. Das Bein, das er sich damals gebrochen hatte, schmerzte bei jedem Schritt, und Seitenstechen setzte ihm auch zu. Das Handy in seiner Tasche begann zu vibrieren. Er holte es heraus, ohne stehen zu bleiben.

»Sie wollte zu der Stelle, wo Reeve seinen Bruder getötet hat«, informierte ihn Dugdale. »Streifenwagen sind unterwegs. Das ist da, wo der Kanal …«

Er hatte also richtig geraten. Adrenalin schoss durch seinen Körper. »Ich weiß. Ich bin fast schon dort!«, stieß er hervor.

Er ließ sein Handy zurück in die Tasche gleiten. Inzwischen stand die Sonne schon höher am Himmel. Er rannte weiter, hinein in den leuchtenden Dunst.

»Was passiert mit Frieda?«, fragte Alexei.

Reuben blickte in sein ängstliches Gesicht. Der Junge hatte die traurigen braunen Augen seines Vaters geerbt. »Mal sehen, ob wir deinen Dad irgendwo finden können«, meinte er, während er dem Jungen die Hand hinstreckte. »Wir sollten jetzt alle zusammen sein.«

Ein Hubschrauber kam in Sicht. Er flog immer tiefer, man konnte bereits seine Rotorblätter erkennen. Als er dann noch tiefer sank, hing er wie ein riesiges Insekt über Karlsson. Unter ihm lag der Kanal, dessen Wasser in der Herbstluft dampfte.

Lola hatte die Knie ganz eng an den Körper gezogen, den Kopf gesenkt und die Hände auf die Ohren gepresst. Ihre Augen waren geschlossen, und sie wiegte sich langsam vor und zurück, vor und zurück.

»Bitte«, flüsterte sie. »Bitte, bitte, bitte!«

Drei Streifenwagen, die mit Blaulicht und Sirene herangebraust waren, kamen mit kreischenden Bremsen zum Stehen. Zwölf Beamte sprangen heraus und stürmten auf den Fußweg zu, der zum Kanal führte. Der Straßenkehrer am Ende der Straße hörte sie rennen. Wie ein Trommelwirbel, dachte er.

Der junge Eli Abel befand sich ganz vorne. Er war Mitglied eines Laufklubs und hängte die anderen mühelos ab, sodass er als Erster die Brücke erreichte. Er hatte gerade die Polizeischule abgeschlossen und dachte bei sich, wie erstaunlich es doch war, dass er es gleich bei einem seiner ersten Fälle mit Frieda Klein und Dean Reeve zu tun hatte. Seine Oma würde ihm nicht glauben, wenn er ihr das erzählte.

Auf der Eisenbrücke verursachten seine Schritte ein schepperndes Geräusch. Über ihm kreiste ein Helikopter. Der Lärm bohrte sich in seinen Kopf. Auf dem braunen Wasser lagen Bänder aus Dunst. Dürre Blätter fielen hinein und schienen darin zu versinken.

Eli Abels Blick blieb an etwas hängen. Er blinzelte. Im Wasser trieb ein Ding, das aussah wie eine menschliche Gestalt. Er kniff die Augen zusammen. Es war tatsächlich ein Körper, mit dem Gesicht nach unten. »Hierher!«, versuchte er den Helikopterlärm zu übertönen. »Hierher!«

Dann rannte er über die Brücke und die Stufen hinunter auf den Treidelpfad. Er konnte sich nicht mehr daran erinnern, was man ihm bei seiner Ausbildung beigebracht hatte. Sollte er auf Verstärkung warten? Die Stiefel ausziehen?

Zu spät. Er war bereits in dem kalten, schlammigen Wasser, das ihm bis zur Brust reichte. Seine Stiefel sanken in den weichen Boden ein. Er stellte sich vor, wie hier die Ratten mit ihren gelben Zähnen und dicken Schwänzen in der Düsternis herumschwammen. Weil-Krankheit, dachte er, während er auf die Gestalt zuwatete.

In das ohrenbetäubende Röhren des Helikopters mischte sich Geschrei. Auf der Straße näherten sich weitere Sirenen. Wenn ich das meinen Leuten erzähle, dachte er. Wasser lief ihm den Hals hinunter. Ein Schwall klatschte ihm ins Gesicht. Gleichzeitig blendete ihn die Sonne, sodass er nicht genau sehen konnte, was vor ihm lag.

Schließlich erreichte er die Gestalt, die halb unter Wasser war, und streckte die Hand nach ihr aus. Einen Moment zögerte er. Die Sonne zeichnete seltsame Formen auf die Wasseroberfläche, ähnlich den wechselnden Mustern eines Kaleidoskops. Sie erinnerten ihn auch an die sich drehende Lampe, die er als Kind gehabt hatte, weil er sich im Dunkeln fürchtete. Die ganze Nacht hatte diese Lampe Unterwasserwesen an die Wände geworfen: Seepferdchen, Fische, Meerjungfrauen.

In seiner kurzen Dienstzeit hatte er noch keine Leiche zu Gesicht bekommen, noch nie eine angefasst. Er zwang sich, nach einem Arm zu greifen. Die Gestalt bewegte sich ein wenig zur Seite. Nachdem er sie einmal berührt hatte, war es in Ordnung. Er packte sie an den Schultern und begann sie in Richtung Ufer zu ziehen. Irgendjemand rief aufmunternd seinen Namen. Plötzlich war ein zweiter Beamter neben ihm, und mehrere Hände streckten sich ihnen entgegen, um die Leiche aus dem Wasser zu hieven. Er selbst kletterte zurück auf den Weg, und als er sich dort aufrichtete und das Wasser an ihm hinunterlief, begriff er, dass das Ganze nur wenige Sekunden gedauert hatte.

»Umdrehen!«, befahl eine Stimme.

Eli ließ die durchnässte Gestalt nicht aus den Augen, während sie umgedreht wurde. Mit einem Anflug von Übelkeit stellte er fest, dass sich der Kopf dabei fast vom Körper zu lösen schien: Die Kehle war von einem Ohr zum anderen durchtrennt, das blutleere Gesicht starrte zu ihm empor. Es sah aus, als würde es lächeln.

Entsetzt wandte er den Blick ab. In dem Moment entdeckte er sie. Sie saß im Schatten, den Rücken an eine junge Esche gelehnt. Sie hatte die Beine unter den Körper gezogen und hielt sich so still, dass er einen Moment dachte, sie wäre Teil des Unterholzes. Eine Täuschung durch das dunstige Licht, dachte er. Aber nein, sie war real. Ihr Gesicht war bleich, während ihre Augen sehr dunkel wirkten. Sie starrte geradeaus, doch ihr Blick war auf nichts oder niemanden gerichtet. Sie starrte einfach vor sich hin.

Einen Moment stand Eli Abel wie gebannt da. Dann hörte er hinter sich einen Schrei. Als er sich umdrehte, sah er einen hochgewachsenen Mann mit dunklem Haar auf sie zulaufen. Er hinkte, und aus seinem Gesicht sprach eine solche Angst, dass es dem jungen Beamten fast peinlich war, ihn anzublicken. Neben der auf dem Weg liegenden Leiche hielt der Mann kurz an. Sein Gesichtsausdruck veränderte sich, verzog sich, als würde er gleich in Tränen ausbrechen. Dann jedoch richtete er sich auf, steuerte auf die reglose Gestalt zu und blieb ein paar Schritte von ihr entfernt abwartend stehen.

Endlich bewegte sie sich ein wenig, als wäre irgendein Bann gebrochen. Sie schaute zu dem großen Mann auf. Dabei lächelte sie ebenso wenig wie er, aber er machte einen weiteren Schritt auf sie zu und streckte ihr die Hand entgegen. Es dauerte ein paar Sekunden, bis sie nach ihr griff.

Sie stand auf. Ihre Kleidung war durchnässt. Sie hatte Blut am Hals und an der Wange. Ihr Haar war ebenfalls nass.

»Karlsson.« Ihre Stimmt klang tief und klar.

Er ließ ihre Hand nicht los. »Frieda«, sagte er. »Es ist vorbei. Du bist frei.«

In dem Moment stürmten weitere Beamte die Stufen herunter. Als Letzter kam DCI Dugdale, übergewichtig und außer Atem. Er blieb stehen, um den Tatort in Augenschein zu nehmen. Sein Blick glitt über die Leiche auf dem Weg und wanderte dann zu Frieda, die ein paar Meter davon entfernt stand.

»Heilige Scheiße!«, sagte er.

Danach ging alles Schlag auf Schlag, als hätte jemand die Abfolge choreografiert. Mehrere Krankenwagen und weitere Polizeifahrzeuge brausten heran. Absperrband und Barrieren wurden angebracht. Die Spurensicherung traf ein. Schaulustige wurden abgewehrt. Ein paar Vertreter der Presse mogelten sich durch, doch zu dem Zeitpunkt war über der Leiche bereits ein Zelt errichtet worden. Die Fotos, die sie ergatterten, zeigten lediglich Dutzende von Polizeibeamten am Kanal, zum Teil in Uniform, zum Teil in weißen Overalls.

Inmitten dieser ganzen Hektik und Betriebsamkeit stand stumm Frieda. Als Dugdale sie fragte, was passiert sei, starrte sie ihn nur an.

»Schon gut«, sagte er, entnervt von ihrem Blick und den Blutspritzern auf ihrer Wange. »Lassen Sie sich Zeit. Bestimmt stehen Sie unter Schock. Verraten Sie mir nur das eine: Wie ist er gestorben?«

Sie wandte den Kopf ab, schaute über den Kanal.

»Frieda?«

»Er hatte ein Messer«, sagte sie schließlich. »Ein langes, scharfes Messer.«

Sie stieg mit einem Beamten und Karlsson die Stufen hinauf. Jemand aus der Menschenmenge hinter der Absperrung rief ihren Namen, doch sie reagierte nicht. Kameras blitzten. Bald würde das ganze Land, die ganze Welt wissen, dass Dean Reeve tot war.

Ein Sanitäter wollte ihr eine Decke um die Schultern legen, doch sie schob sie weg und stieg in den wartenden Wagen. Karlsson folgte ihr.

Sie saßen Seite an Seite, berührten sich aber nicht. Als er sie ansah, bemerkte er an ihrem Haaransatz eine rote Spur.

»Du blutest«, sagte er.

Sie hob eine Hand und wischte den Faden wässrigen Bluts weg. »Es ist nicht meines.«

Am liebsten hätte er seine Hand auf die ihre gelegt, wagte es aber nicht. Ihre Stille hatte etwas Gefährliches.

52

An der Zufahrt zur Saffron Mews parkte der Aufnahmewagen eines Fernsehsenders, und es wimmelte nur so von Journalisten. Josef, der mit mehreren schweren Einkaufstüten beladen war, schob sich an ihnen vorbei und schloss Friedas Haustür auf. Zuerst ging er in die Küche, wo er die Katze fütterte, das Basilikumstöckchen goss und die Vase mit frischen Blumen füllte. Dann nahm er Milch, Butter, Joghurt und Kaffeebohnen aus den Tüten und räumte das meiste davon in den Kühlschrank.

Anschließend warf er im Wohnzimmer noch einmal einen Blick auf das fachmännisch aufgeschichtete Brennholz im Kamin und rückte den davor stehenden Sessel in die genau richtige Position.

Nachdem unten alles erledigt war, ging er hinauf in den ersten Stock, um sich zu vergewissern, dass im Bad frische Handtücher hingen, und steuerte dann auf den Balkon zu. Beim Öffnen der Tür stellte er befriedigt fest, wie geschmeidig sie aufschwang, und trat hinaus. Mittlerweile zierten den Balkon mehrere Lavendelbüsche, ein Kistchen mit Kräutern, ein kleiner Zierbaum und ein langer Pflanzkasten voll Erde, in die Chloë die Zwiebeln verschiedener Frühlingsblüher versenkt hatte. Außerdem gab es noch eine Clematis, von der sie im Gartencenter behauptet hatten, sie werde in den Wintermonaten cremeweiße Blüten tragen. Das Mobiliar bestand aus einem einzelnen Holzstuhl und Chloës Tisch aus Goldulme.

Er nahm auf dem Stuhl Platz und ließ den Blick über die

Dächer schweifen. Der Nebel hatte sich wieder verdichtet und alles in weiches Grau gehüllt. Josef zündete sich eine Zigarette an, zog eine Flasche Wodka aus der Jackentasche und nahm einen Schluck. Dann stieß er einen tiefen Seufzer aus und schloss die Augen.

Gerichtsmedizinerin Jane Franklin betrachtete einen Moment die Leiche von Dean Reeve und richtete den Blick dann auf eine Gruppe von Studenten, die alle einen Mundschutz und einen grünen Kittel trugen.

»Denken Sie nicht darüber nach, wer das ist«, mahnte sie streng. »Das ist eine Leiche. Unsere Aufgabe besteht darin, die Todesursache festzustellen.«

Sie deutete mit ihrem Skalpell auf den Hals. »Sie«, wandte sie sich an eine Studentin, »was sehen Sie?«

»Einen horizontalen Schnitt durch … nun ja, so ziemlich alles – die Jugularvene, die Halsschlagader. Die Luftröhre sieht auch beschädigt aus.«

»Todesursache?«

»Er ist vermutlich innerhalb einer Minute verblutet, vielleicht sogar noch schneller.«

Dr. Franklin hob Reeves rechte Hand an.

»Was ist damit?« Sie fixierte einen jungen Mann. »Sie.«

»Er hat kurze Fingernägel.«

»Nein, nein, ich meine Wunden, Schnitte.«

»Ich kann keine entdecken.«

»Sie beugte sich über die Leiche und hob den anderen Arm an.

»Und was ist damit?«

»Nichts zu sehen.«

»Genau. Wenn jemand mit dem Messer attackiert wird, findet man normalerweise Abwehrspuren an Händen und Armen. Die Betreffenden reißen die Hände hoch, um sich zu schützen, ungefähr so.« Sie hob beide Arme vors Gesicht. »Was legt das nahe?«

»Keine Ahnung.«

»Schauen Sie sich die Wunde noch einmal an. Wie sehen die Ränder aus? Grob? Zackig?«

»Nein, ganz glatt. Wie bei einer OP.«

»Wie konnte es dazu kommen? Auf einem Treidelpfad?«

»Vielleicht war er gefesselt?«

»Möglich«, antwortete Doktor Franklin. »Aber es finden sich keine blutunterlaufenen Streifen an den Handgelenken oder Knöcheln. Keine Kratzspuren. Es gibt keinen weiteren Hinweis auf eine Verletzung, abgesehen davon.« Dabei deutete sie auf das Knie. »Woraus wir das hier entfernt haben.« Sie hielt eine kleine Metallschale hoch. Darin befand sich eine kleine Kugel, besser gesagt etwas, das aussah wie eine Kugel, bei der man die Spitze entfernt hatte. »Von dieser Seite sieht das Knie intakt aus. Aber die Soft-Point-Kugel ist von hinten eingetreten, hat sich ausgedehnt und dadurch katastrophalen Schaden angerichtet. Er war sofort außer Gefecht gesetzt.«

»Sieht nach einer Exekution aus«, bemerkte ein anderer Student. »Man schießt ihm ins Knie, und anschließend schneidet man ihm die Kehle durch.«

»Am Tatort wurde nur *eine* Waffe gefunden«, berichtete Doktor Franklin. »Ein deutsches Messer, und zwar ein sehr scharfes, wie man es zum Schlachten eines Tiers verwenden würde. Und wie es bei der Ermordung von Jessica Colbeck benutzt wurde.«

»Und was ist jetzt unsere weitere Vorgehensweise?«, fragte jemand.

»Unsere weitere Vorgehensweise ist, den Zustand der Leiche zu beschreiben.«

Nachdem die Studenten gegangen waren, blickte Doktor Franklin erneut auf den Leichnam hinunter: einen kräftig gebauten Mann mit tätowierten, muskulösen Armen und einem weichen, bleichen Bauch. Ihr Blick blieb an der klaffenden Wunde hängen. Das Gesicht sah gruselig aus, wie weißer Kitt. Die Augen waren offen, braun. Mit einem gummigeschützten Daumen schloss sie die Lider. Sie wusste, dass es idiotisch war, aber sie wollte trotzdem nicht von Dean Reeve angestarrt werden – nicht mal von seiner Leiche.

Während Beamte das dichte Unterholz durchforsteten, waren im Kanal zum zweiten Mal Polizeitaucher zugange. Beim ersten Einsatz hatten sie das Messer gefunden, doch nun wollte Quarry, dass sie auch nach einer Schusswaffe suchten.

»Sie muss hier irgendwo sein«, erklärte er.

Die drei Taucher arbeiteten sich Zentimeter für Zentimeter durch den weichen grauen Schlamm des Kanalbodens. Sie hoben alles auf, was die Leute ins Wasser warfen – sogar einen alten Fahrradrahmen –, und auch sämtliche Kreaturen, die dort im Wasser verendet waren und verrotteten. Draußen durchkämmten die Beamten Dornbüsche und anderes Gestrüpp. Stunden vergingen. Da war keine Schusswaffe.

Frieda hatte geduscht und die Sachen angezogen, die sie ihr auf dem Polizeirevier gegeben hatten: ein weißes Baumwollshirt, eine dunkle Hose und Slipper, die ihr ein wenig zu groß waren. Nun saß sie vor Dugdale und Quarry, die Hände im Schoß gefaltet. Vor ihr auf dem Tisch stand eine Tasse Tee, die sie noch nicht angerührt hatte.

»Frieda.« Dugdale lehnte sich zu ihr hinüber. »Sie haben verstanden, dass wir Ihnen keine Schwierigkeiten machen wollen?«

»Ja, das habe ich verstanden. Danke.«

»Wenn überhaupt, dann sollten wir Sie feiern. Sie haben Dean Reeve geschnappt. Sie haben ihn geschlagen.«

»Ich bin nicht so richtig in Feierlaune«, entgegnete Frieda. »Dafür sind zu viele Menschen gestorben. Einschließlich Dean Reeve.«

»Ja, natürlich, das verstehe ich. Aber Ihnen ist sicher klar, dass wir Ihre Aussage aufnehmen müssen. Wenn Sie sich dem noch nicht gewachsen fühlen, können wir es auf einen späteren Zeitpunkt verschieben.«

»Nein, das ist schon in Ordnung.«

»Außerdem …«, Dugdale hielt einen Moment inne, »… außerdem muss ich Sie darauf hinweisen, dass Sie ein Recht auf einen Anwalt haben.«

»Danke, aber den werde ich nicht brauchen.«

Quarry schaltete das Aufnahmegerät ein und nannte das Datum, den Ort und die Namen aller Anwesenden.

»Gehen wir das Ganze einfach kurz durch«, schlug Dugdale vor. »Falls nötig, können wir später noch eine detailliertere Aussage aufnehmen. Würden Sie uns erst einmal erzählen, wie Dean Reeve gestorben ist?«

Frieda sah Dugdale direkt an. Sie war blass und wirkte müde, aber ruhig.

»Es tut mir leid, aber was das betrifft, herrscht in meinem Gehirn bloß Nebel. Ich weiß noch genau, wie ich an der Stelle ankam, wo das mit Deans Bruder damals passiert ist, und als Nächstes erinnere ich mich daran, wie die Polizei eintraf. Alles andere ist wie ausgelöscht.«

»Es muss für Sie ziemlich traumatisch gewesen sein.«

»Das weiß ich nicht«, antwortete Frieda.

»Sie können uns also nicht sagen, wie Dean Reeve gestorben ist.«

»Nein.«

Quarry runzelte die Stirn. Die Antwort passte irgendwie nicht zu ihr – obwohl er natürlich keine Ahnung hatte, wie Frieda Klein eigentlich war. Er hatte bloß schon so viel von ihr gehört, und nun saß sie hier vor ihnen, gefasst und ernst, und ließ sich jedes Wort aus der Nase ziehen. Selbst Dugdale, den normalerweise nichts aus der Ruhe brachte, schien leicht genervt zu sein.

»Haben Sie ihn erwartet? War Ihnen klar, dass er kommen würde?«

»Ich wollte am Kanal entlangmarschieren. Ich wollte nachdenken.«

»Aber er wusste, dass Sie dort sein würden«, entgegnete Dugdale. »Lola Hayes hat es ihm verraten. Ihre Freundin hat Sie verraten. Was sagen Sie dazu?«

»Wenn das stimmt«, antwortete Frieda gelassen, »dann hat sie unter Druck gehandelt. Man kann ihr das nicht zum Vorwurf machen.«

»Wussten Sie, dass Lola mit ihm in Verbindung stand?«

Frieda blickte einen Moment aus dem Fenster. Quarry beobachtete, wie sich ihre Hände verkrampften und wieder entspannten.

»Sie hätte sich von mir fernhalten sollen«, sagte sie leise. »Ich habe sie gewarnt.«

»Das ist keine Antwort auf meine Frage«, stellte Dugdale grimmig fest.

»Sagt Ihnen der Begriff ›moralischer Zufall‹ etwas?«

»Moralischer Zufall interessiert mich im Moment überhaupt nicht. Ihr Versuch, Lola Hayes zu verteidigen, ist völlig sinnlos. Sie hat gestanden. Wir wissen, was sie getan hat.«

Frieda schüttelte den Kopf. »Da bin ich nicht Ihrer Meinung. Ich halte den Versuch, Lola zu verteidigen, keineswegs für sinnlos.«

»Hören Sie«, sagte Dugdale, der inzwischen richtig frustriert klang. »Wir sind auf Ihrer Seite, auch wenn Sie uns behandeln, als wären wir der Feind. Betrachten Sie es doch mal aus unserer Warte. Wir müssen schließlich irgendeine Version der Ereignisse präsentieren. Dean Reeve wurde mit durchgeschnittener Kehle und einer Kugel im Bein im Kanal gefunden. Das deutet darauf hin, dass mindestens noch eine weitere Person vor Ort war.«

»Dazu kann ich Ihnen nichts sagen.«

»Sie meinen, Sie wollen nicht. Frieda, ich verstehe vollkommen, dass Sie das Bedürfnis hatten, sich an Dean Reeve zu rächen – nach allem, was er Ihnen und so vielen anderen Menschen angetan hat.«

Dugdale registrierte, dass er endlich eine Reaktion provoziert hatte. Frieda war leicht zusammengezuckt und blickte nun von einem zum anderen. »Sie glauben, ich wollte Rache?«, fragte sie ungläubig. »Sie glauben, ich wollte bei diesem kranken Spiel mitmischen? Das Einzige, was ich wollte, war, dass er verhaftet und vor Gericht gestellt wird. Aber das hat ja definitiv nicht geklappt.«

»Warum hat es denn nicht geklappt?«

»Ich wünschte, ich könnte Ihnen das sagen.«

»Haben Sie gesehen, wie er gestorben ist?«

»Ich war jedenfalls vor Ort.«

»Sie waren mehr als nur vor Ort. Als Sie gefunden wurden, waren Sie völlig durchnässt. Sie müssen im Wasser gewesen sein. Außerdem war sein Blut an Ihrer Kleidung und auf Ihrer Haut. In Ihrem Haar.«

Sie blinzelte zweimal schnell hintereinander. Quarry, der sie beobachtete, hätte schwören können, dass vor ihrem geistigen Auge gerade ablief, wie Reeve gestorben war.

»Da war eine Menge Blut«, antwortete sie.

»Sie helfen uns überhaupt nicht«, stellte Dugdale resigniert fest.

»Sie haben doch Dean Reeves Leiche. Was brauchen Sie denn noch?«

Karlsson wartete auf sie. Gemeinsam verließen sie das Polizeirevier. Ein böiger Wind wehte ihnen Regen ins Gesicht.

»Dugdale wirkt nicht allzu glücklich«, bemerkte er. »Er hat diesen frustrierten Gesichtsausdruck, den ich schon öfter gesehen habe, nachdem du von der Polizei befragt wurdest.«

»Tust du mir einen Gefallen?«

»Ja.«

»Du weißt doch noch gar nicht, worum es sich handelt.«

Er zuckte mit den Schultern.

»Sorgst du dafür, dass Lola nicht angeklagt wird?«

»Du weißt, was sie getan hat. Beinahe wäre es ihr gelungen, dich umbringen zu lassen. Als sie die Chance hatte, dich zu retten, hat sie mich zu der falschen Stelle geschickt.«

»Lola hatte ganz fürchterliches Pech. Sie ist nur ein weiteres von Reeves Opfern.«

»Es liegt nicht wirklich in meiner Hand. Dugdale wird einen Antrag auf Strafverfolgung stellen.«

»Aber du versuchst es trotzdem.«

Karlsson lachte. »Im nächsten Leben wirst du bestimmt ein Kampfhund. Einer von der Sorte, der einen beißt und nie wieder loslässt.«

»Komm mit zu Frieda, Mum«, sagte Chloë zu Olivia.

»Was? *Was*? O mein Gott! Warum?«

»Komm einfach mit.«

»Tut mir leid«, sagte Jack zu der Frau mit den rosa Haaren. »Wir hören heute früher auf. Die Kasse ist schon geschlossen.«

»Aber ich brauche Käse für meine Abendeinladung!«

»Hier, bitte.«

Er packte ihr ein Stück Brie ein und dann noch ein großes Stück von einem bröckeligen Blauschimmelkäse.

»Was bekommen Sie dafür?«, fragte sie, nachdem er ihr beide Päckchen über die Theke geschoben hatte.

»Nichts.«

»Komm«, sagte Reuben zu Alexei. »Deine Hausaufgaben kannst du ein andermal machen. Zieh deine Schuhe an.«

»Wohin gehen wir?«

»Zu Frieda.«

53

Yvette öffnete die Tür des kleinen Raums. Durch ein sehr hoch platziertes Fenster fielen die letzten milden Sonnenstrahlen des Tages. Frieda trat ein.

Lola saß am Tisch, den Kopf auf den Armen. Ihre Haare lagen ausgebreitet wie ein Fächer. Als sie die Tür hörte, hob sie den Kopf. Ihr Gesicht war vom Weinen verschmiert, ihre Augen waren gerötet. Bei Friedas Anblick zuckte sie zusammen und stieß gleichzeitig ein leises Stöhnen aus.

Frieda zog sich einen Stuhl heran und ließ sich ihr gegenüber nieder. »Tja, Lola«, sagte sie, »jetzt ist es endgültig vorbei.«

»Weißt du Bescheid?«, flüsterte Lola. »Über mich?«

»Ja. Schon eine ganze Weile.«

In dem kleinen Raum herrschte Schweigen. Lola starrte sie an. Ihre Pupillen wirkten vergrößert. »Wie meinst du das?«

»Ich wusste, dass Dean mit dir in Kontakt getreten war«, antwortete Frieda in ruhigem Ton.

»Aber … aber das verstehe ich nicht. Woher wusstest du es? Seit wann? Und wenn du es wusstest …« Sie brach ab.

»Die Einzelheiten brauchen dich eigentlich nicht zu interessieren«, erklärte Frieda. »Das spielt doch jetzt alles keine Rolle mehr.«

»Und ob es eine Rolle spielt!«, entgegnete Lola. »Ich werde den Rest meines Lebens damit verbringen, jeden Moment unserer gemeinsamen Zeit wieder und wieder abspulen zu lassen: was ich getan habe, was du getan hast. Ich muss alle Einzelheiten wissen.«

Frieda überlegte. In welchen Momenten hatte Lola sich verraten?

»Das Leben in unserer Welt ist an sich schon schwer genug«, begann Frieda, »aber Lügen ist noch schwerer. Es ist, als würde man versuchen, eine ganze neue Welt zusammenzusetzen, und zwar aus lauter Stückchen, die nicht richtig zusammenpassen. Für jemanden wie Dean Reeve ist das kein Problem. Er lebte in seinen Lügen und Geschichten. Aber für jemanden wie dich, einen guten Menschen, ist Lügen schwer.«

»Spar dir den Vortrag«, entgegnete Lola in schroffem Ton. »Woran hast du es gemerkt?«

»An verschiedenen Dingen. Nach Jess' Tod hast du plötzlich eine Armbanduhr getragen, von der du vorher behauptet hattest, sie in der Wohnung gelassen zu haben. Das passte nicht zu der Geschichte, die du mir erzählt hattest – darüber, wie du Jess' Leiche gefunden hast. Also musste etwas anderes passiert sein.«

»Was für ein dummer Fehler.«

»Wäre es der nicht gewesen, hättest du bestimmt einen anderen gemacht. Außerdem vermutete ich es auch deswegen, weil Dean uns immer dann beinahe erwischt hätte, wenn es dir vorher gelungen war, ein paar Augenblicke allein zu sein. Ich bin davon ausgegangen, dass du dir jeweils irgendein Telefon ausgeliehen und Dean damit kurz angerufen hast, so in der Art. Spätestens wusste ich es, als du nach deinem kurzen Ausflug in den Regent's Park unbedingt in diese schreckliche Wohnung zurückwolltest, obwohl du sie doch eigentlich nicht mochtest.«

»Du hast mich also beobachtet?«

»Natürlich habe ich dich beobachtet. Ich beobachte jeden. Ganz sicher wusste ich es aber erst, nachdem ich dir gesagt hatte, wo die nächste Leiche auftauchen würde. Aber da hatte ich einen Fehler gemacht, einen Fluss ausgelassen. Der Beverley Brook war der falsche Ort, doch Dean hat die Leiche trotzdem dort platziert. Er handelte aufgrund der Information, die du ihm geliefert hast.«

Lola starrte sie mit leicht geöffnetem Mund an. In ihrem Gesicht arbeitete es. Sie wollte etwas sagen, brachte aber kein Wort heraus.

»Vor allem stellte ich es an deinem Verhalten fest. Nicht nur, weil du so voller Angst warst. Oft schienst du Angst vor *mir* zu haben – oder zumindest davor, mit mir zusammen zu sein. Mal hingst du an mir wie eine Klette, mal bist du mir ausgewichen. Manchmal hast du ununterbrochen geredet, als würdest du versuchen zu überdecken, was du nicht sagen durftest. Du hattest Angst vor Stille und vor dem, was dir versehentlich entwischen könnte. Und dann wieder warst du stumm wie ein Fisch. Mir war absolut klar, dass du etwas vor mir verbergen wolltest. Oder es zumindest versucht hast. Geheimnisse sind schwer zu bewahren. Sie können einen zerstören.«

»Du hast es gewusst und es mir nicht gesagt. Die ganze Zeit.«

»Ja.«

»Ich war in der *Hölle*«, fuhr Lola fort. »Und du hast es die ganze Zeit gewusst. Du hast mich *benutzt.*«

»Ich habe dir viele Male gesagt, du könntest über alles mit mir reden. Ich habe dich dabei beobachtet, wie du dich immer wieder dafür entschieden hast, nichts zu sagen. Aber du hast recht. Letztendlich habe ich dich benutzt, um Dean Reeve wissen zu lassen, wo ich mich aufhalten würde.«

»Ich habe Hilfe bei dir gesucht, und du hast mich benutzt. Kommst du dir jetzt gut vor?«

»Wir sind nicht auf dieser Erde, um uns gut vorzukommen. Außerdem brauchst du gar nicht so zu tun, als wärst du in diesem Fall das Hauptopfer. Da gab es eine ganze Reihe vor dir, und die meisten von ihnen sind jetzt tot.« Sie fixierte Lola. »Selbst am Ende, als Karlsson dich fand, hast du weitergelogen.«

»Ich konnte nicht anders.«

»Glaubst du das wirklich?«

»Sie werden mich verhaften. Mein Name wird in allen Zeitungen stehen. Dean Reeve und Lola Hayes, wird es heißen. Ich komme vor Gericht, und alle erfahren, was ich getan habe. Alle werden mich hassen.« Sie begann zu schluchzen. »Was werden meine Eltern dazu sagen? Ich komme ins Gefängnis. Wie soll ich jemals … jemals … jemals …« Sie weinte jetzt so heftig, dass ihr ganzer Körper bebte.

Frieda beugte sich vor und legte eine Hand über die von Lola. Dabei bemerkte sie die abgekauten Fingernägel, den Ausschlag an ihrem Handgelenk. »Lola, dir steht eine schwierige Reise bevor, aber dieses Problem wird kein Teil davon sein. Du wirst nicht unter Anklage gestellt.«

Lola wischte mit dem Handrücken über ihr tränennasses, rotzverschmiertes Gesicht. »Wie meinst du das?«

»So, wie ich es gesagt habe.«

»Warum?«

»Ich nehme an, sie gehen davon aus, dass es nicht zu einem Schuldspruch kommt.«

»Hast du etwas damit zu tun?«

»Zumindest habe ich Ihnen meine persönliche Meinung zu dem Thema mitgeteilt.«

»Dann verstehst du mich also?« Lola richtete sich auf und schob sich das feuchte Haar hinter die Ohren. »Du verstehst, warum ich es getan habe?«

»Ja.«

Lola griff nach Friedas Händen und drückte sie fest. »Er hat Jess vor meinen Augen umgebracht. Ich habe gesehen, wie sie starb.«

Lola sah Frieda in die Augen.

»Und ich habe nicht mal versucht, etwas dagegen zu unternehmen. Ich habe ihr einfach beim Sterben zugesehen.«

»Du hättest mit mir darüber sprechen können, Lola.«

»Er hat gesagt, er würde meine Eltern umbringen. Er hat mir gezeigt, was er mit ihnen machen würde. Verstehst du denn nicht? Ich hatte keine Wahl.«

»Redest du dir das jetzt ein? Dass du keine Wahl hattest?«

»Ich weiß nicht, was ich mir einrede«, entgegnete Lola verzweifelt. »Keine Ahnung. Ich will nicht die Person sein, die ich bin. Was soll ich bloß tun? Wie soll ich das ertragen?«

»Ich weiß es nicht. Aber am besten fängst du damit an: Du nimmst das, was du erlebt und getan hast, unter die Lupe, ohne dir selbst etwas vorzumachen. Du sagst dir selbst die Wahrheit.«

»Ich hasse die Wahrheit!«

»Du brauchst sie nicht zu mögen. Sie ist etwas, das wir zum Leben brauchen, wie Wasser oder Licht.«

»Kannst du mir je verzeihen?«

»Das ist die falsche Frage.«

»Wie lautet denn die richtige?«

»Kannst du dir selbst verzeihen?«

Frieda erhob sich. Sie legte eine Hand auf Lolas gesenkten Kopf, woraufhin diese mit feuchten Augen zu ihr aufblickte. Sie sah aus wie ein verlassenes Kind. Einen Moment musste Frieda daran denken, wie Lola bei ihrer ersten Begegnung die Arme um sie geschlungen hatte, um sie wegen all der Dinge zu trösten, die sie, Frieda, durchgemacht hatte. »Du bist in eine schreckliche Geschichte hineingeraten«, erklärte sie. »Du hast Dinge erlebt, die kein Mensch erleben sollte. Doch auch wenn es jetzt vielleicht nicht danach aussieht, kann so etwas gleichzeitig eine Art Geschenk sein, wenn man es mutig nutzt. Du hast dich selbst auf eine Weise kennengelernt, wie es nur wenigen Menschen jemals möglich ist. Du weißt, wozu du fähig bist.«

Als sie die Tür öffnete, um zu gehen, rappelte Lola sich hoch.

»Frieda!«

»Ja?«

»Sehe ich dich wieder?«

»Das glaube ich nicht.«

»Bitte geh nicht. Lass mich nicht allein.«

»Du solltest dich mit deinen Eltern in Verbindung setzen. Und du solltest dir jemanden suchen, mit dem du über das alles sprechen kannst.«

»Kann ich nicht mit dir sprechen? Du bist die Einzige, die mich versteht und mir helfen kann.«

»Nein, Lola. Unsere gemeinsame Geschichte ist zu Ende.«

»Karlsson?«

»Was?«

»Hast du schon mal einen Menschen getötet?«

»Nein, natürlich nicht.«

Sie nickte. »Ich auch nicht.«

54

Sarah Kernan legte das Telefon beiseite und wandte sich an ihre Schwester.

»Das war die Polizei«, erklärte sie mit gepresster Stimme. »Sie haben ihn erwischt. Den Mann, der Geoff getötet hat. Sie haben ihn erwischt.«

Sie stand mitten in ihrer Küche, trug Hausschuhe und hatte ein Geschirrtuch über der Schulter. Plötzlich brach sie in Tränen aus. Ihre Schwester trat neben sie und nahm sie linkisch in den Arm. In ihrer Familie hatte man nicht viel Übung im Trösten.

Nachdem der Anruf von der Polizei gekommen war, ging Jonah Martins Freundin Maiko barfuß durchs Haus und ließ sich an ihrem Computer nieder. Nachdem sie Dean Reeves Namen eingetippt hatte, starrte sie lange Zeit auf das Foto. Dann gab sie den Namen »Frieda Klein« ein. Sie betrachtete das ernste Gesicht. Fast kam es ihr vor, als würde es ihren Blick erwidern.

Nach ein paar Minuten wandte sie sich ab und legte eine Hand auf die große Kugel ihres Bauchs. Oft konnte sie spüren, wie das Baby mit den Beinen trat. Manchmal hatte es Schluckauf. Jetzt spürte sie, wie es sich unter ihrer Handfläche bewegte. Sie stellte es sich mit Jonahs Gesicht vor.

»So«, sagte Walter Levin zu Jock Keegan. »Sie hat es geschafft.«

Keegan hob den Kopf. »Reeve?«

»Er wurde mit durchtrennter Kehle im Kanal gefunden. Zusätzlich hatte er noch eine Kugel im Knie.«

»Eine Kugel im Knie? Wie das?«

»Das müssen sie erst noch klären«, antwortete Levin.

Keegan schüttelte lächelnd den Kopf. »Ich hätte nicht gedacht, dass sie das schafft. Ich dachte, dieses Mal hätte sie ihr Glück überstrapaziert.«

Levin wirkte nachdenklich. »Meiner Einschätzung nach standen ihre Chancen etwa fifty-fifty. Vielleicht ein bisschen schlechter mit diesem Mädchen im Schlepptau. Wir hätten es besser wissen sollen.«

»Geht es ihr gut?«

»Allem Anschein nach schon.«

Keegan musste an ihre letzte Begegnung denken, vor jenem monströsen Haus in der Rivingdale Terrace. Sie hatte recht gefasst gewirkt, dabei aber eine Intensität ausgestrahlt, die ihn nervös machte.

»Sie ist hart im Nehmen«, sagte er.

»Du glaubst also, wir können sie doch wieder dazu überreden, uns auszuhelfen?«

»Nein, natürlich nicht.«

Levin bedachte Keegan mit einem fragenden Blick. »Du klingst sehr sicher.«

»So sicher man sich einer Sache sein kann. Sie wird nie wieder für uns arbeiten, genauso wenig wie für die Polizei. Sie hat mit alldem abgeschlossen.«

»Natürlich nicht sofort. Man muss ihr Zeit lassen, sich zu erholen. Aber …«

»Nein. Verstehst du denn nicht? Dean Reeve ist tot. Ihre Mission ist beendet.«

Carrie Dekker, die Frau von Dean Reeves Zwillingsbruder Alan, beugte sich hinunter und schlang die Arme um ihren

Hund. Sie brauchte einen Moment Trost. Den Mann, der ihren Ehemann getötet hatte und für einen Tag und eine Nacht in seine Rolle geschlüpft war, gab es nicht mehr. Zu spät für sie, die kinderlos und allein zurückgeblieben war.

Matthew Faraday, der gerade vor seinem Computer saß, hörte die Haustür aufgehen und mit einem Knall ins Schloss fallen.

»Matthew! Matthew!« Es war seine Mutter, die zu ihm hinaufrief – in einem Ton, der ihm einen Angstschauder über den Rücken jagte. »Komm und schau dir das an!«

Acht Jahre zuvor war er – rothaarig, sommersprossig und mit Zahnlücke – zum berühmtesten Kind des Landes geworden, nachdem Dean Reeve ihn entführt hatte. Ihm waren davon nur albtraumhafte Erinnerungsfetzen im Gedächtnis geblieben – ein abgeschlossener Raum, ein Stiefel vor seinem Gesicht, ein Gefühl von Heimweh, das so heftig und bitter war, dass es nach wie vor in seinen Knochen zu stecken schien. Noch heute wachte er oft weinend auf. Doch die Erinnerung an Frieda Klein war wie ein leuchtendes Bild, unberührt von den Ereignissen um sie herum. Sie hatte mit Schneeflocken im Haar unter seinem Fenster gestanden. Sie hatte ihn aus dem Grab gezogen, zurück ins Leben.

Erschöpft sank Charlotte Beck mit ihrer Tochter, die gerade eingeschlafen war, auf die Couch. Sie wusste, dass in der Kühlschranktür eine Flasche Wein stand. Doch um sie zu holen, müsste sie aufstehen, und das erschien ihr plötzlich viel zu anstrengend. Sie griff nach der Fernbedienung und schaltete durch die Programme. Plötzlich erhaschte sie einen Blick auf ein Gesicht und drehte den Ton lauter.

Er war es: der Mann, der neben ihr auf dem Gehsteig gesessen und zu ihr gesagt hatte, das habe sie gut gemacht. Anschließend hatte er sie nach Hause begleitet, und später hatte die Polizei sie nach ihm gefragt. Während sie nun dem Bericht lauschte, versuchte sie zu begreifen, was sie da hörte. Sie sah das Gesicht einer Frau namens Frieda Klein und begriff, dass sie ihr ebenfalls schon begegnet war.

Benommen saß sie da, den Kopf ihrer kleinen Tochter warm und schwer an der Schulter. Demnach war sie also ein paar Augenblicke lang in die Geschichte von Dean Reeve und Frieda Klein hineingeraten.

Sie drückte die Lippen an den seidigen Kopf ihres Babys. »Tja«, sagte sie, »wer hätte das gedacht?«

55

Frieda wäre lieber allein in ihr Haus zurückgekehrt. Sie hatte es sich in den vergangenen Wochen so viele Male vorgestellt: wie sie die Tür öffnen und die sauberen, stillen Räume betreten würde. Auch an diesem Morgen hatte sie es sich wieder ausgemalt, war dabei aber nur bis in die Diele vorgedrungen, wo sie im Geist die Katze gestreichelt und die Ruhe im Haus genossen hatte, die ihr wie eine Verheißung erschien.

Stattdessen bekam sie eine Willkommensfeier. Während der Wagen sich an der versammelten Presse vorbeischob und in die kleine Kopfsteinpflastergasse einbog, sah sie bereits, dass im Erdgeschoss hinter den heruntergelassenen Jalousien Licht brannte. Als sie schließlich mit Karlsson auf das Haus zuging, schwang die blaue Tür auf, und vor ihr stand Chloë, die derart gerührt wirkte, dass ihr Gesicht dadurch fast einen tragischen Ausdruck bekam.

»Frieda«, rief sie, »Gott sei Dank!«

»Hallo«, antwortete Frieda, während sie mit Karlsson ins Haus trat und die Tür hinter ihnen zuzog, um die kleine Meute draußen auf der Gasse auszusperren.

»Frieda!«, kreischte eine Stimme. Sie gehörte Olivia, die eine Champagnerflasche auf Frieda richtete und mit dem Korken kämpfte, der kurz darauf mit einem lauten Knall knapp an Friedas Ohr vorbeisauste. Weißer Schaum klatschte auf den Boden. Hinter Olivia sah Frieda ihre Katze die Treppe hochschießen.

»Frieda.« Reuben trat aus der Küche. Er trug seine schickste

Weste. »Du hast uns allen einen ganz schönen Schrecken eingejagt.«

Über Reubens Schulter tauchte Jacks Kopf auf. Er lächelte, nickte mehrmals hintereinander und fuhr sich gleichzeitig mit einer Hand durch seine wilde Haarmähne. Er trug ein orangerotes Hemd über einer gestreiften Hose und hatte sich einen schmalen Oberlippenbart wachsen lassen, der ihm ein leicht komisches Aussehen verlieh.

»Lasst sie durch!«, befahl Karlsson.

»Vielleicht möchtest du ja erst mal ein Bad nehmen«, meinte Chloë. »Wir haben dir extra ein neues Schaumbad besorgt.«

Frieda schien es, als würde ihr das Haus noch nicht wieder gehören. Sie fühlte sich wie ein Gast. Sie blickte in all die strahlenden Gesichter und lächelte oder versuchte zumindest zu lächeln, während sie nach dem Glas griff, das Olivia ihr reichte, obwohl sie Champagner eigentlich nicht besonders mochte.

»Danke«, sagte sie. Ihre Stimme klang ein wenig rau. Sie schaute sich um. »Wo ist denn Josef?«

»Josef ist hier«, antwortete der. Gerade kam er die Treppe herunter, dicht gefolgt von Alexei.

»Hallo«, begrüßte sie die beiden.

Josef machte eine linkische Verbeugung. Frieda merkte sofort, dass er etwas getrunken hatte. Seine braunen Augen funkelten sie an, und er legte eine Hand aufs Herz. Einen Moment dachte sie, er würde ein Lied anstimmen.

»Irgendetwas riecht hier anders«, bemerkte sie in argwöhnischem Ton.

»Ach ja«, sagte Chloë hinter ihr.

»Was habt ihr angestellt?«

»Wir haben es zusammen gemacht, ich und Chloë und mein Freund Stefan«, erklärte Josef.

»Es war Josefs Idee«, fügte Chloë hinzu. »Ich habe ihm gleich gesagt, dass du keine Überraschungen magst.«

»Stimmt.«

»Das magst du schon«, widersprach Josef siegessicher. »Komm mit.« Mit großer Geste lud er die ganze Gesellschaft ein. »Kommt alle! Jack, bring Gläser mit. Wir wollen auf Frieda anstoßen.«

Nacheinander stiegen sie die Treppe hinauf.

»Schließ die Augen!«, befahl Josef, als sie fast oben waren.

»Jetzt hör aber auf!«, protestierte Frieda.

»Du schließt die Augen, und ich sage dir, wann du sie wieder aufmachen darfst.«

Seufzend schloss Frieda die Augen und tastete sich die letzten paar Stufen hinauf, ihr Champagnerglas noch in der Hand.

»Bleib stehen. Schau!«

Sie öffnete die Augen. Schlagartig war Stille eingekehrt. Alle starrten sie an, insbesondere Chloë voller Angst. Frieda fiel auf, wie erschöpft Karlsson wirkte, fast schon grau vor Müdigkeit.

»Gut?«, fragte Josef mit erwartungsvoller Miene.

Frieda legte einen Finger an die Lippen. »Moment«, sagte sie.

Sie öffnete die Tür und trat hinaus in die Dunkelheit. Kühle Luft streichelte ihr Gesicht, und ringsherum funkelte London. Sie drehte sich um.

»Wundervoll«, sagte sie.

Josef strahlte.

»Wirklich?«, fragte Chloë. »Es gefällt dir? Du hast nichts dagegen?«

»Es ist ein Geschenk«, antwortete Frieda.

Alle drängten zu ihr nach draußen.

»Es fühlt sich ja recht stabil an«, meinte Frieda, »aber trägt es uns wirklich alle?«

Josef wirkte verletzt. »Da können zwanzig Leute drauf. Nein, fünfzig. Du kannst mit einem Auto hier herausfahren.«

»Im Moment sorge ich mich nur um sieben Erwachsene und ein Kind.«

Sie trat ans Geländer. Es machte tatsächlich einen sehr stabilen Eindruck. Benommen blickte sie sich um. Der Abendhimmel war ein Durcheinander aus Orange- und Rottönen, durchkreuzt von Kondensstreifen. Die Lichter des nahe gelegenen BT Tower und des weit entfernten Canary Wharf leuchteten zu ihnen herüber. Josef trat neben Frieda.

»Traust du Josef etwa nicht?«, fragte Reuben, während er ihnen Wein einschenkte.

Als Frieda daraufhin einen Blick in die Runde warf, konnte sie sich ein leichtes Grinsen nicht verkneifen. »Wisst ihr, wie Josef und ich uns das erste Mal begegnet sind?«

»Du meinst, als er durch die Zimmerdecke fiel?«

»Ich dachte, er wäre tot.«

»Englische Bauweise«, schnaubte Josef verächtlich.

Frieda betrachtete den schönen Holzboden, auf dem sie standen, den neuen Tisch und die Stühle. »Josef, ich muss dir dafür etwas zahlen.«

»Es ist mein Geschenk.«

»Ich kann doch zumindest das Material bezahlen. Für den Boden und den Tisch und die Stühle. So schönes Holz. Das muss doch ein Vermögen gekostet haben.«

»Es hat gar nichts gekostet«, widersprach Josef achselzuckend.

Frieda sah Josef an, dann Karlsson, dann wieder Josef. »Ich würde gern weitere Fragen stellen«, erklärte sie, »aber wir haben einen Polizisten hier.«

»Ich bin nicht im Dienst«, meinte Karlsson.

»Auf Frieda!«, rief Reuben.

Alle stießen miteinander an.

»Du siehst erschöpft aus«, bemerkte Jack.

»Es geht mir aber gut. Irgendwie kommt mir das Ganze noch völlig irreal vor.«

»Du hast uns so gefehlt«, sagte Chloë mit zitternder Stimme.

Frieda ließ den Blick von einem zum andern wandern. Sie war schon fast im Begriff, ihnen zu sagen, dass sie sie auch alle vermisst hatte, doch am Ende prostete sie ihnen einfach nur zu.

»Du musst durch die Hölle gegangen sein«, meinte Olivia. »Ich weiß gar nicht, wo ich anfangen soll. Was ich dich fragen soll.«

»Am besten gar nichts.«

»Aber willst du es uns denn nicht erzählen?«

»Nein.«

Zum Schluss leisteten ihr nur noch Karlsson und Josef auf dem Balkon Gesellschaft. Über ihnen leuchtete der Mond. Karlsson zauberte eine Whiskyflasche hervor, und Josef verschwand nach drinnen, um kurz darauf mit drei Gläsern und einem Krug Wasser zurückzukommen. Währenddessen wischte Karlsson mit einem Taschentuch den Staub von der Whiskyflasche. »Die hatte ich seit Jahren im Schrank stehen«, erklärte er. »Ich habe sie mal geschenkt bekommen und immer für eine besondere Gelegenheit aufgespart. Jetzt scheint mir der richtige Zeitpunkt da zu sein.«

Er schraubte den Deckel auf und schenkte ihnen ein. Alle drei nahmen einen prüfenden Schluck.

»Der ist gut«, stellte Josef fest.

»Ja, das ist er«, bestätigte Karlsson.

Dann schwiegen sie lange Zeit. Karlsson schenkte ihnen nach. Frieda schien in Gedanken versunken, doch plötzlich wandte sie sich an Karlsson. »Nun mach schon«, sagte sie.

»Was?«

»Frag mich, was du wissen willst.«

Karlsson sah Josef an. »Ist das für dich in Ordnung?«

»Ja.«

»Ich habe nämlich das Gefühl, dass du dabei die Finger im Spiel hattest.«

»Ist schon in Ordnung.«

Bedächtig stellte Karlsson sein Glas auf dem Tisch ab. »Also gut, Frieda. Was ist passiert?«

Als Frieda zu sprechen begann, war es, als spräche sie mit sich selbst. »Reeve wollte mir mitteilen, wohin ich gehen sollte, damit er mich dort umbringen konnte.«

»Warum hättest du ihm diesen Wunsch erfüllen sollen?«, hakte Karlsson nach.

»Ich habe lange darüber nachgedacht. Eine Weile war ich der Meinung, ich könnte mich opfern, und dann würde er aufhören. Das war mein Gedanke, als ich zum Counter's Creek ging. Aber natürlich hat die Polizei ihn vertrieben. Zu dem Zeitpunkt hatte ich keinen Plan, was ich tun würde – abgesehen davon, dass ich mich mit ihm treffen wollte.«

Karlsson warf einen Blick zu Josef hinüber, der ihnen gerade wieder nachschenkte. »Und wann hast du von diesem lächerlichen Plan Abstand genommen?«

»Du findest, es war ein lächerlicher Plan?«

»Allerdings. Es sei denn, du hattest tatsächlich vor, dich umbringen zu lassen.«

»Ich wusste, dass Lola mit ihm in Kontakt stand.«

»Du hast es gewusst?«

»Ja.«

»Wie hast du davon erfahren?«

Frieda erzählte es ihnen auf eine sachlichere Art, als sie es Lola erklärt hatte.

»Statt dich von ihm kontrollieren zu lassen, wolltest du ihn kontrollieren?«

Frieda verzog keine Miene. Karlsson war nicht einmal sicher, ob sie ihm überhaupt zuhörte.

»Du hättest mit der Polizei zusammenarbeiten können«, gab er zu bedenken. »Ihr hättet ihn gemeinsam in eine Falle locken können.«

Sie schüttelte den Kopf. »Die Polizei hatte das schon versucht, und das Ergebnis war ein Desaster. Außerdem gab es nur eine einzige Chance. Ich dachte mir, wenn Reeve wüsste, dass ich zu der Stelle wollte, wo er seinen Bruder ermordet hatte, würde er der Versuchung nicht widerstehen können.«

»Also hast du jemanden dort platziert.«

»Nicht nur jemanden. Josef und Stefan, einen Freund von ihm.«

Karlsson sah erneut zu Josef hinüber, der in die Betrachtung seines Whiskyglases versunken schien.

»Wie konntest du sicher sein, dass Reeve nicht als Erster dort sein würde?«, wandte er sich wieder an Frieda. »Dass er die beiden nicht entdecken würde?«

»Weil sie bereits vor Ort waren, als ich Lola davon erzählte. Und weil ich Josef vertraue und mich deswegen darauf verlassen habe, dass Reeve die zwei nicht entdecken würde.« Sie grinste Josef an. »Ich vertraue ihm in jeder Hinsicht, mit einer einzigen Ausnahme: wenn er in meinem Haus ohne meine Genehmigung Bauarbeiten durchführt.«

Karlsson leerte sein Glas und schenkte ihnen wieder nach. »Also, was ist passiert?«

Als Frieda erneut zu erzählen begann, hatte sie plötzlich das Gefühl, neben sich zu stehen. Obwohl sie weitersprach, konnte sie sich irgendwie selbst reden hören. Gleichzeitig war ein Teil von ihr – ein realer Teil ihrer Persönlichkeit – nicht mehr nur mit Erinnern und Erzählen beschäftigt, sondern fühlte sich tatsächlich zurückversetzt an den River Lea, wo sie sich ein weiteres Mal über das Geländer lehnte und ins

Wasser starrte. Hinter sich hörte sie das leise Geräusch von Schritten, wartete aber noch, bis das Bild ihres Vaters langsam verblasste. Sie atmete tief durch, und dann gleich noch einmal. Eine große Ruhe breitete sich in ihr aus. Vielleicht auch Frieden. Sie drehte sich um und schaute ihn an. Das letzte Mal war sie ihm acht Jahre zuvor in einem Verhörraum der Polizei begegnet. Er sah mehr oder weniger noch genauso aus, vielleicht ein wenig dünner, mit einem ersten Hauch von Grau im kurzen Haar. Er trug abgewetzte braune Schuhe, eine blaue Jeans und eine schwarze Jacke mit Reißverschluss, unter der ein braunes Hemd hervorlugte. In seiner rechten Hand, die vorerst noch locker nach unten hing, sah sie etwas aufblitzen: die Klinge eines Messers. Den Ausdruck seiner braunen Augen fand sie schwer zu deuten. Es war weder Hass noch Wut, sondern eher Neugier, Faszination, vielleicht sogar eine Art Sehnsucht. Er holte tief Luft. Frieda musste daran denken, wie man in einem Garten oft bewusst die Düfte einatmet. Reeve wirkte wie ein Mann, der sich genau da befand, wo er sein wollte.

Friedas Gefühl war in erster Linie: Ist das der Grund? Der Grund für so viel Tod, so viel Leid, so viele zerstörte Leben? Und wofür das alles? Wegen eines verdrehten Drahtes, eines Kurzschlusses im Gehirn eines Mannes.

»Wir sind am Ende angekommen«, erklärte Frieda. »Es ist vorbei.«

»Für mich ist es nicht vorbei, Frieda«, entgegnete Dean Reeve. »Noch nicht, aber bald. Deine Zeit ist gekommen.«

»Nein«, widersprach sie.

Hinter ihm bewegte sich etwas. Reeve wandte den Kopf. Es gab eine Lücke, wo der Treidelpfad eingebrochen und bisher noch nicht repariert worden war. Von dort traten nun zwei Männer auf den Weg. Frieda sah, dass der eine von beiden, Josef, eine Holzkeule in der Hand hielt. Der andere, Stefan, war halb hinter Reeve verborgen, sodass sie ihn nicht richtig erkennen konnte. Reeve drehte sich wieder zu Frieda um. Langsam breitete sich ein Lächeln auf seinem Gesicht aus.

Ab dem Moment konnte sie sich rückblickend nie so ganz an die genaue Abfolge der Ereignisse erinnern. Selbst als es passierte, schien alles gleichzeitig abzulaufen. Reeve machte einen Satz auf sie zu. Sie waren vielleicht noch zehn Meter voneinander entfernt. Während Frieda sich fragte, ob es auf diese Weise mit ihr zu Ende gehen und es wohl wehtun würde, fiel er plötzlich auf die Knie, und es gab einen Knall, der so laut war, dass sie ihn nicht nur hören, sondern auch spüren, ihn sogar ein bisschen sehen konnte. Er hatte eine rötlich-schwarze Farbe.

Reeve versuchte sich hochzurappeln, konnte sich aber kniEabwärts nicht mehr bewegen. Das Messer hielt er noch immer in der rechten Hand, doch Josef und Stefan waren für ihn außer Reichweite, und er selbst war bewegungsunfähig, während sich auf seiner Hose, knapp unterhalb des Knies ein dunkelroter Fleck ausbreitete. Frieda holte ihr Telefon heraus und sah Stefan an, der inzwischen hinter Reeve stand und ihm seine Waffe an den Hinterkopf hielt.

»Nein«, sagte sie, »es reicht. Ihr solltet jetzt gehen. Ich rufe die Polizei. Ihr wollt doch nicht, dass sie euch mit den Waffen erwischen.«

Stefans Augen blitzten. Frieda war nicht sicher, ob er sie überhaupt hörte.

»Was er mit Alexei gemacht hat…«, sagte er. »Was er mit all den anderen gemacht hat…«

»Nein«, wiederholte Frieda in schärferem Ton. Stefans Blick wanderte von ihr zu Josef, der ihm zunickte.

»Ihr habt gewonnen«, fügte Frieda sanfter hinzu. »Jetzt geht einfach.«

Stefan steckte die Pistole in seine Jackentasche. Dann hob

er eine Hand zu seiner persönlichen Art von Gruß und marschierte rasch davon.

»Und jetzt?«, fragte Josef.

Sie sahen beide zu Reeve, der Frieda wie gebannt anstarrte. Er hatte noch immer diesen Ausdruck von Verlangen oder Sehnsucht in den Augen.

»Du …«, begann er, »… Frieda. Frieda Klein …«

Frieda ignorierte ihn. Was er zu sagen hatte, interessierte sie nicht. Gerade wollte sie die Nummer der Polizei wählen, als sie aus den Augenwinkeln eine Bewegung wahrnahm: Dean Reeves Hand hob das Messer mit der langen, schimmernden Klinge hoch. Er platzierte die Spitze in der weichen Vertiefung unter seinem linken Ohr und zog sie mit einer raschen Bewegung seinen Hals entlang. Dabei blitzte die Klinge einen Moment silbrig auf. Zunächst war nichts zu sehen, dann quoll es plötzlich rot hervor. Er blickte Frieda ein paar Sekunden lang an. Das Lächeln auf seinem Gesicht wirkte wie eingefroren, und direkt darunter klaffte die große Wunde. Auf einmal kippte er seitlich weg wie ein gefällter Baum. Fast geräuschlos landete er im dunklen Wasser und versank. Nur das Messer lag noch auf dem Treidelpfad.

Frieda warf ihr Telefon zur Seite und sprang in den Kanal. Die Kälte war ein Schock. Sie rang einen Moment nach Luft und tauchte dann unter. Obwohl sie die Augen offen hatte, konnte sie nichts sehen, sondern musste mit den Händen tasten. Nichts, nichts. Nur Schlamm und Sand und glitschige Wasserpflanzen. Doch dann bekam sie etwas zu fassen. Sie zog daran und hievte es langsam nach oben. Als sie damit die Wasseroberfläche durchbrach, sah sie, dass sie Dean Reeve hielt, mit dem Gesicht unter Wasser. Auf einmal war Josef neben ihr.

»Dreh ihn um«, sagte sie.

»Warum? Willst du ihn retten? Diesen Mann?«

»Dreh ihn um.«

Mühsam zerrte Josef an dem Körper, bis Dean Reeves Gesicht auftauchte, bleich und mit starrem Blick, die Augen aufgerissen. Auch sein Mund war aufgerissen, und die Wunde an seinem Hals klaffte weit auseinander. Frieda konnte die Sehnen sehen, die beschädigte Luftröhre, die Blasen aus wässrigem Blut. Plötzlich spürte sie eine Hand. Reeves Hand krallte sich in ihre Jacke, hielt sie fest, zerrte an ihr, versuchte sie zu sich hin, mit sich in die Tiefe zu ziehen. Sie wandte den Kopf und starrte auf die Hand hinunter. Langsam löste sich ihr Griff, die Hand glitt zurück ins Wasser, und als Frieda daraufhin wieder in Dean Reeves Gesicht sah, wirkten seine Augen bereits glasig.

Frieda und Josef traten den Rückweg zum Treidelpfad an und kletterten wieder hinauf. Josef griff nach dem Messer und schleuderte es ins Wasser. Er und Frieda sahen sich an.

»Du musst jetzt gehen«, sagte sie.

»Ich bleibe bei dir.«

Frieda blickte auf die Leiche hinunter, die sich erneut gedreht hatte und jetzt wieder mit dem Gesicht nach unten im Wasser trieb.

»Man darf dich hier nicht finden. Du hast alles erledigt. Mehr als alles. Jetzt geh.«

Josef zuckte hilflos mit den Schultern. »Also gut. Ich gehe.«

»Jetzt sofort«, ermahnte ihn Frieda. »Und schau nicht zurück.«

Er nickte. Aus einem Impuls heraus legte er ihr plötzlich beide Hände auf die Schultern und lehnte die Stirn an ihre. Als er sie wieder losließ, hatte er Tränen in den Augen.

»Danke, mein Freund«, sagte sie. Josef presste eine Hand ans Herz und vollführte jene kleine Verbeugung, die er schon bei ihrer ersten Begegnung gemacht hatte. Dann drehte er sich um und ging.

Nachdem er weg war, fühlte Frieda sich auf einmal ganz leer. Sie empfand weder Erleichterung noch Freude. Benommen sank sie zu Boden und lehnte sich mit dem Rücken an einen Baum. Sie sah ihr Handy auf dem Treidelpfad liegen, griff aber nicht danach. Wozu die Eile? Sie schloss ein paar Sekunden die Augen, schlug sie aber gleich wieder auf, weil sie ein Geräusch hörte, das immer lauter wurde, ein Röhren, auf das sie sich keinen Reim machen konnte.

Als Frieda mit ihrem Bericht fertig war, schwiegen sie eine ganze Weile.

»Danke«, sagte Karlsson schließlich.

»Danke?«, wiederholte Frieda. »Wofür?«

»Dafür, dass du es mir einfach erzählt hast.«

»Wie hätte ich es denn sonst machen sollen?«

»Du hättest zum Beispiel sagen können: ›Ich erzähle es dir nur, wenn du mir versprichst, es geheim zu halten.‹«

»Ich sage den Leuten nicht gerne, was sie zu tun haben.«

Das entlockte Karlsson ein kleines Lächeln. »Also das«, sagte er, »halte ich für ein Gerücht.«

Er prostete Josef zu. »Dir danke ich auch.« Josef neigte leicht den Kopf. »Und sag deinem Freund, dass er seine Pistole entsorgen soll.«

Josef schüttelte den Kopf. »Er ist Russe. Der lässt sich nichts sagen.«

Karlsson schenkte eine weitere Runde Whisky ein.

»Vielleicht könnt ihr ja mal wieder zusammenarbeiten«, meinte Josef, während er sein Glas hob.

Frieda wandte sich Karlsson zu. »Du weißt, dass ich nie wieder mit dir zusammenarbeiten werde, oder?«

»Ja, das weiß ich«, antwortete er.

»Gut. Frag mich erst gar nicht.«

»Versprochen.«

Josef zündete sich eine Zigarette an. »Aber wir sind immer noch ein Team.« Er sprach allmählich ein bisschen undeutlich. »Team Frieda.«

Frieda schnaubte und stellte ihr Glas auf dem kleinen Tisch ab. »Ich überlege, ob ich hier draußen nicht noch eine Pflanze brauche, die abends einen schönen Duft verströmt.«

»Jasmin?«

»So was in der Art.«

In einvernehmlichem Schweigen blieben sie noch eine Weile auf dem Balkon sitzen und tranken den guten Whisky.

»Zeit, nach Hause zu gehen«, verkündete Josef schließlich, woraufhin sie sich alle drei nach unten begaben.

Josef brach als Erster auf. Auf der Schwelle blieb er noch einmal kurz stehen, um seine kleine Verbeugung zu machen. Karlsson und Frieda schauten ihm nach.

Als er außer Sichtweite war, wandte Karlsson sich ihr zu. »Frieda«, begann er, »ich muss dir etwas sagen und …«

Doch sie unterbrach ihn. »Nein«, entgegnete sie. »Nicht heute Nacht.«

»Aber …«

»Nicht heute Nacht, Karlsson. Wir können morgen reden.«

Er sah sie an. Noch immer gelang es ihm nicht, in ihrem Gesicht zu lesen, obwohl feststand, dass das seine für sie wie ein offenes Buch war. Sie wusste ohnehin schon alles.

56

Nachdem Karlsson gegangen war, spülte Frieda die Gläser und füllte frisches Wasser in die Trinkschale der Katze. Es war spät, doch sie wusste, dass sie in dieser Nacht keinen Schlaf finden würde. Deswegen stieg sie noch einmal hinauf zu ihrer Dachterrasse. Die Katze gesellte sich zu ihr, strich ihr um die Beine und ließ sie auf ihre Weise wissen, dass sie zu Hause war.

Morgen würde sie darüber nachdenken, was sie sich von der Zukunft erwartete. Diese Nacht jedoch gehörte der Vergangenheit, den Erinnerungen und Geistern. Sie schloss die Augen, wodurch die Dunkelheit noch dunkler wurde. Dean Reeves lächelndes Gesicht tauchte vor ihr auf. Selbst noch im Tod lächelte er sie an. Mit einem fast schon körperlichen Kraftakt ersetzte sie sein Gesicht durch das seines Bruders Alan, der einerseits sein eineiiger Zwilling, andererseits aber sein genaues Gegenteil gewesen war. Nun wirkten die Augen, die ihr entgegenblickten, nicht mehr teuflisch, sondern traurig.

Andere Gestalten kamen auf sie zu, mehr als nur Erinnerungen – tot, aber immer noch hier, auf lebendige Art abwesend. Sie bewahrte ihre Gesichter im Gedächtnis: Männer, Frauen, Mädchen. Eine geisteskranke Frau murmelte in ihrer Zelle immer wieder ihren eigenen Namen. *Ich bin hier*. Frieda entdeckte auch Sandy unter ihnen, aber er war keine vom Fluss aufgeschwemmte Leiche mehr, sondern ein starker Mann voller Hoffnung, mit Augen, die sie wieder sehen konnten.

Kein Mensch ist wie der andere. Niemand ist austauschbar.

Jeder Tod ist das Ende einer Welt. Sie sind weg, und doch bleiben sie. Sie wandern mit uns die verborgenen Flüsse entlang.

Frieda folgte diesen Flüssen, die immer noch da waren, auch wenn man sie überbaut und vergessen hatte. Sie hörte sie unter dem Gitterrost murmeln, spürte ihren Verlauf unter ihren Füßen. Sie trug die Ziegel ab, den Beton und den Schlamm der Jahre, und setzte sich an ihre Ufer. Auf ihrem Grund glänzten Kieselsteine, in der Strömung schwammen kleine braune Fische, und es gab Wasserpflanzen und Gräser, die aussahen wie menschliches Haar.

Unaufhörlich glitten sie an ihr vorüber, und sie dachte an all die Geschichten, die zu Ende gegangen waren.

Sie wusste selbst nicht, wie lange sie so dagesessen hatte. Wahrscheinlich Stunden. Im Osten wurde der Himmel bereits heller. Die Katze war verschwunden.

Frieda stand auf und ging hinein. Sie schloss die Tür.

Lesen Sie weiter >>

1

DIE VERABREDUNG

Als Neve die Jalousien hochzog, erwachte die Küche zum Leben wie eine noch leere Theaterbühne, in Erwartung des vertrauten Schauspiels. Neve blickte sich um. Es wirkte alles ein wenig schäbig: die verschrammten Sockelleisten, der Riss in der Wand. Fletcher und sie wollten schon seit Jahren etwas dagegen unternehmen. Die Tischplatte verunzierten Weinflecken und ein paar Brandspuren von Zigaretten, zwischen den Deckenlampen hingen Spinnweben. Außerdem hatten sie nach dem gestrigen Abendessen nicht richtig aufgeräumt, neben der Spüle türmte sich schmutziges Geschirr, und die Milch hatten sie auch nicht zurück in den Kühlschrank gestellt. Gestern Abend. Einen Moment gab sie sich der Erinnerung hin, dann verdrängte sie die Bilder. Nicht jetzt, dachte sie. Nicht hier.

Neve warf einen Blick auf die Uhr. Zehn nach sieben. Sie füllte ein Glas mit Wasser und trank es langsam aus. Schließlich band sie den Gürtel ihres Morgenmantels fester, holte tief Luft und wandte sich wieder dem Raum zu. Wie aufs Stichwort schwang die Tür auf.

»Guten Morgen!«, begrüßte sie ihren älteren Sohn betont fröhlich.

Rory blinzelte, murmelte etwas und nickte. Zu einer blauen Jeans trug er ein blaues T-Shirt und einen blauen Pulli. Er hatte ihre irische Blässe geerbt und würde einmal sehr groß werden. Auch das hatte er von ihr. Im Lauf des letzten Jahres war er ganze zehn Zentimeter gewachsen.

Neve musste bei seinem Anblick oft an ein Gummiband denken, das bis zum Zerreißen gespannt war. Manchmal kam es ihr fast vor, als könnte sie ihn wachsen sehen. Seine Gliedmaßen erschienen ihr immer länger, seine Füße groß und platt, seine knochigen Gesichtszüge ausgezehrt.

»Super Farbkombi«, bemerkte sie. Am liebsten hätte sie einen Arm um ihn gelegt, hielt sich aber zurück. Neuerdings mochte er es nicht mehr so gern, wenn man ihn anfasste. Ihn zu umarmen war zu einer steifen, sperrigen Angelegenheit geworden. Bald wurde er elf. Nächstes Jahr würde er die höhere Schule besuchen und Uniform tragen.

Er ließ sich am Tisch nieder. Sie stellte ihm eine Packung Cornflakes und eine Schüssel hin und holte frische Milch aus dem Kühlschrank. Er aß zum Frühstück immer nur Cornflakes. Neve sah zu, wie er einen raschelnden Haufen Frühstücksflocken in die Schale rieseln ließ und anschließend mit Milch übergoss. Dann zog er sich ein Buch heran und schlug es auf. Oben hörte man laute Stimmen, eine Klospülung, eine knallende Tür. Mit Schreck dachte Neve an die Kleidung, die sie gestern Nacht noch schnell in die Waschmaschine gesteckt hatte. Eilig zog sie die feuchten Sachen heraus und legte sie in den Wäschekorb.

Inzwischen war es Viertel nach sieben.

»Guten Morgen!«, sagte Neve wieder betont fröhlich. Eine ihrer Aufgaben war seit jeher, den Tag anzukurbeln und die ganze Familie in Schwung zu bringen.

Diesmal war es Fletcher, der die Küche betrat, das Haar noch feucht vom Duschen, die Wangen frisch rasiert. Er sah sie kaum an, sondern starrte ein wenig abwesend in den Garten hinaus. Dafür war sie ihm sehr dankbar.

»Tee?«, fragte er.

Sie brauchte nicht zu antworten, denn morgens trank sie immer Tee. Fletcher trank immer Kaffee. Es war seine

Aufgabe, sowohl Tee als auch Kaffee zu machen, die Spülmaschine auszuräumen und den Müll rauszutragen. Neves Aufgabe bestand darin, den Kindern das Frühstück herzurichten und dafür zu sorgen, dass sie es aßen, und ihre Pausenbrote einzupacken.

Sie schüttete Haferflocken in eine Pfanne, fügte Milch und eine kleine Prise Salz hinzu und stellte den Haferbrei dann zum Erhitzen auf den Ofen. Das alles tat sie ohne nachzudenken. Connor verspeiste zum Frühstück jeden Tag Porridge mit goldgelbem Sirup obendrauf. Fletcher aß Toast mit Marmelade.

Im Moment aber war ihr Mann noch anderweitig beschäftigt. Nachdem er kochendes Wasser über die Teebeutel gegossen hatte, trat er hinaus in den Flur und rief: »Connor! Frühstück!«

Geistesabwesend rührte Neve das Porridge um. Unter ihrem Löffel spürte sie, dass der Brei bereits fester wurde. Ihr eigener Körper dagegen fühlte sich seltsam weich an, als besäße sie keine Knochen mehr. Aus dem Garten fiel gedämpftes Herbstlicht herein. Einen Daumen an die Unterlippe gedrückt, schloss sie einen kurzen Moment die Augen.

Benommen registrierte sie, dass Fletcher dicht hinter ihr etwas sagte, und drehte sich um.

»Was hast du denn heute für Pläne?« Er stellte ihr eine Teetasse hin.

»Ich dachte, ich gehe in den Schrebergarten. Schließlich muss ich meine neue freie Zeit so gut wie möglich nutzen.«

Draußen sein, dachte sie voller Erleichterung, in der kühlen Morgenluft einen Spaten in die Erde rammen, Unkraut jäten, müde und schmutzig werden, mit Wasserblasen an den Händen und Erde unter den Nägeln – ohne an irgendetwas zu denken. Ein paar Wochen zuvor hatte sie den Sprung gewagt, nur noch Teilzeit zu arbeiten, obwohl sie genau wusste, dass es in fast jeder Hinsicht eine dumme Entscheidung war. Schließlich verdiente sie schon immer den Großteil des Lebensunterhalts für die Familie, und sie brauchten das Geld momentan dringender denn je. Mabel würde bald die Universität besuchen. Gleichzeitig schien alles, angefangen vom Boiler bis hin zum Dach, langsam den Geist aufzugeben. Die Regenrinnen mussten erneuert werden, und der kleine Raum hinter der Küche war feucht. Manchmal rechnete sie die Kosten zusammen, versuchte krampfhaft, auf ein anderes Resultat zu kommen, und besprach es dann mit Fletcher in möglichst sachlichem Ton, damit er sich ja nicht minderwertig fühlte, weil er so wenig verdiente. »Das hat sich halt einfach so ergeben«, sagte sie stets, wenn die Sprache darauf kam.

Ein paar Wochen zuvor war sie eines Abends durch den strömenden Regen nach Hause geradelt und – noch in ihrer gelben Regenjacke, der völlig durchnässten Hose und den vor Regenwasser schmatzenden Schuhen – in die Küche gestürmt, um das Abendessen zuzubereiten, als sie plötzlich dachte: *Ich kann so nicht weitermachen. Ich habe genug.* Genug davon, immer in Eile zu sein, immer zu spät dran, immer mit dem Gefühl, etwas vergessen zu haben. Genug davon, bei geschäftlichen Besprechungen den Tränen nahe zu sein und nachts schweißgebadet aufzuwachen, den Kopf voller unerledigter Aufgaben, und hinter allem wie eine dunkle Wand ständig die gnadenlose, zermürbende Angst wegen Mabel zu spüren. Auf Teilzeit umzusteigen und nur noch dreieinhalb Tage die Woche zu arbeiten war ein Versuch, für sich selbst Raum – nur ein klein wenig Raum – zu schaffen, damit sie nicht endgültig verrückt wurde. *Und schau, was daraus geworden ist*, dachte sie.

Fletcher räumte gerade die Spülmaschine aus. Neve suchte im Kühlschrank nach etwas, das sie den Jungen als Pausenbrot mitgeben konnte. Inzwischen befand sich auch Connor im Raum, knuffig und rundgesichtig, mit Bürstenhaarschnitt und lauter Stimme. Er zog seine übliche Show ab, während sein dürrer älterer Bruder über ein Buch gebeugt saß, in dem es um Insekten ging. Nachdenklich betrachtete Neve ihre Söhne und ihren Mann. Einen Moment kamen sie ihr vor wie Aufziehpuppen, die ihr morgendliches Programm absolvierten, Tag für Tag das gleiche Ritual. Gemäß den Gewohnheiten, die sie im Lauf der Jahre entwickelt hatten, ohne es selbst zu merken, spielte jeder von ihnen die ihm zukommende Rolle.

Wir sehen uns. Der Satz glitt wie ein glatter, runder Stein durch ihre Gedanken – so deutlich, dass sie im ersten Moment dachte, er wäre laut ausgesprochen worden, und sich suchend im Raum umblickte. Fletcher runzelte gerade konzentriert die Stirn und presste die Zungenspitze an die Oberlippe, damit beschäftigt, das Toastbrot aufzuschneiden. *Wir sehen uns.*

Gedankenverloren wickelte Neve ein Stück Käse aus. Wie war es möglich, sich gleichzeitig so müde und so wach zu fühlen, so erbärmlich und so himmelhoch jauchzend? Normal, sei normal, ermahnte sie sich selbst.

»Wie hast du geschlafen?«, erkundigte sie sich bei Fletcher.

»Gut. Ich bin nicht mal wach geworden, als du reingekommen bist. Wie spät war es denn?«

»Keine Ahnung. Nicht allzu spät. Aber du hast geschlafen wie ein Toter.« Erschrocken über ihre Wortwahl, griff sie nach ihrem Tee und nahm einen großen Schluck.

»Nach Mitternacht«, sagte eine andere Stimme, kalt und scharf wie eine Messerklinge.

»Mabel! Du bist aber heute schon früh auf!«

Mabel stand in der Tür. Sie trug ein kurzes, braunschwarz kariertes Kleid, eine gerippte Strumpfhose und schicke kleine Stiefeletten. Ihr braunes Haar, das sich weich lockte, wenn sie es offen trug, war an diesem Morgen zu festen Zöpfen geflochten, wodurch ihr Gesicht noch schmaler wirkte als sonst. »Ich bin schon seit Stunden wach«, verkündete sie. »Wahrscheinlich habe ich überhaupt nicht geschlafen. Wahrscheinlich war ich die ganze Nacht wach. Lass das!« Zornig funkelte sie Connor an, der gerade seine Hand in der Cornflakes-Packung vergrub und eine Handvoll herausschaufelte, um sie sich direkt in den Mund zu schieben. Er funkelte zurück. Sein Mund war zu voll für eine Antwort. »Jedenfalls«, fuhr sie an Neve gewandt fort, »habe ich dich heimkommen gehört. Nach Mitternacht.«

»Kein Wunder, dass ich müde bin«, antwortete Neve munter. Vielleicht *zu* munter. Sie verspürte schlagartig ein starkes Verlangen nach einer Zigarette, obwohl sie schon seit Jahren nicht mehr rauchte, mal abgesehen von ein paar heimlichen Ausnahmen auf Partys. Sie hatte aufgehört, als die Kinder kamen. Aufgehört mit den Zigaretten, den Alkoholexzessen, den durchtanzten Nächten mit anschließendem Fish-and-Chips-Frühstück. Sie stromerte auch nicht mehr tagelang mit ihrer Clique auf Märkten herum oder brach spontan mit Fletcher zu einem Wochenende am Meer auf, nach dem Motto, warum auch nicht? Trotzdem trauerte sie diesen Zeiten nicht nach, denn selbst jetzt noch – oder gerade jetzt, wo sie alles aufs Spiel setzte – liebte sie ihr Leben, ihre Kinder, ihren Mann. Aber warum sagte einem niemand, wie *schwer* das war? Wobei sie es einem natürlich doch sagten, man glaubte es nur nicht. Man bildete sich ein, es anders hinzubekommen, kostenlos, sorglos.

Mabel ließ sich am Tisch nieder. Fletcher stellte ihr eine Tasse Ingwertee mit Zitrone hin. Mabel trank zum Frühstück immer Kräutertee, und wenn es gut lief, aß sie dazu ein bisschen Obst, ein paar einzelne Blaubeeren und vielleicht noch ein Stück Mandarine, von dem sie vorher das ganze Weiße sorgfältig abzupfte. Doch an diesem Morgen gab es kein Obst. Neve bemühte sich krampfhaft, sie nicht zu beachten. Es schien ihr, als wäre sie schon seit Jahren damit beschäftigt, ihre Tochter zu beobachten und gleichzeitig zu versuchen, es nicht zu tun – immer angespannt, mit schmerzendem Herzen und einem dicken Kloß im Hals vor lauter Angst, immer bemüht, so zu tun, als wäre alles in Ordnung. Acht Tage noch, rief sie sich ins Gedächtnis, dann war Mabel weg, aber was würde sie selbst danach tun? Wer wäre sie ohne ihre Tochter?

»Wie war Tamsin drauf?«, erkundigte sich Fletcher.

»Ach, du weißt schon. Immer noch wütend. Sie hat sich ein bisschen betrunken«, erklärte Neve, während sie eilig mehrere Brotscheiben mit Butter bestrich. »Ich hatte kein gutes Gefühl dabei, sie alleine zu lassen.«

Fletcher schaltete das Radio ein, um sich die Nachrichten um halb acht anzuhören. Während er sich mit seinem Marmeladentoast niederließ, starrte er wie gebannt auf sein Handy, die Zungenspitze an der Oberlippe. Connor sagte etwas von Fußball nach der Schule. Rory glitt von seinem Stuhl, immer noch lesend, ein Knochenhaufen mit dünnen Handgelenken. Er bräuchte dringend neue Klamotten, ging Neve durch den Kopf, und jede Menge gehaltvolle Suppen, Blattkohlgerichte und klebrigen Karamellpudding. Ihr Blick wanderte weiter zu Mabel, die kleine Schlucke von ihrem Tee nahm, dabei aber wachsam über den Rand der Tasse spähte. Ihre ordentlich geflochtenen Zöpfe umrahmten eine rebellische Miene.

Mit lautem Stuhlscharren sprang Connor auf, und gleichzeitig verkündete ein Piepen den Eingang einer Nachricht auf Neves Handy, das inmitten der Frühstücksreste für alle gut sichtbar auf dem Tisch lag.

Neve drehte sich um, warf einen Blick darauf und deckte es dann mit der flachen Hand ab.

»Geh und putz dir die Zähne«, sagte sie zu Connor. »Du willst doch nicht wieder zu spät kommen. Außerdem musst du noch das Meerschweinchen füttern.« Ihr war klar, dass er das nicht tun würde.

Sie nahm das Telefon vom Tisch und versenkte es in der Tasche ihres Morgenmantels.

Mabel glitt vom Stuhl. »Ich bin dann weg«, verkündete sie.

»Du musst weg?«

»Ist das ein Problem?«

»Wohin denn?« Die Frage war Neve rausgerutscht, ehe sie sich am Riemen reißen konnte, aber seit wann musste man eigentlich jedes Wort auf die Goldwaage legen? »Es ist noch ziemlich früh«, fügte sie hinzu. »Sei mal still, Connor, ich verstehe ja mein eigenes Wort nicht. Zähneputzen! Los jetzt!«

»Ziemlich früh wofür?«

»Keine Ahnung, vergiss es. Ignorier mich einfach. Ich bin müde. Wir sehen uns später, falls du da bist. Kommst du zum Abendessen?«

»Weiß ich noch nicht.«

Mabel stellte ihre Tasse ab und verließ den Raum. Die Haustür ging auf und zu. Abrupte Abgänge waren seit jeher ihre Stärke.

»Du siehst tatsächlich ein bisschen fertig aus«, bemerkte Fletcher. »Und dein Bluterguss färbt sich gelb.«

Neve hob eine Hand an ihre Wange, die sich geschwollen und wund anfühlte. Als sie ein paar Tage zuvor in der Dunkelheit nach Hause geradelt war, hatte sie jemand vom Fahrrad gestoßen oder war ihr zumindest vor den Reifen gestolpert – vielleicht ein Betrunkener oder einfach jemand, der wütend war auf die Welt. Sie hatte das unheimliche Gefühl gehabt, in Zeitlupe durch die Luft zu segeln, und dabei gedacht: *Das wird wehtun*. Bei ihrer Landung auf der Straße hatte sie sich die Wange böse aufgeschürft und die Jeans zerrissen.

Sie betrachtete ihren Ehemann: sein nackenlanges dunkles Haar, seinen sauber getrimmten Bart, die runde Brille und die wachen, aber traurig dreinblickenden braunen Augen dahinter. Neve entdeckte in seinem Gesicht kleine Fältchen, die ihr vorher noch nie aufgefallen waren, und den Ansatz einer wunden Stelle an seinem rechten Mundwinkel. Seine Miene wirkte etwas mürrisch, wie morgens meistens. In ihrer Tasche erwachte das Telefon vibrierend zum Leben.

»Das wird schon wieder. Ich gehe heute früh ins Bett.« Ihr fiel etwas ein. »Du weißt, dass wir morgen Abend Renatas Geburtstag feiern?«

»Gibt's einen Feierabenddrink?«

»Eher eine Party.«

Fletcher stöhnte.

»Übermorgen Abend gehen wir auch aus«, fuhr Neve fort.

»Was ist denn da?«

»Eine Art Ehemaligentreffen. Jackie Dingsbums hat es organisiert, zusammen mit Tamsin.«

»Jackie wer?«

Neve überlegte einen Moment.

»Mir fällt der Nachname gerade nicht ein. Ach, doch, Cornfield. Jackie Cornfield. Sie hat auch mit uns studiert. Du erinnerst dich bestimmt an sie.«

»Dunkel. Aber warum müssen wir mit ihr was trinken gehen?«

»Weil alte Studienfreunde das eben so machen. Es kommt außerdem nicht nur sie, sondern unsere ganze Clique, und ein paar andere sind auch noch eingeladen.«

»Das wird ja eine Höllenwoche.« Er stand auf. »Ich treffe mich gleich mit jemandem wegen eines Jobs. Also dann, bis später.«

Neve gestattete sich, einen Moment über ihren Mann nachzudenken. Vielleicht hatte er wegen seines Termins so schlechte Laune. Fletcher war Illustrator. Zumindest sagte er das, wenn ihn jemand fragte, was er beruflich mache. Doch das Geld, das er verdiente, stammte hauptsächlich von seinen Aufträgen als Maler und Tapezierer – Arbeit, die er verachtete. Er hasste es, kein Geld zu verdienen, aber ebenso hasste er es, auf diese Art welches zu verdienen. Wenn er keinen Auftrag hatte, saß er manchmal den ganzen Tag in dem kleinen Raum, den sie zu seinem Atelier erklärt hatten, und brachte keinen einzigen Strich aufs Papier. Neve wusste das, und er wusste, dass sie es wusste. Manchmal saß auch Mabel in ihrem Zimmer oder lag im Bett, die Decke über den Kopf gezogen. An solchen Tagen gab sich Neve immer besondere Mühe, das Haus mit Fröhlichkeit zu füllen, indem sie Musik auflegte, alle Lichter anmachte, Kuchen oder Kekse backte, mit den Jungs Karten spielte oder sich bei Computerspielen auf der ganzen Linie schlagen ließ. Es war, als gäbe es bei ihr im Nacken einen Knopf: Ein Knopfdruck reichte, und schon verfiel sie in ihren Fröhliche-Mutter-Modus.

»Das wusste ich nicht. Hoffentlich läuft es gut.« Neve legte ihm eine Hand auf die Schulter. Sie waren fast gleich groß – Schulter an Schulter, auf Augenhöhe. Rory würde ebenfalls groß werden. Bei Connor konnte man es noch nicht sagen, aber Mabel war klein und zierlich, ihr aus der Art geschlagenes Kind.

Fletcher griff nach seiner Jacke und ging. Neve scheuchte Connor die Treppe hoch und rief ihm Anweisungen hinterher. Dann war sie wieder allein in der Küche. Um sie herum kehrte Ruhe ein. Sie fischte ihr Handy aus der Tasche und gab das Passwort ein, woraufhin auf dem Display der Text erschien: *Ich habe bis Mittag frei. Komm, sobald du kannst.* Der Absender war nicht ersichtlich, aber das spielte keine Rolle. Die Nachricht konnte nur von einem einzigen Menschen stammen.

Sie räumte das Frühstücksgeschirr in die Spülmaschine, wischte die Brösel vom Tisch und hängte die paar Wäschestücke in den Garten, wo der Wind den bunten Rock und die weiße Hemdbluse, bei der die beiden obersten Knöpfe fehlten, flattern ließ. Dann machte sie die Pausenbrote für die Jungen fertig: Käse und Tomate für Rory, Käse ohne Tomate für Connor, dazu für jeden einen Apfel und einen großen Haferkeks. Ziemlich fantasielos, fand sie, aber sie hatte gestern das Einkaufen vergessen. Gestern. Es kam ihr vor wie ein Traum – oder wie das einzig Wahre, neben dem alles andere verblasste und verschwamm. Sie schnipselte eine Nektarine in eine Schüssel, löffelte Joghurt darüber und ließ sich mit einer weiteren Tasse Tee am Tisch nieder, während oben im ersten Stock Wasser rauschte und irgendetwas Schweres auf den Boden knallte. Doch sie bekam keinen Bissen hinunter.

Um halb neun begleitete Neve Rory und Connor nach draußen und sah den beiden nach, wie sie die Straße entlangmarschierten – Seite an Seite, aber in verschiedenen Welten: Rory mit Ohrstöpseln und hochgezogenen Schultern, die Hände in den Taschen, während Connor, der neben ihm klein und kompakt wirkte, mit schwingendem Schulranzen dahinhüpfte, mal langsamer und dann wieder schneller.

Endlich war sie allein. Sie ging nach oben, zog ihren Morgenmantel aus, sah sich die Nachricht auf ihrem Handy noch einmal an und legte es dann mit dem Display nach unten aufs Bett. Anschließend duschte sie so heiß, dass sie das Wasser auf ihrer Haut wie Nadelstiche empfand, seifte sich von Kopf bis Fuß ein, wusch sich das Haar und machte sich hinterher ausnahmsweise die Mühe, es zu fönen, statt wie sonst bloß mit einem Handtuch durchzurubbeln. Sie putzte sich die Zähne länger als üblich und betrachtete dabei ihr Gesicht im Spiegel. Fletcher hatte recht, der Bluterguss verfärbte sich, was ihrem Gesicht ein gelbliches, ungesundes Aussehen verlieh. In zwei Wochen wurde sie sechsundvierzig. Nächstes Jahr würden sie und Fletcher ihren zwanzigsten Hochzeitstag feiern. Damals waren sie so jung gewesen, sie hatten es so eilig gehabt, sich des anderen und ihrer gemeinsamen Zukunft so sicher gefühlt. Jetzt tauchten erste Silberfäden in ihrem dunklen Haar auf, auch wenn niemand sonst diese bisher bemerkt hatte. In ihr Gesicht gruben sich winzige Fältchen ein. Wenn sie nachts neben Fletcher im Bett lag, hatte sie manchmal heiße Wallungen, die in ihrem ganzen Körper ein Gefühl von Schwere und Beklemmung auslösten, als ertränke sie in ihrer eigenen, innerlichen Flutwelle.

Sie sollte zum Schrebergarten fahren, würde es aber nicht tun. Ihr war klar, dass sie das eines Tages bereuen würde, wahrscheinlich schon sehr bald. Ein Teil von ihr – der Teil, der beobachtete und beurteilte – bereute es bereits jetzt.

Sie verteilte Lotion auf ihrem Körper, Creme auf ihrem Gesicht. Sie zog einen schwarzen Slip und einen neuen schwarzen BH an, von dem sie erst noch das Preisetikett entfernen musste. Dabei war ihr fast ein bisschen übel vor Verlangen, vor Gefahr, vor Schuld, vor Freiheit – vor dem Gefühl, sich selbst fremd zu sein. Sie schlüpfte in eine enge schwarze Jeans und ihre geliebten, abgewetzten Stiefeletten und stöberte dann durch ihre Schubladen, bis sie auf einen hellgrauen Pulli stieß, der sich auf ihrer Haut schön weich anfühlte. Dazu kleine Silberohrringe. Eine abgetragene Lederjacke, die sie fast schon ihr ganzes Erwachsenenleben besaß. Einen farbenfrohen Schal. Kein Make-up. Die ersten paar Male hatte sie sich geschminkt, aber jene Tage waren vorbei. Auf die Handgelenke und hinter die Ohren tupfte sie einen Hauch von Parfüm, einen intensiven, schweren Moschusduft. Obwohl es noch nicht einmal neun war, kam es ihr vor, als würde die Zeit nur so verfliegen. Eilig streifte sie ihren Armreif übers Handgelenk.

Schlüssel, Handy, Geldbörse. Sie schwang sich ihren neuen Lederrucksack, den sie noch nicht gewohnt war, über die Schultern. Er glänzte zu neu und hatte zu viele verschiedene Fächer, sodass in seinen Tiefen ständig irgendetwas verloren ging. Ihr alter hatte mehr als fünfzehn Jahre überdauert, bis ihn schließlich irgendjemand direkt vor ihrer Nase gestohlen hatte, während sie mit Renata und Tamsin beim Mittagessen saß. Ungeduldig hob sie ihr Rad von seiner Halterung in der Diele und schob es nach draußen auf den Gehweg, wo sie aufstieg und hinaus in den schönen, kühlen Morgen fuhr. Schlagartig wurde ihr ganz leicht ums Herz. Sie fühlte sich wie ein Vogel, der sich in die Lüfte erhob. Weg, nur schnell weg!